CAROLINE BERNARD

Ich bin
Frida

atb aufbau taschenbuch

CAROLINE BERNARD

Ich bin Frida

Eine große Geschichte
von Liebe und Freiheit

ROMAN

atb aufbau taschenbuch

MIX
Papier | Fördert gute Waldnutzung
FSC® C083411

ISBN 978-3-7466-4069-3

Aufbau Taschenbuch ist eine Marke der Aufbau Verlage GmbH & Co. KG

1. Auflage 2023

www.aufbau-verlage.de
10969 Berlin, Prinzenstraße 85

Satz LVD GmbH, Berlin
Druck und Binden CPI books GmbH, Leck, Germany

Printed in Germany

Kapitel 1

Coyoacán, August 1938

Frida hatte die Leinwand in der Höhe verstellt, um im Stehen malen zu können. In ihr tobte es, unmöglich, jetzt stillzusitzen. Sie tauchte den Pinsel in die Farbe, ein tiefes Rot, mit dem sie die Blüten der Passionsblume ausmalen wollte. Die Blume stand für Leidenschaft, für große Gefühle. Doch Frida spürte eher ohnmächtigen Zorn. In einer heftigen Bewegung setzte sie den Pinsel auf die Leinwand, doch die kirschrote Farbe war zu wässrig, Farbtropfen spritzten nach allen Seiten und liefen über den Rand der Blüte hinaus. Mit der freien Hand griff sie nach einem Tuch, um die überschüssige Farbe abzunehmen. Warum hatte sie den Pinsel vorher nicht sorgfältiger abgestrichen? Sie versuchte sich zu zügeln, aber in ihrer Wut machte sie alles nur noch schlimmer. Sie drückte zu stark auf, die teure Leinwand drohte zu reißen. Schon wieder vollführte der Pinsel wilde Kreise. So wurde das nichts! Sie zwang sich, ein paarmal tief durchzuatmen. Dieses Bild war zu wichtig, sie durfte es nicht verderben. Sie brauchte einen dickeren Pinsel, um das Wasser von der Leinwand abzunehmen. Doch als sie ihn aus dem bunten Tongefäß, in dem er dicht an dicht mit ihren anderen Malutensilien stand, herauszog, kippte der Topf um und drohte vom Tisch zu rollen.

»*Hijo de puta!*«, entfuhr es ihr. Sie machte einen Satz und konnte ihn gerade noch rechtzeitig auffangen. Fulang-Chang, der in einer Ecke gesessen hatte, bleckte die Zähne und fing wild an zu kreischen. Der kleine Affe klemmte den Schwanz ein und flüchtete auf das Bücherregal.

Entnervt ließ Frida sich auf einen Stuhl sinken und zündete sich eine Zigarette an. Sie inhalierte tief, um sich zu beruhigen. »Das hättest du wohl gern, Diego Froschgesicht, dass ich mein Bild ruiniere. Aber den Gefallen werde ich dir nicht tun!«

In ihre Wut mischte sich Resignation, als sie an die Szene vom Vormittag dachte. Wie so oft hatte sie Diego das Mittagessen in sein Atelier nach San Ángel gebracht, an diesem Tag ein wenig früher als sonst. Sie hatte die Tortilla in einem Korb angerichtet, mit einem bestickten Tuch abgedeckt und sogar noch ein paar Blumen aus dem Garten dazugelegt. Im Atelier hatte sie ihn mit einer Frau vorgefunden, einer sehr gut gekleideten älteren Amerikanerin. Zuerst war sie erleichtert gewesen, immerhin hatte er keine seiner Geliebten bei sich. Aber dann hatte sie Helena Rubinstein, die berühmte Kosmetikunternehmerin und steinreiche Kunstsammlerin, erkannt.

»Das hier gefällt mir und das da drüben auch«, sagte die Rubinstein gerade und wies auf die Bilder, die Diego an der Wand arrangiert hatte. Als sie Frida sah, kam sie lächelnd auf sie zu.

Sie ist hier, um Bilder zu kaufen, ging es Frida durch den Kopf. Und er hat mir nichts davon gesagt.

Diego hatte sie inzwischen ebenfalls bemerkt, es war ihm sichtlich unangenehm, dass sie aufgetaucht war.

Frida stand wie erstarrt, den Korb mit dem Essen immer

noch in der Hand, während Helena Rubinstein ihr die Hand reichte.

»Sie müssen Frida Rivera sein. Ein Freund hat mir erzählt, dass er kürzlich Bilder von ihnen gekauft hat.«

Frida nickte. Sie musste den amerikanischen Schauspieler Edward G. Robinson meinen, der vor einigen Wochen zwei ihrer Gemälde gekauft hatte. Vierhundert Dollar hatte er dafür bezahlt, ein kleines Vermögen, es waren ihre allerersten Verkäufe gewesen. Wenn die Rubinstein das wusste, dann würde sie bestimmt auch Arbeiten von ihr sehen wollen. Welche würde sie ihr zeigen? Die meisten waren in Coyoacán. Verflixt, sie war nicht darauf vorbereitet, warum hatte Diego sie denn nicht vorgewarnt? Während sie noch überlegte, nahm Diego ihr den Korb aus der Hand und hob das Tuch an.

»Frida, ist das etwa eine Tortilla?«, rief er begeistert. Er legte den Arm um sie. »Hm, wie das duftet. Helena, die müssen Sie probieren, meine Friducha macht die beste Tortilla von ganz Mexiko. Und sehen Sie, wie hübsch sie immer alles dekoriert. Da steckt Liebe drin.«

Frida starrte ihn entsetzt an. Was redete er denn da? Er sollte sie doch nicht für ihre Kochkünste loben. Sie war Malerin, keine Köchin!

Sie konnte förmlich sehen, wie das Interesse Helena Rubinsteins an ihr erlosch.

»Aber bevor wir essen, möchte ich Ihnen noch ein paar neuere Sachen von mir zeigen«, sagte Diego prompt und zog sie am Ellenbogen mit sich zu einem großen Tisch. »Ich habe schon etwas vorbereitet.«

Frida blieb stocksteif stehen. Was sollte sie jetzt machen? Die

Erkenntnis traf sie tief: Diego hatte ihr nicht nur verheimlicht, dass Helena Rubinsein kommen würde, um Kunst zu kaufen, sondern er hatte sie dazu noch als seine Köchin vorgestellt und ihre Bilder mit keinem Wort erwähnt. Wie konnte er nur?

Die Rubinstein drehte sich noch einmal zu ihr herum.

»Vielleicht ein anderes Mal«, sagte sie, und Frida konnte die Verwunderung in ihrem Blick lesen.

Frida bebte immer noch vor Wut, wenn sie daran dachte. Sie war zurück nach Coyoacán gefahren und hatte eine neue Leinwand auf die Staffelei gestellt. Irgendwie musste sie ihren Gefühlen Luft machen, sonst würde sie noch verrückt. Seitdem traktierte sie ihr Bild. Wieder und wieder ließ sie die Begegnung vor ihrem inneren Auge ablaufen und schäumte vor Wut über Diego und über sich selbst. Sie hätte ihm die verdammte Tortilla ins Gesicht werfen sollen!

»*Hijo de puta*«, fluchte sie erneut und zündete sich eine weitere Zigarette an. Wieso nahm er ihr die Chance, ihre Arbeiten zu präsentieren? Noch dazu vor einer so wichtigen Sammlerin?

Sie stutzte, dann schlug sie sich mit der Hand vor die Stirn. Natürlich! Es musste mit dem Besuch von André Breton zusammenhängen. Der Franzose, Künstler und Vordenker des Surrealismus, hatte von April bis Juli mit seiner Frau Jacqueline in ihrem Haus gewohnt, und kurz vor seiner Ankunft hatte Frida Diego angekündigt, dass sie die Chance nutzen und sich und ihre Bilder ins rechte Licht setzen wolle. »Es wird Zeit, dass die Welt meine Bilder sieht«, hatte sie ihm erklärt. Zu Bretons Begeisterung hatte sie seine Schriften zum Surrealismus gelesen und viele angeregte Diskussionen mit ihm und Jacqueline geführt. Außerdem hatte sie wie zufällig im ganzen Haus ihre Bilder aufgehängt, und André hatte Frida kurzerhand zur Ikone der mexikanischen Surrealisten erklärt. Frida hatte ihm zwar vehement widersprochen, bedeutete Surrealismus doch Malerei jenseits der Realität. In ihren Bildern bildete sie jedoch ihr Leben ab, ihre Wirklichkeit. André hatte den Einwand einfach fortgewischt. Seine Bewunderung für ihre Gemälde kam ihr ein wenig übertrieben vor, aber so war er nun einmal, und als er ihr kurz vor seiner Abfahrt spätnachts vorschlug, eine Ausstellung in seiner Galerie in Paris für sie zu organisieren, und ihr einen grandiosen Erfolg versprach, da hatte sie sich am Ziel ihrer kühnsten Träume geglaubt. Die Vorstellung, dass ihre Bilder, die noch nie irgendwo gezeigt worden waren, eine ganze Ausstellung in der europäischen Kunstmetropole bekommen würden, elektrisierte sie. Vielleicht könnte das ihr Durchbruch werden.

Breton hatte ihr mit seinem Vorschlag, ohne es zu wissen, einen Ausweg gewiesen, nach dem sie schon seit längerer Zeit gesucht hatte. Sie war jetzt seit zehn Jahren mit Diego verheiratet. Sie spürte, dass er ihr entglitt, nicht nur wegen seiner zahllosen Geliebten, an die hatte sie sich inzwischen schon fast gewöhnt. Nein, sie spürte, dass sie neben ihm immer mehr zu verschwinden drohte. Um an der Seite dieses übermächtigen Genies bestehen zu können, brauchte sie etwas Eigenes, und das konnte nur die Kunst sein. Über die Malerei hatten sie damals zueinandergefunden. Was war eigentlich geschehen, dass er auf diesem Weg immer weitergegangen und sie zurückgeblieben war?

Mit André und Jacqueline hatte sie Pläne für die Reise nach

Paris gemacht, und seit die beiden wieder weg waren, arbeitete sie mit Feuereifer an neuen Bildern. Diego hatte sich auffällig zurückhaltend gezeigt. Hatte er sich womöglich ausgeschlossen gefühlt und war eifersüchtig auf Breton? War das jetzt seine Retourkutsche? Wie konnte er nur so kleinlich sein! Sonst war er immer bereit, sie zu unterstützen, wenn es um ihre Kunst ging. Aber wenn andere Männer im Spiel waren, änderte sich das schlagartig. Er wurde zum Macho, der seine vermeintlichen Besitzansprüche auch schon mal mit der Pistole verteidigte. Oder gewährte er seine Unterstützung nur so lang, wie er wusste, dass sie ohnehin nur dilettierte? Rechnete er eigentlich gar nicht damit, dass sie tatsächlich Erfolg haben würde? Hielt er sie mit seinem Lob nur bei Laune? Mit einem ärgerlichen Schnauben drückte Frida die Zigarette aus und griff wieder zum Pinsel. Sie musste weitermalen. Sie durfte nicht zulassen, dass ihre Wut auf Diego sie am Vorwärtskommen hinderte.

»Ich werde es auch ohne dich schaffen, Diego Rivera Froschgesicht«, sagte sie laut zu sich selbst. »Ab jetzt bin ich nur noch Malerin, dein Essen kannst du dir zukünftig selbst machen.«

Der Gedanke tröstete sie.

»Du kannst wieder runterkommen, ich habe mich beruhigt«, rief sie Fulang-Chang zu, der sich immer noch oben im Regal verkrochen hatte.

Frida versuchte, sich wieder auf das angefangene Bild zu konzentrieren. Die Passionsblume war nur ein Detail. Bedeutsamer waren die Porträts ihrer Eltern und ihr Kleid, das durch die Luft zu schweben schien. Und sie selbst, nackt, mit einem Seil um den Hals, das ein ebenfalls nackter Mann mit Aztekenmaske immer enger zog. Auf einem Erdhügel saß ein Skelett und sah dabei zu.

Sie trat einen Schritt zurück, um das Bild im Ganzen betrachten zu können. Dabei schoss der Schmerz in ihren Fuß. »Blöder Huf«, schimpfte sie. Schlagartig wurde ihr bewusst, dass auch der Unfall, der ihren Leib zerstört hatte, und die daraus resultierenden Fehlgeburten auf das Bild gehörten. Weil es die prägenden Erlebnisse in ihrem Leben waren.

Für die nächsten Stunden versenkte sie sich in ihre Arbeit und fand dabei ihre innere Ruhe wieder. Sie malte schnell, skizzierte einige Dinge nur, um sie nicht zu vergessen. Auf die rechte Seite die Umrisse eines Wolkenkratzers, der an das Empire State Building erinnerte. Zwei nackte Frauen, die auf einem Bett lagen, in die untere Ecke. Immer neue Details fügten sich zusammen, sie fragte nicht, aus welchem Winkel ihrer Erinnerungen sie kamen, sie gab ihnen einfach nur einen Platz auf der Leinwand. Mit raschen Strichen erwachten sie vor ihr auf der Leinwand zum Leben. Sie malte mit Präzision und Könnerschaft, keine Übermalungen mehr, keine zu feuchten Pinsel.

Fulang-Chang zupfte an ihrem Rock, ihm war langweilig, vielleicht hatte er auch Hunger.

»Ich habe jetzt keine Zeit. Geh zu Amala«, sagte sie und scheuchte ihn aus dem Atelier, ohne von der Arbeit aufzusehen.

Ein paar Stunden später wusch sie erschöpft die Pinsel aus und betrachtete das Gemälde. Es war noch lang nicht fertig, vor allem fehlte noch die Klammer, die die einzelnen Elemente zusammenhielt. Aber das Bild strahlte jetzt schon eine gewaltige

Energie aus. Der Grundstein war gelegt. Am liebsten hätte sie weitergemalt, aber die Schmerzen im Rücken sagten ihr, dass es für heute genug war.

Mit diesem Bild beginnt etwas Neues, dachte sie plötzlich. Und Diego wird mich nicht daran hindern, als Malerin zu leben.

Ich bin eine Künstlerin. Das ist alles, was zählt.

Kapitel 2

Es war schon sehr spät am Abend.

Frida saß in ihrem Sessel und betrachtete die Abbildungen von Hieronymus Boschs *Garten der Lüste* in einem ihrer vielen Kunstbücher. Ihr war aufgegangen, dass die Anordnung verschiedener Elemente in ihrem Bild ganz ähnlich war. Sie war ganz in die wundersame Welt Boschs versunken, als sie schwere Schritte vernahm, die vor ihrem Zimmer verharrten.

Dann drang ein komisches leises Schaben durch die Tür. Wider Willen lächelte sie. Sie wusste, dass Diego gerade ungelenk auf einem Bein stand und die klobigen Schuhe an seiner Hose abwischte. Das machte er immer so, wenn er unsicher war. Und jetzt fuhr er sich mit den Händen durch das Haar und räusperte sich.

»Komm schon rein«, rief sie.

Er betrat den Raum, die Holzdielen hoben und senkten sich unter seinem Tritt. Frida wippte in ihrem Sessel auf und ab, was sie gegen ihren Willen zum Lachen brachte.

Diego lächelte sie hoffnungsvoll an. Er schien zu glauben, sie habe ihm die Szene vom Morgen verziehen. Dabei ging sie nur deshalb nicht auf ihn los, weil sie so eine tiefe Befriedigung durch das neue Bild verspürte. Trotzdem sollte er nicht ungestraft davonkommen.

»Wo ist denn Helena?«, fragte sie zuckersüß.

»Sie musste zum Flughafen. Aber sie lässt dich herzlich grüßen.«

Frida blickte ihn wortlos an.

»Es tut mir leid. Ich habe vergessen, es dir zu sagen.«

»Du hast es vergessen? Frau Rubinstein ist eine anerkannte Sammlerin. Hätte sie eines meiner Bilder gekauft, wäre das ein Signal für andere gewesen. Das wäre wichtig für mich gewesen. Wie kannst du so gleichgültig sein?«

Er wich ihrem Blick aus. »Aber sie hat mir etwas für dich mitgegeben. Einen Lippenstift, sie hat gemeint, das tiefe Rot würde dir wunderbar stehen.« Er reichte ihr ein kleines Päckchen.

»Und du meinst, damit ist die Sache vergessen? Ich will keinen verdammten Lippenstift, ich wollte ihr ein Bild verkaufen.« Sie schleuderte das Päckchen an die Wand.

Er starrte sie an, sie konnte das Begehren in seinen Augen lesen. Das machte sie noch wütender, sie spürte, wie der Zorn sich jetzt doch in ihrem Brustraum sammelte und nach oben drängte. Diego hob beschwichtigend die Arme.

»Reg dich nicht auf. Morgen kommen zwei Amis. Die sind bei mir aufgekreuzt, als Helena gerade gegangen war, und ich habe sie herbestellt. Sie haben etwas von mir gekauft, und jetzt wollen sie was von dir. Sie stinken vor Geld, sie nehmen bestimmt was.«

Frida winkte ab. »Lass es gut sein. Ich habe heute mit einem neuen Bild angefangen. Es wird sehr gut werden, das spüre ich. Ich will es mit nach Paris nehmen.«

»Darf ich es sehen?«, fragte er.

In ihre Augen trat ein Leuchten, als sie sein ehrliches Interesse spürte.

Diego stand lange vor der Staffelei und betrachtete jedes Detail.

»Frida, das ist grandios. Es ist voller Symbole, es hat eine ganz eigene Bildsprache.« In seiner Stimme lag Bewunderung, und sie bekam plötzlich Zweifel und ein schlechtes Gewissen. Vielleicht hatte er Helenas Besuch wirklich nur vergessen? Er vergaß ja auch, Briefe zu lesen und Rechnungen zu bezahlen, er vergaß sogar zu essen, wenn er arbeitete.

»Aber es ist auch zum Fürchten«, sagte er und riss sie aus ihren Gedanken.

Sie zuckte mit den Schultern. »Das ist einfach mein Leben«, sagte sie, nachdem sie die verschiedenen Elemente erklärt hatte. »Aber ich habe noch keine Idee für einen Rahmen, der alles zusammenhält. Bisher ist es nur eine Collage.«

»In deiner Collage fehlt etwas«, sagte Diego, und sie hörte so etwas wie Enttäuschung heraus.

Frida blickte erneut auf das Bild, und da bemerkte sie es. Ihr Bild stellte ihr Leben dar, aber die wichtigste Person in ihren Leben fehlte: Diego.

Am nächsten Morgen wollte sie als Erstes ein paar Arbeiten für die Amerikaner heraussuchen, aber als ihr Blick auf das neue Bild fiel, fing sie stattdessen an zu malen und vergaß den Besuch. Gegen Mittag hörte sie sie über den Patio kommen. Sie lachten zu laut, und die Frau zeigte hierhin und dorthin und fand alles *marvellous*.

Diego führte sie in ihr Atelier, und Frida setzte ein Lächeln auf.

»Frida, das sind John und Maggie Richardson aus Philadelphia. Sie wollen deine Bilder sehen.« Dann trat er zur Seite, damit Frida den beiden die Hand geben konnte.

John übersah die Geste und ging schnurstracks zu ihrer Staffelei. Er beugte sich nach vorn und studierte kopfschüttelnd das Bild.

Frida spürte das brennende Bedürfnis, es vor seinen gierigen Blicken schützen zu müssen. »Ach, das ist nur eine Fingerübung und auch noch lange nicht fertig«, sagte sie schnell und hängte ein Stück Leinen über die Staffelei.

»Also, ich verstehe gar nicht, wie Sie das machen«, sagte Maggie.

»Sie meinen, wie ich male?«

»Nein, wie Sie das schaffen, zu malen. Ich habe kaum Zeit für solche Dinge. Ich kümmere mich um John, damit bin ich reichlich beschäftigt.«

Fulang-Chang kam neugierig angelaufen, und Maggie stieß einen weiteren Schrei des Entzückens aus. »Wie niedlich!«, rief sie und beugte sich zu ihm hinunter.

Der kleine Affe bleckte die Zähne, und sie zuckte erschrocken zurück. »John!«, rief sie.

»Sperr ihn doch bitte ein«, sagte Diego, und Frida hörte seinen Zorn heraus. Er mochte Fulang-Chang nicht, seitdem dieser einmal ein Bild von ihm mit seinen flinken Fingern zerfetzt hatte. Obwohl er hinterher gelacht und behauptet hatte, der Affe habe eben Kunstverstand.

Frida lockte das Tier herbei und setzte es sich auf die Schulter.

»Frida«, mahnte Diego.

»Mich stört er nicht.«

»Wo sind denn Ihre Bilder?«, fragte John. Er ging in ihrem Atelier herum, betrachtete alles ganz ungeniert, als gehöre es ihm schon, während seine Frau nervös zu dem Affen hinübersah.

»Verkaufen Sie das auch?«, fragte der Amerikaner und wies auf ein lebensgroßes Skelett aus Pappmaschee, das einen bestickten Unterrock trug und in einer Ecke von der Decke hing. »Guck mal, Maggie, das ist *nice!* Was kostet es?«

»Das verkaufe ich nicht. Das ist mein Schwesterchen. Sie sieht mir beim Malen zu.«

Diego schüttelte missbilligend den Kopf.

Wie um sie zu beruhigen, warf Frida der Puppe einen verschwörerischen Blick zu. Natürlich würde sie sich nicht von ihr trennen. Sie und die anderen Figuren aus Pappmaschee waren ihre Freunde, die mit ihr redeten, sie lobten oder beruhigten. Aber in Anwesenheit der Gringos rümpften sie die Nase und waren verstummt.

»Darling, sieh mal hier. Das ist wirklich entzückend. Das will ich haben!«

Maggie stand jetzt vor dem Puppentheater, das Frida in einem Schuhkarton erschaffen hatte. Die winzigen Puppen saßen um einen Tisch herum, ein Krokodil und ein Hund waren auch dabei. »Was kostet das?«, fragte sie.

Frida fing einen weiteren scharfen Blick von Diego auf, als sie erneut antwortete, dass es nicht zu verkaufen sei.

»Ich dachte, Sie sind an meinen Bildern interessiert?«, fragte sie. »Warten Sie, ich zeige Ihnen welche.« Sie ging zu der großen Truhe, die vor dem Fenster stand, hob den schweren Deckel an und nahm zwei Bilder heraus.

»Die sind aber klein«, sagte Maggie mit einem Ausdruck der Enttäuschung. »Haben Sie nichts Größeres?«

»Größer male ich nun mal nicht.«

»Das hat nichts zu bedeuten«, mischte sich Diego rasch ein. »Frida malt mit dem Herzen. Ihr gelingt es, in kleinen Formaten ganze Welten auszudrücken. Darin liegt ihre einzigartige Kunst.«

Frida legte die beiden Leinwände, die noch ungerahmt waren, auf einen Tisch.

Maggie wich entsetzt zurück, als ihr Blick auf das erste Gemälde fiel. Es zeigte eine nackte Frau auf einem Bett, der Körper blutüberströmt. Davor stand ihr Mann, der noch das Messer in der Hand hielt.

»Das Bild heißt *Ein paar kleine Dolchstiche*«, sagte Frida. »Ich wollte damit auf die vielen Morde an mexikanischen Frauen hinweisen. Aber wenn Ihnen das nicht gefällt: Hier ist ein anderes.« Sie schob die *Dolchstiche* zur Seite, und darunter erschien eine weitere nackte Frau auf einem blutigen Laken. Zwischen den gespreizten Schenkeln war der Kopf eines Neugeborenen zu sehen. »Und das hier zeigt meine Geburt. Wenn Sie genau hinsehen, dann erkennen Sie, dass ich das Baby bin.«

Maggie schnappte nach Luft und wandte sich röchelnd ab.

»Und das nennen Sie Malen mit dem Herzen? Glauben Sie, wir hängen uns so etwas übers Sofa?« John griff nach der Hand seiner Frau und zog sie hinter sich her. »Auf Wiedersehen«, sagte er.

»Ich bringe Sie raus«, sagte Diego rasch und folgte ihnen.

Als er wieder zurück ins Atelier kam, rief er wütend:

»Ich denke, du willst Bilder verkaufen. Gestern hast du mich wegen Helena beschimpft, und heute bringe ich dir Kunden, und du vergraulst sie.«

Sie starrte ihn mit zusammengekniffenen Augen an. »Das waren doch keine Kunden. Das waren Gringo-Idioten. Die hätten nie eines meiner Bilder gekauft.« Dann lachte sie. »Aber für den dämlichen Gesichtsausdruck dieser Frau war es die Sache wert.«

Mit einem Mal fiel Diego in ihr Lachen ein. »Du hast recht, das waren Idioten. Ich habe ihnen zwei völlig verhunzte Arbeiten angedreht, die eigentlich auf den Müll gehören, und sie haben es nicht gemerkt.«

Frida zündete sich eine Zigarette an.

»Meine Bilder sind zu gut für solche Leute. Sie gehören in die großen Museen, in den Louvre oder in das Museum of Modern Art. Nicht in die privaten Wohnzimmer irgendwelcher Menschen, die keinen Ahnung haben und nur Dekoration wollen. Helena hätte mir dabei helfen können, aber sie hat ja nur deine Köchin kennen gelernt.«

»Du übertreibst wie immer. Darf ich dich daran erinnern, dass du am Anfang unserer Ehe sogar Kochunterricht genommen hast? Du bringst mir jeden Tag einen Korb mit Essen. Woher sollte ich wissen, dass du deine Meinung geändert hast?«

Fridas Empörung fiel in sich zusammen. Er hatte ja recht. Sie hatte lange Zeit ihre Krankheit als Ausrede benutzt, um nicht zu arbeiten. Am Anfang des Jahres war sie am Fuß operiert worden, und danach hatte sie sich durch den Tag treiben lassen, weil sie sich erschöpft und deprimiert fühlte. Da war es ihr gerade recht gekommen, dass sie für Diego sorgen konnte. Aber diese Zeiten waren endgültig vorbei. Sie hatte beschlossen, ihr Leben zu ändern.

»Nun, Diego, merk dir, dass ich ab sofort nicht mehr für dein Essen zuständig bin. Ich bin Malerin, ich mache Kunst. Und mit diesem Bild werde ich das beweisen.«

Diego sah sie an, und sie konnte sehen, wie er sich fragte, ob sie das erst meinte und wie lang sie es durchhalten würde. Dann stellte er sich wieder vor die Staffelei. »Weißt du was? Ich glaube, das wird dir gelingen.«

Frida drehte sich zu ihm um. Er meinte es ernst. Ihr Unwillen verflog. Sie trat zu ihm und schmiegte sich in seine Arme.

»Ich habe Hunger. Hat Amala was vorbereitet?«, fragte er.

»Geh doch in die Küche und sieh nach«, gab Frida zurück. »Ich brauche jetzt einen Tequila.«

Später saßen sie am Tisch und aßen. Danach räumten sie gemeinsam auf. Es war spät geworden, und Diego verabschiedete sich in sein Schlafzimmer. Frida wollte erst vorübergehen, aber dann blieb sie in der offenen Tür stehen.

Er bemerkte sie nicht gleich, und sie beobachtete ihn dabei, wie er sich etwas schwerfällig auszog und auf das Bett legte. Auf einmal quoll Fridas Herz über vor Zärtlichkeit für diesen seltsamen Mann, der immer noch der Mann ihres Lebens war. Sie machte eine kleine Bewegung, Diego blickte zu ihr, und sie verlor sich in seinen dunklen Augen. Wen er mit diesem Blick ansah, in dem eine ganze Welt lag, der musste ihm verfallen.

Er ist doch mein Ehemann, dachte sie, um sich gleich darauf

zu korrigieren: Nein, ist er nicht. Diego gehört niemandem und allen zugleich. Das machte es ja so schwer, mit ihm zu leben.

Er klopfte mit der flachen Hand auf die Matratze. »Komm, meine Friducha. Es tut mir leid, wie das mit Helena gelaufen ist. Ich habe nicht nachgedacht. Vielleicht hatte ich aber auch Angst, dass sie nur deine Bilder kauft, wenn sie sie sieht.«

Sie legte sich zu ihm, und er fing an, sie behutsam auszuziehen, während er ihr Liebesworte sagte.

Kapitel 3

Am nächsten Morgen galt Fridas erster Gedanke wieder dem Bild auf der Staffelei. Neben dem Bett lag eine Nachricht von Diego.

Ich musste schon los. Ich habe mir eben noch mal dein Bild angesehen. Es wird großartig werden. Wir sehen uns später. Dein Froschgesicht.

Ohne sich anzuziehen, sprang sie auf und eilte auf nackten Füßen in ihr Atelier hinüber. Sie schlug das Tuch zurück, das Bild wurde von der Sonne getroffen und leuchtete. Frida stellte sich davor. War es so, wie sie es in Erinnerung hatte? Hatte es noch Bestand, war es noch so wichtig wie gestern? Oder hatten die Figuren aus Pappmaché sich seiner über Nacht bemächtigt, daran herumgekritzelt, ihm die Aura genommen, es entwertet und lächerlich gemacht? Das taten sie manchmal. Sie waren zwar ihr besten Freunde, immer für sie da, aber manchmal trieben sie Schabernack mit ihr. Und sie waren ihre schärfsten Kritiker.

Diego lachte sie aus, wenn sie ihm davon erzählte. »Was da spricht, sind deine eigenen Zweifel«, rief er.

Aber Frida wusste es besser.

»Guten Morgen, Schwesterchen«, begrüßte sie die Puppe, die sie freundlich ansah. Erleichtert atmete sie aus.

Sie ließ ihren Blick über die Elemente des Bildes wandern: die nackte Frau, ihr Kleid, die Passionsblume, die mexikanischen Pflanzen und ihre Eltern. Mehr oder weniger intuitiv waren all diese Dinge auf die Leinwand gekommen. Aber was war die Klammer, die alles formal zusammenhielt? Frida trat dicht an die Staffelei und sah in die Augen ihrer Mutter. Über ihr erhob sich ein feuerspeiender Vulkan. Sie setzte einen Vogel mit rotem Gefieder dazu, den sie auf dem Gemälde von Hieronymus Bosch gesehen hatte, ohne bereits zu wissen, wofür er stehen sollte.

»Die Dinge müssen viel enger zusammenstehen«, murmelte sie. »Sie gehören zusammen, als wären sie eins, es darf keine Abstände, keine Lücken zwischen ihnen geben. Aber wie soll das gehen?«

Sie ging auf und ab und sah immer wieder auf das Bild. So etwas war ihr noch nie passiert. Noch nie war das Gefühl, ein Bild malen zu *müssen*, so drängend gewesen. Es wollte aus ihr heraus, sie musste mit ihm etwas ausdrücken. Die alte Frida hätte vielleicht aufgegeben und dieses Bild unvollendet gelassen, weil sie nicht weitergewusst hätte. Aber die neue Frida würde dranbleiben. Sie würde so lang ausharren, bis sie eine Idee hätte. Sie merkte, dass ihr der Gedanke gefiel, sie sogar mit Stolz erfüllte.

Sie nahm einen Pinsel und mischte ein Rot an. Ein paar Stunden arbeitete sie weiter an dem Bild, machte hier einen Strich und radierte dort etwas aus. Aber sie kam nicht voran, der zündende Funke wollte nicht kommen. Tief in ihre Gedanken versunken, legte sie den Stift zur Seite und ging in die Küche, um, wie jeden Tag, Essen vorzubereiten.

Sie schnitt Zwiebeln und Tomaten und wusch den Mais für die Enchiladas. Dann hackte sie ein großes Bund Koriander, und plötzlich hielt sie inne. Was mache ich denn hier, das wollte ich doch nicht mehr. Die Zeiten, in denen Diego malt und ich koche, sind vorbei. Sie nahm das Gemüse und gab es den Hühnern, die sich wild gackernd auf die Leckerbissen stürzten.

Als sie auf dem Weg zurück ins Haus in eine Mulde im Sand trat, stach der altvertraute Schmerz in ihren rechten Fuß. Elfmal war er bei dem Busunfall gebrochen worden, und er war nie wieder richtig zusammengewachsen.

Sie humpelte in ihr Schlafzimmer, um die Tabletten zu holen, und bei jedem Schritt stöhnte sie auf. Wenn sie jetzt nicht aufpasste, würden die Schmerzen am Abend unerträglich sein. Sie beschloss, ein Bad zu nehmen. Die Wärme des Wassers tat ihr immer gut.

Nur mit Mühe gelang es ihr, in die Wanne zu steigen, aber dann streckte sie sich in dem heißen Wasser aus und begann sich zu entspannen. Sie lehnte sich zurück und schloss die Augen. Der Schmerz in ihrem Fuß ließ nach.

Vor der geschlossenen Tür hörte sie ein Kratzen. Das war Señor Xólotl, der hereinwollte. Der Hund winselte leise, dann, als Frida nicht reagierte, schlich er davon.

Sie öffnete die Augen wieder und sah ihre Füße mit den rot lackierten Nägeln, die am Ende der Wanne rechts und links neben dem Überlauf aus dem Wasser ragten. Die Narben, die sich am rechten Fußrücken über den großen Zeh zogen, riefen die Erinnerung an ihren Unfall und die Folgen hervor. Sie waren ein Sinnbild für ihr bisheriges Leben, für alles, was sie war.

Sie lag ganz still, und die Wasseroberfläche beruhigte sich und war wie ein Spiegel. Sie sah den Überlauf, an dem die Kette mit dem Stöpsel hing, zweimal. Und auch ihre Zehen wurden im Wasser gespiegelt.

Mit einem Ruck setzte sie sich auf, und das Bild verwackelte und verschwand. Aber ihre Idee hatte sie gefunden! Die gefüllte Badewanne beziehungsweise die untere Hälfte, die sie gerade vor sich sah, mit ihren Knien und den Füßen am Ende, würde den Rahmen für ihr Gemälde abgeben. Und die einzelnen Elemente ihres Bildes würden auf und im dunklen, halb durchscheinenden Wasser schwimmen.

Wasser war Leben, aus dem Wasser kam sie, das Wasser schenkte ihr Frieden und die Abwesenheit oder zumindest die Linderung von Schmerz. Und auf der Wasseroberfläche würde sie alle die Dinge malen, die das Wasser ihr gab. »Was mir das Wasser gab«, flüsterte sie. So würde sie das Bild nennen.

Sie versuchte, ganz still zu liegen, damit auch das Wasser wieder zur Ruhe kam. Aber vor Erregung atmete sie heftig, und es dauerte lang, bis alles ganz reglos war. Dann bewegte sie vorsichtig den Kopf und sah wieder in diesen Spiegel. Und mit ihm in ihr ganzes Bild.

Wie üblich kam Diego erst gegen Mitternacht nach Hause. Aber auch Frida war noch fleißig. Sie saß mit einem Skizzenblock am Tisch, als sie seine schweren Schritte im Flur hörte. Sie stand auf, schlug sich ein Tuch um die Schultern und ging ihm entgegen.

»Hallo meine Friducha. Wie schön, dass du noch wach bist.« Er klang ein bisschen aufgedreht, so, als hätte sie ihn bei irgendetwas ertappt. Sofort war sie alarmiert. Sie stellte sich auf die Zehenspitzen, um ihn zu küssen, und roch ein fremdes Parfum. Sie hatte sich also nicht geirrt.

»Ist sie noch in San Ángel?«, fragte sie.

Er zuckte mit den Schultern. »Aber Frida …«

Plötzlich wich alle Energie, die sie gerade noch gespürt hatte, aus ihrem Körper. Dieses Auf und Ab in ihrer Beziehung kostete so unendlich viel Kraft. An einem Tag war sie Diego sehr nah, am nächsten stieß er sie vor den Kopf. Sie ertrug es nicht länger, ständig von ihm betrogen zu werden. Konnte er nicht wenigstens die Spuren seiner Eskapaden verwischen? War ihm denn völlig egal, dass sie darunter litt? Demütigte er sie womöglich mit Absicht? Sie ballte die Fäuste. Sie durfte sich das nicht länger gefallen lassen!

Doch als sie ihn beschimpfen wollte, hielt er ihr etwas hin.

»Hier. Für dich.«

Frida nahm die kleine Figur aus Jade in die Hand. Sie passte beinahe in ihre Faust. Bevor sie richtig sah, was es war, bemerkte sie die Weichheit des Steins, der von Diegos Hand ganz warm war. Sie öffnete die Finger und betrachtete den liegenden Hund. Aufmerksam, aus großen Augen sah er sie an, die Ohren gespitzt. Sie fuhr über seine Pfoten und konnte sogar die kleinen Krallen ertasten.

»Die Figur ist prähispanisch. Ein Bauer hat sie auf seinem Feld gefunden und mir gebracht. Ich habe sofort gedacht, dass ich sie dir schenken muss, damit du nicht traurig bist, wenn Señor Xólotl mal nicht bei dir ist.«

»Eigentlich vermisse ich dich.« Sie merkte, wie ihr Zorn verflog und Platz für Traurigkeit machte.

Seine Geste berührte sie. Diego sammelte alte Kunst wie ein Besessener. Er musste inzwischen Tausende von Stücken besitzen: Figuren, Keramik, kostbaren Schmuck der Indigenen aus allen Ecken Mexikos ... Er liebte und kannte jedes einzelne Stück. Und er träumte davon, ein Museum für seine Sammlung zu bauen.

Wider Willen musste sie lächeln. Wenn Diego durchs Haus ging, wackelten die Wände, aber wenn er sie beschenkte, waren seine Bewegungen leicht die wie Flügel eines Schmetterlings.

Sie fing seinen Blick auf und sah sie beide in dem Spiegel des Kleiderschranks. Sie eine bunte Blume in einem weißen Nachthemd und mit einem rot schimmernden, üppig bestickten Tuch um die Schultern, er ein Koloss in einem viel zu warmen Tweedanzug. Genau so hatte sie ihn zum ersten Mal gesehen: Sie war bei der Fotografin Tina Modotti zu einer Party eingeladen gewesen, hatte vor einem Spiegel gestanden, ihre Frisur gerichtet und sich ein paar Blüten ins Haar gesteckt, da war er hinter ihr aufgetaucht und hatte sie so voller Begierde angesehen. Damals hatte sie sich in ihn verliebt.

Ich liebe ihn immer noch, dachte sie, obwohl er ein Monster ist und mich betrügt.

»Ich muss gleich wieder gehen. Ich wollte dir das nur schnell bringen. Damit du nicht traurig bist ...«

Frida erstarrte. Also war die andere noch in San Ángel. Vielleicht wartete sie sogar im Auto auf ihn. Wahrscheinlich wieder eine dieser Gringas. Seit einiger Zeit galt es unter den reichen Amerikanern als schick, nach Mexiko zu kommen, um Bilder von Diego Rivera zu kaufen. Und die Frauen gönnten sich eine Nacht oder zumindest einen Flirt mit dem berühmtesten Maler Mexikos.

»Dann geh doch!«, schleuderte sie ihm entgegen. Die Hände in die Hüften gestemmt, sah sie ihm nach. »Was war ich nur für eine Närrin, als ich dich geheiratet habe!«, rief sie.

Alle hatten sie damals gewarnt, ihre Freundin Tina Modotti, ihre eigene Mutter, die verächtlich von der Hochzeit einer Taube mit einem Elefanten gesprochen hatte. Sie alle hatten Recht behalten. Diego war doppelt so alt wie sie, er hatte schon ein Leben hinter sich, war zweimal geschieden und als Frauenheld berüchtigt. Wie hatte sie allen Ernstes glauben können, sie würde ihn ändern? Bereits kurz nach der Hochzeit hatte Diego Affären gehabt, nichts Wichtiges in seinen Augen, nichts, was für Frida gefährlich sein könnte.

»Mein Körper ist nicht dafür gemacht, treu zu sein«, hatte er gesagt. »Das hat mir sogar mein Arzt bestätigt.«

Die Erkenntnis, dass Diego ihre romantische Idee der Liebe, die für sie immer und ewig zu sein hatte, nicht teilte, hatte sie gepeinigt. Wie konnte er auch nur an andere Frauen denken, wenn sie bei ihm war? Das konnte sie anfangs nicht begreifen. Sie hatte sich damit getröstet, dass seine Affären nichts an seiner tiefen Liebe zu ihr änderten.

»Wenn ich deine Treue nicht haben darf, dann will ich deine Loyalität!«, hatte sie verlangt.

»Ich verspreche es dir«, hatte er geantwortet.

Stöhnend drehte sie sich in ihrem Bett um, weil sie keinen Schlaf fand. Diego entglitt ihr. Er entfernte sich. Wie weit ging seine Unterstützung wirklich? Erst gestern hatte er sich lang das Wasserbild angesehen, aber nur, weil es ihm gerade in den Kram gepasst hatte. Er nahm seine Kunst wichtiger als ihre, so war es doch. Und dabei hatte er doch versprochen, loyal zu sein, wenn er schon nicht treu sein konnte. Auch dieses Versprechen hatte er gebrochen.

Vor lauter Grübeln fand sie keinen Schlaf. Schließlich stand sie wieder auf. Ihr Blick ging zu der Schatulle, in der sie die Dollars aufbewahrte, die ihr Edward Robinson für die Bilder gezahlt hatte. Vierhundert Dollar in neuen Zwanzig-Dollar-Scheinen. Es war gut, dass sie Geld hatte. Das machte sie unabhängig von Diego.

Sie hob den Kopf und sah sich selbst im Spiegel an. Ich bin einunddreißig Jahre alt, dachte sie, eigentlich eine Frau im besten Alter, aber ich fürchte, dass meine Krankheit mir weniger Zeit lässt als anderen. Was will ich im Leben erreichen? Ich bin nicht mehr jung genug, um mich an einen untreuen Mann zu binden. Ich bin talentiert, es ist an der Zeit, dass ich dieses Talent ausschöpfe.

Sie brachte ihr Gesicht dicht vor den Spiegel. Waren da die allerersten zarten Fältchen in ihren Mundwinkeln, verdeckt durch die schwarzen Härchen, den Anflug eines Damenbarts?

Lange stand sie so da. Ich werde das Wasserbild fertigstellen, versprach sie sich. Und dann werde ich das nächste Bild malen und danach wieder das nächste. Die Zeiten, in denen ich im Schatten des großen Diego Rivera vor mich hingepinselt habe, sind endgültig vorbei. Meine Bilder sind mein Leben. Sie helfen mir, mich selbst zu verstehen und meine Enttäuschungen und Katastrophen zu verarbeiten. Wenn ich nicht gemalt hätte, vielleicht wäre ich verrückt geworden oder hätte mich schon umgebracht. Ich wäre gern weiter Diegos Frau, aber wenn dieser Koloss mich unter sich zerquetscht, dann muss ich mich von ihm frei machen.

Sie lächelte ihrem Spiegelbild zu. Ich will meine Bilder nicht nur malen, sondern sie auch der Welt zeigen und verkaufen. Die Zeiten, in denen ich Geld von Diego genommen habe, sind auch vorüber.

Frida atmete tief ein und aus. Endlich wusste sie, was sie zu tun hatte. Sie fühlte sich stark. Unabhängig. Frei. Ich werde es allein schaffen, dachte sie. Ich bin nicht länger Diegos Muse. Ich bin nicht länger Frida Rivera. Ich bin Frida. Frida Kahlo.

Kapitel 4

Frida streckte den Rücken durch und rollte mit den Schultern. Es war fast Mittag, und sie hatte schon stundenlang gearbeitet und dem Wasserbild immer neue Facetten hinzugefügt. Jetzt brauchte sie eine Pause. Außerdem wartete sie auf den Postboten. Wann kam er denn endlich? Sie hoffte auf Nachricht von Breton. Sie hatte ihm schon zweimal geschrieben und nach Neuigkeiten wegen der Ausstellung gefragt, aber er antwortete nicht. Hatte er zu viel versprochen? War das alles nur ein Hirngespinst, ein Traum, und sie würde für immer die Frau in Diegos Schatten bleiben? Sie war sich nicht sicher, ob sie diesen Rückschlag verkraften würde.

Missmutig setzte sie sich auf eine der kleinen Mauern in die pralle Augustsonne, stand aber gleich wieder auf und wanderte über den Patio bis zu dem großen Orangenbaum, der schon seit ihrer Kindheit hier stand. Sie pflückte ein Blatt ab und zerrieb es zwischen den Fingern. Der herbe, vertraute Duft beruhigte sie normalerweise. Dieser Innenhof war ihr Rückzugsort, sie liebte ihn über alles. Ringsum hatte sie üppig bepflanzte Tonkrüge aufgestellt, in denen Callas und Agaven wucherten. In kleineren Töpfen wuchsen Kakteen. Frida beugte sich hinunter, um die winzigen Blüten in Helllila zu bewundern. In jeder Nische, auf jeder Treppenstufe stand oder saß eine prähistorische Figur aus Terrakotta. Tauben und Stare nisteten in den eingemauerten Krügen unterm Dach. Hier gab es immer etwas zu sehen oder zu hören, und inmitten dieser Lebendigkeit, während sie stundenlang welke Blätter zupfte, fand Frida Ruhe und oft auch Inspiration für ihre Bilder. Sie strich über die glänzenden Blätter des Philodendron gloriosum, und ihr fiel auf, dass sie die Form eines Herzens hatten – oder einer Vulva, dachte sie mit einem Lächeln. Ihre Finger verharrten, und sie drehte eines der großen Blätter um und hielt es gegen die Sonne. Auf einmal spürte sie ein Kribbeln im Nacken, als würden Ameisen darüber laufen. Sie schloss die Augen und horchte in sich hinein. Wieder sah sie auf das Blatt. Es bedeutete etwas, aber was? Sie sah das Bild auf der Staffelei vor sich, die Stelle, an der sie die Gesichter ihrer Eltern gemalt hatte. Sie sah in die Augen ihrer Mutter, und da wusste sie es. Hinter diesem Blick verbarg ihre Mutter ihre verlorene Liebe zu einem Mann, der sich vor ihren Augen umgebracht hatte. Und in Papas Augen las sie die trotzige Gewissheit, dass er den anderen niemals ersetzen konnte, und dass er sich während seiner epileptischen Anfälle in eine Welt zurückzog, zu der sie keinen Zutritt hatte. Die Blätter müssen in dünnen Wurzeln auslaufen oder noch besser: in Blütenfäden, die sich ineinander verwirren wie Schamhaare, dachte sie. Mitten hinein werde ich meine eigene Lust und meine Kinderlosigkeit malen … vielleicht … kurz hielt sie inne, vielleicht könnte sie eine nackte Frau auf einem Bett in das Grün stellen. Nein, besser zwei Frauen, die sich zart berührten …

Auf einmal hatte sie es eilig, ihre Müdigkeit und auch der Postbote waren vergessen. Sie wollte zurück an ihre Staffelei.

Fulang-Chang sprang ihr vor die Füße, und sie nahm den Affen auf den Arm. Er schlang die Arme um ihren Hals und schmiegte sich an sie wie ein Kind. Dann plötzlich kratzte das Tier sie, sprang zurück auf den Boden und lief mit einem Klagelaut zurück zum Haus. Frida folgte seinem Blick. Durch das große Fenster konnte sie in ihr Atelier sehen, wo das unfertige Bild auf sie wartete.

Sogar Fulang merkt, wie nervös ich bin, stellte sie flüchtig fest, denn in Gedanken mischte sie bereits grüne Farbe an.

In diesem Augenblick trat der Postbote durch das Tor. Frida legte das Blatt auf eine Bank, hielt noch einmal kurz inne, speicherte das Bild, das vor ihren Augen entstanden war, in ihrem Gedächtnis ab, um es ja nicht zu vergessen. Dann ging sie dem Mann entgegen, der ihr einen ganzen Packen Briefe hinhielt. Meistens waren sie alle für Diego: Rechnungen, Mahnungen, Einladungen.

»Heute habe ich auch etwas für Sie, Señora Rivera. Aus Nueva York!«

»Danke!«

New York, nicht Paris? Frida nahm ihm den Brief aus der Hand. Die Schrift sagte ihr nichts. Neugierig drehte sie ihn um und blickte auf den Absender. Der Brief kam von einer Galerie Julien Levy.

Frida wischte sich die Finger an ihrem Rock ab, dann riss sie den Umschlag auf und überflog ungeduldig die Zeilen. Mr. Levy teilte ihr mit, dass er sich auf Empfehlung seines Freundes André Breton an sie wende, und fragte an, ob sie Interesse an einer Einzelausstellung in seiner Galerie habe.

Eine Ausstellung in New York? Das war ja noch viel besser

als Paris. Hastig las sie die Zeilen noch einmal, ja, dieser Levy schlug ihr eine Einzelausstellung vor. Das war mehr, als sie sich je erträumt hatte. Und ob sie Interesse hatte! Das war die Gelegenheit, auf die sie gewartet hatte.

»Diego«, rief sie und eilte in sein Schlafzimmer. Es war ihr egal, dass er noch schlief. Diese Nachricht konnte sie keine Sekunde für sich behalten. »Diego, das glaubst du nicht.«

»Was ist denn, Friducha?«, fragte er und rieb sich die Augen.

Im Vorübergehen hob sie automatisch eines seiner riesigen Hemden auf und hängte es an den Haken. Sie ließ sie aus Amerika kommen, denn in Mexiko gab es keine Hemden in seiner Größe. Von dem Kleidungsstück stieg der schwache Duft eines Frauenparfums auf, aber das war ihr in diesem Augenblick egal.

»Julien Levy aus New York lädt mich ein, bei ihm auszustellen. Erinnerst du dich, wir waren mal dort. André hat mich empfohlen.« Dann ließ sie die Schultern sinken. »Aber hier steht: Galerie für Surrealismus. Dieser Levy stellt offensichtlich surrealistische Bilder aus.« Sie warf sich aufs Bett, landete halb auf Diego und hielt ihm den Brief hin.

Diego setzte sich auf, an das Kopfteil des Betts gelehnt, und zog Frida an seine Seite. »New York? Zeig mal her.« Er überflog die Zeilen, dann blickte er auf: »Er schreibt, er habe durch Breton von deinen Bildern gehört …«

»Genau. Wer weiß, was der ihm über mich erzählt hat …«

Diego sah sie an, dann schürzte er amüsiert die Lippen. »Du hast es doch darauf angelegt, dass Breton dich als Vorreiterin des Surrealismus sieht. Wochen, bevor er kam, hast du seine Schriften gelesen und anschließend das ganze Haus mit deinen

Bildern gepflastert, so dass er sie gar nicht übersehen konnte. Und jetzt hast du, was du wolltest. Chapeau!

Frida lächelte in sich hinein. Diego hatte recht, sie hatte gewollt, dass André ihre Bilder mochte, weil sie gehofft hatte, ihrem Leben dadurch eine andere Richtung zu geben. Ihr Plan war aufgegangen. Aber sie hatte nicht damit gerechnet, dass seine Beziehungen so weit reichten, dass er sie an eine New Yorker Galerie vermittelte. Oh Gott, ich werde meine Bilder in New York ausstellen, schoss es ihr durch den Kopf.

Sie keuchte und presste die Hand vor den Mund. Sie hatte doch keinen Schimmer, wie sie so etwas bewerkstelligen sollte. Wahrscheinlich hatte sie nicht mal genügend Arbeiten.

Wie würde Diego reagieren? »Freust du dich für mich?«, fragte sie ihn.

Diego sah sie feierlich an. »Frida, ich bin stolz auf dich. Du hast es geschafft.«

»Ich werde mich lächerlich machen.« Sie merkte, wie ängstlich ihre Stimme auf einmal klang.

Diego lachte, zog sie an sich und küsste sie stürmisch.

»Ein bisschen Lampenfieber gehört dazu.«

»Du willst mich nur los sein, damit du dich ungestört rumtreiben kannst.« In dem Moment, als sie das sagte, spürte sie zu ihrer eigenen Verwunderung, dass sie die Vorstellung nicht besonders berührte. Nicht so wie früher. Weil sie jetzt etwas viel Wichtigeres dafür erhielt. Und ihre Verunsicherung würde sie auch in den Griff bekommen. Dies war ihr Traum, und den würde sie sich nicht nehmen lassen.

Diego ließ sich zum Glück nicht provozieren. »Frida, es wird Zeit, dass du der Welt deine Bilder zeigst. Was ich hier mache oder nicht mache, hat damit überhaupt nichts zu tun. Fahr nach New York.«

»Du wirst mich vermissen.«

Er nickte. »Das werde ich.«

»Dann komm mit!«

Wollte sie das wirklich? Dass er die ganze Zeit um sie herum war, ihre Schritte kontrollierte und immer im Mittelpunkt stand, während sie seine malende Ehefrau gab? Hatte sie das nicht lang genug mitgemacht?

»Du weißt, dass das nicht geht. Ich muss arbeiten.«

Seine Ablehnung traf sie trotzdem. »Aber ich bin immer mitgekommen, wenn du Aufträge in Amerika hattest. Ich habe mich um dich gekümmert. Ich war deine Dolmetscherin, deine Krankenschwester und deine Sekretärin, ich habe deine Briefe beantwortet und dir die Leute vom Hals gehalten. Ich war die ganze Zeit für dich da!«

Er verzog das Gesicht zu einem Lachen, dann registrierte er ihren bösen Blick und wurde wieder ernst. »Das stimmt nur zum Teil, Frida. Du hast in diesen Jahren einige deiner wichtigsten Bilder gemalt.«

»Aber ich hätte viel mehr malen müssen, ich hätte mehr lesen und lernen sollen. Stattdessen habe ich mich von dir vereinnahmen lassen und in den Tag hineingelebt. Egal, an welchem Bild ich gerade saß, wenn du mich gebraucht hast, habe ich alles stehen und liegen lassen. Ich habe die besten Jahre meines Lebens damit verbracht, mich um dich zu kümmern! Und du hast alles getan, damit das auch schön so bleibt. Aber damit ist jetzt Schluss.« Sie wunderte sich selbst, wie sicher sie klang. Das musste daran liegen, wie ernst es ihr war.

»Gib nicht mir die Schuld, Frida.« Diegos Stimme klang hart, aber dann wurde sie weicher. »Weißt du noch, als du damals mit deinen ersten Bildern zu mir gekommen bist, um mich zu fragen, ob du Talent hast?«

Frida nickte. Wie könnte sie das jemals vergessen. Damals war sie achtzehn gewesen und hatte Diego im Erziehungsministerium besucht und ihn sogar dazu gebracht, von seinem Gerüst herunterzuklettern, weil sie sich mit ihrem kranken Rücken nicht die wackelige Leiter hinauftraute. Ihr Herz wurde warm bei dem Gedanken.

»Damals habe ich dir gesagt, dass in dir eine großartige Malerin steckt und dass du unbedingt weitermachen sollst. Es wird nicht leicht werden. Ich verstehe auch, dass dir das Angst macht. In New York wirst du auf dich allein gestellt sein, du wirst für deine Bilder kämpfen müssen. Es reicht nicht, dass sie irgendwo hängen. Du wirst Werbung machen, die richtigen Leute treffen müssen, Argumente haben, über Preise verhandeln …« Frida wurde jetzt tatsächlich ein wenig mulmig, aber sie versuchte, sich nichts anmerken zu lassen. Diego nahm sie in den Arm. »Niemand wird das besser machen als du. Sei einfach du selbst, Frida.«

Frida war noch ganz in ihrem Glück gefangen, als der Postbote am nächsten Tag den lang ersehnten Brief von André Breton brachte. Er lud sie ein, ihre Bilder in seiner Galerie in Paris zu zeigen. *Hat Levy sich schon gemeldet?*, schrieb er. *Vielleicht kannst du beides miteinander verbinden und gleich in New York ein Schiff nach Europa nehmen?*

Frida schwirrte der Kopf, sie konnte an nichts anderes mehr

denken. Das wurde jetzt doch ein bisschen viel. Erst Amerika und dann auch noch Europa? Wie lang wäre sie da unterwegs? Bestimmt Wochen, vielleicht sogar Monate. Sie musste unbedingt mit jemandem über ihre Zweifel sprechen. Mit Diego ging das nicht, sie befürchtete, dass er ihre Bedenken gegen sie auslegen würde. Sie rief ihre Freundin Lola Alvarez Bravo an.

»Kannst du kommen?«

»Was ist los, warum strahlst du so? Dann geht es jedenfalls nicht um Diego. Das beruhigt mich«, sagte Lola, als sie am Nachmittag kam, und legte ihren Fotoapparat neben die Flasche Tequila auf den Tisch. Lola ging niemals ohne ihre Kamera aus dem Haus. Sie war eine bekannte Fotografin. Ihre Arbeit kam für sie an erster Stelle. Niemals würde ihr in den Sinn kommen, sie für einen Mann aufzugeben. Vielleicht war sie deshalb geschieden.

Ich sollte mir Lola als Beispiel nehmen, dachte Frida flüchtig. Der Gedanke erschreckte sie.

Lola konnte es nicht lassen, gegen Diego zu sticheln. Sie kannte ihn gut, sie hatte selbst mal eine Affäre mit ihm gehabt, allerdings, bevor Frida ihn geheiratet hatte. Lola hatte zu denen gehört, die sie ausdrücklich vor einer Ehe mit ihm gewarnt hatten. »Er wird dich mit seiner Liebe zermalmen, bis nichts mehr von dir übrig bleibt«, hatte sie gesagt.

»Diesmal geht es ausnahmsweise nicht um Diego«, sagte Frida

»Es geht bei dir immer um Diego«, gab Lola trocken zurück.

Frida schob ihr den Brief von Julien Levy über den Tisch und beobachtete gespannt Lolas Reaktion, während die ihn las. Lola stieß einen Freudenschrei aus, dann sprang sie auf und nahm Frida in die Arme.

»Frida, das ist wunderbar. Ich gratuliere dir! Seit ich dich kenne, wolltest du Malerin sein. Aber dann musstest du ja Diego heiraten und hast diesen Traum aus den Augen verloren. Immer waren seine Bedürfnisse wichtiger als deine …«

»Lola, Diego ist mein Leben. Ich will nicht ohne ihn sein!«

Lola beschwichtigte sie. »Ich meine ja nicht, dass du ihn verlassen sollst. Du sollst nur die Prioritäten ein wenig verschieben. Aber jetzt ist es ja so weit. Frida, du hast es geschafft. Stell dir doch nur vor: eine Ausstellung. In New York. Nur mit deinen Bildern. Das wird dein Leben verändern. Ich kenne Julien Levy. Er hat den Ruf, Künstler zu lancieren und ihre Preise hochzuschrauben.« Sie verzog das Gesicht. »Meine Fotografien hat er allerdings nie gewollt, leider.«

»Du hast es doch auch ohne ihn geschafft«, sagte Frida. »Du bist Mexikos berühmteste Fotografin.«

Lola nickte. »Und du wirst Mexikos berühmteste Malerin werden. So eine Gelegenheit darfst du dir nicht entgehen lassen. Wenn schon mal ein Galerist eine Frau ausstellt, dann müssen wir zusammenhalten. Du musst für uns alle eine Bresche schlagen. Wann fährst du?«, fragte sie dann.

Frida antwortete nicht gleich, sondern schenkte Schnaps in zwei Gläser.

»Das ist noch nicht alles. André hat mich auch eingeladen. Nach Paris.« Frida hielt ihr auch den Brief Bretons hin.

Lolas Kopf flog herum. »Paris? Dann siehst du André wieder?«

Frida grinste, weil sie Lolas Schwärmerei für Breton kannte.

Sie selbst fand den Franzosen ein bisschen angeberisch, und als er zum x-ten Mal seine theoretischen Ergüsse über den Surrealismus vorgetragen hatte, war er ihr auf die Nerven gegangen. Sie fand diese Kunstrichtung durchaus interessant, aber es gab daneben schließlich auch noch etwas anderes.

»Na siehst du, André hält doch Wort. Und du hast gedacht, dass seine Versprechungen folgenlos bleiben würden. Du hast mit ihm kokettiert, gib es zu.«

Frida senkte den Blick. »Das hat Diego auch gesagt. Aber als Breton über eine Ausstellung in seiner Galerie geredet hat, da habe ich das für eine seiner typischen Aufschneidereien gehalten und nicht recht daran geglaubt. Aber er hat diese Idee in meinen Kopf gepflanzt, und sie ist immer größer geworden. Und diese Enttäuschung, dass sich Helena Rubinstein meine Bilder nicht einmal angesehen hat, hat mir endgültig klargemacht, dass ich meine Kunst zeigen will.«

»Aber dann ist doch jetzt alles klar. Oder? Warum passiert mir nicht so etwas? Hast du schon überlegt, was du alles mitnimmst? Welche Bilder, welche Kleider? Meine Güte, du wirst erst in New York sein und von dort gleich weiter nach Paris fahren«, rief Lola. »Du wirst ins MoMA und in den Louvre gehen. Du wirst all die wichtigen Leute treffen, du kannst auf das Empire State Building und auf den Eiffelturm. Und du wirst Bilder verkaufen …«

Frida ließ sich von Lolas Euphorie mitreißen. »Das stimmt alles, aber …«

Lola blieb ihr Zögern nicht länger verborgen. »Was, aber? Da gibt's kein Aber! Nun sag schon!«

Frida holte tief Luft. »Lola, ich weiß nicht, ob ich das schaffe.

Das Reisen strengt mich sehr an, wegen meines Rückens. Und in letzter Zeit macht mir auch noch mein Fuß zu schaffen. Selbst mit Diego an meiner Seite war ich oft völlig erschöpft von den Zugfahrten, den Gesellschaften, den vielen Menschen. Und diesmal wäre ich ganz allein. Du weißt, wie alleinstehende Frauen manchmal behandelt werden. Ich hätte doch fast nur mit Männern zu tun. Und was ist, wenn die Leute meine Bilder nicht mögen? Wenn sie mich auslachen mit meinen bunten Gemälden und meinen Geburtsszenen? Und dann diese Journalisten, die können so arrogant sein, und an mir als Frau werden sie kein gutes Haar lassen. Was ist, wenn die Presse mich verreißt?« Mit klopfendem Herzen sah sie Lola an. Natürlich dachte sie auch an Diego. Er brauchte sie, er arbeitete viel zu viel und vergaß sogar zu essen, wenn sie ihn nicht erinnerte.

»Jetzt hör aber auf! Wozu sind denn Freundinnen da? Ich werde dir helfen, und gemeinsam kriegen wir das hin.« Lola grinste. »Außerdem kenne ich dein loses Mundwerk. Sonst hast du auch keinen Respekt, vor niemandem. Und wenn du einmal mit deinen Röcken wedelst, hast du sowieso gewonnen. Wer soll dir denn schon was anhaben? Das Wichtigste ist Geld. Hast du Ersparnisse? Oder musst du etwa Diego fragen?«

Bei dem Gedanken an die Schatulle mit dem Geld hellte sich Fridas Stimmung wieder auf. »Ich habe noch das Geld von den Verkäufen.«

Lola klatschte in die Hände. »Mensch, Frida, welche Frau kann das schon von sich behaupten? Eigenes Geld ist der erste Schritt zur Selbstständigkeit. Wer hat mir denn noch mal von Helena Rubinstein vorgeschwärmt, die durch die Lande reist und tut, worauf sie Lust hat, einfach, weil sie es sich leisten kann? Du hast doch Freundinnen in New York, Anita und Mary und Lucienne, die werden dir unter die Arme greifen. Und in Paris ist Jacqueline. Außerdem wird es Diego vielleicht zur Besinnung bringen, wenn er mal ohne dich auskommen muss. Dann merkt er wenigstens mal, was er an dir hat.« Sie grinste verschwörerisch. »Und außerdem könntest du tun und lassen, was du willst. Du könntest endlich ausprobieren, wie es ohne ihn ist.« Sie kicherte. »Ohne immer Angst zu haben, dass er hinter einer Ecke lauert und deinen Verehrer erschießt.«

Frida schloss kurz die Augen. Lola hatte recht. Was konnte ihr denn schon groß passieren?

Lola griff nach der Kamera und stellte das Objektiv scharf. »Bleib mal so. Frida Kahlo im Moment ihres Triumphs. Das muss ich festhalten.«

Auf einmal fühlte Frida eine Welle unbändiger Freude in sich aufsteigen. Dies war vielleicht die größte Gelegenheit ihres Lebens. Und die würde sie sich nicht entgehen lassen.

Lola drückte ein paarmal auf den Auslöser. »Perfekt«, rief sie dann.

Bester Laune schenkte Frida die Gläser wieder voll und prostete ihrer Freundin zu. Dann sprang sie auf.

»Komm mit«, rief sie. »Du musst mir helfen, die richtigen Bilder auszusuchen, die ich mitnehmen werde. Und würdest du sie fotografieren, damit ich Levy die Aufnahmen schicken kann? Ich will keine Zeit mehr verlieren.«

Kapitel 5

Zwei Stunden später lagen die Bilder überall auf Tischen und Stühlen und Regalen im Atelier. Frida hatte alle aus den Truhen und Schubladen hervorgeholt, auch die, die schon vor langer Zeit entstanden waren. So viele waren es am Ende gar nicht. In den letzten drei Jahren hatte sie nicht mehr als ein gutes Dutzend gemalt, das wurde ihr jetzt klar.

»Ich bin faul gewesen«, gestand sie Lola.

»Nein, du hast dich nur zu sehr ablenken lassen.«

Frida hob den Zeigefinger. »Aber die Zeiten sind vorbei. Ab sofort bin ich nur noch Malerin. Ich werde der Welt beweisen, was für eine große Malerin ich bin.« Sie lachte glücklich auf. »Weißt du, dass ich nicht mehr für Diego koche und ihm auch nicht mehr sein Essen bringe? Er glaubt immer noch, dass das nur eine Phase ist.«

Lola prostete ihr zu. »Bravo, Frida, das ist doch schon mal ein Anfang. Und wenn du erst weg bist, kannst du sowieso nicht mehr für ihn kochen. Da kann er sich schon mal daran gewöhnen. Deine Bilder sind fantastisch. Niemand malt so wie du, glaub mir. Und bis zur Ausstellung stellst du einfach noch ein paar weitere fertig.«

»Vielleicht malt wirklich niemand so wie ich. Aber meinst

du, es gibt jemanden, der sich für meine Themen interessiert? Ist es nicht alles viel zu persönlich? Es geht doch immer nur um mich.«

Lola baute sich vor ihr auf. »So etwas darfst du nie wieder sagen, vor allem nicht, wenn jemand dabei ist. Es stimmt nämlich nicht. Deine Bilder erzählen von einem Frauenleben. Und mich interessiert das sehr!«

»Wie viele Stücke braucht man denn überhaupt, um eine Ausstellung zu füllen? Soll ich auch die ganz frühen Selbstporträts mitnehmen? Die Bilder, die ich von Cristina und meinen Jugendfreundinnen gemalt habe? Sind die auch interessant?« Frida hielt die Zeichnung eines Flugzeugabsturzes hoch, die an die religiösen Votivbilder erinnerte, die sie schon seit Jahren sammelte und die überall im Haus an den Wänden hingen. Darunter lagen zwei Kreidezeichnungen, die eine ganz junge Frida zeigten. »Oder das hier? Ich habe es vor fünf Jahren in New York angefangen, aber ich habe es nie zu Ende gemalt.« Wenn sie es recht überlegte, gab es noch mehr Bilder, die noch nicht ganz fertig waren. Sie würde sie sich alle noch einmal vornehmen, um zu sehen, ob sie für die Ausstellung taugten.

Sie wischte einen Fussel von dem Bild, das eine apokalyptische Ansicht von New York mit einem brennenden Hochhaus, der Skyline und der Freiheitsstatue sowie Industrieanlagen zeigte. Die Errungenschaften der modernen Zivilisation sahen allerdings heruntergekommen aus. Man sah eine überfüllte Mülltonne und ein riesiges Klosett. In der unteren Mitte hing eines ihrer mexikanischen Kleider an einer Leine.

»Das kenne ich ja noch gar nicht«, sagte Lola und stellte den

Keilrahmen vor eine weiße Wand, wo das Licht hinfiel. Dann hob sie die Kamera, um das Bild zu fotografieren.

»Ich habe es noch niemals jemandem gezeigt. Ich kann mich noch sehr gut erinnern, wie es mir damals ging. Wir waren in Manhattan, weil Diego dort für Rockefeller das große Wandporträt in der Lobby der Radio Corporation of America gemalt hat. Es hing genau gegenüber dem Haupteingang. Links hatte Diego das reiche Amerika gemalt, mit Champagner trinkenden Bonzen und Bankern, daneben kamen Arbeitslose und Demonstranten, die von Polizisten zusammengeknüppelt wurden, und ganz rechts eine marxistische Utopie. Dort prangte das Gesicht Lenins. Diego hat damals fünfzehn Stunden am Tag gemalt, er war so müde, dass er im Theater oder Kino eingeschlafen ist. Ich habe nächtelang mit anderen Künstlern über Politik und neue Tendenzen in der Kunst diskutiert.« Sie wies wieder auf ihr eigenes Bild von New York. »Das hier ist so etwas wie das Substrat meiner Gedanken. Es ist nach und nach entstanden. Ich habe es als Collage gestaltet. Siehst du hier unten?« Sie wies auf aufgeklebte Zeitungsausschnitte von langen Menschenschlangen vor Suppenküchen und Demonstrationen und Tabellen mit Börsenkursen. »Auf die Idee bin ich gekommen, weil ich so wütend war, als Rockefeller Diegos Bild zerstört hat, weil er wollte, dass Diego Lenin übermalt. Aber Diego hat sich geweigert.« Sie schmunzelte. »Damals haben wir das gesamte Geld von Rockefeller in teuren Hotels und Restaurants verprasst. Diego wollte keinen Cent davon mit nach Hause nehmen. Er hat eben Charakter.« »Ich werde das Bild in New York ausstellen. Sollen die Leute ruhig sehen, was ich von ihrem zügellosen Kapitalismus halte.«

»Bravo! Das ist die Frida, die ich kenne. Du wirst es den Gringos zeigen!«

Frida hatte schon ein anderes Bild in die Hand genommen und erklärte Lola, wann und warum sie es gemalt hatte. Erinnerungen kamen hoch an Verletzungen und Kränkungen, die sie erlitten und mit Farbe und Pinsel verarbeitet hatte. Sie sah sich wieder im Krankenhaus von Detroit nach einer Fehlgeburt, sie dachte an ihre indigene Amme, an deren Brust sie gelegen hatte, und in diesem Selbstporträt für Trotzki hatte sie die kurze Affäre mit ihm verarbeitet. Immer mehr Bilder tauchten in Truhen und Schubladen auf, Frida nahm jedes in die Hand und fragte sich, ob sie es zeigen sollte oder nicht.

»Die müssen alle noch gerahmt werden«, sagte Lola und griff nach einem Selbstbildnis Fridas, das vor fünf Jahren entstanden war. »Bilder ohne Rahmen verkaufen sich nicht so gut.«

Frida betrachtete das Bild, auf dem sie ein weißes Kleid und eine Kette aus dicken Jadeperlen trug. Das Gesicht mit der makellosen goldfarbenen Haut wurde von den schwarzen, in der Mitte zusammengewachsenen Brauen, dem Anflug eines Damenbarts und dem dunklen, zum Zopf geflochtenen Haar dominiert. Auch bei ihm wusste sie genau, wann es entstanden war. Damals hatte sie noch an Diegos unbedingte, unteilbare Liebe geglaubt. Wie unschuldig sie gewesen war, sah man dem Porträt an. Niemals hätte sie sich so malen können, wenn sie gewusst hätte, dass Diego sie schon seit Jahren mit ihrer Schwester betrog. Auch die Signatur erzählte eine Geschichte: Dort stand *Frida Rivera*. Frida hielt das Bild dicht vor ihr Gesicht und atmete heftig.

»Was ist?«, fragte Lola, aber Frida antwortete nicht.

Durfte sie das? Würde Diego es womöglich als Verrat empfinden? Und wenn schon! Sie stellte das Bild kurzerhand auf die Leinwand, übermalte das »Rivera« und setzte »Kahlo« an seine Stelle.

»Bravo, du hast gelernt«, hörte sie eine tiefe Stimme hinter sich.

Sie fuhr herum, und da stand Diego, lächelnd und wunderschön. Sie fühlte sich ertappt, aber ihn schien es nicht zu stören, was sie gerade getan hatte. Seine Großmut überraschte sie immer wieder, immer noch. Für einen Moment war da wieder diese absolute Liebe zu ihm, wie ganz am Anfang, als es nur ihn gegeben hatte. Sie erschrak vor der Macht der Gefühle, die er in ihr auslösen konnte. Um ihre Verlegenheit zu überspielen, rief sie: »Na ja, schließlich bin ich Frida Kahlo und bald eine berühmte Malerin.«

Diego nickte. »Lola hat übrigens recht, du musst Rahmen besorgen.«

»Weil meine Bilder zu klein sind?«

Ihre Leinwände waren oft nur so groß wie ein aufgeschlagenes Buch. Das hatte mit ihren Anfängen zu tun, als sie im Liegen gemalt hatte. In dieser Position konnte sie sich kaum bewegen und für größere Leinwände war kein Platz auf dem Bett gewesen.

Diego trat zu ihr und nahm sie in die Arme. Frida spürte ein Begehren, so stark wie lange nicht mehr. Sie musste den Blick von ihm abwenden, weil sie glaubte, dass sonst nicht nur er, sondern auch Lola es bemerken würden.

»Nein, Frida, deine Bilder sind nicht zu klein. Wofür ich

ganze Häuserwände brauche, das drückst du auf wenigen Zentimetern aus. Weil du mit dem Herzen malst«, sagte er dicht an ihrem Ohr.

Nur widerstrebend machte sie sich von ihm los. Diego ging durch den Raum und betrachtete die Gemälde, die überall herumlagen oder an die Wand gelehnt standen.

»Die sind wundervoll. Und es ist schön, sie mal alle beieinander zu sehen. So sieht man die Entwicklung, die du durchgemacht hast.«

Frida las in seinen Augen, dass er jedes Wort so meinte, wie er es gesagt hatte. Sein Lob ihrer Arbeit war ihr immer noch das wichtigste, seinem Urteil vertraute sie blind. Wenn er ihre Bilder gut fand, dann waren sie es auch. Sie ging wieder zu ihm hinüber und lehnte sich an ihn.

»Ihr habt recht, da kommen überall noch Rahmen dazu, dann wirken die Bilder besser.« Sie lächelte. »Aber andere, als ihr denkt.«

Die nächsten Tage verbrachte sie damit, die Antiquitätengeschäfte und kleinen Werkstätten in Coyoacán abzuklappern. Manchmal machte ihr der Fuß zu schaffen, aber irgendetwas tat ihr ja immer weh, und so ignorierte sie die Schmerzen und betäubte sie mit Tabletten. Sie schleppte üppige Rahmen aus Spiegelglas, aus Blech und Perlmutt und sogar aus blutrotem Samt herbei. Und wenn sie doch einmal einen traditionellen Holzrahmen verwendete, malte sie ihn an. Stunden verbrachte sie damit, für jedes Gemälde den passenden Rahmen zu finden und eine Einheit zwischen Rahmen und Gemälde zu schaffen. Für eines ihrer Selbstporträts kaufte sie zwei identische Spiegel. Einen ließ sie leer, in den anderen hängte sie ein Porträt von sich, so dass man nicht nur ihr Bild, sondern auch sich selbst ansah

Diego war hingerissen von dieser Idee. Am nächsten Tag brachte er ihr einen kleinen Blechrahmen in Form eines Schmetterlings mit. Zwischen den Flügeln war Platz für ein kleines Porträt, nicht größer als ein Amulett. Wie wunderschön würde sich hier ein Porträt machen, das die Zartheit eines Schmetterlingsflügels hatte. Noch bevor Frida den Pinsel zur Hand nahm, hatte sie bereits das fertige Bild vor Augen. Sie malte sich, wie sie sich fühlte: siegesgewiss, im ruhigen Bewusstsein ihres Könnens. Und mit jedem Pinselstrich wuchsen diese Gefühle noch. Innerhalb weniger Stunden war das Porträt fertig. Sie überlegte, es Diego zu schenken, doch dann entschied sie, es mit auf die Reise zu nehmen und spontan jemandem zu geben, dem sie sich nahe fühlte.

Ihr Blick schweifte durch ihr Atelier. Langsam nahm die Ausstellung Gestalt in ihrem Kopf an. Bei den meisten Bildern hatte sie bereits entschieden, ob sie mitkamen oder nicht, die meisten waren auch schon gerahmt. Hinter einem Regal sah sie die Ecke eines Rahmens hervorlugen. Als sie ihn zu sich heranzog, erinnerte sie sich, ihn vor Jahren auf einem Markt in Oaxaca gekauft zu haben. Dort waren diese mit Papageien und Blüten bemalten Glasrahmen überall zu finden. Sofort dachte sie an eines ihrer Porträts, ein fast fotografisch genaues Abbild, das sie auf eine Aluminiumplatte gemalt hatte, der glänzende Untergrund schien durch die Farbe hindurch und ließ ihr Gesicht von innen heraus leuchten. Sie sah den Kontrast des kostbar wirkenden Bildes mit einem alltäglichen Rahmen schon vor sich. Er wäre die perfekte Kombination ihrer Person mit der Geschichte Mexikos. Aber wo war das Bild? Auf welchen Stapel hatte sie es gelegt? Als sie es gefunden hatte, legte sie es vorsichtig in den Rahmen und war selbst erstaunt, wie gut ihre Farben und die des mexikanischen Handwerkers sich ergänzten. Ihr Gesicht bekam die Frömmigkeit einer Heiligen, die sie schon auf so vielen Bildern in mexikanischen Kirchen gesehen hatte.

Ihr stockte der Atem, als sie sah, was sie geschaffen hatte: Mit diesem Bild war ihr so etwas wie die Essenz ihrer künstlerischen Arbeit gelungen, denn sie stellte ihr Angesicht in die Tradition der mexikanischen Folklore und der Kunst der Mayas.

Ich werde es *Der Rahmen* nennen, dachte sie. Das ist der einzige Titel, der für dieses Bild passt.

Kapitel 6

Inzwischen war es September geworden.

Frida blieben nur noch ein paar Wochen bis zur ihrer Abreise nach New York, und sie war fest entschlossen, sie zu nutzen. Sie verließ kaum noch das Haus. Seit sie Diego kein Essen mehr brachte und sich auch nicht mehr um seine Wäsche kümmerte und die vielen anderen Kleinigkeiten für ihn erledigte, stellte sie fest, wie viel Zeit und Energie sie damit vergeudet hatte, für ihn zu sorgen. Dabei gab es so viel Wichtigeres zu tun. Sie nahm sich jedes ihrer Bilder noch ein weiteres Mal vor. Fertig war so ein Bild ja nie, und jedes Mal, wenn sie es betrachtete, hatte sie wieder eine Idee, wie sie es besser, deutlicher, perfekter machen konnte. Mit winzigen Pinselstrichen veränderte sie kleinste Nuancen der Haut auf einem ihrer Selbstporträts. Meine Technik ist über die Jahre viel besser geworden, dachte sie dabei glücklich.

Es kam aber auch vor, dass sie ein Bild frustriert zur Seite legte, weil sie fühlte, dass noch etwas fehlte, dass sie etwas anders machen musste, aber sie wusste nicht, was und wie. In solchen Momenten zweifelte sie an ihrem Können. Aber dann, wenn sie mit ganz anderen Dingen beschäftigt war, kam ihr plötzlich aus dem Nichts eine Idee. Auf der Stelle eilte sie zurück an die Staffelei und ergänzte, übermalte, setzte einen neuen Akzent. Sie arbeitete so konzentriert und regelmäßig wie nie zuvor. Ihre Kleidung und die Fingerspitzen waren voller Farbflecken, aber es störte sie nicht. Sie geriet in einen wahren Schaffensrausch und unterbrach ihre Arbeit nur, um zu essen und zu schlafen.

Ich bin schon fast so wie Diego, dachte sie, und zu ihrer eigenen Überraschung schenkte ihr der Gedanke Sicherheit. Zum ersten Mal wurde ihr das bei der Betrachtung des Bildes deutlich, auf dem sie sich selbst an der Brust ihrer indigenen Amme dargestellt hatte. Sie hatte es bereits vor Jahren, kurz nach dem Tod ihrer Mutter, konzipiert und es seitdem immer wieder hervorgeholt, um weiter daran zu arbeiten. Während sie es jetzt betrachtete, kamen die Fragen von damals wieder hoch. Warum hatte sie dieses Bild gemalt? Warum war die Beziehung zwischen ihr und der Amme so distanziert, dass die Amme eine Maske trug? Im Zwiegespräch mit sich selbst gab sie sich Antworten, und dadurch bekam auch das Bild immer wieder aufs Neue seine Wichtigkeit und Authentizität. Frida war ihrer Mutter nie richtig nahegekommen. Sie glaubte, es habe daran gelegen, dass ihre Mutter sie nie gestillt hatte. Später hatte ihre ältere Schwester ihr erzählt, dass die Brüste der Amme jedes Mal abgewaschen worden waren, bevor Frida angelegt wurde. Frida betrachtete die Amme. Sie war mächtig, eine monumentale Halbfigur, die fast die gesamte Leinwand einnahm, mit schwellenden Brüsten, aus denen Milch tropfte. Hinter ihrer Maske verbarg sich eine Muttergottheit, die für Mexiko stand.

»Du saugst ihre Identität auf, du nimmst Mexiko in dich auf.«

Frida wandte sich um. Diego stand auf einmal hinter ihr und sah mit ihr auf das Bild. Sie fragte sich, wie lang er schon da war, dann lehnte sie sich an seinen weichen Bauch.

»Danke, Diego. Dafür, dass du genau dasselbe in dem Bild siehst wie ich auch. Deshalb liebe ich dich so sehr. Weil du mich auch ohne Worte nur durch meine Bilder verstehst.«

Diego schüttelte den Kopf. »Das ist wirklich gut, Frida. Und man merkt, dass du die Kunstgeschichte rauf und runter gelesen hast. Aber du reproduzierst sie nicht einfach, sondern schaffst deine eigenen Bezüge. Was ist das für ein Blatt?«, fragte er dann und wies auf ein übergroßes, mit weißen Adern durchzogenes Element rechts neben der Amme.

»Das ist ein *toloache*-Blatt, siehst du die Ähnlichkeit in der Farbe mit den Milchdrüsen?«

»*Toloache*? Ist das nicht halluzinogen?«

»Genau.« Sie sah ihn an.

Er nickte langsam. Dann sagte er: »Du schaffst eine Verbindung zwischen der Milch der Amme und einer Bewusstseinserweiterung.«

»Genau«, sagte sie wieder.

Als er wieder gegangen war, saß Frida immer noch vor dem Bild, ganz in ihre Betrachtung versunken. Plötzlich machte ihr Herz einen Satz, die Kopfhaut fing an zu kribbeln. Sie sah ihre Bilder mit Diegos Augen, mit den Augen eines anderen, und ihr wurde klar, dass sie viel mehr waren als kleine Übungen, die sie sorglos wegschenkte, irgendwo vergaß oder übermalte. Nein, ihre Bilder waren Kunstwerke, die niemanden kalt ließen.

Ihr Blick blieb an dem Wasserbild hängen, das unvollendet

an der Wand lehnte. Es war so etwas wie die Summe aller anderen Gemälde. Sie stand auf, um es aus der Nähe zu betrachten. Sie konnte kaum erwarten, es in New York zu zeigen. Aber es war immer noch nicht fertig. Selten hatte ihr ein Bild so viel Kopfzerbrechen bereitet. Immer wieder nahm sie es sich vor. Ich will, dass jedes Detail sitzt, dass jeder Pinselstrich etwas bedeutet, dachte sie, während sie davor auf und ab ging, ohne es aus den Augen zu lassen. Es ist ein verdammt komplexes Bild.

Mit einem Ruck nahm sie das Porträt ihrer Amme von der Staffelei und platzierte das Wasserbild an seine Stelle. Starrte es an. Eine Stunde später stand sie immer noch da. Draußen war ein Gewitter mit heftigem Regen aufgezogen. Frida trug nur ein dünnes Hemd und ihr war entsetzlich kalt geworden, sie fühlte sich leer und gab frustriert auf.

»Was ist denn nun mit Breton? Hat er sich inzwischen wegen des genauen Datums gemeldet?« Diego saß ihr gegenüber am Tisch, vor sich einen Teller mit *frijoles*, gebackenen roten Bohnen, und ein paar Tortillas. »Verdammt, das schmeckt wie eingeschlafene Füße«, schimpfte er und streute sich großzügig gemahlenen Piment darüber.

»Dann koch doch selber«, gab Frida zurück.

»Was ist denn mit dir los? Machst du dir Sorgen? André wird schon noch schreiben. Und sonst kommst du eben nach New York erst mal wieder nach Hause.«

Frida wollte ihm antworten, doch dann überfiel sie ein minutenlanger Hustenanfall. Sie bekam kaum noch Luft. Schon seit Tagen quälte sie eine hartnäckige Erkältung, aber sie hatte sich nicht geschont, sondern trotzdem bis zum Umfallen gearbeitet. Diego hatte schon mit ihr geschimpft.

Er sprang auf, um sie zu stützen, und Frida sah die Besorgnis in seinem Blick. Nur langsam kam sie wieder zu Atem, aber sie war schweißüberströmt und keuchte.

»Frida, es reicht jetzt. Du musst dich ausruhen.«

»Du willst doch nur, dass ich mehr Zeit für dich habe.«

»Es ist eine Sache, dass es in diesem Haus nichts mehr zu essen gibt, weil du nur noch arbeitest. Aber jetzt geht es um deine Gesundheit.« Er nahm sie in die Arme und trug sie einfach in ihr Schlafzimmer hinüber. Dankbar ließ sich Frida von ihm ausziehen und zudecken. Sie war zu Tode erschöpft, und der Hustenanfall hatte ihr die allerletzten Kräfte geraubt und ihr selbst Angst gemacht.

»Du ruhst dich jetzt mal aus. Du bleibst im Bett. Und ich besorge uns etwas Richtiges zu essen.«

Dreißig Minuten später war er mit einem Tablett voller Köstlichkeiten, die er auf dem Markt besorgt hatte, wieder zurück. Er fütterte sie mit Suppe und Kuchen. Frida war ihm so dankbar, dass sie ihm zuliebe ein paar Bissen zu sich nahm, obwohl sie keinen Appetit hatte.

»Du musst im Bett bleiben und gesund werden«, wiederholte er und hielt ihr einen Löffel Maisbrei hin. Frida las die Sorge in seinen Augen. »Morgen früh hole ich den Doktor.«

»Kein Arzt!«, rief Frida. Die bloße Vorstellung schreckte sie. Jedes Mal, wenn sie wegen eines ihrer vielen Gebrechen zum Arzt ging, endete das mit einem Aufenthalt im Krankenhaus oder einer Operation. Sie konnte keine Ärzte mehr sehen.

»Lass es gut sein, Frida«, redete er ihr zu. »Du musst gesund werden. Wenn du krank bist, kannst du nicht nach New York.«

Frida sah ihn entsetzt an.

»Ich habe recht«, sagte er und hielt ihr wieder einen Löffel hin.

Frida öffnete den Mund und nahm noch einen Happen.

»So ist es gut«, sagte Diego. Er deckte sie zu und küsste sie auf die Stirn. »Ich werde die nächsten Tage hier bei dir bleiben und aufpassen, dass du nicht aufstehst. Ich werde dich füttern und dir etwas vorlesen. Bis es dir wieder besser geht.«

Diego hielt Wort. Sie durfte nicht aufstehen, aber er brachte ihr auf ihren Wunsch hin nach und nach die Bilder, die sie sehen wollte, ans Bett.

»Aber erst, wenn du etwas gefrühstückt hast«, befahl er.

Frida erklärte Diego jedes Bild, er stellte Fragen dazu und kommentierte sie, und am Ende war Frida sicher, dass sie gut waren. Nach einer, höchstens zwei Stunden stellte er die Bilder wieder weg, und sie verschlief den Nachmittag. Abends saß er bei ihr und las ihr vor, oder sie plauderten. Sie war glücklich über seine Fürsorge und die innigen Momente, die sie miteinander verbrachten. Wie konnte ich nur jemals an seiner Liebe zweifeln, fragte sie sich.

Nach drei Tagen fühlte sie sich wieder kräftiger, und sie konnte stundenweise aufstehen. Diego blieb immer noch in Coyoacán, fuhr höchstens mal für ein paar Stunden nach San Ángel, und Frida spürte seine steigende Nervosität.

Am fünften Morgen scheuchte sie ihn aus dem Haus.

»Danke, Diego, für alles. Aber jetzt komme ich allein zurecht. Kümmere dich zur Abwechslung mal wieder um deine Kunst.«

»Ich komme heute Abend früher zurück«, sagte er zum Abschied und küsste sie lange.

Frida sah ihm nach. Er hatte kostbare Arbeitstage für sie vergeudet, das war für ihn der größte Liebesbeweis.

Genau deshalb liebe ich dich, Diego Ochsenfrosch. In den kleinen Dingen tust du mir oft weh. Aber wenn es drauf ankommt, lässt du alles stehen und liegen, um an meiner Seite zu sein.

Diego war kaum aus dem Haus, da ließ sie Agosto kommen. Er war alt geworden, Rücken und Finger waren gekrümmt, aber er arbeitete nach wie vor als Schreiner und hatte seine Werkstatt in der Nachbarschaft.

»Du hast immer noch die Staffelei, die ich damals für dich gebaut habe«, staunte er, als er das Gestell in einer Ecke des Ateliers sah.

»Ich werde mich niemals davon trennen. Sie hat mir das Leben gerettet. All die Monate im Bett liegend, ich wäre vor Langeweile fast umgekommen. Dank deiner Konstruktion konnte ich im Liegen malen.« Sie lachte. »Im Grunde habe ich dir zu verdanken, dass ich jetzt nach New York eingeladen bin.«

»Und wofür brauchst du mich jetzt?«

»Du musst Transportkisten bauen, in denen ich meine Bilder verschicken kann. Zum Glück sind sie nicht besonders groß.« Frida zeigte auf die Bilder, die in ihren bunten, auffälligen Rahmen an die Wände gelehnt standen.

Agosto maß jedes einzelne genau ab.

»Es ist gut, dass du so auffällige Rahmen gewählt hast«, sagte er plötzlich.

»Wie meinst du das?«

»Weil deine Bilder manchmal traurig sind. Oder schrecklich. Da kann ich mich dann an den Umrahmungen festhalten.«

»Aber es gibt auch andere, die sind fröhlicher. Guck mal dieses hier.« Sie hielt ein Selbstporträt mit Fulang-Chang hoch. »Oder dieses hier von Diego. Vielleicht male ich auch noch eines von dir. Dafür müsstest du aber still sitzen.«

Agosto hob abwehrend die Hände. »Ich doch nicht. Außerdem muss ich diese Kisten bauen.«

Sobald Agosto weg war, machte sich Frida wieder an die Arbeit. Sie wollte noch mindesten zwei weitere Bilder malen. Gestern hatte sie Diego gefragt, wie es mit Stillleben sei. Exotische Früchte in prallen Farben auf einem Teller oder in einem Korb.

»Mach das«, hatte er gesagt, »die verkaufen sich immer gut.«

Agosto war gerade wieder gegangen, da brachte Julio die Post und hielt ihr einen Brief hin. Frida kannte inzwischen schon Julien Levys Schrift. Voller Ungeduld riss sie den Umschlag auf.

Ich habe von Ihrer Kunst nur Gutes gehört, und was ich auf den Fotos sehe, bekräftigt diesen Eindruck. Ich kann es kaum erwarten, Sie und Ihre Bilder hierzuhaben. Ich würde die Vernissage gern auf Mitte November vorziehen. Das ist ein guter Monat für neue Ausstellungen. Können Sie Ende Oktober hier sein?

Er wollte die Ausstellung sogar vorziehen! Das war doch ein gutes Zeichen. Frida stieß einen Jubelschrei aus. Fulang-Chang, der auf dem Tisch saß, zuckte erschrocken zusammen.

»Du wirst es nicht glauben, aber deine Frida wird nach New York fahren«, rief sie ihm zu.

Sie steckte den Brief in ihre Rocktasche und machte sich auf den Weg nach San Ángel. Sie nahm sich ein Taxi, denn sie musste es sofort Diego erzählen und wollte keine Minute länger warten. Sie sah ihn noch vor sich, wie er am Morgen gegangen war, hin und her gerissen zwischen dem Wunsch, bei ihr zu bleiben, und dem Verlangen nach seiner Arbeit. Sie dachte an die Liebe, die sie für ihn empfand. All die Mühe hatte sich gelohnt. Er würde sich mit ihr freuen. Während der Fahrt dachte sie an ihn, an ihre Anfänge, wie glücklich sie gewesen waren, wie sie ihre ersten Bilder gemalt und an seiner Seite die ersten Schritte in die Welt der Kunst getan hatte.

Das Taxi hielt vor dem Haus, und vor lauter Übermut gab sie dem Fahrer ein üppiges Trinkgeld. Sie sah Diegos Überraschung schon vor sich, weil sie ihn seit Langem mal wieder besuchte.

Als sie sein Haus von dem schmalen Gang aus betrat, der ihre beiden Häuser auf der Höhe des Dachs miteinander verband, fiel ihr die dicke Stille auf. Sie hörte nicht die üblichen Geräusche, wenn er arbeitete. Sie ging durch sein Arbeitszimmer und kam auf die Galerie, die oberhalb des Ateliers lag. Von hier aus sah man normalerweise ihn und einen seiner Assistenten, die immer da waren, um Farben zu mischen oder Leinwände zu bespannen.

»Diego«, rief sie leise und lockend. Sie trat oben an die Treppe, da sprang ihr etwas ins Auge, Frida zog scharf die Luft ein: Auf der Stufe zu seinem Atelier lag ein Seidenstrumpf.

Ihre Vorfreude fiel in sich zusammen. Gerade war er noch ihr treusorgender, liebender Diego gewesen, der nur für sie da war. Und sobald es ihr ein wenig besser ging, wendete er sich einer anderen Frau zu. Wie machte er das nur? Wie konnte er sie von einer Stunde auf die nächste ausblenden? Vor allem: Warum tat er ihr das an? Wie erstarrt stand sie da, wagte es nicht, zu atmen. Jetzt vernahm sie auch das erregte Flüstern, das von unten zu ihr heraufdrang. Ihm folgten ein genüssliches Stöhnen und das helle Kichern einer Frau.

Frida drehte auf dem Absatz um und verließ leise das Haus.

Draußen ballte sie die Fäuste und wischte sich eine Träne aus dem Augenwinkel. Dann lief sie los. An der Straßenecke hielt sie inne. Warum spürte sie denn keine lähmende Trauer, warum hatte sie nicht den Wunsch, ihm eine Szene zu machen und ihm etwas an den Kopf zu werfen, warum bekam sie keinen Weinkrampf?

Sie ließ die Schultern hängen.

Vielleicht hatte sie mittlerweile einfach akzeptiert, dass Diego nicht aufhören würde, sie zu betrügen, solange er lebte. Aber all diese Frauen, diese Unterrockgeschichten, die angeblichen Englischlehrerinnen waren nichts anderes als Flirts. Lieben tat Diego nur sie. Inzwischen hatte sie ja selbst ab und zu ein Techtelmechtel. Trotzki war nicht der Erste gewesen. Seitdem hatte sie Gefallen daran gefunden, wenn jemand sie begehrte und umschwärmte Aber mehr als einen Flirt und vielleicht eine Nacht erlaubte sie sich nicht.

Sie musste einem Eselskarren ausweichen, das Tier schnappte nach ihr, aber sie bemerkte es kaum.

Hätte Diego nicht ziemlich bald nach der Hochzeit angefangen, sie zu betrügen, sie wäre nicht auf die Idee gekommen, es ihm gleichzutun. Sie stöhnte auf. Niemand außer Diego und ihr konnte das komplizierte Konstrukt verstehen, aus dem ihre Liebe gemacht war.

Sie wunderte sich, als sie sich auf einmal schon in der Avenida Francisco Sosa wiederfand. Hier standen prachtvolle Villen hinter hohen Mauern. In den Gärten hörte sie Papageien und andere Vögel singen. Die Straße war von alten Bäumen gesäumt. Schwer atmend blieb sie stehen, um sich im Schatten etwas auszuruhen. Sie war viel zu schnell gelaufen. Sie zuckte zusammen, als aus einem der Häuser plötzlich spitze Angstschreie drangen. Ohne es zu wollen, musste sie an die kleinen Dolchstiche denken, über die sie ein Bild gemalt hatte. Noch einmal erklangen die Schreie, und jetzt erkannte sie, dass es spielende Kinder waren.

Aber das Bild war in ihrem Kopf, sie sah es vor sich. Sie keuchte auf, als ihr plötzlich klar wurde: Der Mann, der auf seine Frau einstach, das war Diego. Er brauchte kein Messer, um ihr wehzutun. Er tat es mit seinen Frauengeschichten. Und ihre Wutausbrüche, die Trennungen und Verwünschungen hatten letztendlich nur sie selbst getroffen und ihr noch mehr Wunden zugefügt.

Die Erkenntnis traf sie, und diesmal erreichte sie nicht nur ihr Hirn, sondern auch ihr Herz, das zu rasen begann: Diego betrog sie. Punktum. Aber sie blieb dennoch die Frau seines Lebens, keine andere war wichtiger. Jetzt kam es einzig darauf an, wie sie damit umging. Bisher hatten sie seine Affären in den Abgrund gestoßen. Aber etwas hatte sich geändert. Sie war nicht mehr ausschließlich auf Diego und seine Liebe angewiesen. Jetzt hatte sie daneben noch etwas anderes: ihre Bilder, ihre Kunst. Aus ihnen würde sie Kraft schöpfen.

Und von Diego werde ich nehmen, was er zu geben bereit ist, dachte sie und ging weiter. Dann wurden ihre Schritte schneller, und am Ende hob sie ihre Röcke an und rannte fast. Sie musste sofort in ihr Atelier. Sie musste den schlichten Holzrahmen um das Gemälde mit roten Farbklecksen verzieren. So als würde das Blut der toten Frau aus dem Bild herausspritzen. Damit würde sie ihr Verhältnis zu Diego benennen.

Als sie in die Calle Londres einbog und die Casa Azul schon vor Augen hatte, stand ihr Entschluss fest.

Sie brauchte eine Pause von Diego. Abstand würde ihnen beiden guttun. Das war schon immer so gewesen. Wenn sie und Diego getrennt waren, dann vermissten sie sich, schrieben sich leidenschaftliche Briefe und gaben ein Heidengeld fürs Telefonieren aus. Aber in seiner Nähe fehlte ihr die Ruhe zum Nachdenken und um Kraft zu schöpfen für die nächste Runde ihrer Ehe.

Ich werde in New York nicht nur meine Bilder ausstellen, dachte sie, ich werde die Zeit nutzen, um über mich und Diego nachzudenken. Endlich wird es einmal um meine Bedürfnisse gehen und nicht darum, was Diego Rivera braucht. Ich werde Geld verdienen und meine Bilder verkaufen und tun und lassen, was ich will. Ich werde nicht länger unter Diegos Beobachtung stehen. Ich werde lernen, ohne ihn auszukommen.

Energisch raffte sie ihre Röcke und trat durch das Tor.

Als sie in ihr Atelier kam, wartete Diego auf sie. Er musste das Auto genommen haben.

»Wo warst du?«, fragte er.

»Nur ein bisschen rumgelaufen«, sagte sie knapp. Sie freute sich diebisch an seinem Misstrauen. »Wieso bist du denn schon hier?«

»Ich wollte sehen, wie es dir geht. Ich habe mir Sorgen gemacht. Muss ich mich jetzt rechtfertigen, wenn ich nach Hause komme?«

Sie schüttelte den Kopf und schenkte ihm ein Lächeln.

»Aber nein. Wo denkst du hin?«

Kapitel 7

New York, Oktober 1938

Die Propeller dröhnten ohrenbetäubend, die Maschine der Mexican Airlines beschleunigte und hob ab. Frida wurde in ihren Sitz gedrückt, gleichzeitig fing ihr Herz wie verrückt an zu schlagen. Jetzt war sie unterwegs, jetzt konnte sie nicht mehr zurück. Sie verrenkte sich den Hals, um einen letzten Blick auf das Flugfeld zu erhaschen. Sie wollte Diego unbedingt noch einmal sehen, aber sie konnte ihn nirgendwo entdecken. Sie schloss die Augen, um seine Arme wieder um sich zu spüren. Zum Abschied hatte sie sich an seinen dicken, warmen Körper gedrängt und für einen langen Augenblick hatten sie eng umschlungen dagestanden. »Du musst gehen«, hatte er dann gesagt und sie zärtlich von sich weggeschoben, und sie war die Gangway hinaufgegangen. Oben hatte sie sich noch einmal zu ihm umgedreht. Ein wenig verloren hatte er dort unten gestanden und zu ihr heraufgelächelt. Sie war überrascht gewesen, als sie die Traurigkeit in seinem Gesicht las. Sie hatte nicht damit gerechnet, dass auch ihm der Abschied schwerfallen würde.

Ehe sie sich dagegen wehren konnte, liefen ihr ein paar Tränen über das Gesicht. Verstohlen wischte sie sie ab. Was war nur mit Diego und ihr geschehen? Wie hatten sie zulassen können, dass ihre große Liebe sich abgenutzt hatte? Was hatte sie getan, dass er immer wieder andere Frauen hatte? Was trieb ihn dazu an? Oder gab es in diesem Fall keine Schuld? Fühlten Männer einfach anders als Frauen? Konnten sie leichter beides haben: eine Ehefrau und eine Geliebte?

Unwillig schüttelte sie den Kopf und schniefte. Wie dem auch sei, egal, wie Diego und sie gerade zueinander standen, sie würde nicht zulassen, dass ihre Ehe scheiterte. Sie und Diego, das war doch eine Einheit, sie hatten die schönsten Jahre ihres Lebens miteinander verbracht, sie war Teil seiner Kunst und er ein Teil von ihrer. Sie presste die Lippen aufeinander. Aber sie war gerade erwachsen geworden, als sie sich getroffen hatten, und er hatte schon sein halbes Leben gelebt, hatte Kinder, war in Europa und der Sowjetunion gewesen. Und wenn es doch so war, dass er sich während der letzten zehn Jahre weiterentwickelt hatte, während sie in seinen Augen immer noch die junge Frau war, die er geheiratet hatte? Genau das hatte Lola zu ihr gesagt, und auch Lucienne hatte das angedeutet, was zu einer ernsten Verstimmung zwischen ihnen geführt hatte. Aber jetzt musste Frida zugeben, dass ihre Freundin recht hatte. Sie war einfach zu bequem gewesen, *caramba!*

Mit einem Ruck setzte sie sich auf. Aber das würde sich ab sofort ändern. Im Grunde hatte sie doch schon damit angefangen. Sie hatte gemalt und die Ausstellung vorbereitet, und das hatte ihr Diegos Interesse und seine Anerkennung eingebracht. Und trotzdem hatte sie ihn wieder mit einer anderen Frau erwischt!

Leicht würden die Monate ohne Diego nicht werden. Aber

sie hatte sich aus guten Gründen dazu entschieden, und sie würde die Zeit nutzen, um über ihre Ehe nachzudenken, um herauszufinden, was sie wollte und wie ihr Verhältnis zu Diego künftig aussehen sollte.

Ich werde als eine andere zu Diego zurückzukehren: als eine andere Frau und als eine anerkannte Künstlerin. Und dann werden wir weitersehen. Jetzt gab es ohnehin kein Zurück mehr. Da konnte sie auch gleich anfangen, sich auf das zu freuen, was sie erwartete. Sie würde das Alleinsein genießen, sie würde New York erobern. Vielleicht würde sie sogar Nick wiedersehen. Er war ihr kleines, süßes Geheimnis, seit sie ihn im Juni in Coyoacán getroffen hatte. Ein Prickeln überlief sie, als sie an ihn dachte. Jetzt nicht!, sagte sie sich dann. Ich bin in New York als Malerin, ich werde keine Zeit für Männergeschichten haben. Sie kicherte bei dem Gedanken, dass auch ein anderer Mann helfen könnte, sich Klarheit über ihr Verhältnis zu Diego zu verschaffen. Vielleicht gehörte auch ein Flirt dazu, dass sie herausfand, was sie wollte.

Die Maschine legte sich stark in die Kurve, und sie wurde gegen ihren Sitznachbarn gedrückt. Aber dann lag das Flugzeug gerade, und Frida fing an, die Aussicht zu genießen. Sie musste schlucken, als sie die Schönheit Mexikos sah. Dort unten, das waren die Farben ihrer Heimat, das Grün der Wälder und Wiesen, das in ihrer eigenen Farbwelt für das gute und warme Licht stand, und weiter hinten das Braun, die Farbe von Mole und von Blättern, die zu Erde wurden. Eine Hügelkette am Horizont erinnerte sie an die weichen Linien eines weiblichen Rückens. Automatisch suchten ihre Finger nach einem Stück Papier und einem Stift, um die Formen in wenigen Strichen festzuhalten.

Die Farben musste sie in ihrem Inneren aufbewahren, bis sie sie malen konnte.

Sie schloss für einen Moment die Augen und ging zum hundertsten Mal den Inhalt der beiden Koffer durch. Hatte sie auch nichts vergessen? Neben den wichtigsten Malutensilien hatte sie ihre bauschigen Röcke, die Unterröcke und den bestickten Mantel aus Guatemala eingepackt, der den halben Koffer einnahm, daneben Geschenke für Lucienne und Mary. Immer wieder hatte sie Dinge ausgepackt und andere hineingelegt. Diego hatte sich mit seinem ganzen Gewicht auf die Koffer legen müssen, damit sie sie schließen konnte.

Aber das Wichtigste waren die Bilder. Fünfundzwanzig Gemälde waren ihr sicher verpackt in Agostos Kisten vorausgereist und unbeschädigt in der Galerie angekommen. Julien Levy hatte ihr das vor ein paar Tagen geschrieben.

Jetzt müssen nur noch Sie kommen. Wir werden New York gemeinsam auf den Kopf stellen.

Genau das werden wir tun, dachte sie.

Sie fühlte mit den Fingern nach dem Brief in der Reisetasche neben sich. Daneben steckte die Liste mit gut zwanzig Namen, alles amerikanische Freunde oder Personen, die sie während ihrer früheren Aufenthalte in den USA kennengelernt hatten. Lucienne Bloch stand ganz oben. Frida konnte es kaum erwarten, die Freundin wiederzusehen. Lucienne stammte aus der Schweiz und war mit ihrem Vater und ihrer Schwester nach Amerika gekommen. Sie unterrichtete Kunst. Aber eigentlich hatte sie ihr das Leben gerettet. Sie war an ihrer Seite gewesen, als sie vor sechs Jahren in Detroit ihre zweite Fehlgeburt erlitten hatte, sie hatte den Krankenwagen gerufen. Und Lucienne hatte Frida auf einem ihrer schwersten Gänge begleitet, als sie kurz darauf zurück nach Mexiko fuhren, weil ihre Mutter im Sterben lag. Da waren sie schon beste Freundinnen, durch gemeinsames Leid miteinander verbunden. Lucienne hatte die Entstehung des Bildes von ihrer Fehlgeburt begleitet, auch das hatte sie zusammengeschweißt.

Danach hatte sie Frida vorgeworfen, ihr Talent zu vergeuden, und Frida war verstimmt gewesen. Aber inzwischen hatte sie eingesehen, dass sie es nur gut mit ihr meinte.

»Ich werde dir mit dieser Ausstellung beweisen, dass ich mich geändert habe«, sagte sie leise zu sich selbst.

Und dann war da natürlich Mary Schapiro, auch sie kannte sie seit Jahren.

»Dann hast du ein paar Freundinnen um dich und bist nicht allein«, hatte Diego gemeint.

Er hatte es bestimmt nur gut gemeint, aber Frida schnaubte bei dem Gedanken. Als wären Lucienne und Mary bloß reiner Zeitvertreib, dabei waren sie Gleichgesinnte und Unterstützerinnen. Sie würden zusammenhalten und ihre Geheimnisse miteinander teilen. Aber so etwas verstanden Männer nicht, nur Lola wusste, was Frida meinte.

Die anderen Namen auf der Liste gehörten zu potenziellen Käufern, Kunstsammlern, Museumsdirektoren und Journalisten. Frida hatte die Namen mit Diegos Hilfe zusammengetragen und beschlossen, ihnen allen zu schreiben und sie persönlich zur Ausstellung einzuladen, sobald sie angekommen war. Würden sie kommen? Würden sie ihre künstlerische Eigenständigkeit anerkennen? Oder waren sie nur neugierig auf die Bilder der Frau des großen Diego Rivera, die für ihre Extravaganzen berühmt war? Zum ersten Mal müssten ihre Arbeiten vor den Augen eines Fachpublikums bestehen. Und wenn sie durchfielen? Wenn sie sich lächerlich machte?

Frida wusste nicht, ob sie es ertragen würde, wenn jemand hämisch über ihre Bilder urteilen würde. Bei dem Gedanken lief es ihr kalt den Rücken hinunter. Aber jetzt konnte sie nicht mehr zurück. Außerdem sind meine Bilder gut, sagte sie sich trotzig. Davon habe ich mich in den letzten Wochen der intensiven Arbeit überzeugt. Meine Bilder zeigen meine Welt, mein Mexiko. Und wenn jemand das nicht sehen will, dann liegt es an ihm, nicht an meinen Bildern. Vielleicht sollte sie es machen wie Diego. Den ließ die Kritik an seinen Gemälden kalt. Nelson Rockefeller stand ja auch auf ihrer Liste, obwohl er damals Diegos Bild hatte zerstören lassen.

»Was ist mit Rockefeller?«, hatte sie Diego gefragt.

Der hatte nur mit den Schultern gezuckt.

»Lade ihn ein. Ist alles längst vergessen, und er ist nun mal der reichste Mann Amerikas. Und außerdem soll er diesmal ein Bild von Frida Kahlo kaufen, nicht von Diego Rivera. Schreib ihm einfach auf deine Frida-Art. Niemand kann das besser als du. Aber es ist wichtig, hörst du? Wenn nur ein oder zwei Sammler etwas von dir kaufen, werden die anderen nachziehen. Die Journalisten sind auch wichtig, aber die Sammler sind wichtiger. Und wenn sie nichts von dem wollen, was du ausstellst, dann geben sie dir vielleicht Aufträge. Sie sollen sehen, wie gut deine Porträts sind. Umwirb sie, schmeichle ihnen, mal, was sie wollen.«

Frida musste lachen. »Ist ja gut. Du tust, als hinge unser Leben davon ab.«

Diego blieb ernst. »Dein Leben, Frida. Dein Leben als Malerin.«

Während sie die Liste wieder in der Tasche verstaute, lächelte Frida grimmig. Lucienne und Rockefeller, dachte sie und nahm dankend das Glas Champagner an, das die Stewardess ihr brachte. Größer konnten die Gegensätze zwischen den Menschen wohl kaum sein, mit denen sie in New York zu tun haben würde. Lucienne hatte damals die einzigen Fotos von Diegos Wandbild im Rockefeller Center gemacht, bevor es zerstört wurde.

Sie nippte an dem Champagner und genoss das herbe Prickeln. Jetzt erlaubte sie sich doch den Gedanken an Nick, Nicholas Muray. Er stand nicht auf der Liste. Diego wäre garantiert eifersüchtig geworden. Und er hätte Grund dazu gehabt. Sie wusste selbst nicht genau, was in diesem Sommer zwischen ihr und Nick passiert war. Er hatte seinen Freund Manuel Covarrubias besucht, der auch ein Freund von ihr und Diego war. Nick war Fotograf und Fechter, eine Mischung, die Frida bezaubernd und aufreizend fand. Er sah sehr gut aus und bewegte sich präzise und leise, mit der aristokratischen Eleganz einer Katze. Sie waren sich früher schon einmal begegnet, denn er kam jedes Jahr nach Mexiko. Aber in diesem Sommer war zwischen ihnen ein heftiges Gefühl aufgeflammt. Sie hatten keine richtige Affäre gehabt, aber zwischen ihnen war etwas anderes gewesen, eine ganz besondere Anziehungskraft, die sich in Blicken und wie unabsichtlichen Berührungen gezeigt hatte. Bei gemeinsamen Unternehmungen hatte

Nick ihre Nähe gesucht. Seine Witze und Komplimente hatten sich nur an sie gerichtet. Es war offensichtlich, dass er dabei war, sich in sie zu verlieben, und Frida hatte das genossen. Als sie auf der Rückfahrt von einem Ausflug auf dem Rücksitz von Manuels Auto saßen, hatte er plötzlich ihre Hand genommen. Und als Frida sich nicht gewehrt hatte, hatte er, während Manuel und Diego vor ihnen saßen, ihren Arm und den Oberschenkel gestreichelt. Sie hatte das Verstohlene der Situation äußerst erotisch gefunden, und selbst jetzt konnte sie bei der Erinnerung ein leises Stöhnen nicht unterdrücken.

Von da an berührte er sie heimlich, wann immer er die Gelegenheit dazu fand. Es wurde ein Spiel zwischen ihnen. Wenn sie in einer größeren Runde unterwegs waren, machte er allen Frauen Komplimente, sah dabei aber nur Frida an. Er streifte im Vorübergehen ihre Hand und zog sie in einem unbeobachteten Moment in eine Ecke, um sie voller Leidenschaft zu küssen. Sie hatten eine gemeinsame Nacht gehabt, die wunderschön und voller Verheißungen gewesen war. Dann musste er zurück nach New York.

Bei dem Gedanken, dass er von ihrer Anwesenheit in der Stadt erfuhr, was er zweifellos tun würde, und dass sie ihr heimliches Spiel wieder aufnehmen würden, zog sich etwas in ihrem Bauch zusammen. So eine kleine Liebelei tat einfach gut und stärkte das Selbstbewusstsein. Es würde anders sein, denn in New York, fern von Diego, würde es für sie viel leichter sein, sich zu sehen, ohne dass er etwas bemerkte. Ein schlechtes Gewissen gegenüber Diego hatte sie dabei nicht. Eine kleine Affäre würde ihm nicht schaden.

Ihr Gesicht nahm einen träumerischen Ausdruck an. Sie zupfte ihren *Rebozo* zurecht.

»Nehmen Sie auch noch ein Glas Champagner?«, fragte ihr Sitznachbar, als die Stewardess mit einem Tablett vorbeikam.

»Aber gern«, gab sie zurück.

Sie trank einen Schluck, wobei sie ihn über den Rand des Glases hinweg fixierte.

Sie lächelte in sich hinein. Ich werde New York zu meinem ganz persönlichen Erfolg machen, dachte sie. Sie sah der Stewardess nach und bewunderte, mit welcher Leichtigkeit sie das Tablett auf hochhackigen Schuhen vor sich her balancierte. Niemals würde sie so voller Anmut laufen können. Aber sie hatte gelernt, ihr wegen der Kinderlähmung verkürztes Bein unter den langen Röcken zu verstecken und durch ihre extravagante Aufmachung von ihrer Verletzung abzulenken.

In bester Laune stieg sie ein paar Stunden später aus dem Flugzeug. Sogar das Wetter spielte mit. Es war viel wärmer, als sie befürchtet hatte. Sie hasste Kälte.

In der Ankunftshalle stand ein hochgewachsener Mann und hielt ein Schild mit ihrem Namen hoch.

Es war Julien Levy. Mit ausgestreckten Armen kam er auf sie zu.

»Sie sind da«, sagte er strahlend. »Und dieses alberne Schild hätte es gar nicht gebraucht. Sie sind unverkennbar.« Dabei sah er auf ihre bunte Kleidung.

Frida war gebannt von seiner Stimme, die von Zigaretten und Alkohol dunkel war. Er war von der Statur her das genaue Gegenteil von Diego. Und er himmelte sie an.

»Ich habe Sie im *Barbizon Plaza* untergebracht. Ich habe gehört, dort haben Sie auch bei Ihrem letzten Aufenthalt gewohnt.«

Frida verzog den Mund. Damals war sie mit Anita Brenner und Mary Schapiro aus Mexiko geflüchtet. Sie hatte Diegos Affäre mit Cristina herausgefunden und wollte nur noch weg. Die Zimmer im *Barbizon* waren so vollgestellt mit schweren Möbeln, dass sie keinen Platz für ihre Staffelei gefunden hatte. Sie hatte Farbe auf den Teppich gekleckert, der Hoteldirektor war gekommen und hatte sich beschwert. Aber das konnte Julien ja nicht wissen.

»Das Hotel liegt nur einen Block vom Central Park entfernt. Ich dachte, dass es Sie freut, es soll nämlich bald Schnee geben. Der Winter in New York kann wunderschön sein. Haben Sie schon mal den verschneiten Central Park gesehen?«

Frida beschloss, gute Miene zum bösen Spiel zu machen. Außerdem hatten sie im *Barbizon* riesige Badewannen in den Zimmern. Sie könnte Stunden im warmen Wasser verbringen.

Das Taxi fuhr durch Manhattan, und Frida bestaunte die Menschenschlangen, die die Fußwege vor den Kinopalästen verstopften. Sie sah aber auch andere Schlangen. Hungrige, die auf eine Suppe in den öffentlichen Küchen warteten.

»Können wir gleich in Ihre Galerie fahren?«, fragte sie. »Ich habe Heimweh nach meinen Bildern und möchte mich vergewissern, dass sie gut angekommen sind.«

Julien verstand das sofort und gab dem Fahrer die Adresse durch. »15th East, 37. Straße. Das ist nicht weit weg vom *Bar-*

bizon«, fügte er, an Frida gewandt, hinzu. »Sie können zu Fuß gehen.«

Das wäre schön, dachte Frida. Wenn meine Füße das auch wollten … Im Moment taten sie ihr weh, das kam wohl von dem langen Sitzen im engen Flugzeug.

Als das Taxi hielt, wartete sie, bis er ihr seinen Arm reichte, und es gelang ihr, elegant auszusteigen. Julien führte sie in das Gebäude.

Die Räume waren sehr modern, mit hohen Decken, die Wände strahlend weiß gestrichen. Einige ihrer Bilder hingen bereits. Frida sah sich selbst auf ihren Porträts. Sie erschrak, als ihr auffiel, wie fremd sie hier aussahen, und noch viel kleiner als in der Casa Azul. Würden die Leute sie überhaupt wahrnehmen?

»Warten Sie, bis alle hängen, dann ändert sich der Eindruck noch mal«, sagte Julien, als ahne er ihre Befürchtungen, und wies auf die noch verpackten Bilder, die an den Wänden lehnten. »Ich liebe Ihre Kunst«, sagte er und trat hinter sie. »Ich habe so etwas noch nie gesehen. Es trifft mich ins Herz.« Er ging ein paar Schritte weg und gab Frida die Gelegenheit, ihre Bilder zu begrüßen wie alte Freunde, die sie ja auch waren.

»Wollen wir jetzt ins Hotel?«, fragte er nach einer Weile. »Sie müssen müde sein.«

Sie nahmen wieder ein Taxi, und im Abendlicht tauchte das *Barbizon* vor ihnen auf. Das Gebäude war eine Ikone der modernen Baukunst, ein Glaspalast im Art-déco-Stil. Auf dem goldenen Dach waren Säulen angebracht, die die New Yorker Orgelpfeifen nannten. In der Nacht leuchtete es von innen heraus in unterschiedlichen Farben. Die Lobby war vier Stockwerke hoch.

Eigentlich gab es genug zu bestaunen, aber als Frida in ihrem weiten, bunten Tehuana-Rock und einem um die Schulter geschlagenen Tuch, mit Bändern im Haar und einer wahren Kaskade von schwerem Goldschmuck um den Hals durch die Halle ging, folgten ihr alle Blicke. Sie sah zu Julien hinüber. Er schien diese Aufmerksamkeit noch mehr zu genießen als sie. Stolz ging er neben ihr her.

Kapitel 8

Frida hatte geglaubt, vor Aufregung kein Auge zumachen zu können. Vor ihrem Hotelfenster rauschte der Verkehr, nebenan klapperten Türen, und sie war solchen Lärm nicht gewöhnt. Aber dann hatte sie tief und fest geschlafen und war viel später als üblich aufgewacht. Weil ich angekommen bin, dachte sie glücklich.

Leider war es mit dem schönen, ruhigen Herbstwetter vorbei. Durch die Straßenschluchten pfiff ein eisiger Wind, und es regnete. Frida ließ sich ihre gute Laune nicht verderben und tröstete sich mit Toast und Orangenmarmelade zum Frühstück. Nur der labberige Kaffee schmeckte ihr nicht. Den kannte sie schon von ihren früheren Aufenthalten in Amerika. Sie verzichtete auch auf den Versuch, stattdessen eine heiße Schokolade zu bestellen. Mit dem dickflüssigen mexikanischen Kakao aus frisch gestampften Bohnen würde sie nicht mithalten können. Aber sie hatte ohnehin nicht viel Zeit für ein Frühstück oder um sich über das Wetter zu grämen. Julien holte sie schon früh am Morgen ab, um in der Galerie die Anordnung der Bilder zu besprechen. Frida hatte ganz genaue Vorstellungen, welche Bilder nebeneinandergehängt werden sollten.

Sie stand vor der größten Wand, an der die Stillleben mit den

Früchten und Blumen hängen sollten, und betrachtete sie lange nachdenklich.

»Diese Wand würde in einem tiefen Magenta ganz wunderbar aussehen«, sagte sie zu Julien.

Der sah sie stirnrunzelnd an. »Das kostet eine Haufen Geld, und wo soll ich denn so schnell Maler herbekommen?«

Frida drehte sich zu ihm herum und ließ ihren Rock schwingen. »Das war eigentlich keine Frage, sondern ein Vorschlag. Und wenn du die Farbe besorgst, streiche ich die Wand notfalls selbst. Ich bin schließlich Malerin.« Mit einem tiefen Blick in seine Augen setzte sie ihn außer Gefecht.

Julien gab nach. »Machen wir so. Ich bestelle sofort einen Maler.«

Den Nachmittag verbrachte sie im Hotel und schrieb die Briefe und Einladungskarten an die Leute auf ihrer Liste. Stundenlang feilte sie an den richtigen Formulierungen. Sie kaufte die *Vogue* und *Vanity Fair* und studierte die Seiten mit den Ausstellungstipps, um auf Fragen vorbereitet zu sein, falls die Zeitungen Journalisten schickten. Als sie durch die *Vogue* blätterte, stieß sie auf ein Foto einer makellos schönen Schauspielerin in einem Abendkleid. *Foto von Nick Muray* stand dort. Ihr Herz schlug ihr bis zum Hals. Nick war täglich mit den schönsten Frauen der Welt zusammen, vielleicht hatte er sie längst vergessen?

Ihr Lächeln gefror, als sie weiter durch die *New York Times* blätterte und die Nachricht las, dass die Schauspielerin Dorothy Hale sich nach einer rauschenden Party aus ihrem Apartment im oberen Stockwerk des Hampshire House gestürzt hatte. Frida hatte sie vor Jahren einmal getroffen und erinnerte sich noch genau an diese Frau voller Tatendrang, die von einer Karriere in Hollywood träumte. Warum hatte sie sich umgebracht? Was war passiert? Die Nachricht weckte schreckliche Gefühle in ihr. Sie hatte selbst schon, in den allerdunkelsten Stunden ihres Lebens, als sie glaubte, nie wieder laufen zu können, und als sie keine Hoffnung mehr hatte, dass die Schmerzen irgendwann aufhören würden, an Selbstmord gedacht. Sie sah sich selbst auf dem Bett liegen, mit einem Lächeln auf den Lippen, weil endlich alles vorüber war. Jetzt war sie unendlich dankbar, dass sie widerstanden hatte. Warum war Dorothy das nicht vergönnt gewesen? Hätte ein Filmangebot, der zärtliche Blick eines Mannes den Moment verhindern können, von dem es kein Zurück mehr gab?

Der Gedanke an Dorothy ließ sie nicht los, am nächsten Tag war sie einsilbig, als sie mit Julien in der Galerie war. Nur der Anblick der frisch gestrichenen Wand, auf der sich ihre Blumenbilder ganz hervorragend machten, konnte sie aufheitern. Sie stürzte sich in die Arbeit, sie hängte Bilder auf und wieder ab, und Frida beantwortete Juliens Fragen.

»Woher hast du nur all diese Rahmen?«, rief er irgendwann aus.

Am frühen Nachmittag kamen Mary und Lucienne vorbei, um sie wie verabredet zu einem Spaziergang abzuholen. Frida hatte sich schon den ganzen Tag darauf gefreut, ihre Freundinnen wiederzusehen.

»Lucienne«, sagte Frida leise und ging auf die Freundin zu. Während sie sich umarmten, stiegen in Frida Erinnerungen an die endlose Zugreise durch Indiana, Missouri und die Ödnis der amerikanischen Südstaaten auf, an ihre unendliche Traurigkeit, weil sie gleichzeitig ihr Kind und ihre Mutter verloren hatte. Sie hatte damals immer noch Blutungen gehabt und war sehr schwach gewesen. Lucienne hatte Fotos von ihr gemacht, wie sie apathisch aus dem Zugfenster sah oder verloren auf einem Bahnhof über Stunden auf den Anschlusszug warteten. Damals hatte Lucienne sie oft im Arm gehalten. Sie beide hatten auf dieser Reise ihre Jugend verloren. Als Lucienne und Frida sich jetzt in den Armen hielten, dachten sie beide an diese Zeit zurück, und die Erinnerung an diese tröstliche Geste wärmte Fridas Herz. Dabei konnte sie fühlen, dass Lucienne schwanger war.

»Ich wollte es dir nicht am Telefon sagen«, sagte Lucienne. »Ich wollte nicht, dass du traurig bist.«

»Danke«, gab Frida zurück. Sie fühlte einen Stich im Herzen.

»Ich weiß, dass es nicht leicht für dich ist, mich so zu sehen. Aber ich bin so glücklich.«

Frida atmete einmal tief ein und aus. Lucienne bekam ein Kind. Sie selbst würde diesen Traum nie leben dürfen, aber sie hatte ihre Kunst.

»Ich freue mich mit dir«, sagte sie aufrichtig. »Und ich werde Patentante, abgemacht?«

»Abgemacht.«

Dann trat sie zu Mary. Auch mit ihr hatte Frida eine lange Reise unternommen, drei Jahre später, in die entgegengesetzte Richtung, von Mexiko nach New York. Damals war sie vor Diegos Untreue geflohen. Sie war so zerstört gewesen, dass sie fast ein Jahr lang überhaupt nicht gemalt hatte. Mary, dachte sie voller Zuneigung. Wie hätte ich diese Zeit überstehen sollen ohne dich? Frida umarmte ihre Freundin lang und küsste sie auf die Wange.

»Dürfen wir schon mal gucken?«, fragte Mary und wollte in die Galerie, aber Frida hielt sie zurück.

»Das bringt Unglück. Ihr müsst bis zur Eröffnung warten.«

»Wie geht es Diego?«, fragte Lucienne, als sie wenig später die Fifth Avenue hinunterspazierten.

Frida winkte ab. »Wahrscheinlich genießt er seine Freiheit.«

»Wahrscheinlich hat er andere Frauen«, sagte Mary trocken.

»Diego ist mein größter Unterstützer und Ermutiger. Und ihr habt keine Ahnung, wie zärtlich er im Bett sein kann«, begehrte Frida auf.

Lucienne schnaubte. »Diego ist eifersüchtig bis aufs Blut.«

Mary schüttelte erbost den Kopf. »Weißt du nicht, warum wir damals vor ihm nach New York geflohen sind? Weil er ein Verhältnis *mit deiner Schwester* hatte! Und er will dir verbieten, Liebhaber zu haben? Ich dachte immer, solche Männer gibt es nur in schlechten Filmen! Sei froh, unter seiner Fuchtel rauszukommen.«

Frida dachte unwillkürlich an Nick, aber sie erwähnte ihn nicht. Sie wusste ja selbst nicht, wohin die Sache mit ihm führen würde, und sie wollte sie nicht vorher zerreden. Sie legte den Finger auf die Lippen. »Genug jetzt. Lasst uns nach Chinatown gehen. Ich brauche Tinnef und Kinkerlitzchen!«, rief sie aus. »New York ist viel zu grau!«

Sie fuhren mit dem Taxi bis zur Grand Street, dann hakten sie sich unter und flanierten über die breiten Fußwege oder machten Abstecher in die kleinen Seitenstraßen. Frida mochte die Gegend hier. Es gab immer etwas zu sehen. Das dachten offensichtlich auch viele Bewohner, die, die Unterarme bequem auf ein Kissen gestützt, das sie auf die Fensterbänke gelegt hatte, dem Treiben auf der Straße zusahen. Ein Junge flitzte direkt vor ihnen über den Gehweg und rannte Frida beinahe über den Haufen. Eine der Händlerinnen, die Zitronen verkaufte, schüttelte wütend die Faust. »Ein Dieb! Haltet ihn auf!« Ein Polizist bemerkte die Szene und legte die Hand an den Schlagstock, aber der Junge war schon um die Ecke verschwunden.

»Meine Güte, das war doch noch ein halbes Kind!«, sagte Frida.

»Hier werden die Kinder sehr schnell erwachsen«, sagte Mary.

»Weil sie es müssen«, gab Frida zurück und dachte dabei an ihr Bild von New York. Genau hier fand sich das Thema des Bildes wieder. In dieser Stadt lagen Armut und Reichtum wirklich sehr nahe beieinander.

Sie gingen weiter, und Dampf stieg in dicken, heißen Schwaden aus einem Keller auf. Mary erklärte Frida, dass die Menschen dort unten in feuchter Hitze Wäsche wuschen.

»Oh, das ist hübsch. So ein Geschäft habe ich gesucht«, rief Frida aus, als sie an einem winzigen Laden vorüberkamen. Sie kauften lackierte Haarspangen und Döschen. Mary sah, dass Frida fror, und schenkte ihr mit chinesischen Drachen bestickte Unterhosen, die ihr bis zum Knie reichten und schön warm waren.

»Ich ziehe sie gleich an«, rief Frida. Die beiden anderen stellten sich vor sie, und sie hob ihre Röcke und stieg in die Hosen hinein. Gleich fühlte sie sich besser, so machte der Ausflug noch mehr Spaß.

Sie standen vor den Auslagen eines Trödlers, der seine Waren auf dem Bürgersteig ausgebreitete hatte. Neben ihm hatten andere Händler ihre Stände. Es gab nichts, was es hier nicht zu kaufen gab: Berge von weißen Unterhemden, Möbel, Kaninchen und bunte Vögel in Käfigen.

Frida stand über einen Haufen Bilderrahmen gebeugt, kreuz und quer lagen sie übereinander, und gerade hatte ein sehr dunkler Rahmen mit Maserung ihr Interesse erregt.

Plötzlich erstarrte sie, den Rahmen immer noch in der Hand. Durch ihn hindurch sah sie Mary, die mit dem Händler über den Preis einer Weinkaraffe feilschte. Als hätte sie eine Marktszene gemalt. Aber darüber lag ein grelles Quietschen, das die Luft bis in die kleinsten Ritzen füllte und sich über den Lärm der Straße legte.

Frida war wieder achtzehn und sah die Straßenbahn auf sich zukommen. Sie konnte am Verlauf der Gleise sehen, dass sie gleich den Bus rammen würde, in dem sie saß. Das Quietschen wurde immer lauter, ohrenbetäubend gellte es in ihrem Kopf. Sie wollte sich die Ohren zuhalten und fing an zu schreien, während die Bahn immer näher kam. Schützend streckte sie die Hände vor sich aus, und durch den Bilderrahmen hindurch, den sie immer noch in der Hand hielt, sah sie die Straßenbahn auf sich zurasen. Gleich würde sie den Bus zerquetschen und sie mit … ein Aufprall, sie wurde herumgerissen und durch die Luft geschleudert, sie würde sterben.

»Frida, Frida, was ist denn? Frida, komm zu dir«, eine Stimme durchbrach ihre Gedanken. Sie öffnete die Augen. Mary war über sie gebeugt, sie selbst lag auf dem Fußweg. Menschen standen um sie herum und starrten sie neugierig an.

Mühsam rappelte sie sich auf. Das gellende Geräusch entfernte sich, und sie sah an sich hinunter und war erstaunt, dass sie noch lebte und unverletzt war. Wo war das Blut, wo war der Goldstaub, den ein Kulissenmaler bei sich getragen und der sich auf ihren zerfetzten Körper gelegt hatte? Langsam suchte ihr Blick die Umgebung ab, und sie entdeckte die Hochtrasse des Elevated Train, der gerade über ihre Köpfe hinweggedonnert war. Daher war das schrille Quietschen gekommen! Sie lebte noch! Sie stieß ein erleichtertes Schluchzen aus.

Die Leute um sie herum schienen das Quietschen gar nicht wahrgenommen zu haben, während sie durch den Lärm in ein Bild aus der Vergangenheit geworfen worden war. Sie schüttelte sich, um die Erinnerung an den Unfall loszuwerden.

Aus der Gegenrichtung näherte sich ein weiterer Zug. Der Trödler, mit dem Mary eben noch verhandelt hatte, legte automatisch seine Hand auf die geschliffenen Karaffen, die durch das Vibrieren des dröhnenden Zugs gefährlich nah an den Rand des Tisches rutschten. Diesmal war Frida vorbereitet, dennoch fing sie an zu zittern und atmete heftig. Niemals in ihrem ganzen Leben würde sie das Geräusch eiserner Räder auf Schienen hören können, ohne an den fatalen Unfall zu denken, der ihr Leben so entscheidend verändert hatte.

Als der Krach endlich vorbei war, sagte sie: »Lasst uns woanders hingehen. Ich habe Hunger.«

»Da kenn ich etwas, das dir gefallen wird«, sagte Lucienne.

Sie gingen zu *Katz's*. Frida war schon früher hier gewesen, aber sie glaubte, dass der unglaubliche Andrang, das Geschrei der Kellner und das Geschubse der Hungrigen noch gewachsen war. Der Geruch nach dem gesottenen Fleisch und dem Essig der Gurken ließ ihr das Wasser im Mund zusammenlaufen.

Lucienne ergatterte einen freien Platz an einem der großen Tische. Ihnen gegenüber saßen Kohlenträger, wie man unschwer an ihren verrußten Gesichtern erkennen konnte. Mit riesigen Bissen schlangen sie die Sandwiches hinunter und tranken dazu Bier aus dicken Krügen.

Hier gefiel es Frida. Sie streckte ihre Beine aus und genoss die Wärme. Lucienne boxte sich einen Weg an den Tresen frei und kam mit einem Tablett mit riesigen Sandwiches und Bier zurück.

»Hier wird immer noch mit den Händen gegessen«, sagte Mary und machte es vor. Sie nahm das Brot, das dick mit Pastrami, sauren Gurken, Krautsalat und scharfem Senf belegt war, in die Hände, presste es zusammen und biss herzhaft hinein.

Frida hatte sich von ihrem Schrecken erholt und tat es ihr gleich. Der Geschmack des Fleisches mischte sich mit der Säure der Gurken und der Schärfe des Senfs.

Es schmeckte noch genauso gut wie früher.

»Das ist doch mal eine Abwechslung zur Tea Time in der Fifth Avenue«, sagte sie und leckte sich einen Klacks Senf vom Finger.

Kapitel 9

Drei Tage später war die Ausstellungseröffnung. Am Morgen war Frida nervös. Ihre Bilder hingen, und sie waren gut. Sie hatte alles getan, um ihre Gemälde in Juliens Galerie ins rechte Licht zu setzen. Wieder und wieder hatte sie sie umgehängt und neu gruppiert. Jetzt war alles perfekt. Mehr konnte sie nicht tun. Trotzdem war sie unruhig. Jetzt kam es auf das Publikum an. Würden die New Yorker kommen und, was noch wichtiger war, ihre Bilder kaufen? Oder würden sie bei dem Regenwetter zu Hause bleiben, weil die Bilder einer unbekannten Mexikanerin sie nicht die Bohne interessierten? Und wenn sie doch kamen, aus Neugierde, weil sie sich an den Skandal um Diegos Wandgemälde erinnerten oder weil sie nichts Besseres vorhatten, würden sie ihre Bilder verstehen und sie mögen? Und was war mit den Kritikern? Sie biss lustlos in ihren Toast mit der Orangenmarmelade, die sie sonst so mochte. Sie hatte keinen Hunger, ihre Kehle war wie zugeschnürt. Sie legte das Brot zurück auf den Teller und stand auf.

Eine wichtige Sache blieb ihr noch zu tun, auch sie war sorgfältig geplant und Teil ihrer Inszenierung. Ihre Bilder waren nämlich nur eine Seite von Frida Kahlo, ihre Erscheinung war die andere, und beide gehörten untrennbar zusammen. Ihre

Bilder zeigten ihr Leben, und die Besucher sollten keinen Zweifel haben, wer sie gemalt hatte.

Sie stellte sich vor den Kleiderschrank und öffnete die Koffer, in denen weitere Sachen lagen. Nacheinander probierte sie all ihre Kleider an. Ihr Auftritt musste perfekt sein. Ihre Erscheinung, ihre traditionelle mexikanische Kleidung und die aufwändige Frisur waren Teil ihrer Identität als Künstlerin. Nie hätte sie ihre Bilder malen können, wenn sie nicht durch und durch Mexikanerin gewesen wäre, die durch ihre Mutter indigene Wurzeln hatte. Diese *mexicanidad* gehörte zu ihr wie ihre an der Nase zusammengewachsenen Augenbrauen und der Anflug des Damenbartes, und jedes Einzelne ihrer Kleidungsstücke hatte eine besondere Geschichte. Sie hatte sie in den verschiedenen Regionen des Landes gekauft, wo sie Teil der Identität der Frauen dort war. Jede Stickerei, jede Farbe hatte eine besondere Bedeutung. Viele der Kleider hatte sie eigenhändig umgearbeitet und mit Litzen und Stickereien versehen. Sie hatte andersfarbige Säume angebrachte und so ihre eigene Garderobe geschaffen, die nur für sie stand. Inzwischen waren einige Kleidungsstücke durch Zigarettenglut beschädigt, hatten Farbflecken oder winzige Risse. Dann besserte Frida sie aus, niemals würde sie sich von ihnen trennen. Ihre Kleider drückten ihre Stimmung aus und gaben ihr Sicherheit. Die Sachen waren ein Teil von ihr. Genau wie ihre Bilder.

Sie zog einen Unterrock hervor. Es war derselbe, den sie 1931 getragen hatte, als Diego eine Ausstellung im MoMA gehabt hatte. *Porquería*, Schweinerei, hatte sie in rotem Plattstich in den Saum gestickt. Es war ihr stiller Protest gegen die New Yorker Oberschicht gewesen, die sie wie ein Ausstellungstück angestarrt hatte und in Begeisterungsstürme vor Diegos Bildern von Peitsche schwingenden Plantagenbesitzern und Zuckerrohrarbeitern ausgebrochen war. Sie waren so verblendet, dass sie die Kritik nicht sehen wollten, die Anklage gegen ihr Ausbeutertum, das erst zu diesem Bild geführt hatte. Diego hatte sie nichts von dieser Stickerei erzählt, aber Lucienne Bloch hatte sie gesehen. Frida zog den Unterrock an und drehte sich so vor dem Spiegel, dass sie die Stickerei lesen konnte. Aber heute fühlte sie keine Wut auf die Amerikaner, also zog sie ihn wieder aus und holte einen anderen hervor, um ihn anzuprobieren. Diese weiße Bluse hatte sie auf der Zugreise mit Lucienne getragen, diesen *Huipil* hatte ihr Diego mitgebracht. Mit jedem Kleidungsstück kamen weitere Erinnerungen. Sie schenkte sich einen Brandy ein, dann machte sie weiter.

Als sie auf die Uhr sah, waren viele Stunden vergangen. Immer wieder hatte sie sich in ihren Kleidern neu ausprobiert. Alle ihre Sachen lagen im Zimmer verstreut. Aber jetzt war sie sicher, was sie an diesem wichtigen Abend tragen würde. Einen weißen *Huipil,* gefertigt von Kekchi-Maya-Frauen aus der Cobánregion in Guatemala. Sie besaß mehrere dieser Blusen aus handgesponnener Baumwolle. Diese hatte zusätzlich eingewebte Stoffbahnen, die von Hand gekreuzten Kettfäden bildeten am Saum ein offenmaschiges Gewebe. Das eingewebte Muster, das Pflanzen und Tiere zeigte, war über der Brust ausgespart, damit Schmuck besonders gut zur Geltung kam. Dazu wählte sie einen lilafarbenen, mit roten Blütenköpfen besticken Rock. Am Saum hatte er einen angesetzten Volant, der bis fast auf den Boden reichte. Darunter zog sie doch wieder den *Porquería*-Unterrock an. Er sollte ihr als eine Art Schutzpanzer dienen, falls die Ausstellung ein Reinfall werden würde.

Gegen die Kälte half ihr Lieblings*rebozo*, eines der traditionellen Schultertücher, in Magentarot. Dann legte sie die Kette aus den uralten Jadesteinen an und trat vor den Spiegel. Nein, die Kette passte nicht, und sie nahm ein schweres Medaillon an einem goldenen Strang aus der Schatulle. Es prangte gut sichtbar auf dem weißen Stoff der Bluse. Dazu die Ohrringe aus Silber mit Korallen und Türkisen, die ihr bis fast auf die Schulter reichten und die sie nur zu ganz besonderen Gelegenheiten trug, weil sie so schwer waren. Wieder sah sie in den Spiegel. Der Auftritt war fast perfekt.

Jetzt noch die Haare. Zuhause wäre sie einfach in den Garten gegangen und hätte ein paar Blüten geschnitten, um sie ins Haar zu stecken, aber hier hatte sie keine auftreiben können, die ihr gefielen. Sie sah sich suchend um. Was könnte sie stattdessen nehmen? Vielleicht das breite silberne Band, das sie mit Mary und Lucienne in Chinatown gekauft hatte. Sie legte es in Schleifen und steckte sie wie ein Diadem in ihr Haar. Zusammen mit dem Silber des Ohrschmucks passte das.

Sie sah auf die Uhr. In ein paar Minuten musste sie los. Nur die spitzenbesetzten Handschuhe fehlten noch. Die brauchte sie, um das Geschwür zu verbergen, das ihre Hände entstellte. Durch den vielen Kontakt mit der Farbe war es in den letzten Monaten schlimmer geworden. Frida starrte darauf. Mit ihren kleinen Zehen hatte es damals auch so angefangen, und am Ende mussten sie amputiert werden. Ohne Finger kann ich nicht malen, dachte sie und musste sich zusammenreißen, um nicht in Tränen auszubrechen. Sie merkte, wie Panik in ihr aufstieg. Der Gedanke erschreckte sie so, dass sie aus dem Konzept kam und die Handschuhe nicht gleich finden konnte. Jetzt klingelte auch noch das Telefon. Als sie abnahm und Diegos Stimme hörte, stieß sie vor Erleichterung einen kleinen Schluchzer aus. Er wollte ihr Glück wünschen. »Ich bin heute Abend in Gedanken bei dir. Du wirst die New Yorker verzücken. Schnapp sie dir, Friducha. Erinnerst du dich an den Abend bei Tina, als wir uns zum ersten Mal gesehen haben? Du warst so frech, so selbstbewusst, du hast keinen Deut auf die Meinung der anderen gegeben und getanzt und eine Flasche Tequila getrunken. Und du hast allen den Kopf verdreht, mir auch. Sei heute Abend genauso, nein, trink nicht so viel, das mögen die Gringos nicht. Bezaubere sie einfach. Ich liebe dich.«

Getröstet legte sie auf. Woher wusste er nur immer, wann sie ihn am meisten brauchte?

Ein weiterer Blick auf die Uhr sagte ihr, dass es Zeit wurde, zu gehen.

Sie wühlte in dem Kleiderhaufen, und da waren auch endlich die Handschuhe. Ganz am Schluss fehlten nur noch die Ringe, aber die lagen schon vor dem Spiegel parat. An jeden Finger steckte sie einen über die Handschuhe. Sie legte die Hände übereinander und spürte die großen Steine, Koralle, Jade, Türkise. Sie waren kostbar und unersetzlich. Einige stammten aus vorspanischer Zeit, wie auch die Kette aus alten Münzen, die sie trug. Diego hatte ihr die meisten geschenkt, und sie wollte an diesem Abend etwas tragen, das sie mit ihm verband. Sie warf einen letzten Blick in den Spiegel und fand, dass alles perfekt war. Sie sah die Frau, die sie sehen wollte, die sie geschaffen hatte. Auf einmal wurde sie ganz ruhig. Sie würden schon nicht ohne sie anfangen.

Beim Verlassen des Zimmers hielt sie noch einmal kurz inne, dann griff sie nach dem kleinen Messer, das sie bereitgelegt hatte. Sie rief den Fahrstuhl und eilte durch die Lobby.

Bevor der Concierge reagieren konnte, stieß sie einen gellenden Pfiff aus. Sofort scherte ein Taxi aus dem laufenden Verkehr aus und hielt mit quietschenden Reifenvor dem *Barbizon*, der Fahrer stieg aus, um ihr die Tür aufzuhalten.

Frida ließ sich auf den Rücksitz fallen und hob ihren kostbaren Rock an, er sollte nicht in der Tür eingeklemmt werden. Als der Wagen anfuhr, lehnte sie sich zurück und nahm eine Zigarette aus dem Etui in ihrer Tasche. Ohne zu verlangsamen, drehte der Fahrer sich zu ihr herum und hielt ihr ein brennendes Streichholz hin. Sie inhalierte tief und versuchte sich zu sammeln.

Gleich werden die Menschen zum ersten Mal eine Ausstellung sehen, die ausschließlich mit meinen Bildern bestückt ist, dachte sie. Als ich damals angefangen habe zu malen, hätte ich nie damit gerechnet. Ihre Gedanken wanderten zu dem kleinen Zimmer, in dem sie, in ein Korsett gefesselt, in einem riesigen Bett lag.

Am Anfang war die Malerei ein Ausweg aus der dröhnenden Langeweile gewesen, als sie über Monate in ihrem Streckverband liegen musste. Sie hatte gemalt und jedes Buch über Kunst gelesen, das man ihr brachte. Das hatte sie damals gerettet. In den Stunden, in denen sie gemalt hatte, hatte sie ihr Gefängnis verlassen und das Leben zu sich hereingeholt. Dann war die

Idee entstanden, mit der Malerei Geld zu verdienen und ihre Familie zu unterstützen, denn die Arztrechnungen hatten ihre Eltern in finanzielle Nöte gebracht. Sie hatte dem großen Diego Rivera ihre Bilder gezeigt, und er hatte sie darin bestärkt, dass in ihr eine echte Künstlerin steckte. Aber das war gewesen, bevor sie sich ineinander verliebt hatten. Nach ihrer Hochzeit hatte sie ihn mehrfach für monatelange Aufenthalte nach Amerika begleitet. Während er in San Francisco, in Detroit und New York die Wände bemalte, hatte sie ihm zugesehen und gelernt. In den Kreisen der erfolgreichen, intelligenten Künstler, zu denen sie über Diego Zutritt bekam, erweiterte sie ihren künstlerischen und intellektuellen Horizont und wurde sicher im gesellschaftlichen Umgang. Und – und das war vielleicht das Wichtigste – die Jahre in den Vereinigten Staaten hatten ihre Sinne für ihre mexikanische Herkunft und die Unterschiede zwischen Nordamerika und ihrer Heimat geschärft, aus denen sie die Spannung für ihre Bilder schöpfte.

Was war geschehen, dass sie ihre Malerei aus den Augen verloren hatte? Immer wenn sie nicht arbeitete, ihre Gefühle nicht in Farben und Motiven ausdrückte, fehlte ihr etwas. Das war ihr zum ersten Mal deutlich geworden, als sie und Diego sich wegen seiner Affären voneinander entfremdet hatten. Ohne zu malen, hätte sie die Einsamkeit nicht ausgehalten, das wusste sie heute.

Im vergangenen Sommer, als die Distanz zwischen ihr und Diego wieder größer geworden war, und unter dem Eindruck der Gespräche mit André Breton, hatte sich ihre Einstellung zur Malerei noch einmal entscheidend gewandelt.

Kunst war für mich lange etwas durch und durch Privates,

dachte sie und drückte die Zigarette aus, während am Autofenster das verregnete Manhattan an ihr vorbeizog. Erst in diesem Sommer ist das Bedürfnis hinzugekommen, anderen meine Bilder zu zeigen und sie zu verkaufen. Es war einfach an der Zeit, mich von Diego zu emanzipieren, emotional und auch finanziell. Deshalb war ich auch so wütend, als Diego verhindert hat, dass Helena Rubinstein meine Bilder zu sehen bekommt. Aber vielleicht kann ich das heute Abend nachholen, eingeladen habe ich sie. Jegliches Zögern fiel von ihr ab. Dieser Abend war ihr Verdienst, und sie würde gleich die Galerie betreten und die Menschen dort von sich und ihren Bildern überzeugen. Wahrscheinlich war es sogar gut, dass die Besucher auf sie warten mussten. Das erhöhte die Spannung. Die New Yorker waren doch so wankelmütig und schnell gelangweilt. Sie würde ihnen heute Abend eine Vorstellung bieten, an die sie noch lang denken würden.

Sie nahm eine weitere Zigarette aus der Packung.

Der Taxifahrer hielt an einer roten Ampel und gab ihr Feuer, während er auf Grün wartete. Frida betrachtete die prächtigen Schaufenster eines großen Kaufhauses. Wie viele Bilder würde sie heute Abend verkaufen? Würde es reichen, damit sie hier unbesorgt einkaufen gehen könnte, wenn sie Lust darauf bekam? Ein oder zwei Bilder? Nein, es müssten mehr sein. Sie machte mit sich selbst einen Deal, wie die Amerikaner das nannten: Mit fünf Verkäufen wäre sie zufrieden. Wer könnte Interesse an ihren Bildern haben? Ein Kribbeln ergriff sie bei der Vorstellung, dass eines ihrer Bilder eine Privatwohnung zieren würde, oder gar ein Museum … In Gedanken ging sie noch einmal die Namen der Leute durch, die sie gleich treffen würde.

Wichtig war die Presse, da durfte sie keinen Fehler machen … Ob Clare Boothe Luce da sein würde, die einflussreiche Herausgeberin von *Vanity Fair?* Und der Mann von der *Times?* Wie hieß er noch gleich? Julien hatte ihr den Namen genannt, aber er wollte ihr partout nicht einfallen. Und wenn die Journalisten sie als die Frau des großen Diego Rivera bezeichnen würden, so wie früher, wenn sie über ihn geschrieben hatten und sie immer als exzentrische Frau an seiner Seite erwähnten? Natürlich war sie seine Frau, aber als Malerin war sie Frida Kahlo! Wenn ihr da einer blöd kam, könnte sie nicht für ihre gute Erziehung garantieren. Obwohl Julien sie beschworen hatte, sich nicht provozieren zu lassen.

»Die New Yorker Oberschicht mag keine rebellischen Frauen«, hatte er ihr eingeschärft. »Und sie hat einen beinahe körperlichen Widerwillen gegen Unhöflichkeit und mangelnde Etikette.«

Ich werde mir Mühe geben, dachte sie, aber alles gefallen lasse ich mir nicht. Ihr Blick traf den des Fahrers im Rückspiegel.

»Sie sehen aus wie eine verdammte Königin«, meinte er.

»Königin?«, fragte sie. Das klang doch gut. Eine Königin auf dem Weg zu ihrer ersten Ausstellung, die ihr Leben verändern würde.

Als ihr das klar wurde, durchfuhr sie eine heiße Welle der Aufregung. Sie würde alles falsch machen, und die New Yorker würden merken, dass sie nicht hierhergehörte. Niemand würde ihre Bilder mögen, geschweige denn sie kaufen. Ihre Hände juckten in den bestickten Handschuhen. Sie fing an, sich zu kratzen, was mit den dicken Ringen nicht gut möglich war.

»Verdammt!«, schimpfte sie, als der Fahrer fast auf ein vor ihnen haltendes Auto auffuhr. Es herrschte dichter Verkehr, und sie standen mehr, als dass sie fuhren.

»Pardon?«, fragte er von vorn.

»Alles in Ordnung. Wie lange brauchen wir noch?«

»Wir sind schon da.«

Der Wagen hielt vor der Galerie. Vor dem Eingang hatte sich eine Menschentraube gebildet. Wollten die etwa alle zu ihr? Das ... das wäre ja wunderbar! Ein Portier eilte herbei, um die Wagentür zu öffnen, als wäre sie tatsächlich so etwas wie eine Königin.

Sie holte tief Luft. Der Abend fing gut an. Jetzt würde sie da hineingehen und ihn noch besser machen. Frida stieg aus, wobei sie erst beide Füße auf den Fußweg setzte, bevor sie eine entgegengestreckte Hand nahm und sich mit einem strahlenden Lächeln hochziehen ließ.

»Das ist sie«, hörte sie die Leute murmeln. »Das ist Frida Kahlo.«

Kapitel 10

Frida richtete sich auf und legte den schimmernden *Rebozo* schwungvoll um ihre Schultern. Blitzlichter trafen sie, als sie hocherhobenen Hauptes auf die hell erleuchtete Galerie zuschritt.

Von innen wurde die Tür aufgerissen, und Julien kam ihr mit ausgebreiteten Armen entgegen.

»Da bist du ja. Alle warten schon ungeduldig auf dich.«

Er küsste sie auf die Wangen und schob sie durch die Menge. Hände wurden ihr entgegengestreckt, Menschen lächelten sie an, Fragen wurden gerufen.

Meine Güte, waren hier viele Leute, dachte sie wieder. Mindestens ebenso viele wie draußen. Waren die alle ihretwegen gekommen? Woher kannten die sie denn? Und wen kannte sie? Nervös sah sie sich nach vertrauten Gesichtern um, aber es war einfach zu voll. Also gut! Sie atmete ein paarmal tief ein und aus und tastete nach dem kleinen Messer in ihrer Rocktasche, das sie vorhin im letzten Moment eingesteckt hatte. Sollte sie, oder sollte sie nicht? Dann entschied sie, ihre Idee in die Tat umzusetzen.

Frida ging durch die Menge, ohne nach rechts und links zu sehen, und man machte ihr Platz. Das Bild hing an der linken

Wand ganz hinten. Sie stellte sich davor, zog das kleine Messer aus der Tasche, ignorierte die spitzen Schreie der Umstehenden und rammte es in den oberen Rahmen, der *Die Dolchstiche* umgab. Dabei spürte sie eine tiefe Befriedigung, die noch viel stärker war, als sie sie sich vorgestellt hatte. Ihr war, als würde sie sich mit diesem Messerstich ein Stück von Diego frei machen.

»Jetzt ist es fertig«, sagte sie mit einem strahlenden Lächeln.

Alle schwiegen verblüfft, und für eine Sekunde wusste Frida nicht, ob ihre Aktion die Leute gegen sie aufgebracht hatte. Aber dann rief Julien: »Bravo, Frida!«, und alle fingen begeistert an zu applaudieren.

Julien dirigierte sie an die Stelle, wo das Wasserbild hing, weil sie ihm gesagt hatte, dass es ihr am wichtigsten sei. Dann hob er die Arme und bat um Ruhe.

»Ich bin sehr stolz und glücklich, Ihnen Frida Kahlo und ihre Bilder vorzustellen. Señora Kahlo wird Ihnen später gern Rede und Antwort stehen, doch lassen Sie mich zuvor ein paar Worte sagen …«

Frida hörte nicht richtig zu, Julien hatte ihr seine Rede gestern schon vorgetragen. Sie ließ ihren Blick über die Anwesenden gleiten. Die Frauen trugen teure Roben und viel Schmuck, die meisten Männer waren im Smoking erschienen. Niemand war so bunt gekleidet wie sie selbst. Sie bemerkte die Blicke der Damen, die zwischen Bewunderung, Neugierde und Missbilligung schwankten.

»… André Breton hat im Vorwort zum Katalog dieser exquisiten Ausstellung geschrieben, Frida Kahlos Bilder seien wie ein buntes Band um eine Bombe. Ein auf den ersten Blick befremdlicher Vergleich, aber Sie werden bei der Betrachtung der Bilder feststellen, dass er recht hat.«

Ein Band um eine Bombe? Wie schon am Tag zuvor stutzte Frida bei dieser Beschreibung, die sie nicht einordnen konnte. Ihr Blick fiel auf eine Frau vor dem Bild, das den toten dreijährigen Dimas, Diegos Patensohn, zeigte. Ihre Mundwinkel bogen sich nach unten, sie zog ihren Mann weg.

Ihr Herz begann zu flattern. Und wenn sie ihre Bilder hassten? Sie abstoßend fanden?

Sie brauchte unbedingt etwas zu trinken. Sofort. Hastig winkte sie einer der jungen Frauen, die sich mit Tabletts durch die Menge schoben. Sie nahm ein Glas Champagner, trank es in einem Zug aus und griff gleich nach dem nächsten. Jetzt war es schon besser.

»Mrs. Rivera, Mrs. Rivera, bitte sehen Sie zu mir!«

Ein Mann hielt ihr einen Fotoapparat ins Gesicht, ein greller Blitz blendete sie.

Sie lächelte tapfer, bis sie wieder etwas sehen konnte. Langsam tauchte ein anderes Gesicht vor ihr auf.

»Warum nennen Sie sich Frida Kahlo? Und warum sind Ihre Bilder so … gynäkologisch?«

Mit einem Anflug von Gereiztheit sah sie sich nach dem Fragesteller um. Jetzt ging es los.

»*Times*«, sagte der Mann.

»Und Sie heißen so?«, fragte sie zurück. »Mein Name ist Frida Kahlo. Und was meinen Sie mit gynäkologisch? Ich zeige auf den Bildern mein Leben, das Leben einer Frau, und dazu gehören nun mal Geburten.«

Der Mann nickte und zückte seinen Block. Frida beantwortete seine Fragen, während hinter ihm schon die nächsten darauf warteten, an die Reihe zu kommen.

Sie war unendlich erleichtert, als sie Mary und Lucienne in der Menge entdeckte.

»Mary!«, rief sie und winkte ihnen zu. »Entschuldigen Sie, ich bin gleich wieder für Sie da.« Mit diesen Worten ließ sie die Journalisten einfach stehen.

Sie eilte zu ihren Freundinnen hinüber und nahm sie in die Arme. »Endlich seid ihr da! Ich bin so wahnsinnig nervös. Alle starren mich an und stellen mir Fragen. Ich brauche einen Drink. Einen echten und keinen Champagner«, sagte sie.

Lucienne machte sich auf die Suche nach einem Kellner, und Frida fragte Mary: »Sag mir ganz ehrlich: Wie findest du es?«

Mary sah ihr in die Augen. »Frida, das sind wunderbare Bilder. Sie treffen mich mitten ins Herz. Und nicht nur mich. Ich habe mit einigen Leuten hier gesprochen. Sie sind begeistert!« Mary umarmte sie erneut. »Mach dir keine Sorgen. New York liebt dich! Komm, ich stelle dich Claire Boothe Luce vor.«

Frida ließ sich an der Hand hinter ihr herziehen. Im Vorübergehen griff sie zu dem Whiskey, den Lucienne ihr hinhielt, und kippte ihn hinunter. Der Alkohol lief schön warm durch ihre Kehle und sie fühlte sich besser.

Claire, stand vor dem Selbstporträt, das Frida für Trotzki gemalt hatte, auf dem sie engelgleich und unschuldig aussah und ein roséfarbenes Kleid trug. »Malen Sie für mich ein Porträt von Dorothy Hale?«, fragte Claire ohne Umschweife. »Sie haben sicher von ihrem tragischen Tod gehört? Ich will es ihrer Mutter schenken.«

»Ihr Tod hat mich tief getroffen, und ich muss immer wieder

an sie denken. Ich würde mich gern künstlerisch damit auseinandersetzen. Ja, ich male sehr gern ein Bild von ihr«, entgegnete Frida. »Werden Sie in Ihrer Zeitung über mich schreiben?«, fragte sie dann.

»Ich schreibe sehr gern über Sie.« Sie zwinkerte ihr zu. »Wir sind uns übrigens schon einmal begegnet, wissen Sie nicht mehr? Das muss vor ein paar Jahren gewesen sein, ein Abendessen bei den Rockefellers. Sind sie auch hier?« Sie sah sich suchend um.

»Ich weiß es nicht. Hier sind so viele Leute.«

»Da drüben steht Helena Rubinstein. Und ausgerechnet vor meinem Lieblingsbild. Hoffentlich schnappt sie es mir nicht vor der Nase weg.«

Frida folgte Claires Blick. Helena stand vor einem Stillleben mit Früchten und winkte ihr zu. Sie ist tatsächlich gekommen, freute sich Frida. Sie wollte zu ihr gehen, um sie zu begrüßen, aber ein Reporter stellte sich ihr ziemlich dreist in den Weg und bat darum, sie vor einem ihrer Bilder fotografieren zu dürfen.

»Für unsere Leser«, sagte er. »Wo ist denn eigentlich Mr. Rivera?«

»Wenn Sie mit dem sprechen wollen, müssen sie nach Mexiko fahren«, gab sie mit ihrer liebenswürdigsten Stimme, hinter der sie nur schwer ihre Geringschätzung verbarg, zurück und ließ den Mann einfach stehen. Sie fand es viel wichtiger, mit Helena zu sprechen.

Bevor sie sie erreichte, näherte sich eine Frau um die fünfzig mit kurzen, eiligen Schritten. Sie war in Schwarz gekleidet und trug eine Melone auf dem Kopf, unter der ihr Haar verschwand. Sie war ihr ganzes Gegenteil und fiel doch ebenso durch ihre

Erscheinung auf wie Frida. Die eine ganz in wallendem Schwarz, die andere in bunten, mit Blumen bestickten Röcken. Als sie sich gegenüberstanden, um sich zu begrüßen, klickten die Fotoapparate.

»Georgia«, rief Frida erfreut. Sie hatte Georgia O'Keeffe bereits einige Male getroffen, damals in Detroit. Die Art, wie Georgia Blumen malte, hatte ihr schon immer gefallen. Sie mochte ihre Farben und bewunderte sie für den Mut, mit dem sie ihre Blüten wie weibliche Geschlechtsteile darstellte.

»Frida«, sagte Georgia. »Ich beglückwünsche dich zu deiner Ausstellung. Es wurde auch Zeit, dass du deine Bilder der Öffentlichkeit zeigst.«

»Bist du extra aus New Mexiko gekommen?« Frida erinnerte sich, dass Georgia dort eine Farm in der Wüste gekauft hatte.

»Ich war ohnehin in der Stadt und habe meine Abreise einfach ein paar Tage nach hinten geschoben. Ich wollte deine Ausstellung auf keinen Fall verpassen. Sie wird die Sensation in New York.«

»Wirklich?«, fragte Frida glücklich.

»Glaub mir. Sehen wir uns in den nächsten Tagen?«

Frida nickte.

Bevor sie weiterreden konnten, drängelte sich ein Mann zu ihnen durch.

»Das ist der Conger Goodyear, der Direktor des MoMA. Sei nett zu ihm. Wir sehen uns später«, flüsterte Georgia dicht an ihrem Ohr.

Immer neue Menschen wurden ihr vorgestellt. Alte Bekannte und neue Begegnungen. Alle waren wichtig, zu allen musste sie nett sein. Zwischendurch drängelten sich zum Glück

Lucienne oder Mary zu ihr durch und reichten ihr einen neuen Drink. Sie fragte sich, wo Julien eigentlich war, und entdeckte ihn mit einer Liste in der Hand im Gespräch mit Leuten. Hoffentlich Käufer, dachte sie.

Jetzt fand sie endlich die Gelegenheit, Helena Rubinstein in der Menge zu suchen.

»Na, wo haben Sie denn heute Ihren Mann gelassen?«, fragte Helena mit einem Lächeln, das Frida nicht zu deuten wusste. »Wie oft mussten Sie diese Frage heute schon beantworten? Und wie ich sehe, haben Sie auch keine Tortilla dabei. Das gefällt mir.« Dabei zwinkerte sie Frida zu.

Die brach in ein befreites Gelächter aus. Das Eis zwischen ihnen war gebrochen. »Ich war damals unglaublich wütend«, sagte sie.

»Hoffentlich nicht auf mich.«

»Aber nein! Ich habe Diego einen Riesenszene gemacht, weil er mich vor Ihnen wie eine Dienstmagd hat aussehen lassen.« Sie zögerte. »Und ich bin sehr erleichtert, dass Sie die Situation offensichtlich als genauso entwürdigend empfunden haben wie ich. Aber ich habe aus dem Vorfall gelernt. Heute kann ich Ihnen meine Bilder zeigen, und ich würde Ihnen gern eines verkaufen – vorausgesetzt, sie gefallen Ihnen, und ich bin nicht zu plump.«

Helena sah sie kurz an, und Frida glaubte schon, sie sei zu weit gegangen. Aber die Kosmetikunternehmerin sagte nachdrücklich: »Wissen Sie, wenn wir Frauen uns immer nur zurückhalten, dann werden wir nie etwas erreichen. Freiwillig geben uns die Männer bestimmt nichts von ihrer Macht und ihrem Geld ab. Was meinen Sie denn, wie ich zu der wurde, die ich heute bin? Mir hat man nichts in den Schoß gelegt und ich musste mehr als einmal alles Damenhafte ablegen, um zu bekommen, was ich wollte.« Jetzt lächelte Frida sie offen an. »Ich interessiere mich tatsächlich für eines Ihrer Blumenbilder. Ich gebe zu, dass nicht alle Ihrer Werke für mich infrage kommen. Ich möchte Ihr Bild in meinem Show Room aufhängen, damit möglichst viele meiner Kundinnen es bewundern können.«

Während sie sich unterhielten, gingen sie auf das Bild zu. Es war ein Stillleben mit Früchten, die farbenfroh auf einem Teller angerichtet waren.

»Na ja, aus der Nähe betrachtet sind diese prallen Früchte schon ein bisschen sinnlich«, sagte Helena.

»*Honi soit qui mal y pense*«, gab Frida zurück.

»Sie sprechen Französisch?«

»Nur ein bisschen. Aber ich versuche es zu lernen, weil ich meine Bilder auch in Paris ausstellen werde. Kaufen Sie das Bild?«, wagte sie zu fragen.

Helena wandte sich ihr ganz zu. »Meine Liebe, ich bin zwar keine ausgewiesene Kunstexpertin, aber ich weiß, dass zu einer großen Karriere mehr gehört als Können. Nämlich Persönlichkeit. Und darüber verfügen Sie im Übermaß. Das habe ich übrigens schon bei unserer ersten Begegnung gedacht. Aber da hatten Sie wohl einen schlechten Tag. Wie dem auch sei: Ich sage Ihnen eine große Karriere voraus. Dann werde ich mir Ihre Bilder womöglich nicht mehr leisten könnten. Also kaufe ich lieber jetzt.« Dabei zwinkerte sie ihr zu.

Frida sah die kleine Frau mit dem teuren, aber ein wenig biederen Kleid verblüfft an.

»Danke«, sagte sie dann. »Danke von Herzen. Betrachten Sie mich von nun an als treue Freundin. Und ich bin sehr treu, zumindest, was Freundschaften angeht.«

Der Reporter, den sie eben hatte stehen lassen, spitzte bei ihren Worten die Ohren und machte sich eine Notiz in seinen Block.

»Mrs. Kahlo«, sagte er, »darf ich Sie jetzt vielleicht um ein Foto bitten?«

Helena beugte sich zu ihr herüber und küsste sie zum Abschied auf die Wange. »*Good luck!*«

Frida stellte sich für den Fotografen in Positur, dabei suchte sie den Raum ab. Sie suchte nach Nick. Jetzt, wo sie ein wenig zur Ruhe kam, erlaubte sie sich den Gedanken an ihn. Sie hatte ihn eingeladen und war davon ausgegangen, dass er kommen würde. Aber wo war er nur? Warum kam er denn nicht auf sie zu? Moment mal, stand er nicht dort hinten am Ausgang? Sie stellte sich auf die Zehenspitzen. Ja, das war er! Die Härchen in ihrem Nacken stellten sich auf, als sie sich an seine Berührungen erinnerte. Alles zog sie zu ihm hin, doch Julien war auf einmal neben ihr und hielt sie am Arm fest, um sie einem weiteren Kunstsammler vorzustellen. Als Frida wieder hinsah, war der Mann gegangen. Sie musste ihn verwechselt haben.

Sie fand keine Zeit, darüber nachzudenken, denn der Strom der Leute, die mit ihr reden wollten, riss den ganzen Abend nicht ab. Es ging schon gegen Mitternacht, und Frida war völlig erschöpft und konnte nur noch mit Mühe stehen. Es kostete sie ihre ganze Kraft, sich aufrecht zu halten. Mary und Lucienne wollten mit ihr ausgehen und ihren Erfolg feiern, aber sie lehnte entschieden ab.

»Tut mir leid, wenn ich euch enttäusche, aber ich kann nicht mehr und will nur noch ins Bett.«

»Dann bringe ich dir morgen als Erstes die Zeitungen ins Hotel«, sagte Lucienne zum Abschied.

Als die letzten Besucher gegangen waren, war es bereits weit nach Mitternacht. Julien brachte sie zurück ins Hotel. Während der Fahrt schwärmte er vom Erfolg des Abends.

»Drei Bilder sind sofort verkauft, auf einige andere gibt es Optionen. Alle großen Zeitungen haben Reporter geschickt. Alle wichtigen Leute waren da. Das war definitiv das aufregendste Ereignis in New York in dieser Woche. Und du hast fantastisch ausgesehen.« Bei den letzten Worten rückte er dichter an sie heran, seine dunkle Stimme wurde noch dunkler.

Amüsiert bemerkte sie es, aber sie war zu müde für einen Flirt. Außerdem wollte sie ihren Erfolg genießen. Sie konnte immer noch nicht glauben, was da gerade passiert war. Die Leute waren in Scharen gekommen, um ihre Bilder zu sehen, und sie hatten sie sogar gekauft. Das musste sie unbedingt Diego erzählen. Und die Begegnung mit Helena Rubinstein würde sie ihm unter die Nase reiben.

»Ich muss jetzt gehen«, sagte sie, als das Taxi vor dem *Barbizon* hielt, und küsste ihn zum Abschied leicht auf die Wange.

Als sie endlich im Bett lag und eine Tablette gegen die Schmerzen genommen hatte, ließ sie den Abend noch einmal Revue passieren. Hätte ihr Körper es zugelassen, sie wäre durch das Zimmer getanzt. Sie fühlte sich berauscht von dem Erfolg. Über die Zweifel, die sie vorher gehabt hatte, konnte sie jetzt nur noch lachen. Sie hatte alles richtig gemacht. Sie hatte New York erobert. Der Zuspruch von Georgia und Helena legte sich wie Balsam auf ihre Seele. Und Claire Boothe hatte ihr einen Auftrag gegeben. Gleich morgen würde sie sich Gedanken über das Porträt machen.

»Und das ganz ohne Diegos Hilfe«, flüsterte sie.

Am liebsten hätte sie ihn sofort angerufen. Aber heute war es zu spät.

Ich rufe ihn gleich morgen früh an, sagte sie sich. Ihr Deal mit sich selbst, dass sie fünf Bilder verkaufen würde, schien sich zu erfüllen. Bei den Journalisten war sie auf Sympathie gestoßen, das war ja manchmal wichtiger als die Frage, ob sie ihre Bilder mochten. Morgen früh könnte sie ihm gleich die wichtigsten Stellen vorlesen.

Sie reckte sich vorsichtig und suchte eine bequeme Position. Dann schloss sie beseelt die Augen. Nur dass Nick nicht erschienen war, legte einen Schatten über den Abend.

Kapitel 11

Die Vorhänge waren nicht zugezogen, als Frida am nächsten Morgen aufwachte. Sie sah die Hochhäuser draußen und wusste im ersten Moment nicht, wo sie war. Dann fiel es ihr ein, und ein Lächeln breitete sich in ihrem Gesicht aus. Ich bin in New York und hatte gestern den Triumph meines Lebens, dachte sie. Sie schwang die Beine aus dem Bett und ging barfuß über den weichen Teppich ans Fenster. Sie fühlte einen derartigen Glücksrausch, da machte es ihr nicht mal etwas aus, dass es draußen grau war. Als Erstes würde sie ein ausgiebiges Bad nehmen. Und dann Diego anrufen. Um ins Badezimmer zu kommen, musste sie über ihre Kleider hinwegsteigen, die noch überall verstreut herumlagen. Es störte sie nicht. Sie würde nachher das Zimmermädchen bitten, für sie aufzuräumen.

Es klopfte, und sie glaubte schon, es sei Lucienne mit den Zeitungen. Aber es war ein Bote. Er verschwand fast hinter zwei riesigen Bouquets, eines aus roten Rosen und das andere mit Blüten in Frühlingsfarben, zwischen die fingerartige Blätter gesteckt waren. Der Mann stellte sie in die mitgebrachten Vasen, und sogleich erfüllte ein zarter Duft das Zimmer. Frida griff nach den Karten, um nachzusehen, wer die Blumen geschickt hatte. Die Rosen konnten nur von einem Mann sein, richtig, sie waren von Julien, der andere Strauß kam von Helena Rubinstein. Sie berührte sacht die Blätter, zog eines heraus und hielt es gegen das Licht, um die Textur hindurchscheinen zu sehen. In dem Bild, das Helena gekauft hatte, waren ganz ähnliche Formen zu sehen. Frida dankte ihrer neuen Freundin im Stillen. Sie hatte sich etwas bei diesem Strauß gedacht.

Sie merkte, dass sie Hunger hatte, und bestellte sich doch erst ein Frühstück. Baden könnte sie später immer noch. Das Blatt aus Helenas Strauß noch in der Hand, trat sie wieder ans Fenster.

Die exakten Reihen der Fenster mit den Simsen und Schmuckbändern des Wolkenkratzers gegenüber erregten ihre Aufmerksamkeit. Sie trat einen Schritt zurück, und die Rippen des Heizkörpers unter der grau gestrichenen Fensterbank traten in ihr Blickfeld, darüber an die hellen Vorhänge, die seitlich gerafft waren.

Ihre Kreativität war geweckt. Sie griff nach dem Zeichenblock und den Farbstiften, die auf dem Schreibtisch lagen. Dann hielt sie sich das Blatt vor die Augen und versuchte, durch die Verästelungen die Linien an den Häusern gegenüber zu sehen, und nahm die Ähnlichkeiten wahr. Die Formen der Natur fanden sich oft in der Architektur wieder, darüber hatte sie immer wieder mit Diego gesprochen. Während sie auf ihr Frühstück wartete, warf sie in schnellen Strichen mit dem weichen Stift ihre Entdeckung auf das Papier. Das Ganze dauerte nicht mehr als ein paar Minuten, aber das Ergebnis gefiel ihr. Sie legte das Blatt in die Mappe, in der sie ihre Skizzen aufbewahrte. Sie würde es später bestimmt noch einmal als Inspiration brauchen können.

Der Kellner kam mit einem silbernen Tablett. Mit unnachahmlichem Schwung hob er die Cloche an, und Frida lief beim Anblick des gebutterten Toasts das Wasser im Mund zusammen.

»Unten wartet eine Dame auf Sie, soll ich Ihnen ausrichten«, sagte er.

Fünf Minuten später stand Lucienne im Zimmer, im Arm einen ganzen Stapel Zeitungen.

»Meine Güte, was ist denn hier passiert?«, fragte sie mit Blick auf die Unordnung.

»Willst du Toast?«, gab Frida ungerührt zurück und nahm ein paar Sachen von einem Sessel, damit Lucienne sich setzen konnte.

Lucienne schüttelte den Kopf.

»Hast du die Zeitungen schon gelesen? Steht was über mich drin?«

Lucienne prustete. »Darling, in New York haben die Leute sämtliche Zeitungen bis zehn Uhr morgens gelesen, du bist in fast allen. Und hier habe ich noch einen Stapel Billets und Grußkarten. Die hat mir der Portier mitgegeben.«

»Sind die alle für mich?« Frida schluckte schwer. Das war viel mehr, als sie erwartet hatte.

Lucienne kam auf sie zu und küsste sie auf die Wange. »Frida, du bist *girl of the day*. Herzlichen Glückwunsch.«

»Lies vor, ich bin zu aufgeregt.«

»*Die Malerin kam mit einem Messer in der Tasche*, steht hier. Und die *Time* schreibt doch tatsächlich, deine Bilder seien gynäkologisch. Was meinen die damit?«, fragte Lucienne.

»Tatsächlich? Ich habe noch versucht, dem Reporter das auszureden.«

»Guck mal hier, die *Vogue*, heute frisch erschienen.« Sie hielt

Frida die Seite hin, auf der ein Foto von ihr vor dem Wasserbild prangte.

»Ich sehe ein bisschen ernst aus, oder?«, fragte sie Lucienne.

»Zeig mal her. Ach, kein bisschen, du siehst aus wie eine ernsthafte Künstlerin.«

Im *New Yorker* wurde sie als klein, dunkel, lebhaft und zweihundert Pfund leichter als ihr Mann beschrieben, eine von bunten Bändern umwickelte Bombe.

»Die haben bei Breton abgeschrieben, der hat meine Bilder im Ausstellungskatalog als farbiges Band um eine Bombe bezeichnet«, rief Frida aus. Sie las weiter. »Hier steht, ich würde nur Bilder über meine Zehen malen. Und hier: Einige Trotzkisten seien da gewesen und hätten an ihrem Sherry genippt! Und hier steht, dass ich meine Zeit in New York damit verbringen würde, um Tand in den Fünf-Cent-Läden zu kaufen.« Sie sah Lucienne an. »Meinen die das ernst? Die machen mich komplett lächerlich!« Sie versuchte sich an die vielen Reporter zu erinnern, mit denen sie gesprochen hatte, aber die Gesichter verschwammen.

Lucienne lachte über den Artikel. »Ich finde es witzig. Hauptsache, sie ignorieren dich nicht.«

Frida sah ihre Freundin ratlos an. »Was bedeutet das denn jetzt? Ist das gut oder schlecht?«

»Wenn in dieser Stadt über einen geredet wird, ist das immer gut, glaub mir. Über wen nicht gesprochen wird, der ist praktisch tot. Ich finde, das müssen wir feiern. Georgia kommt gleich vorbei, lass uns einen Stadtbummel machen. Das Wetter soll herrlich werden.«

Frida verschob ihr Bad auf später. Ein Bummel mit ihren

Freundinnen war spannender. Und für Georgia hatte sie gestern Abend viel zu wenig Zeit gehabt.

»Aber ich muss vorher unbedingt Diego anrufen. Er muss es doch erfahren, wie berühmt seine Frau ist.«

»Ich warte unten.«

Frida wählte, und Diego war sofort am Apparat.

»Stell dir vor, was hier gestern los war! Die Leute sind verrückt nach mir. Ich habe Bilder verkauft und einen Auftrag, und in der Zeitung steht …« Sie wusste nicht, was sie zuerst erzählen sollte, aber er unterbrach sie.

»Ich weiß, Frida.«

Sie stutzte. »Woher weißt du?«

»Mich hat gleich heute Morgen Carlos Morales angerufen, ein Freund, der in New York war. Hat er nicht mit dir gesprochen?«

Frida erinnerte sich, dass unter den vielen Menschen, denen sie vorgestellt worden war, auch einige Mexikaner gewesen waren, womöglich war auch ein Carlos dabei gewesen. Dann kam ihr ein Verdacht, und sie wusste nicht, ob sie darüber lachen oder weinen sollte.

»Spionierst du mir etwa nach?«

»Wie kommst du denn darauf?« Aber er hatte eine Sekunde zu lang gezögert, und sie wusste, dass sie recht hatte.

»Nur damit du es weißt, ich gehe gleich mit Lucienne und Georgia aus.«

»Frida, ich bitte dich, ich wollte einfach wissen, wie es gelaufen ist, und Carlos hat mich angerufen. Jetzt mach doch kein Drama draus! Ich freue mich für dich, und ich bin stolz, glaub mir.«

Frida legte auf, sie wollte sich nicht ihre gute Laune verderben lassen. Dann zog sie ihre wärmsten Sachen an und schlang zwei Schals übereinander, um zu Lucienne hinunterzugehen. Georgia war auch schon eingetroffen und beglückwünschte sie zu ihrem Erfolg.

Sie gingen auf die Straße hinaus, und obwohl die Sonne durchgekommen war, fing Frida an zu frieren, kaum dass sie ein paar Blocks gelaufen waren.

Georgia, die wieder einen dicken Umhang aus schwerer Wolle trug, sprach ein Machtwort.

»Wir gehen jetzt zu *Bloomingdale's*«, sagte sie. »Du brauchst einen Mantel.«

Frida musste in sich hineinlächeln, als sie an die gestrige Taxifahrt dachte, wo sie sich gefragt hatte, ob sie sich nach der Ausstellung wohl eine Garderobe in einem der New Yorker Kaufhäuser leisten konnte. Sie konnte.

»Da ist es«, rief Lucienne und zeigte auf das riesige Gebäude.

Frida staunte nicht schlecht. Die Fassade des Kaufhauses nahm den gesamten Block ein. Sie versuchte, die vielen Stars-and-Stripes-Fahnen zu zählen, die von langen Stangen an der Fassade herunterwehten, gab es aber auf. Als die Ampel grün wurde, überquerten sie in einem breiten Strom von Menschen die Straße, und die beleuchteten riesigen Schaufenster kamen in ihrem Blick.

Dort standen lebensgroße Puppen in den schönsten Kleidern. Ganze häusliche Szenen waren nachgebildet. Männer und Frauen saßen auf bequemen Sofas und tranken Whiskey. In einem anderen Fenster sah man Sportler im weißen Tennisdress. Daneben waren Dutzende mit Lebensmitteln und Süßigkeiten gefüllte Nikolausstiefel auf einem Rentierschlitten zu sehen.

Frida starrte das Spektakel sprachlos an.

»Das ist ja bunter als bei uns der *día de muertos*«, rief sie aus. Am Tag der Toten wurde in Mexiko mit farbenfrohen Kostümen und Skeletten aus Zuckerguss an den Gräbern der Toten gefeiert.

Georgia ließ ihr keine Zeit zum Staunen und zog sie mit sich.

Sie betraten das Kaufhaus, und Frida war schon wieder überwältigt. Es war nicht das erste Mal, dass sie einen dieser Konsumtempel betrat, aber hier hatte schon der vorweihnachtliche Trubel eingesetzt. Die Kunden liefen hin und her, schubsten sich vor den Tischen und Ständern, und überall waren Weihnachtsbäume, Kugeln und Kerzen dekoriert. *Jingle Bells* lief in voller Lautstärke. Als ihr ein Weihnachtsmann entgegenkam, wunderte sie sich schon nicht mehr. Sie wusste nicht, wohin sie zuerst sehen sollte, und sie genoss, dass es hier schön warm war.

Sie steuerten die Rolltreppe an, vorbei an kleinen Ständen, an denen Schmuck und Kosmetik von hübschen Verkäuferinnen in Uniform verkauft wurde. Frida wäre am liebsten überall stehen geblieben, aber Georgia zog sie mit. Sie fuhren hinauf in den dritten Stock, vorbei an Hunderten von Herrenanzügen, die akkurat auf Bügeln hingen, Mänteln und Hüten.

In der Damenabteilung ging es etwas ruhiger zu.

»Setz dich mal dahin«, sagte Georgia und wies auf eine samtene Chaiselongue.

Frida ließ sich dankbar in die weichen Polster fallen. »Und was machst du?«

»Ich suche uns eine Verkäuferin.«

In der nächsten halben Stunde trug eine junge Frau in schickem Kostüm immer neue Mäntel herbei. Frida fühlte die Wärme und Dichte der Stoffe. Wolle, Kaschmir, Webpelz. Lucienne und Georgia begutachteten sie und trafen eine Auswahl, die in eine Kabine gebracht wurde.

Anschließend kamen Röcke an die Reihe. Auch hier landete eine Auswahl in der Umkleidekabine. Dann probierte Frida ein Kleidungsstück nach dem anderen an. Die Verkäuferin kam in ihre Kabine und half ihr beim Schließen von Knöpfen und Reißverschlüssen. Frida kam sich vor wie ein Mannequin.

Am Ende entschied sie sich für einen Rock aus feinster Wolle, in dem sie hier drin ins Schwitzen kam. Deshalb schien er ihr perfekt für New Yorks Straßen. Er reichte bis zur Mitte ihrer Waden. Dazu kaufte sie einen Wintermantel mit Pelzbesatz.

»Jetzt noch einen Hut!«

Die drei Frauen wählten einen flachen, dunklen Hut, den sie bis tief über ihre dunklen Augenbrauen in die Stirn zog.

»Packen Sie mir meine Sachen ein«, sagte sie zu der Verkäuferin. »Ich behalte das gleich an.«

Als sie nach Stunden wieder auf die Straße hinaustraten, hingen an ihren Armen Tüten und Einkaufstaschen.

Frida blieb wie angewurzelt mitten auf dem Bürgersteig stehen. »Seht doch nur!«, rief sie.

Der Abend senkte sich langsam über die Stadt, und der absolut wolkenlose Himmel über und zwischen den Wolkenkratzern leuchtete in einem satten Türkis, das nach oben hin immer heller wurde.

»Ich habe noch nie so einen Himmel gesehen. In Mexiko gibt

es das nicht. Es ist wunderschön«, sagte Frida. »Wartet noch, ich muss mir das einprägen, diese Farbe will ich malen.«

Trotz der Kälte blieben sie stehen, bis der Himmel seine Farbe verlor. Stattdessen fingen die Leuchtreklamen an, um die Wette zu blinken. *C-A-P-I-T-O-L* blinkte es von oben nach unten an der Fassade eines Kinos. An einer anderen Hauswand rieselten leuchtende *Planters Peanuts* in eine Schale aus Licht, und darunter blinkte der Coca-Cola-Schriftzug. Hier gab es Werbung für Oldsmobile, dort wurde die Uhrzeit angesagt und in Leuchtschrift *Merry Christmas* gewünscht. Am buntesten waren die Reklamen vor den Theatern. Die Namen der Schauspieler wurden den Passanten regelrecht ins Gesicht geschrien. Die ganze Straße änderte ihr Erscheinungsbild. Häuser verschwanden, und leuchtende Landschaften in Rot und Weiß entstanden. Sogar die Autos mit ihren weißen Scheinwerfern und den roten Rücklichtern passten sich an. Es war ganz anders als der Himmel, den sie gerade noch bewundert hatte, aber ebenso wunderschön. Das war eben New York, die Stadt der Superlative, die niemals schlief, die sich immer wieder neu erfand und ihre Bewohner und Besucher mit ihrem Charme und ihrer Wucht einfach umwarf.

Untergehakt spazierten sie die Lexington hinunter, wobei Frida sich in ihren warmen Mantel kuschelte. Nur der Rock stellte sich als ein wenig unbequem heraus, weil er nur kleine Schritte erlaubte.

Sie ließen sich von dem Strom der Menschen mitziehen. Viele trugen festlich verpackte Geschenke bei sich. Vor den roten Ampeln kam der Strom zum Halten, wenn es grün wurde, ergoss er sich auf die Straße.

An einer Ecke blinkten ein Sombrero und ein Kaktus hektisch in Rot und Lila und warben für ein mexikanisches Restaurant.

»Dieses ganze Einkaufen hat mich hungrig gemacht. Ich lade euch ein«, sagte Frida. Sie bestellte Tamales mit Schweinefleisch, Mole und Tortas und dazu Tequila mit Salz und Orangen. Am Ende waren sie alle betrunken. Frida setzte sich den geflochtenen Brotkorb wie einen Hut auf den Kopf und fing an zu singen, ein mexikanisches Volkslied, und die beiden anderen summten mit. Der Kellner war begeistert und spendierte ihnen weitere Drinks.

Als sie sich vor dem Restaurant voneinander verabschiedeten, küsste Georgia sie, ihre Lippen verweilten einen Augenblick zu lange auf Fridas.

»Du schmeckst nach Mexiko«, wisperte sie.

Kapitel 12

Am nächsten Morgen setzte sich Frida an den Schreibtisch in ihrem Hotelzimmer. Der erste Brief ging an Diego, dem sie ausführlich von der Ausstellung berichtete. Nach dem Anruf gestern hatte sie das Gefühl, ihm unrecht getan zu haben. Er hatte sich doch aufrichtig für sie gefreut, und das zählte. Sie schnitt die wichtigsten Artikel aus den Zeitungen aus und legte sie ihm bei. Dann dachte sie, dass sie ihm gern ein Geschenk machen würde, und sie legte die Zeichnung mit den Linien der Blätter und Simse dazu, aber vorher drückte sie ihre geschminkten Lippen darauf.

So, wem sollte sie als Nächstes schreiben? Nick? Sie zögerte. Dann entschied sie sich dagegen. Sie würde sich nicht aufdrängen. Sie dachte an den zärtlichen Abschiedskuss von Georgia und beschloss, ihr ein paar Zeilen zu senden. Sie wollte ihr für den Abend danken und ihre Gefühle schildern. Das Lob der anerkannten Kollegin – sie fühlte Stolz, als sie dieses Wort benutzte – war ihr viel wert. Georgia konnte ihr Glück, ihr neues Selbstverständnis als Künstlerin am besten nachvollziehen. Aber durfte Frida sich wirklich mit ihr vergleichen? Und wie sollte sie diesen Kuss deuten? Die Sache war komplizierter, als sie gedacht hatte. Sie zerriss Blatt um Blatt, weil ihr ihre Worte platt und nichtssagend vorkamen. Schließlich schrieb sie nur ein paar Sätze:

Ich habe dir schon viele Briefe geschrieben, aber jeder schien mir dümmer und dürftiger zu sein. Mein Englisch reicht nicht aus, um meine Gefühle für dich auszudrücken. Ich liebe deine schönen Hände und die Farbe deiner Augen.

Sie trug die Briefe gleich zur Rezeption, dann wollte sie sich endlich an die Arbeit machen und mit dem Porträt von Dorothy Hale anfangen. Claire Boothe hatte angerufen und sie gefragt, wie lang sie für das Bild brauchen würde, und Frida hatte versprochen, es bis zu ihrer Abreise fertigzustellen. Ihre erste Auftragsarbeit, und dann noch für eine berühmte Persönlichkeit!

Erwartungsvoll legte sie sich den Skizzenblock auf die Knie und setzte den Stift an. Aber ihre Hand verharrte, sie wusste nicht, wo sie beginnen sollte. Das Schicksal der Schauspielerin ging ihr viel näher, als sie gedacht hatte. Sie fühlte sich ihr verbunden, sie sah eine Leidensgenossin in ihr. Das machte die Sache kompliziert, fast ebenso kompliziert, als wenn sie ihre eigenen Tragödien malen sollte. Sie versuchte sich an dem Gesicht der Toten, dass sie in der Zeitung gesehen hatte, aber ließ den Stift wieder sinken. Nein, so ging es nicht. Sie lehnte sich zurück und schloss die Augen, um sich zu fragen, was nicht stimmte. Dann sah sie an sich hinunter. Sollte dieses Gefühl der Leere etwa an den neuen Sachen liegen, die sie trug? Sie waren ebenso farblos und wenig lebendig wie die Skizze. Aber sie brauchte doch Farben, die Farben des Lebens. Das Leben war Farbe! Sie hatte den Farben sogar ihre eigene Philosophie gewidmet. Jeder hatte sie eine Stimmung, eine Bedeutung zugeordnet. Magenta stand für Mexiko und alles, was sie liebte. Aber hier war weit und breit kein Magenta. Nicht mal ein Blau oder ein Gelb. Sogar der Blick während des Fluges auf das Land unter sich, das vorwiegend aus Grün und Braun bestanden hatte, hatte mehr Leben in sich getragen.

»Pfft!«, machte sie, als sie an das grellbunte Funkeln gestern auf den Straßen dachte. Das waren nicht die Farben, die sie meinte.

Sie stand auf und wanderte in dem Zimmer auf und ab. Wie könnte sie Dorothy in einem Bild gerecht werden? Sie hatte einfach keine Idee. Ein schrecklicher Gedanke kam ihr. Und wenn ihr gar nichts einfiel? Wenn sie ihre allererste Auftragsarbeit nicht ausführen könnte? Panik ergriff sie.

Bleib ganz ruhig, redete sie sich selbst gut zu. Du hast immer wieder Momente, in denen du nicht weiterkommst. Aber irgendwann kommt die Inspiration. Sie beschloss, sich das Haus anzusehen, von dessen Dach sich die unglückliche Dorothy Hale gestürzt hatte. Vielleicht würde das etwas auslösen. Tief in Gedanken lief sie die Straße hinunter, aber sie war noch nicht weit gekommen, als sie irritiert stehen blieb. Sie fühlte sich so beengt, und es dauerte einen Moment, bis sie begriff, was los war. Der neue Rock war viel enger geschnitten als die Röcke, die sie sonst trug. Er zwang sie, kleine Trippelschritte zu machen, aber das war doch nicht sie! Sie tat einen großen Schritt und spürte, wie der Schmerz in ihren Rücken fuhr. Gleichzeitig hörte sie den Stoff reißen. Jetzt war es schon besser.

Sie marschierte weiter, und an der nächsten Ecke konnte sie

das Hampshire House bereits sehen. Sie betrachtete das Gebäude von der anderen Straßenseite her und sah nach oben. Aus welchem Fenster hatte Dorothy sich gestürzt? Was hatte sie vorher gedacht, was war ihr passiert? Hatte sie einen letzten Telefonanruf getätigt, einen fatalen Brief noch einmal gelesen und war dann auf die Brüstung gestiegen? Es peinigte Frida, aber sie versuchte dennoch, sich vorzustellen, wie lange es dauerte, aus dem sechzehnten Stockwerk herunterzufallen. Sie musste das alles fühlen, damit sie es darstellen konnte. Was mochte die arme Dorothy empfunden haben, während sie fiel, in dem Wissen, dass der Sturz unausweichlich im Tod enden würde? Während sie immer noch auf das Hochhaus starrte, kam ihr eine Idee, vage noch, aber vielleicht würde es so funktionieren. Sie nahm den kleinen Skizzenblock aus der Tasche und zeichnete die groben Umrisse und die Stockwerke des Hauses auf. Damit würde sie im Hotel weiterarbeiten können.

So schnell es der verflixte Rock zuließ, eilte sie zurück.

Als sie in die Lobby kam, sah sie Julien Er sprang auf und eilte freudestrahlend auf sie zu.

»Ich habe gute Neuigkeiten«, sagte er. »Die ersten Käufer haben ihre Anzahlung geleistet. Weißt du, manchmal springen sie im letzten Moment noch ab, aber eine Anzahlung ist bindend.«

»Wirklich? Das ist gut.« Dann fügte sie trocken hinzu: »Ich war nämlich bei *Bloomingdale's*, wie man sieht.«

»Wenn ich das sagen darf: In deiner mexikanischen Kleidung gefällst du mir besser. Und ist das da ein Riss?« Er zeigte auf den seitlichen Saum.

Frida zuckte mit den Schultern. »Komm mit nach oben, ich muss diesen Rock unbedingt ausziehen.« Noch im Fahrstuhl fragte sie Julien nach den Käufern. *Meine Großeltern, meine Eltern und ich* hatte ein Psychiater erstanden, der meinte, ihr Bild erkläre besser als hundert Bücher, was Familie bedeute. *Erinnerung an eine offene Wunde* ging an einen reichen Industriellen. Und ein Stillleben an einen Sammler, der anonym bleiben wollte.

»Das ist eine Menge, Frida«, sagte Julien, während sie aus dem Fahrstuhl stiegen. »Wenn man bedenkt, dass einige Bilder nur Leihgaben sind, dann hast du ungefähr die Hälfte deiner Bilder verkauft.«

Frida wandte sich ungläubig zu ihm herum. Dann ging ein Strahlen über ihr Gesicht. Sie sah sich selbst im Spiegel in der Fahrstuhlkabine und wie verführerisch sie in diesem Augenblick war. Julien sah das ebenfalls.

»Die Hälfte? Was ist mit Conger Goodyear? Hat er etwas für das MoMA gekauft?«

Julien schüttelte bedauernd den Kopf. »Er wollte *Fulang-Chang und ich*, aber das hast du ja deiner Freundin geschenkt. Übrigens ohne mir Bescheid zu sagen.«

Das stimmte. Mary hatte sich nicht zwischen einem Stillleben mit Früchten und ihrem Porträt mit dem Affen entscheiden können, und Frida hatte ihr spontan das andere Bild dazugegeben. Als Dank für ihre jahrelange Unterstützung und Freundschaft. Julien hatte das nicht gut gefunden, aber das war Frida egal.

»Kannst du Goodyear nicht sagen, dass ich ihm ein neues male? Viel schöner? Und will er es privat oder fürs Museum?«

Julien zuckte mit den Schultern. »Danach habe ich nicht gefragt. Aber das ist doch auch egal.«

»Ist es nicht. Ich will im MoMA hängen, nicht über seinem Sofa.«

Der Fahrstuhl hielt auf ihrem Stockwerk, und sie gingen den Flur zu ihrem Zimmer hinunter.

»Ach ja, das Wasserbild ist übrigens auch verkauft.«

Sie drehte sich zu ihm herum. »An wen denn?« Wer hatte ihr Lieblingsbild haben wollen, das, welches ihr Leben am besten beschrieb? Wer verstand sie so gut, dass er sich ausgerechnet dieses Bild aussuchte?

»An Nick Muray.«

Als sein Name fiel, zuckte sie zusammen. Nick? Er war der Mann, der ihr Seelenbild erkannt hatte? Freude überströmte sie, aber dann fragte sie sich, was das zu bedeuten hatte. War er doch bei der Vernissage gewesen? Warum hatte er ihr nicht Guten Tag gesagt? Das sah doch so aus, als wollte er nichts mehr von ihr wissen, trotz der starken Gefühle, die sie im Sommer geteilt hatten. Aber warum kaufte er dann ihr Bild? Unwillig schüttelte sie den Kopf. Was sollte das alles?

Julien unterbrach ihre Gedanken. »Frida, diese Ausstellung ist jetzt schon ein Erfolg. Und es kommen noch mehr Verkäufe hinzu, glaub mir. So sind die Leute. Sie wollen haben, was die anderen auch haben.«

Genau! Das war es, was jetzt gerade zählte. Ihr Erfolg! Frida strahlte Julien an. »Das müssen wir feiern. Ich habe Lust, etwas zu trinken. Aber vorher muss ich diesen furchtbaren Rock loswerden.«

Sie verschwand im Badezimmer, um sich einen ihrer weiten

Röcke anzuziehen. Im Spiegel sah sie wieder den Glanz in ihren Augen. Erfolg machte schön und Bestätigung auch. Sie hatte eben ganz genau das hoffnungsvolle Aufblitzen in Juliens Augen bemerkt. Sie schloss den Knopf oben am Bund. Jetzt fühlte sie sich schon besser. Langsam drehte sie sich vor dem Spiegel, dann legte sie Lippenstift auf. Als sie ihn aus der Handtasche zog, sah sie den Skizzenblock. Wenn Julien gegangen war, würde sie an ihrer Idee weiterarbeiten. Aber jetzt hatte sie Lust auf einen kleinen Flirt. Sie warf sich selbst einen Kussmund im Spiegel zu und ging zurück ins Wohnzimmer, um Drinks für sich und Julien einzuschenken. Anmutig beugte sie sich über den kleinen Bartisch und meinte, dabei seinen begehrlichen Blick auf ihren Brüsten zu spüren.

Mit einem Lächeln drehte sie sich zu ihm herum, und sie prosteten sich zu. Der Alkohol floss durch ihren Körper. Frida sah Julien an. Er war wirklich ein schöner Mann, und seine Jugendlichkeit fand sie erregend. Sie versuchte sich seinen schlanken Körper unter dem Anzug vorzustellen, er schien muskulös und durchtrainiert zu sein.

»Sag mal was, ich mag deine Stimme«, bat sie.

Julien begann erneut von der Vernissage zu erzählen und sagte ihr, was für eine Ausnahmekünstlerin sie sei.

»Ich war mir nicht sicher, ob die New Yorker dich mögen würden, aber du hast sie alle um den Finger gewickelt«, sagte er. »Und daneben bist du auch noch eine außergewöhnliche Frau.«

Sprich weiter, dachte Frida und setzte sich ihm gegenüber in einen der tiefen Sessel. Dann fing sie an, ganz langsam Klammer für Klammer aus den vielen Zöpfen zu ziehen, die um ihren Kopf gelegt waren. Sie wusste, welche Wirkung das auf

Männer hatte. Sie ließ Julien nicht aus den Augen, der sie ebenfalls unverwandt ansah.

Jetzt war ein Band aus fingerdicker Wolle dran, das über ihre Stirn zum Hinterkopf lief.

Er räusperte sich. »Darf ich?«, fragte er und zog einen Fotoapparat aus der Tasche.

Frida wunderte sich, wo er den auf einmal herhatte. Aber es machte die Situation noch prickelnder. Sie hatte Lust, ihn zu provozieren, und er machte das Spiel mit. Sie nickte. Einzelne lange Haarsträhnen lösten sich aus ihrer Frisur und fielen ihr locker auf die runden Schultern. Sie sah seinen intensiven, forschenden Blick. Sie kannte diesen Blick. Genauso sah sie ihre Modelle an, wenn sie malte. Aber hier kam noch eine andere Komponente hinzu, etwas sehr Sinnliches. Sie drehte den Kopf, um an eine Spange ganz hinten zu gelangen, und verharrte in dieser Position. Julien machte ein paar Fotos, dann ließ er die Kamera wieder sinken.

»Zieh die Bluse aus«, bat er. »Sie stört. Ich will nur dein Haar sehen.«

Frida zögerte nicht. Sie hatte noch nie ein Problem damit gehabt, ihren Körper zu zeigen. Zumindest den Teil, der unversehrt war. Langsam nestelte sie an den Ärmeln ihrer Bluse, so langsam, dass er vor Ungeduld bebte. Julien schien sie allein mit seinen Blicken auszuziehen, und er sah aus, als werde er sich gleich auf sie stürzen. Als sie die Bluse über den Kopf zog, hörte sie seinen schweren Atem. Dann kam noch das kleine Hemd. Am Ende saß sie mit nacktem Oberkörper vor ihm. Sie trug nur noch ihren Schmuck: die Kette aus schweren antiken Jadekugeln, Ohrringe, die ihr bis auf die Schultern reichten, Armschmuck und ihre Ringe. Um ihre Taille wölbte sich der weite Rock. Sie spürte Juliens Blicke auf ihrer Haut. Zentimeter für Zentimeter sah er sie an.

Er machte immer neue Fotos. Wie sie mit über dem Kopf erhobenen Armen dasaß und einen Zopf aufnestelte, an dessen Ende noch die bunten Bänder hingen, die ihre kleinen nackten Brüste streiften.

»Du bist die schönste Frau, die ich je gesehen habe«, murmelte er, während er den Apparat erneut scharf stellte.

Frida lehnte sich nach vorn, und sie sah, wie sich rasende Enttäuschung auf seinem Gesicht breitmachte, weil er glaubte, sie hätte genug. Sie lächelte. Sie wollte sich nur eine Zigarette aus der Packung nehmen. Er gab ihr Feuer und kam ihr sehr nahe.

Frida inhalierte tief den Rauch.

»Berühr mich richtig«, sagte sie. »Mit den Händen, nicht nur mit der Kamera.«

Kapitel 13

Frida wachte auf, weil sie zu wenig Platz im Bett hatte. Julien hatte den Arm um sie geschlungen. Sie sah auf die Uhr, es war schon fast zehn, sie hatte lang geschlafen. Es klopfte an der Tür. Sie stand auf, um zu öffnen. Draußen stand der Concierge.

»Unten wartet ein Herr. Sein Name ist Muray. Soll ich ihn raufschicken?« Er sah sie lauernd an. Es war eindeutig, dass er Julien in dem zerwühlten Bett gesehen hatte.

Frida war herzlich egal, was er von ihr dachte. Viel wichtiger war, was er gesagt hatte. Nick wartete unten? Ihr Blick ging zu Julien, der immer noch schlief. Nick sollte ihn auf keinen Fall sehen. Am liebsten wäre sie sofort zu ihm gelaufen, aber das ging auch nicht. Sie war noch nicht angezogen.

Der Portier wartete auf eine Antwort.

»Sagen Sie Mr. Muray, ich komme runter. In einer Viertelstunde.« Sie warf dem Mann die Tür vor der Nase zu, dann eilte sie zum Bett.

Julien war inzwischen aufgewacht und streckte die Hand nach ihr aus.

»Julien, *querido,* du musst gehen. Sofort«, sagte sie.

»Was ist denn los?«, fragte er.

»Du musst verschwinden.«

Er setzte sich auf. »Ist etwas passiert?«

»Nein. Du musst einfach gehen.« Sie küsste ihn leicht auf den Mund. »Ich muss arbeiten.«

Julien sah auf die Uhr. »Oh, so spät schon? Ich muss die Galerie aufmachen. Carrol hat heute frei.« Er schlüpfte in seine Hose und knöpfte sein Hemd zu, während er fragte: »Was machen wir heute Abend? Ich würde gern mit dir in ein paar Bars in Harlem gehen.«

Frida hörte ihm nicht richtig zu, sie war in Gedanken bereits bei Nick. Heute Abend wäre sie bestimmt mit ihm zusammen. »Mal sehen.«

Julien zog sie noch einmal an sich und murmelte: »Ich habe noch nie eine Frau wie dich getroffen, Frida. Ich bewundere dich.«

Frida schob ihn halb aus der Tür. Dann lächelte sie in sich hinein. Diese Situationen gefiel ihr. Sie hatte gerade eine wundervolle Nacht mit einem sehr attraktiven Mann verbracht. Und unten wartete der Mann, nach dem sie sich schon die ganze Zeit wie verrückt sehnte.

»Du bist eben sehr verführerisch, Frida Kahlo«, sagte sie zu sich selbst, als sie sich im Spiegel sah.

Nick hatte bestimmt einen guten Grund, warum er sich bisher nicht gemeldet hatte. Und jetzt war er ja da. Wenn das kein guter Tag werden würde! Summend griff sie nach dem ersten Rock, der ihr in die Hände fiel. Er war schwarz mit goldfarbener Borte am Saum. Dazu passte der *Huipil* in Gelb mit roten Blumen und einem schwarzen Einsatz am Dekolleté. Sie hielt die Bluse hoch. Es war kein Zufall, dass sie diese Farbe wählte. Gelb war eine zweideutige Farbe. In ihrem Farbkosmos stand sie für

Angst, für Krankheit, aber auch für die Sonne und die Freude. Welche Bedeutung würde bei der Begegnung mit Nick überwiegen? Sie flocht mit geschickten Fingern zwei Zöpfe und steckte sie um den Kopf fest.

Als sie in ihre Schuhe schlüpfen wollte, passte sie nicht auf und stieß an das Geschwür am rechten Fuß. Sie ignorierte den Schmerz, es würde schon gehen, Nick wartete schon lang genug auf sie. Wenn sie mit ihm zusammen war, würde sie den Schmerz vergessen, eine Stelle ihres Körpers tat ohnehin immer weh. Jetzt noch schnell ein wenig Lippenstift aufgetragen, dann griff sie nach ihrem Mantel und der Tasche und rief den Aufzug.

Als sie den Gang hinunterging, der sich zur Lobby öffnete, sah sie Nick. Abrupt blieb sie stehen. Er saß mit übereinandergeschlagenen Beinen in einem der tiefen Sessel und rauchte eine Zigarette. Ihr Herz zog sich schmerzhaft zusammen, weil sie eine Erinnerung überfiel. Es war in Coyoacán gewesen, und er hatte in einem ähnlichen Sessel gesessen und geraucht und sie hatte danebengestanden und plötzlich hatte sie seine Hand gespürt, die ganz sacht unter ihrem Rock ihr Knie berührte. Sie war stehen geblieben, und er hatte sie gestreichelt. Der Moment war einer der sinnlichsten ihres Lebens gewesen, gerade weil er so flüchtig, so verstohlen gewesen war. Die Macht ihrer Gefühle überraschte sie. Könnten sie ihrer Beziehung zu Diego gefährlich werden? Dazu war sie nicht bereit. Noch könnte sie einfach umdrehen und wieder auf ihr Zimmer gehen.

Frida stand immer noch unentschlossen da, und in diesem Augenblick wandte Nick den Kopf und entdeckte sie. Ein Lächeln überzog sein Gesicht. Er stand auf und kam in langen Schritten auf sie zu.

»Frida, bin ich froh, dich zu sehen.« Er riss sie geradezu in seine Arme und drückte sie so, als wollte er sie nie wieder loslassen.

Frida gab jeden Widerstand auf. Sie war noch so in ihrer Erinnerung gefangen, dass sie einen Moment lang nichts sagen konnte. Sie stellte sich auf die Zehenspitzen, um ihn stumm auf die Wange zu küssen. Dabei sog sie seinen Geruch ein, und wieder erschrak sie vor den widerstreitenden Gefühlen, die er auslöste.

Nick schob sie von sich weg, um sie anzusehen.

Frida hatte sich endlich halbwegs wieder im Griff.

»Warum warst du denn nicht in der Ausstellung? Hast du meine Nachricht nicht bekommen? Ich habe so auf dich gewartet.«

Jetzt hatte sie ihm verraten, dass sie ihn vermisst hatte.

Er wich ihrem Blick aus. »Ich musste nach San Francisco. Fotos machen. Ich bin erst an dem Abend zurückgekommen. Und ich war dort, wenn auch nur für ein paar Minuten.«

»Und du hast mich nicht begrüßt? Ich hatte mich so auf dich gefreut.«

Er zögerte. »Frida, als ich dich dort gesehen habe, war ich mir nicht sicher, ob es eine gute Idee ist, unsere … Geschichte wiederaufleben zu lassen. Ich habe seit Mexiko ständig an dich gedacht …«

Also ging es ihm wie ihr! Auch er spürte die Macht der Gefühle, die sie zueinander hinzog. Aber auch er konnte sich ihnen nicht entziehen.

»Ich habe auch an dich gedacht! Immerzu …«, rief sie glücklich. »Und auch ich habe mich gefragt, ob es eine gute Idee ist, dich wiederzusehen? Aber weißt du was? Diego ist nicht hier, wir müssen uns nicht vor ihm verstecken.«

Sie hatte ihre Stimme erhoben, und die Leute wurde aufmerksam auf sie.

Er zog seine Stirn in Falten. »Ich … ich weiß nicht, was ich davon halten soll. Ich habe Angst, mich ernsthaft in dich zu verlieben. Lass uns später darüber reden.«

Wo war denn das Problem? Es war doch alles ganz einfach, wieso zögerte er? Sie würden einfach ihre Liebesgeschichte dort wieder aufnehmen, wo sie im Sommer geendet hatte. Und diesmal müssten sie sich nicht mal verstecken, weil niemand etwas mitbekommen würde.

Er antwortete nicht, und sie beschloss, nicht weiter in ihn zu dringen. Es war so schön, bei ihm zu sein. Sie lehnte sich leicht an ihn. »Jetzt bist du ja da. Was unternehmen wir?«

»Ich möchte dich mitnehmen in mein Apartment. Ich möchte, dass deine Anwesenheit, dein Duft in meinen Räumen ist.« Er lachte. »Außerdem möchte ich dir ein paar meiner neuen Fotos zeigen.«

»Die kenne ich schon aus den Zeitungen«, gab sie glücklich zurück.

Sie verließen das Hotel und gingen die Fifth Avenue hinunter. Nick schwieg, und Frida ging still neben ihm. Sie brauchten keine Worte, um sich einander nahe zu fühlen. Ab und zu berührte seine Hand ihre, und sie wurde wieder an die verstohlenen Zärtlichkeiten während des Sommers in Mexiko erinnert.

Wie schön es war, an seiner Seite die Straße hinunterzugehen und ihn dabei ab und an zu berühren! Frida vergaß sogar die Kälte, die unter ihren Rock drang. Aber der Schmerz in ihrem Fuß ließ sich nicht länger verleugnen.

Obwohl sie eher gemächlich spazierten, fing Frida nach kurzer Zeit an, zu humpeln.

»Nick«, sagte sie.

»Da vorn ist es, wir sind gleich da.« Er nahm sie fürsorglich am Arm, und sie stützte sich auf ihn.

Sie mussten ein paar Treppen hochsteigen, bis sie in seinem Studio unter dem Dach anlangten. Es bestand aus einem großen Raum, der als Wohn-, Arbeits- und Schlafzimmer diente. Frida setzte sich in einen Sessel und legte erleichtert den Fuß hoch. Sie wollte erst nicht den Stiefel ausziehen, weil Nick das hässliche Geschwür nicht sehen sollte. Aber er bestand darauf. Er erschrak, als er das Blut sah, das den Strumpf durchtränkte.

»So schlimm ist es nicht«, sagte Frida. »Mir geht es schon viel besser. Es ist so schön, hier zu sein, wo du lebst und arbeitest. Das bringt mich dir näher.«

Nick hörte nicht auf sie. »Du musst zu einem Arzt.«

Frida stöhnte auf. »Diese Quacksalber. Ich hasse sie alle. Der einzige, dem ich vertraue, ist Dr. Eloesser, mein *Doctorcito*. Aber der ist in San Francisco.«

»Ich kenne jemanden. Hier in New York.«

Sie schüttelte energisch den Kopf. »Aber nicht jetzt. Jetzt will ich hier bei dir sein.«

Frida betrachtete die Fotos an den Wänden, spärliche, aber sehr schöne Möbel, viele Bücher, an einer Wand hingen Nicks Säbel und Pokale. Er hatte als Fechter viele Preise geholt. Keine

Erinnerung an Ungarn, aber wozu auch? Er war ja schon seit 1913 in Amerika. Auch nichts aus Mexiko, obwohl er oft dort war. Das brachte sie auf eine Idee.

»Ich werde ein Kissen für dich besticken. Es wird überhaupt nicht in diese Wohnung passen, aber gerade deshalb wirst du es lieben.«

»Ein Kissen?«

Frida nickte. »Ich werde es verhexen. Immer wenn du deinen Kopf drauflegst, wirst du an mich denken müssen.«

»Ich denke schon viel zu oft an dich.«

»Warum bist du dann nicht früher gekommen? Ich habe auf dich gewartet. Ich hatte die Hoffnung schon beinahe aufgegeben.«

»Was ist mit Diego?« Die Frage kam brüsk.

Jetzt verstand sie, warum er so zögerlich gewesen war. Weil Diego Teil ihres Lebens war. »Was hat er mit uns zu tun? Ich frage dich nicht, warum du mich so lang hast warten lassen, und du fragst mich nicht nach Diego.«

Unsicher sah sie ihn an. Würde er sich darauf einlassen?

Sein Blick wurde weicher. »Einverstanden.«

Frida betrachtete eingehender die Fotos an der Wand. Sie zeigten Frauen in der vollen Blüte ihrer Schönheit. Es waren Göttinnen, die ihr entgegensahen. Sie stand etwas beschwerlich auf und stellte sich dicht vor die Wand.

»Ist das Marylin Monroe?«, fragte sie und zeigte auf ein Bild. »Und daneben Martha Graham?«

»Ja.«

»Du hast die schönsten Frauen der Welt vor deiner Linse gehabt«, sagte sie und spürte einen Stachel der Eifersucht.

»Hab ich immer noch. Das ist mein Job.«

»Und das geht immer spurlos an dir vorüber? Oft sind die Frauen halbnackt.«

»Frida!« Er lachte. »Du bist doch nicht etwa eifersüchtig? Ich fotografiere diese Frauen, weil ich einen Auftrag habe. Was glaubst du denn, wie viele Maskenbildner, Regisseure und wer weiß noch was alles um uns herum sind. Außerdem bin ich nicht an ihren Körpern interessiert. Auch wenn ich sie auf meinen Bildern ins beste Licht rücke.«

Frida machte ein unwilliges Geräusch. So ganz war sie noch nicht überzeugt.

»Ich will Fotos von dir machen.«

Sie drehte sich zu ihm herum. »Fotos von mir?«

»Jetzt sofort.«

Er wartete ihre Antwort nicht ab, sondern fing an, im Raum herumzugehen und Möbel zu verrücken. Er schleppte eine Stehlampe herbei und ging zum Fenster, um die Gardinen vorzuziehen. Dann zog er sie wieder auf, stellte den Sessel noch einmal an eine andere Stelle, betrachtete das Arrangement und schob den Sessel dann in eine Ecke. Stattdessen trug er eine weiße Bank herbei, deren Rückenlehne aus eisernen Weinreben bestand.

»Nick, was tust du?«, fragte Frida.

»Bin gleich so weit.« Er verschob die Bank, bis sie vor der Wand neben der Tür stand. Dort hing eine giftgrüne Tapete mit Kirschblüten, von der sich das blendende Weiß der Bank abhob, aber auch ein Teil zu sein schien.

»Das passt gut«, sagte sie.

»Komm mal her.«

Frida griff nach ihrem Schuh.

»Den brauchst du nicht. Ich fotografiere deine Füße nicht mit. Ich will nur dein Gesicht und deine bunten Kleider vor diesem grünen Hintergrund.«

Frida setzte sich, und Nick holte zwei dicke Kissen, auf die sie ihren verletzten Fuß legte.

»Nein, nicht zurücklehnen. Ich will dich in deiner ganzen Stärke zeigen. Sitz aufrecht, ja so, das Tuch … es darf nicht über der Brust verschränkt sein, lass es einfach gerade herunterhängen. Ja, und diese Kettenstränge, die Münze soll genau auf dem schwarzen Einsatz deiner Bluse zu liegen kommen.«

»*Huipil*«, sagte Frida. »Diese kastenartigen Blusen nennt man *Huipil*. Vom Schnitt her mögen sie sehr einfach aussehen, aber das Besondere sind die Stickereien, die je nach dem Landesteil oder dem Ort, aus dem sie kommen, andere Farben und Muster haben.«

»*Huipil*, genau«, sagte er und lachte. »Ein komisches Wort.«

»Sockenhalter klingt auch nicht viel besser.«

Sie lachten beide befreit auf, alles, was es noch an Unsicherheit zwischen ihnen gegeben hatte, war verflogen. Frida sah sich um.

»Suchst du etwas?«, fragte Nick.

»Gib mir mal die Rosen«, sagte sie und wies auf eine Vase. »Ich hatte heute Morgen keine Zeit, mir die Haare zu machen. Weil ich dich nicht warten lassen wollte.«

Nick reichte ihr ein paar der dicken hellrosa Blütenköpfe, und sie steckte sie vorn über der Stirn in ihr Haar. »Dieselbe Farbe wie die Kirschblüten«, sagte sie.

Nick hatte inzwischen seine Kamera geholt und das richtige Objektiv aufgeschraubt.

»Okay«, sagte er, »wie eben. Gerader Oberkörper, und die Hände legst du in den Schoß.«

Frida legte ihre Hände so aufeinander, dass man das Geschwür nicht sah. Sie legte die Fransen des *Rebozos* wie zufällig darüber, ja, so war es gut. Dann breitete sie den dunklen Rock neben sich auf der Bank aus.

Sie hob den Blick und sah Nick erwartungsvoll, ja ernst an.

»Noch ein bisschen die Schultern zurück«, flüsterte er.

Frida streckte sich und sah in das Objektiv. Was sah er, wenn er hindurchblickte? Ein Modell, das er inszenierte? Oder eine Frau, für die er Gefühle hatte?

»Du bist wunderschön«, sagte er.

»Was siehst du?«

»Du siehst aus wie auf deinem Porträt, das du für Trotzki gemalt hast. Wie ein Engel. Unschuldig.« Er drückte noch ein paarmal ab, dann senkte er die Kamera und lächelte sie an. »Aber du kannst auch ganz anders sein, das weiß ich.«

»Wie denn?«

»Stell mal die Füße auseinander, ja, so, und jetzt nimm die Hände und stütze sie auf deine Oberschenkel. Nein, mit den Ellenbogen nach außen.«

»Du meinst, wie ein Mann?«

Er lachte. »Ja, genau.«

Frida stellte ihre Füße weit auseinander. »Gib mir mal eine Zigarette.«

Nick zündete ihr eine an und Frida nahm ein paar Züge, dann legte sie die Hand mit der brennenden Zigarette auf das Knie.

»Sehr gut. Von dem Engel ist nichts mehr zu sehen.«

»Pfft! Der bin ich auch nicht. Weißt du, dass ich früher die Anzüge meines Vaters getragen habe?«

»Du bist eben viele Fridas. Das ist dein Geheimnis, und das macht dich so verflucht anziehend. Und jetzt halt still, ich will Fotos machen.«

Kapitel 14

Erst am Nachmittag des nächsten Tages hielt Fridas Taxi wieder vor dem Hotel. Sie saß neben Nick auf dem Rücksitz und küsste ihn voller Hingabe. Sie wollte ihn nicht gehen lassen, aber er war schon sehr spät dran, er musste zum Flughafen, weil er einen Auftrag hatte. Er sollte in Hollywood einen Filmdreh fotografieren, und der Studioboss hatte gedroht, er werde nie wieder in ganz Hollywood einen Auftrag bekommen, wenn er ihn hängen lasse. »Schwingen Sie Ihren Arsch hierher, sofort!«, hatte er so laut ins Telefon gebrüllt, dass Frida es hören konnte.

»Frida, Darling, ich muss gehen. Ich komm so schnell wie möglich zu dir zurück.«

Ein letzter Kuss, und sie stieg aus dem Wagen.

Der bitterkalte Wind fuhr ihr unter den Rock, aber sie bemerkte es gar nicht. Sie betrat die Lobby und legte den Handrücken an ihre Wange, die immer noch glühte.

Sie blieb abrupt stehen. Ich bin nicht mehr dieselbe, die gestern hier rausgegangen ist, dachte sie. Heute bin ich die glücklichste Frau der Welt.

In den letzten vierundzwanzig Stunden hatte sich ihr Leben komplett verändert. Sie hatte ihr Herz an Nick verloren. Sie konnte es immer noch nicht fassen, dass sie zu solch intensiven Gefühlen fähig war.

»Mrs. Kahlo, wie schön, Sie wiederzusehen. Mrs. Kahlo?«

Frida brauchte einen Moment, um aus ihren Träumereien aufzuwachen. Dann merkte sie, dass sie immer noch im Eingang des *Barbizon* stand und dass der Concierge sie verwundert ansah.

»Wie freuen uns, Sie wiederzusehen. Es gab einige Anrufe für Sie.«

Er überreicht ihr ein paar Zettel.

»Ich glaube, Sie sollten zurückrufen. Einige Ihrer Bekannten haben schon mehrfach angerufen, und wir konnten ihnen leider keine Auskunft geben, wo Sie sich befinden.«

Frida musste sich zusammenreißen, um zu verstehen, was er von ihr wollte. Sie war immer noch in Gedanken bei Nick. Aber dann begriff sie, dass es Leute gab, die sich um sie sorgten. Schließlich war sie eine Nacht und einen Tag lang verschwunden gewesen.

»Ich danke Ihnen«, sagte Frida und nahm die Zettel an sich.

»Kann ich sonst noch etwas für Sie tun?«, fragte der Mann.

Sie schüttelte den Kopf. Sollte sie ihm sagen, dass sie gerade wunschlos glücklich war? Das Einzige, was sie wollte, war, wieder bei Nick zu sein, aber diesen Wunsch konnte ihr der Mann ohnehin nicht erfüllen.

Noch im Fahrstuhl blätterte sie zerstreut durch die Zettel, auf denen Namen und Uhrzeiten standen. Zum Glück war Diego nicht dabei. Sie hätte nicht gewusst, was sie ihm hätte sagen sollen.

In ihrem Zimmer sah es noch genauso aus wie bei ihrem

Aufbruch gestern. Und dennoch war jetzt alles anders. Sie öffnete ein Fenster, um die kühle Luft hereinzulassen.

Sie stellte sich vor den Spiegel, um die neue Frida zu betrachten. Durch das Wissen, verliebt zu sein, kam sie sich zehn Jahre jünger vor. Ein Zittern überlief sie jedes Mal, wenn sie an Nick dachte. Und sie dachte ständig an ihn, was sie völlig kribbelig machte. Ungläubig hatte sie sich selbst dabei zugesehen, wie aus einer zärtlichen Romanze, aus einem Flirt innerhalb weniger Stunden tiefe Liebe wurde. Am Anfang versuchte sie ja noch, sich dagegen zu wehren. Aber Nick berührte eine Seite in ihr, die sie bisher nicht gekannt hatte. Sie redeten ununterbrochen und lachten viel, sie lernten sich jetzt erst richtig kennen. Sie erklärten sich gegenseitig ihre Arbeit, nur um sich wieder den köstlichen, erotischen Verwicklungen hinzugeben. Sie erinnerten sich gegenseitig an die gestohlenen Momente in Coyoacán und durchlebten sie jetzt in aller Offenheit noch einmal. Es fühlt sich an, als würde ich mich zum ersten Mal verlieben, dachte sie erstaunt. Sie war selig, verwirrt, ein wenig ängstlich vor den Konsequenzen, aber dann gab sie sich ganz diesem herrlichen Gefühl hin. Danke, Schicksal, dachte sie. Danke, dass du mir dieses Glück schenkst, das mich meine Schmerzen vergessen lässt. Verwundert stellte sie fest, dass ihr tatsächlich nichts wehtat. Sie drehte vorsichtig den Oberkörper und belastete den kranken Fuß, aber sie spürte keinen Schmerz. Ich spüre nur reines Glück, dachte sie, während ihr Tränen über die Wangen liefen. Unbewusst schlang sie die Arme um ihren Körper, sie umarmte sich selbst, um das köstliche Gefühl von Nicks Umarmung noch einmal zu spüren.

Julien hatte ihren Körper fotografiert, aber Nick hatte bis auf den Grund ihrer Seele geblickt und ihre verschiedenen Facetten ausgeleuchtet. Sie fühlte sich von ihm *gesehen*. Sie musste nicht die Fröhliche spielen, die exotische Mexikanerin, die Künstlerin, die erotische Liebende. Nick sah all ihre Facetten, auch ihre verletzte Seite, ihre körperliche Versehrtheit, aber auch die verpassten Chancen und die Hoffnungen, die ihn ihr steckten. Er nahm sie so, wie sie war. Frida spielte keine Rolle, sie war einfach sie selbst.

Danach hatten sie sich mit einer Zärtlichkeit geliebt, wieder und wieder, die Frida Tränen in die Augen getrieben hatte. Er hatte auf die Verletzlichkeit ihres Körpers Rücksicht genommen, aber es schien ihm gar nichts auszumachen, und deshalb konnte auch Frida ihre Einschränkungen vergessen. Da war es ihr schon nicht mehr möglich gewesen, sich ihm zu entziehen. Ihm ging es genauso. Sie hatten alle Bedenken fallengelassen und jeden Gedanken an die Zukunft von sich geschoben.

Sie war einfach bei ihm geblieben, sie hatte seine Wohnung nicht verlassen, er war nur kurz weg gewesen, um etwas zu Essen und zu Trinken zu besorgen, damit sie Kraft für den nächsten Liebesakt bekamen.

Langsam zog sie sich aus, dann rief sie als erstes Julien an, der furchtbar wütend war. »Wir waren verabredet. Ich hätte fast die Polizei gerufen«, schrie er ins Telefon. »Wie kannst du einfach so verschwinden? Nach dem, was wir hatten?«

Frida brauchte einen Moment, um sich daran zu erinnern. »Wir hatten eine Nacht, das gibt dir kein Recht auf mich«, gab sie zurück.

Am anderen Ende blieb es länger still, sie hörte nur sein geräuschvolles Atmen. »Eine Nacht?«, fragte er dann. »Willst du damit sagen, dass ...«

»Ich will damit sagen, dass wir eine gemeinsame Nacht hatten, eine wunderschöne Nacht, aber mehr auch nicht.«

Julien knallte den Hörer auf, ohne sich zu verabschieden.

Als Nächstes rief sie Lucienne an.

»Mein Gott, Frida, bin ich froh, deine Stimme zu hören! Ich komme sofort vorbei.«

Frida legte auf und ließ Wasser in die Badewanne laufen. So heiß es ging. Mit einem Seufzen ließ sie sich in das Wasser gleiten und genoss die Wärme. Nur an der Wunde am rechten Fuß war es zu heiß. Sie hielt ihn oberhalb der Wasseroberfläche, so wie auf dem Bild, das sie die letzten Wochen immer begleitet hatte. Und das jetzt Nick gehörte. Sie stöhnte auf. Das würde ab jetzt wohl so bleiben, dass sie alles mit Nick in Beziehung setzte und pausenlos an ihn dachte. Sie genoss das Gefühl, kostete es bis in den kleinsten Winkel aus.

Mit tropfenden Händen langte sie nach der Zigarettenpackung und den Streichhölzern. Sie inhalierte tief und genoss die Leichtigkeit, die ihr Körper hatte. Der Gedanke an ein Glas Tequila kam ihr, aber sie schüttelte ihn ab. Bei Nick hatte sie wenig getrunken, weniger als üblich. Sie war gar nicht auf den Gedanken gekommen, weil er ihr so viel gab, dass sie nichts anderes brauchte. Er tut mir eben gut, dachte sie mit einem Lächeln.

Wenn sie mit Diego zusammen war, dann tranken sie beide viel. Diego machte sie oft so wütend, dass sie meinte, nur ein Tequila würde ihr helfen. Diego tat ihr oft nicht gut.

Ihr Blick fiel auf sein Foto, das auf der Ablage über dem Waschbecken stand.

»Guck mich nicht so an, ich mache nur, was du auch ständig tust.« So ganz stimmte das nicht. Nick war mehr als ein Flirt oder eine sexuelle Affäre, das war ihr während der Zeit mit ihm klar geworden. Diegos Blick wurde ihr unangenehm. Sie fühlte sich von ihm beobachtet. Während sie bei Nick gewesen war, hatte sie nicht einmal an ihn gedacht. Sobald sie mit ihm zusammen war, verstummte Diegos Stimme in ihrem Inneren. Leise Schuldgefühle überkamen sie, und sie sah Diego in die Augen. Er war ihr Mann, ihr Diego, aber sie nahm ihm nichts weg, wenn sie mit Nick zusammen war. Denn sie gab Nick etwas, was sie Diego nie geben könnte. Die beiden Männer waren dafür viel zu verschieden. Sie selbst war anders bei Nick. Er brachte eine unbekannte Saite in ihr zum Klingen. Neben Nick fühlte sie sich auf gleicher Höhe, als erwachsene Frau mit einer Geschichte, nicht als halbes Kind, wie Diego sie kennen gelernt hatte. Außerdem würde Diego nie davon erfahren.

Sie hatte schon zweimal heißes Wasser nachlaufen lassen, weil es über ihrer Grübelei kalt geworden war, als es an die Tür klopfte, gleich darauf noch einmal. Das musste Lucienne sein.

»Komm rein«, rief sie.

Kurz darauf stand Lucienne vor der Wanne.

»Bin ich froh, dich zu sehen. Ich hätte fast Diego angerufen, um zu fragen, ob er weiß, wo du bist.«

»Um Gottes willen, bloß nicht!«, rief Frida. »Reich mir mal den Bademantel.«

Lucienne sah sich suchend um und griff nach dem flauschigen Mantel. »Also, wo warst du? Und wieso strahlst du so?«

»Ich war bei Nick Muray.« Frida stieg aus der Wanne.

»Bei Nick? Du hättest Bescheid sagen können. Georgia hat sich auch Sorgen gemacht. Sie ist zurück nach New Mexico gefahren und lässt dich grüßen.«

»Es tut mir leid, ich habe einfach die Zeit vergessen.«

»Zwei Tage lang? Das musst du mir erklären.« Lucienne sah sie an, dann schien sie zu begreifen. »Deshalb hast du auf der Vernissage auch nach ihm gefragt. Du hast was mit ihm!«

Frida wickelte sich in den Frottee und griff nach einer langen Perlenkette, die über dem Waschbecken hing. Dabei verschob sie in einer beiläufigen Bewegung Diegos Foto so, dass er sie nicht mehr ansehen konnte.

»Ein bisschen Stil muss sein«, sagte sie und legte sich die Kette mehrfach um den Hals.

Sie setzten sich nebeneinander auf das unbenutzte Bett und bestellten Champagner und für Lucienne Ananassaft beim Zimmerservice.

»Was ist das mit dir und Nick? Erzähl!«, forderte Lucienne sie auf.

Frida nahm die Perlen in den Mund, legte den Kopf schief und sah sie herausfordernd an.

»Er musste noch heute einen Flug nach Los Angeles nehmen. Wir haben nur so wenig Zeit miteinander und wollten keine Sekunde verlieren.« Frida sah ihre Freundin an und wurde wieder ernst. »Weißt du, ihr seid gesund, euer Leben ist lang, und ihr habt Zeit. Bei mir ist das anders. Ich muss doppelt so schnell leben wie ihr.«

Lucienne nickte. »Hast du dich verliebt?«

Frida stützte das Kinn in ihre Hand und sagte träumerisch: »Mit ganzem Herzen.«

»Und was ist mit Diego?«

Wieso fragte sie das? Was hatte Diego denn damit zu tun? Er war in Mexiko. Und sie war hier in New York. Mit Nick. Sie hatte zwar eben sein Foto umgedreht, aber das hieß ja nicht, dass er nicht mehr Teil ihres Lebens war. Eben nur ein anderer Teil, der mexikanische.

»Was soll denn mit Diego sein?«, fragte sie ungehalten. »Er ist nicht hier.«

»Aber was ist, wenn du wieder in Mexiko bist? Wenn Nick so fühlt wie du, glaubst du dann, dass er sich mit einer flüchtigen Affäre zufriedengeben wird? Und Diego schon mal gar nicht.«

Frida machte ein unwilliges Geräusch. »Wieso flüchtige Affäre? Ich liebe ihn. Das ist doch nicht flüchtig.«

Lucienne verzog das Gesicht. »Ich gebe es auf. Du scheinst ja ernsthaft zu glauben, dass du beide haben kannst. Aber so funktionieren Männer nicht. Ich hoffe, du weißt, was du tust. Du hast ja schon immer getan, was du wolltest.«

»Bist du mir böse?«, fragte Frida.

Lucienne schüttelte den Kopf. »Aber Frida, wie könnte ich? Ich bin deine Freundin und gönne dir dieses Abenteuer von Herzen. Vielleicht beneide ich dich sogar ein wenig, weil du beides hast, die Liebe und deine Kunst. Du solltest nur aufpassen, dass es nicht zu weit führt. Und ich verstehe ehrlich gesagt nicht ganz, was du willst.«

Frida hielt inne. War sie zu weit gegangen? Hatte sie alle vor den Kopf gestoßen? Georgia, Julien, Lucienne? Und womöglich auch Nick und Diego? Aber es fühlte sich gerade alles so richtig an. Sie wollte mit Nick zusammen sein, sie wollte nichts mehr als das. Und solange sie in New York war, würde sie das auch tun. Alles andere würde sich finden.

»Manchmal verstehe ich mich ja selbst nicht. Ich liebe Diego, und ich werde ihn immer lieben. Aber jetzt gerade bin ich im siebten Himmel mit Nick«, gab sie zurück. »Ich habe das Gefühl, endlich ist das Schicksal mal auf meiner Seite. Ich habe so viel gelitten in meinem Leben, jetzt will ich einfach nur glücklich sein. Ich nehme doch niemandem etwas weg. Diego wird nie etwas davon erfahren.« Sie stand auf. »So, und jetzt ziehe ich mich an, und wir unternehmen etwas, ja? Aber ich kann nicht weit laufen. Dieser Fuß bringt mich noch um.« Sie brach plötzlich in hemmungsloses Gelächter aus. »Du kannst auch nicht laufen. Die Dicke und die Lahme, herrlich!«

Sie gingen ins Kino und sahen einen Film mit Charlie Chaplin.

»Und jetzt noch einen Horrorfilm hinterher. So, wie wir es beim letzten Mal auch gemacht haben. Und dann musst du mit mir in einen Laden für Handarbeiten.«

Kapitel 15

Für den Rest der Woche verließ Frida ihr Zimmer im *Barbizon* kaum. Nick würde erst in ein paar Tagen wieder in der Stadt sein. Sie las und arbeitete an ihren Skizzen, denn sie wollte so viel wie möglich geschafft haben, bevor Nick wieder bei ihr war. Um sich ihm ganz hingeben zu können. Sie fühlte sich so eins mit sich wie selten zuvor in ihrem Leben. Ihr fehlte nichts, sie hatte alles, und sie setzte diese tiefe Zufriedenheit in Arbeit um. Nach der Hochzeit mit Diego hatte sie sich ähnlich gefühlt.

Ich bin eine Revolution, dachte sie. Lucienne hat recht. Ich bin eine Malerin, die Erfolg hat, und ich bin eine Frau, die geliebt wird. Ich bin glücklich.

Das Telefon klingelte. Es war Julien. Er klang zerknirscht.

»Es tut mir leid, dass ich beim letzten Mal so ungehalten war«, fing er an. »Ich hatte einfach nur gedacht, dass du und ich …«

»Ich mag dich, Julio«, sagte Frida. »Ich mag dich sehr. Ich bin dir dankbar für alles, was du für mich tust. Ich fürchte, das muss reichen.«

»Gehst du trotzdem mit mir in die Bars in Harlem? Du wirst es nicht bereuen.«

Frida seufzte. »Mein Fuß tut mir zu weh. Außerdem muss ich arbeiten.«

Seine Enttäuschung war nicht zu überhören. »Aber morgen musst du kommen. Da haben sich noch mal ein paar Sammler angesagt. So gegen fünf?«

»Aber sicher.«

Sie legte auf und blätterte in ihrem Skizzenbuch nach den Entwürfen für das Dorothy-Hale-Bild. Es war verflixt, aber sie fand nicht in das Bild hinein. Konnte es daran liegen, dass sie zu glücklich für das Thema war? Sie verwarf den Gedanken gleich wieder. Dass es ihr jetzt gut ging, hieß nicht, dass sie sich nicht noch sehr genau an schlechtere Zeiten erinnern konnte.

Diego hätte vielleicht eine Idee. Sie setzte sich hin und fragte ihn in einem Brief um Rat.

Du hast mir doch gesagt, ich solle versuchen, einen Auftrag für ein Porträt von Claire Boothe Luce zu bekommen. Das hat nicht geklappt, aber stattdessen bat sie mich, ein recuerdo *für Dorothy Hale zu malen. Das ist die Schauspielerin, die sich vom Hochhaus gestürzt hat, erinnerst du dich? Wir haben sie vor Jahren mal mit ihrem Mann auf einer Party getroffen. Ich weiß nicht, wie ich das Bild angehen soll. Ich könnte malen, was sie gesehen hat, bevor sie sich das Leben nahm. Was meinst du?*

Sie hörte auf zu schreiben und rauchte eine Zigarette, während sie nachdachte. Dann fügte sie hinzu, dass sie viel in ihrem Hotelzimmer sei und arbeite.

Ich habe große Schwierigkeiten mit dem verdammten Huf. Die Schmerzen werden mit jedem Tag schlimmer. Stell dir vor, ich habe Nick Muray wiedergetroffen, und er kennt einen sehr guten Arzt, zu dem ich wohl gehen werde. Er heißt Dr. Glusker. Kennst du ihn? Ich fürchte, dass er operieren wird, aber eine Operation wird teuer. Und es würde bedeuten, dass ich noch hierbleiben muss. Hast du von André gehörte, wann ich nach Paris kommen soll? Was soll ich machen? Ich vermisse dich. Deine Friducha.

Sie legte den Stift zur Seite und las noch einmal, was sie geschrieben hatte. Es war ein ziemliches Durcheinander. Aber sie war in der Tat verunsichert, weil sie nicht wusste, wie es weitergehen sollte. Noch zwei Tage bis zur Finissage. Danach gab es keinen offiziellen Grund, länger in New York zu bleiben. Sie hatte noch keine konkreten Reisepläne für Paris, weil Breton sich nicht meldete. Diego würde erwarten, dass sie zurückkam. Eine Behandlung hingegen würde ihr einen Grund geben, in Manhattan zu bleiben. Bei Nick. Und womöglich könnte dieser Dr. Glusker sogar ihre Beschwerden lindern. Nick hatte ihn so gelobt, dass sie bereit war, ihre übliche Angst vor Ärzten zu vergessen.

Sie brachte den Brief gleich nach unten an die Rezeption, und dort lag ein Telegramm für sie, das gerade angekommen war. Es war von André. *Ausstellung im Februar. Welche Bilder?*

Oben in ihrem Zimmer nahm sie die Stickarbeit wieder auf. *Mi Cora* stand dort in roten Stichen auf weißem Grund, *zón* fehlte noch, und dann wollte sie noch eine Borte anbringen und ein paar Knöpfe annähen. Sie wollte das Kissen fertig haben, bevor Nick wiederkam. Während sie Stich um Stich ausführte, dachte sie darüber nach, was sie als Nächstes tun sollte.

Sollte sie gleich weiterfahren nach Paris? Bis Februar waren es noch zwei Monate. Bis dahin könnte sie ihren Fuß behandeln lassen. Und sie könnte bei Nick sein.

Es klopfte, und der Hoteldirektor betrat das Zimmer.

Frida befürchtete schon, dass er sich beschweren wolle, wegen des Geruchs nach Farbe oder wegen der Flecken.

»Aber nein, Mrs. Rivera. Sie sind eine große Künstlerin, und wir sind stolz, Sie in unserem Haus zu beherbergen.« Er winkte zwei Männer herbei, die eine Staffelei und einen großen Teppich hereinbrachten, den sie darunterlegten. »Wenn Sie erlauben …«

Frida sah zu, wie die Männer die Staffelei vor dem Fenster ausrichteten und einen der großen Sessel aus dem Zimmer trugen.

»Damit Sie mehr Platz haben. Wenn ich sonst noch etwas für Sie tun kann, lassen Sie es mich wissen.«

Der Direktor verabschiedete sich mit einer Verbeugung.

Als sie gegangen waren, stellte Frida das angefangene Blatt auf die Staffelei und drehte sie zum Fenster. Das Licht war perfekt. Hier würde sie wunderbar malen können. Das war doch ein Wink des Schicksals, oder? Die Antwort auf alle drängenden Fragen verschob sie auf später.

Am nächsten Tag ging sie mit einem merkwürdigen Gefühl in die Galerie.

Sie war ein wenig beunruhigt, wie Julien auf ihre Zurückweisung reagieren würde, doch er kam liebenswürdig auf sie zu und küsste sie auf beide Wangen. Offensichtlich war er nicht nachtragend.

Frida ging an den Wänden entlang und betrachtete ihre Bilder, die bald wieder in Kisten verpackt würden. Von denen, die einen Käufer gefunden hatten, nahm sie im Stillen schon Abschied, obwohl die Käufer einverstanden waren, dass sie vorher in Paris gezeigt wurden. Am längsten verharrte sie vor dem Stammbaum ihrer Familie. Sie hatte ihre Großeltern, ihre Eltern und sich selbst gemalt. Sie stand als Kind im Garten der Casa Azul in Coyoacán. Wehmut und Sehnsucht überfielen sie. Ich könnte niemals dauerhaft außerhalb Mexikos leben, dachte sie in einer plötzlichen Erkenntnis. Dann könnte ich nicht mehr malen. Und dieser ganz besondere Stammbaum wird mir fehlen. Daneben hing das Wasserbild, das ihr so viel bedeutete. Es beruhigte sie, dass es bald Nick gehören würde.

»Wir packen die Bilder wieder in die Transportkisten. Sie können vorerst bei mir im Lager stehen. So lang, bis du dich entschieden hast, wohin sie sollen«, sagte Julien, der hinter sie getreten war.

Frida war ihm sehr dankbar für das Angebot. »Die meisten gehen nach Paris«, sagte sie.

»Dann haben wir ja noch einen Grund zum Feiern. Und heute kannst du mir keinen Korb geben.« Er sah sie unsicher an, und sie spürte seine Angst, dass sie wieder Nein sagen würde. Das hatte er nun wirklich nicht verdient. Sie mochte ihn ja, und gegen einen Abend in Gesellschaft dieses charmanten Mannes hatte sie absolut nichts einzuwenden.

»Natürlich komme ich mit. Können wir ein Taxi nehmen?

Ich bin zurzeit nicht so gut zu Fuß«, sagte sie mit einem Schulterzucken, es sollte leichthin klingen.

»Ich merke, dass du Probleme beim Gehen hast. Warum nimmst du nicht einen Stock?«, fragte Julien.

Frida sah ihn entgeistert an. »Lieber leide ich wie ein Hund, als meine Verletzungen zur Schau zu stellen.«

Julien holte sie am Abend im Hotel ab. Er hatte nicht zu viel versprochen. Sie fuhren auf die Westseite des Central Parks und dann hoch in die 134. Straße. Hier war schon Harlem. Bis vor ein paar Jahren war die Gegend verrufen gewesen, aber dann hatten viele schwarze Künstler Ateliers und Musichalls gegründet, und man kam her, um zu feiern.

Der Klub, den Frida an Juliens Arm betrat, war verraucht und voll. Julien gab dem Türsteher einen großen Schein, und er besorgte ihnen innerhalb weniger Minuten einen Tisch in der zweiten Reihe der Tanzfläche. Frida ließ sich dankbar in den Cocktailsessel fallen. Sie saß bequem und konnte ihren Fuß ausstrecken, hatte aber dennoch einen unverstellten Blick auf die Tanzenden. In diesem Moment begann die Band nach einer Pause wieder zu spielen, und der Raum verwandelte sich in eine Art Hexenkessel. Frida hielt den Atem an. Paare in ihrer besten Kleidung, einige Männer in weißen Anzügen, die Frauen in Kleidern, die fast nur aus Pailettensträngen bestanden, tanzten in ausgelassenen, wilden Zuckungen nach der Musik der Kapelle. Die Musiker bearbeiteten ihre Instrumente in rasender Geschwindigkeit. Die Musik war mitreißend, besonders ein Saxophon heizte die Melodien auf und trieb die Menge zu Höchstleistungen. Die Männer wirbelten die Frauen herum und warfen sie in die Luft, fingen sie im nächsten Moment wieder auf. Der Rhythmus packte Frida, sie spürte ihn am ganzen Körper, am liebsten wäre sie aufgesprungen und hätte sich unter die Tänzer gemischt.

Aber ich werde mich niemals so bewegen können. Nicht mit meinem kaputten Rücken und dem zu kurzen Bein und dann auch noch mit dem Geschwür am Fuß. Verfluchter Körper, dachte sie. Sie lenkte ihre Aufmerksamkeit wieder auf die Menge und sog jeden Schritt, jede Drehung, jedes Zucken von Armen und Beinen in sich auf.

Dann spielte die Kapelle ein langsameres Stück.

»Meinst du, es geht? Wollen wir tanzen?«, fragte Julien und streckte ihr die Hand hin.

Sie schmiegte sich an ihn. Während sie sich langsam über die Tanzfläche bewegten, spürte sie die Blicke der anderen Paare auf sich. In ihren farbenprächtigen Röcken sah sie ganz anders aus als die anderen Frauen in ihren engen Kleidern. Und es gefiel ihr, dass sie sogar hier Aufmerksamkeit erregte.

Als der Tanz zu Ende war und die Musik wieder schneller wurde, gingen sie zurück an ihren Tisch.

Frida war warm geworden, und sie nahm einen Schluck von dem Cocktail, den Julien für sie bestellt hatte und in dem eine Olive schwamm. Über den Rand ihres Glases hinweg sah sie plötzlich Nick auf sich zukommen. Für einen Moment war alles andere ausgeblendet, die Musik, Julien, die Tänzer. Sie nahm nur ihn wahr, ihre Blicke verhakten sich ineinander, während er näher kam. Ihre Hände begannen zu zittern, fast wäre die Olive aus dem Glas gesprungen. Jetzt hatte auch Julien ihn gesehen und erhob sich, um ihn an ihren Tisch einzuladen.

»Ich war in der Galerie, und dort hat deine Assistentin mir gesagt, wo ihr seid.«

Frida wunderte sich, wie ruhig seine Stimme klang. Er beugte sich zu ihr herunter, und seine Lippen streiften ihren Nacken. Dann gab er Julien die Hand. Frida musste sich zusammenreißen, um die Unbeteiligte zu spielen.

Die Stimmung am Tisch veränderte sich. Auf einmal waren da zwei Männer, die sich um dieselbe Frau bemühten. Sie bestellten eine Flasche Whiskey und drei Gläser.

Frida konnte ihr Bedürfnis, sich an Nick zu schmiegen, kaum noch zurückhalten. Sie warf ihm flehende Blicke zu und trank zu schnell, um ihre Nervosität in den Griff zu bekommen. Es war wieder wie in Mexiko, als sie beide ihre Anziehung vor den anderen verbergen mussten. Dann spielte die Kapelle endlich wieder ein ruhigeres Stück, und Nick forderte Frida zum Tanzen auf.

»Oh mein Gott, Frida, ich habe dich so vermisst«, flüsterte er an ihrem Ohr. »Ich konnte früher weg und bin vom Flughafen gleich ins *Barbizon* gefahren, aber da warst du nicht. Ich hatte schon Angst, ich müsste die ganze Stadt nach dir absuchen.«

Frida presste ihren Körper an seinen, als ein anderes Tänzerpaar sich zwischen sie und Juliens Blickfeld schob. »Kannst du mich nicht hier wegbringen? Aber Julien darf nichts merken. Er starrt uns die ganze Zeit an.«

Julien hatte sehr wohl etwas bemerkt, und eigentlich wunderte es Frida auch nicht. Die Blicke zwischen Nick und ihr sprachen Bände. Als sie zum Tisch zurückkamen, wirkte Julien aggressiv und bestellte eine weitere Flasche, obwohl in der ersten noch ein Rest war. Frida merkte, wie der Alkohol ihr zu Kopf stieg.

»Was macht die Kunst?«, fragte Julien, der am meisten getrunken hatte, und beugte sich zu Nick hinüber. Seine Stimme klang schon leicht verwaschen.

»Ich habe gut zu tun«, gab Nick zurück.

»Vielleicht solltest du mal Frida fotografieren. Sie ist ein wirklich lohnendes Objekt.«

Nicks Blick schnellte zu ihr herüber, und Frida hielt den Atem an. Er würde doch nicht etwa …?

»Was meinst du damit?«, fragte Nick.

Julien blickte hinterhältig grinsend von Nick zu Frida. »Was ich sage. Es macht Spaß, Frida zu fotografieren. Da kommt man sich gleich näher.«

Sie warf ihm einen empörten Blick zu. Er hatte versprochen, niemandem von den Fotos zu erzählen.

Doch Julien war jetzt nicht mehr zu halten. Er zog seine Brieftasche hervor und nestelte eines der Fotos heraus. »Ich würde gern die Meinung des Fachmanns dazu hören. Ich finde, sie sind gelungen.«

»Lass das, Julien!«, zischte Frida.

Aber er hatte schon ein Foto auf den Tisch gelegt. Es zeigte sie, wie sie die Arme über dem Kopf hielt und ihre Brüste präsentierte. Frida war wütend. Das war eine Sache zwischen Julien und ihr, das war privat. Wie konnte er das jetzt gegen sie ausspielen, nur weil er eifersüchtig war?

Nick erbleichte, und das traf Frida mitten ins Herz.

Julien grinste genüsslich.

Frida konnte ihre Wut nicht länger zügeln. »Ist das deine

Rache, weil du mich nicht haben kannst? Und im Übrigen lasse ich mich fotografieren, von wem ich will.«

»Aber nicht halbnackt«, sagte Nick, der das Foto zu sich herangezogen hatte.

»Und wieso nicht? Du machst das doch ständig. Und du hast mir selbst gesagt, dass das keine Bedeutung hat, du hättest keine Beziehung zu deinen Modellen.«

Julien lehnte sich zurück und sah von Frida zu Nick und wieder zurück. Er schien die Situation sogar zu genießen.

Frida reichte es jetzt. Was fiel diesen Männern eigentlich immer ein, dass sie meinten, sie könnten über eine Frau verfügen? Sie stand auf. »Ich gehe jetzt nach Hause.«

»Ich begleite dich«, sagte Nick in einem Ton, der keine Widerrede erlaubte. Er fasste Frida am Oberarm und bugsierte sie durch die Menge zum Ausgang.

Sie saßen kaum im Taxi, als Nick sagte:

»Musste das sein?«

»Was?«, fragte sie eine Spur aggressiv.

»Das mit den Fotos.«

»Das ist ganz allein meine Sache. Und außerdem war es, bevor du gekommen bist. Du warst nicht da.«

»Es ist ja nicht nur Julien. Darüber kann ich hinwegsehen.«

»Was ist es dann?«

»Wer«, sagte er. Er drehte sich zu ihr herum, und Frida sah hinter ihm durch das Seitenfenster die Leuchtreklamen der Jazzklubs und Dancings.

»Ich will dich heiraten, Frida. Du musst Diego verlassen. Dann entscheiden wir, wo wir leben, hier oder in Mexiko. Vielleicht leben wir auch ein halbes Jahr hier, ein halbes Jahr dort.«

»Bravo«, rief der Taxifahrer von vorn, der alles mitbekommen hatte.

Frida brauchte einen Moment, bis sie begriff, was er meinte. Sie sah die Menschen auf der Straße und die Lichter, es war absurd, dass sie gerade jetzt einen Heiratsantrag bekam. Sie starrte Nick entsetzt an. Was redete er denn da? Sie konnte doch Diego nicht verlassen! Da könnte sie sich ja gleich beide Arme amputieren lassen! Das wusste er doch! Wie konnte er es dann von ihr verlangen?

Hatte sie sich so in ihm getäuscht? Er wusste doch, dass sie Diegos Frau war, das hatte er auch schon in Mexiko gewusst, und damals hatte er es akzeptiert. Warum mussten denn Männer eine Frau immer ganz besitzen? Wieso konnten sie sich nicht mit dem Augenblick zufriedengeben? Sie war doch ganz für Nick da, sie hatte auf ihn gewartet, aber sie hatte dennoch ein eigenes Leben. Er benahm sich genauso wie Diego. Da hatte sie es endlich geschafft, sich ein Stück weit von Diego zu emanzipieren, nur um dann in die Abhängigkeit von Nick zu fallen? Nein, das wollte sie nicht. Auf keinen Fall.

Und sie wollte doch auch nicht ohne Diego leben, das lag jenseits ihrer Vorstellungskraft. In den wenigen Wochen, die sie von ihm getrennt war, wuchs ihre Sehnsucht nach ihm mit jedem Tag. Die Streitereien, die anderen Frauen, dass er sich immer häufiger nach San Ángel zurückzog und nicht nach Hause kam: Das alles war vergessen. Sie brauchte Diego, sie wollte nur eine andere Art der Beziehung, eine, in der sie nicht immer die Unterlegene war. Aber das musste doch nichts an ihrer Liebe zu Nick ändern. Warum war er denn so wütend, so herablassend, warum machte er sich so klein? Er musste doch wissen, dass sie ihn liebte, und das war doch das Einzige, was zählte.

Sie versuchte ihm das zu erklären, aber sie war sich nicht sicher, ob er sie verstand.

»Nick, bitte«, flehte sie. Sie sah seine Hand, ganz dicht neben ihrer, und sie streifte sie kurz mit ihrem Handrücken. Er reagierte nicht. Sie waren vor dem *Barbizon* angekommen.

Frida sah zu Nick hinüber. Würde er mit ihr aussteigen, oder endete hier ihre Geschichte? Die Angst nahm ihr die Luft.

Zu ihrer unendlichen Erleichterung stieg er aus und ging immer noch schweigend neben ihr her zum Lift. Sie würden reden, sie würde ihm alles erklären.

Der Liftboy hob die Hand an die Mütze und schob das Gitter zur Seite. Frida nickte ihm zu, normalerweise hatte sie immer ein nettes Wort für ihn, aber jetzt betraten sie stumm die Kabine. Auch während der Fahrt nach oben schwiegen sie. So als müssten sie sich ihre Worte genau überlegen, weil jeder falsche Satz alles unwiederbringlich zunichtemachen konnte.

Sie betraten ihr Zimmer. Nick wollte etwas sagen, aber Frida bedeutete ihm mit einer Handbewegung, zu warten. Sie holte das kleine bestickte Kissen, das am Vortag fertig geworden war, und reichte es ihm.

»Es stimmt, was da steht«, sagte sie schließlich. Sie konnte nur hoffen, dass er es verstand, und atmete erleichtert aus, als Nick es an sich drückte. Sie hoffte, sein Zorn war verflogen.

»Ich habe dir doch gesagt, dass ich es verhext habe«, sagte sie. »Immer wenn du wütend auf mich bist, musst du es berühren.«

Er drückte sein Gesicht hinein.

»Du scheinst tatsächlich zu glauben, dass so ein Ding alles wieder ins Lot bringt.« Er lächelte schmerzlich. »Vielleicht hast du sogar recht. Ich habe auch etwas für dich.«

Er zog einen großen Umschlag aus seiner Tasche. Darin war eines der Fotos, die er von ihr gemacht hatte. Frida auf der weißen Bank vor dem grünen Hintergrund, mit dem Gesichtsausdruck eines Engels. Es verschlug ihr den Atem.

»Ich schenke es dir.«

Frida starrte das Bild immer noch an. Wie hatte er es geschafft, dass man ihre Liebe so deutlich sah? Niemand könnte etwas anderes denken, wenn er diese Fotos betrachtete.

»Nick, das ist wunderschön«, flüsterte sie voller Dankbarkeit. »Es ist so schön wie ein Gemälde von Piero della Francesca. Es ist ein wahrer Schatz und es wird mich immer an den Tag erinnern, als du es gemacht hast und wir erkannt haben, dass wir uns lieben. Du wirst immer in diesem *Rebozo* sein, auf der linken Seite, nahe an meinem Herzen. Aber ich bin nicht der Engel, den du in mir siehst. Ich bin lediglich eine Frau, die dich liebt. Und ich bin verheiratet.«

Kapitel 16

Frida wachte auf und streckte den Arm nach Nick aus. Er war nicht neben ihr, aber sie hörte ihn im Bad bei laufendem Wasser singen. Das mochte sie auch so gern an ihm, dass er sang. Sie reckte die Arme über den Kopf und spürte noch einmal seine Berührungen auf ihrem Körper.

Das Telefon klingelte, und sie brauchte einen Moment, um wieder in der Welt anzukommen. Sie griff automatisch nach dem Hörer. Diego war am Apparat.

»Friducha, ich habe schon seit Tagen nichts von dir gehört. Du fehlst mir so, aber mach dir deswegen keine Sorgen. Ich hoffe, das bedeutet nur Gutes. Wie kommst du mit dem Bild voran? Hast du meinen Brief bekommen? Da habe ich dir dazu geschrieben.«

Sobald sie seine Stimme hörte, schmolz sie vor Sehnsucht nach ihm dahin. Sie vergaß, dass Nick nebenan war und presste den Hörer mit beiden Händen an ihr Ohr.

»Ich vermisse dich auch«, sagte sie und berichtete vom Ende der Ausstellung und dass sie täglich an dem Dorothy-Hale-Bild arbeitete. »Stell dir vor, sie bezahlen vierhundert Dollar! Aber ich bin immer noch nicht weiter und arbeite zwischendurch an dem Bild für Goodyear.«

»Mach eines nach dem anderen. Und wie geht es dir gesundheitlich?« Die Sorge in seiner Stimme ließ sie ganz weich werden.

»Ach, der blöde Huf ärgert mich. Aber wie geht es dir? Achtest du auf dich? Isst du auch genug? Lass dich nicht von Fulang-Chang ärgern. Und was ist mit deinen Augen?« Er hatte doch schon seit Monaten Probleme und musste regelmäßig zum Arzt und Tropfen nehmen, was er immer vergaß. Sie setzte sich auf, um sich besser konzentrieren zu können.

»Du fehlst mir. Aber mach dir keine Sorgen um mich. Ich komme zurecht. Ich habe dir einen langen Brief geschrieben, da steht alles drin, was ich zu dem Bild und ... Doro ... Liebe ...«

Die Leitung knackte und rauschte.

»Diego?«, rief sie in den Hörer. »Diego, ich kann dich nicht hören. Was ist mit dem Bild?«

Nick kam aus dem Bad, und ihr wurde bewusst, dass er hörte, mit wem sie telefonierte. Sie sah, dass er bei der Erwähnung von Diegos Namen zusammenzuckte. Diego sagte etwas, aber sie hörte seine Stimme nur verzerrt. Dann war die Verbindung unterbrochen.

Frida legte auf und wischte sich eine Träne von der Wange. Traurig sah sie Nick an.

»Du glaubst wirklich, du kannst uns beide haben«, sagte er. Dabei sah er nicht wütend aus, eher tief verletzt. »Du telefonierst mit ihm, nachdem du mit mir geschlafen hast, und dabei kommen dir die Tränen vor Liebe zu ihm.«

Sie bemerkte ihren Fehler sofort. Das hatte sie nicht gewollt. »Nick, ich wollte dich nicht verletzen. Es tut mir leid. Ich ... Ich bin eben Frida. Ich bin, wie ich bin, aber ich schwöre dir, dass ich dich liebe.« Sie wollte aufstehen und zu ihm gehen. Aber nach zwei Schritten fuhr ihr der Schmerz wie ein Messer in den Fuß. Sie schrie laut auf und ließ sich auf den Boden fallen. Tränen schossen ihr in den Augen, so weh tat es, ein Schmerz, der ihr fast den Atem nahm.

»Gib mir die Tabletten, da drüben, neben dem Bett«, flehte sie Nick an.

Er brachte ihr das Röhrchen. »Das nimmst du?«, fragte er erschrocken. »Das ist Gift«, rief er. »Schlimmer als Gift.«

Frida riss das Röhrchen auf, aber es war leer. Wütend warf sie es von sich.

»Hast du noch mehr?«, fragte Nick.

Sie schüttelte weinend den Kopf. »Es tut so verdammt weh«, brachte sie zwischen zusammengebissenen Zähnen hervor.

»Wir müssen sofort in ein Krankenhaus«, entschied er.

Frida wollte protestieren, aber ihr fehlte die Kraft. Sie wollte nur noch, dass diese unerträglichen Schmerzen aufhörten. Sie spürte, wie Nick sie hochhob und zum Aufzug trug. Der Liftboy half ihm, und sie eilten durch die Lobby.

»Ein Taxi! Schnell!«, rief er dem Portier zu.

Sie fuhren zu Dr. Glusker ins Mount Sinai.

»Keine Sorge, ich habe dir doch gesagt, er ist ein Freund und ein wirklich guter Arzt«, versuchte Nick sie zu beruhigen, während sie im Taxi saßen.

Frida lehnte sich an ihn, völlig erschöpft von den Schmerzen.

Dr. Glusker gab ihr zuerst ein Schmerzmittel und untersuchte sie dann sehr gründlich. Als Frida die große offene

Wunde an der Unterseite ihres Fußes sah, erschrak sie vor sich selbst.

»Damit sind Sie noch herumgelaufen?«, fragte Dr. Glusker. »Sie müssen einiges gewöhnt sein.«

Frida musste ihre gesamte Krankengeschichte erzählen, den Unfall, die Kinderlähmung, die sie als Kind gehabt hatte, die vielen Operationen, die Korsetts, die Amputationen der Zehen, die Geschwüre, die ewigen Schmerzen … Währenddessen sah sie sich in dem Arztzimmer um, das aussah wie überall auf der Welt. Und es roch auch genauso. Aber Dr. Glusker war irgendwie anders, und es gelang ihm, ihr die Angst zu nehmen. Außerdem saß Nick neben ihr und sie griff nach seiner Hand. Dr. Glusker hörte sich alles geduldig an und fragte nach.

»Diese Geschwüre, dann Ihre häufigen Kopfschmerzen und die Abgeschlagenheit … Das ist nicht nur der Fuß. Wie viel Alkohol trinken Sie?«

Frida verzog das Gesicht.

»Sie dürfen nicht so viel trinken. Und wir sollten Sie sicherheitshalber auf Syphilis testen. Ich werde dafür Ihr Blut untersuchen und einen Abstrich aus der Wunde an Ihrem Fuß nehmen. Dann haben wir in ein paar Tagen ein Ergebnis.«

Das versetzte Frida in Entsetzen. »Syphilis?«, flüsterte sie. Sie warf einen unsicheren Blick zu Nick.

»Machen Sie sich nicht zu viele Sorgen deswegen. Es ist nur zur Sicherheit. Ihre anderen Verletzungen sind leider wesentlich schlimmer. Der Fuß muss operiert werden, damit Sie das Geschwür loswerden. Sonst wird es weiterwachsen, und sie laufen Gefahr, den Fuß zu verlieren. Das ist vorerst das Drängendste. Aber es scheint mir von den Verletzungen der Wirbelsäule herzurühren. Sie haben über die Jahre eine Fehlhaltung entwickelt, die auch Ihre Füße betrifft. Haben Sie mal darüber nachgedacht, Ihre Wirbelsäule operativ richten zu lassen?«

Frida schloss die Augen. Wie oft hatte man ihr das schon geraten. Diverse Ärzte hatte immer neue Operationsmethoden vorgeschlagen, aber vorher oder nachher kamen immer diese verdammten Korsetts, und davor hatte sie einfach zu viel Angst. »Das … Darüber muss ich nachdenken.«

»Falls es um Geld geht: Machen Sie sich keine Sorgen.« Er lächelte. »Ich habe von Ihrer Ausstellung gelesen. Bezahlen Sie mich mit einem Bild. Ich schlage vor, dass Sie über Nacht hierbleiben und ich morgen früh das Geschwür am Fuß behandle.«

Sie schluckte. »Hierbleiben?«

Ihr Herz begann zu rasen, und sie spürte, wie sich alles in ihr zusammenzog. Da war sie wieder, die alte Angst vor den weißen Wänden des Krankenhauses. Wie oft hatte man ihr Heilung versprochen? Wie oft hatte es geheißen, nur für ein paar Tage, und daraus waren dann Monate geworden? Monate, die sie im Bett angebunden war, Monate der unerträglichen Langeweile, des Ausgeliefertseins, der Schmerzen? Sie kannte Krankenhäuser überall, in Mexiko, in Detroit, in San Francisco. Sie wollte das nicht! Sie wollte nicht wieder gefangen sein! Ihr wurde schwarz vor Augen, und sie rang nach Luft. Da spürte sie, wie Nick ihre Hand drückte.

»Ich werde bei dir bleiben. Ich lass dich nicht allein.«

Sie öffnete die Augen und sah Nick an, der sie zuversichtlich anlächelte. Seine Stimme klang sicher und besonnen.

»Das scheint mir eine gute Idee zu sein. Bleib ruhig bei ihr. Es ist besser, wenn sie morgen ausgeruht ist«, sagte Dr. Glusker.

Und zu Frida sagte er: »Ich verspreche Ihnen, dass Sie spätestens übermorgen hier wieder raus sind. Sonst will ich nicht länger Arzt sein. Und jetzt geben Sie mir ein paar Minuten, ich werde eine Salbe anrühren. Die wird Ihnen helfen, aber ich rate Ihnen, sich nicht allein darauf zu verlassen, die Wunde muss operativ versorgt werden.«

Dr. Glusker ging und kam wie versprochen nach ein paar Minuten wieder. Er trug die Salbe auf ihre Wunden am Fuß auf, und Frida spürte augenblicklich Erleichterung. Sie fing an, diesem Arzt zu vertrauen. Also gut, sie würde bleiben. Eine Schwester brachte sie in ein Krankenzimmer, und sie legte sich auf das Bett.

»Ich bin in zwanzig Minuten zurück«, sagte Nick plötzlich und stand auf.

»Nick!«, rief sie, aber er war schon aus der Tür.

Sie lehnte sich in die Kissen zurück und schloss die Augen. Es war ein Fehler gewesen, hierzubleiben. Sie gab sich geschlagen. Sie hatte Nick von sich gestoßen, er würde nicht wiederkommen. Und sie würde die nächsten Monate hier versauern.

»Machen Sie das Licht aus«, sagte sie müde zu der Schwester.

Sie rauchte eine Zigarette und dann gleich noch eine. Dann waren nur noch drei Zigaretten übrig, und bei der Aussicht, auch noch darauf verzichten zu müssen, schlug Verzweiflung über ihr zusammen.

Plötzlich spürte sie eine Hand, die nach ihrer griff.

Nick stand wieder vor ihrem Bett.

»Du bist wieder da!«, sagte sie. »Ich dachte …« Sie fing an zu weinen.

»Du hast gedacht, ich lass dich hier allein? Für wen hältst du mich? Ich musste dem Taxifahrer ein Extrageld geben, weil ich ihn gebeten habe, wie der Teufel zu fahren. Weil ich das hier für dich holen wollte.«

Er stellte das Grammophon auf den Nachtschrank und legte eine Platte auf. Ein Klavierintro erklang, dann die rauchige Stimme von Maxine Sullivan:

»*Holding hands at midnight neath the starry skies ...*«

»O Nick«, flüsterte Frida. Das war ihr Lied. Er hatte ihr diese Platte an ihrem ersten Abend in seiner Wohnung vorgespielt, und sie hatten immer wieder zu dieser sanften Melodie miteinander getanzt.

Er beugte sich zu ihr herunter und küsste sie zärtlich auf den Mund. Dann nahm er sie in die Arme und wiegte sie zum Takt der Musik. Sie wollte aufstehen, doch er drückte sie sanft zurück.

»Schone deinen Fuß. Wir tanzen, wenn er wieder in Ordnung ist.«

Ein paar Tage später fuhren sie nach Coney Island. Sie nahmen nicht die Subway, sondern das Auto. Fridas Fuß fühlte sich gut und kräftig an, aber Dr. Glusker hatte gesagt, sie dürfe ihn nur leicht belasten. Frida hatte es ihm versprochen, als er sie aus dem Krankenhaus entließ. Er hatte auch gesagt, dass der Syphilis-Test negativ sei, und ihr damit eine große Angst genommen. Leichten Herzens stützte sie sich auf Nicks Arm, und sie schlenderten durch den Vergnügungspark. Er lud sie zu einer Runde mit dem Riesenrad ein. Obwohl es sehr kalt war, genoss Frida die Fahrt und die Aussicht, eng an Nick geschmiegt. Sie hatte die Vergnügungen der kleinen Leute immer schon gemocht. Sie sah ihnen gern dabei zu, wie sie lachten und große Lollis und Marshmallows kauften. Von oben sah sie ein Fahrgeschäft, das aus einer flachen, glatten Scheibe bestand. Männer und Frauen setzten sich in die Mitte. Dann fing die Scheibe an, sich zu drehen und wurde immer schneller und unter großem Gelächter wurden die Menschen nach und nach an den Rand und heruntergeschleudert.

»Da will ich als Nächstes hin«, sagte sie, als sie aus dem Riesenrad stiegen. »Wie gern würde ich das ausprobieren!«

»Dann mach ich es für dich.«

Nick setzte sich auf die Scheibe, und sie amüsierte sich über seine Versuche, sich festzuhalten. Er schlug sich nicht schlecht, aber irgendwann hob er die Hände und ließ sich von der Scheibe gleiten, direkt vor Fridas Füße.

»Danke«, sagte sie und küsste ihn. »Nicht nur danke hierfür. Danke für alles. Dass du die ganze Zeit mit mir im Krankenhaus geblieben bist, dass du Dinge für mich erlebst, die ich nicht machen kann. Und jetzt habe ich Hunger.«

Sie aßen heiße Würstchen in einem Brötchen mit viel scharfem Senf und gerösteten Zwiebeln.

»Ich mag es, dass die Amerikaner alles mit der Hand essen«, rief sie, biss in das weiche Brötchen und lachte, als Senf auf ihren Rock kleckerte

Sie schlenderten an den Plakaten vorbei, auf denen für die Shows geworben wurde: die dickste Frau und der größte Mann der Welt, der Schlangenmensch. Vor dem Zelt einer Wahrsagerin blieben sie stehen.

»Ich werde sie bitten, mir die Zukunft vorauszusagen«, rief Frida.

Sie musste einen Moment warten, bis die Wahrsagerin, die beinahe so bunte Kleider trug wie sie, sich ihr gegenübergesetzt und murmelnd ihre Kristallkugel gerieben hatte. Sie glaubte nicht an diesen Hokuspokus, aber die Frau sah sie aus schwarz umrandeten Augen so durchdringend an, dass Frida mulmig wurde. Aus einem Spaß war mit einem Mal ernst geworden. Was würde die Frau ihr prophezeien? Mit welchem Mann sie leben würde? Ob sie nach Mexiko zurückkehren oder nach Paris weiterfahren würde? Sie fühlte sich plötzlich unwohl, sie wollte aufstehen und gehen.

Aber die Frau packte sie erstaunlich fest am Handgelenk, drehte ihre Innenfläche nach oben und fing wieder an zu murmeln.

»Du bist weit gereist, aber du bist noch nicht angekommen. Du bist nicht von hier und weißt nicht, wohin. Ich sehe einen Mann. Dieser Mann wacht über dich, aber er fügt dir auch Schmerzen zu. Zu manchen Zeiten seid ihr in Liebe vereint, zu anderen Zeiten hasst ihr euch. Aber ihr seid nicht in der Lage, getrennt zu leben. Das Band zwischen euch ist sehr stark. Niemand kann es zerreißen. Und nach eurem Tod werdet ihr für immer und für alle Welt vereint sein, ein leuchtender Stern.«

Von wem sprach die Frau da? Sie konnte doch nur Diego meinen? Oder doch Nick? Aber das würde bedeuten, dass sie Diego verlieren würde, eine Vorstellung, die sie nicht an sich heranlassen wollte. Auf einmal hatte Frida genug. Das reichte jetzt! Auf was für Gedanken brachte sie denn diese Wahrsagerin? Sie zog ihre Hand zurück, warf der Frau ein Geldstück hin und verließ das Zelt.

»Und?«, fragte Nick, der draußen auf sie gewartet hatte.

»Glück und Reichtum und viele Kinder. Alles Quatsch. Komm, lass uns nach Hause fahren.«

Kapitel 17

Es war Anfang Dezember. Frida arbeitete schon seit Stunden an dem Porträt von Dorothy, ohne voranzukommen. In seinem Brief hatte Diego ihr Mut gemacht.

Mal sie so, wie du sie siehst. Denk nicht daran, dass es ein Auftragsbild ist. Du stellst Dorothy dar, nicht Claire.

Sie seufzte auf. Ja, aber wie? Sie sah in Dorothys Gesicht auf der Leinwand, das sie nach dem Foto aus der Zeitung gemalt hatte, und dachte, dass es nicht die Dorothy war, die sie meinte.

»Nein, so ein konventionelles Bild werde ich nicht machen«, rief sie aus, und bevor sie es sich anders überlegen konnte, übermalte sie das schöne Gesicht in wütenden Strichen, bis nichts mehr davon zu sehen war. So, jetzt war es besser. Jetzt konnte sie wenigstens neu anfangen.

Sie wusch den Pinsel aus. Auf einmal fiel ihr auf, dass etwas anders war, der Lärm der Straße war verstummt. Sie sah auf und trat ans Fenster. Draußen schneite es, die Straßen waren weiß, die Straßenlaternen trugen dicke Schneehauben. Meine Güte, Schnee! Seit sie als Kind Bilder von verschneiten Landschaften gesehen hatte, träumte sie davon, selbst einem Spaziergang durch hohen Schnee zu machen. Diese Gelegenheit würde sie sich nicht entgehen lassen. Und vielleicht brachte sie ein Tapetenwechsel auf eine Idee.

Sie zog zwei Röcke übereinander und darunter die warme Unterwäsche, die Mary ihr geschenkt hatte. Darüber den neuen Mantel mit Pelzbesatz, einen Rebozo wand sie sich um ihr Haar und die Schultern, so musste es gehen. Dann machte sie sich auf den Weg in den Central Park.

»Es schneit«, sagte Eric zu ihr, als sie den Lift betrat. Eric war ihr Lieblingsliftboy. Er hatte immer ein Kompliment für sie.

»Ich weiß«, rief sie begeistert.

»Lieben Sie auch Schnee?«

»Ich weiß noch nicht. Und Sie?«

»Doch!«

»Ich will in den Park. Das muss ich mir ansehen.«

Er zögerte. »Ich habe in zehn Minuten Dienstschluss.«

»Kommen Sie mit? Zu zweit macht es mehr Spaß.«

»Wir dürfen nicht mit den Gästen …«

»Aber ich brauche Sie. Jemand muss mich begleiten. Und außerdem merkt es keiner.«

»Gut. Dann treffen wir uns an der nächsten Ecke.«

Frida trat auf die Straße und blieb wie angewurzelt stehen. Sie hielt ihr Gesicht in den Himmel. Die wirbelnden Flocken machten sie schwindelig, und sie genoss es, wie sie kühl und feucht ihre Haut trafen. Dieses Wirbeln war ganz anders, als sie es sich vorgestellt hatte. Sie hatte mal ein Schneetreiben auf einem Gemälde eines Impressionisten gesehen, aber das hier war etwas ganz anderes. Sie fand es absolut bezaubernd. Sie machte ein paar vorsichtige Schritte, aber auf der dicken Schneeschicht rutschte sie nicht einmal aus, wie sie befürchtet hatte. Auf einmal wünschte sie sich Diego an ihrer Seite. Diese Erfahrung hätte sie gern mit ihm geteilt.

Eric kam auf sie zugelaufen. Er hielt ihr den Arm hin, und sie hakte sich ein, und sie gingen in den Central Park. Für einen Moment wurde der Schneefall stärker, es schneite wie verrückt, vor lauter Flocken konnte Frida kaum etwas sehen, und Eric klopfte ihr ständig den Schnee vom Mantel. Dann wurden die Flocken kleiner und schließlich hörte es ganz auf. Die Sonne knallte durch eine Wolkenlücke vom blauen Himmel auf den Schnee und Frida schloss geblendet die Augen.

»Ich wusste, dass es aufhört zu schneien. Dann können wir Schlitten fahren, aber selbstverständlich nur, wenn Sie wollen«, rief Eric begeistert.

Frida wollte. Sie kamen an einen Hügel, auf dem sich schon gefühlt sämtliche New Yorker Kinder und ein paar Erwachsene mit Schlitten versammelt hatten. Jubelnd und kreischend rasten sie auf hölzernen Schlitten den kleinen Abhang hinunter.

»Wir haben nicht so ein Ding«, sagte sie zu Eric und fühlte Enttäuschung. Sie wollte auch Schlitten fahren.

»Ich regle das. Es ist schließlich mein Job, den Gästen ihre kleinen Wünsche zu erfüllen«, antwortete er und ging auf zwei Kinder zu. Er zeigte auf Frida und gab ihnen etwas. Dann winkte er sie zu sich heran. »Beeilen Sie sich. Ich habe ihn nur für zehn Minuten gemietet.«

Die Zeit reichte, um viermal den kleinen Hügel hinunterzusausen. Eric saß hinter ihr und hielt sie fest, dann ging es los. Einmal kippten sie um und landeten im tiefen Schnee. Frida klopfte sich lachend den Schnee aus dem Haar. Es war herrlich.

Wie lange hatte ich nicht mehr einen solchen Spaß? Wann

habe ich das letzte Mal meinen Körper so lebendig und unversehrt gefühlt, dachte sie, als Eric sie ein letztes Mal den Hügel hinaufzog. Plötzlich gab es einen Stoß. Der Schlitten prallte auf ein Hindernis, und ein heftiger Stich jagte durch Fridas Rücken. Sie hatte Mühe, aufzustehen und stöhnte vor Schmerz. Eric sah sie erschrocken an.

»Haben Sie sich wehgetan? Oh, Gott, mein Boss wird mich umbringen!«

Frida biss die Zähne zusammen und schüttelte den Kopf. Nein, heute würde ihr Körper ihr keinen Strich durch die Rechnung machen. Sie war fest entschlossen ihren Ausflug bis zur letzten Sekunde zu genießen.

Mit einem verkrampften Lächeln streckte sie Eric die Hand hin, und er zog sie hoch. Sie setzte sich wieder auf den Schlitten, und er zog sie den Hügel hinauf. Oben stand sie vorsichtig auf und beugte ihren Rücken.

»Es geht schon wieder«, sagte sie zu Eric. Sie wollte sich und ihm diesen herrlichen Moment nicht verderben. Ihr war richtig warm geworden. Während Eric den Kindern den Schlitten zurückbrachte, bewunderte Frida die Äste der kahlen Bäume, auf denen sich die Flocken stapelten.

Als sie wieder ins Hotel kam, hingen immer noch einzelne Schneeflocken in ihrem Haar. Ihr Rücken tat weh, aber auf eine vertraute Weise. Mehr Sorgen machte sie sich um ihren Fuß. Wie hatte er den langen Weg, die Kälte und die Schlittenfahrt überstanden? Vorsichtig zog sie Schuhe und Strümpfe aus und setzte den Fuß auf. Sie konnte richtig auftreten, die Wunde hatte sich fast geschlossen. Sie rieb die Salbe ein, die Dr. Glusker ihr gegeben hatte, und auch das tat nicht weh. Sie konnte ihre Erleichterung kaum fassen. Hätte sie an Gott geglaubt, dann hätte sie jetzt vielleicht ein Dankgebet gesprochen. Denn sie war dankbar. Jeden Tag aufs Neue. Jemand, der ohne Schmerzen war, würde das nie begreifen, deshalb sprach sie auch mit niemandem darüber. Nur Diego verstünde, wie leicht, wie neu geboren sie sich gerade fühlte. Er kannte sie einfach schon so lange; ihr halbes Leben lang.

Ihr Blick ging zur Staffelei, wo das übermalte Bild von Dorothy Hale stand. Es passte nicht zu ihrer Stimmung, also nahm sie es herunter und stellte das Selbstporträt mit einem Affen auf, das für Conger Goodyear bestimmt war. Das Bild stellte eine von innen heraus leuchtende Frida dar. Sie stutzte. Vielleicht sollte sie es Dr. Glusker geben und es dann noch einmal malen. Sie würde dem Arzt, dem sie so viel verdankte, gern eine andere Frida zeigen, eine gesunde Frau in ihrer mexikanischen Heimat. Ja, so würde sie es machen.

Neben die Staffelei hatte sie einen Spiegel gestellt. Sie sah hinein und entdeckte sich selbst mit vom Schlittenfahren geröteten Wangen. Sie sah so jung und lebendig aus. Sie nahm den Pinsel in die Hand, mischte verschiedene Rottöne und gab ihrem Gesicht genau diesen Ausdruck. Dann trat sie zurück. Ja, jetzt war das Bild fertig. Das war genau das I-Tüpfelchen, das gefehlt hatte. Es war genau das Porträt, das zu Dr. Glusker passte.

Zufrieden setzte sie sich in einen Sessel und sah wieder auf das Bild. Es hatte sich gelohnt, dass sie in den letzten Tagen immer mehrere Stunden am Stück gemalt hatte. Die Arbeit schenkte ihr eine enorme Befriedigung. Es war ein herrliches Gefühl, zu wissen, dass sie die Bilder für einen Empfänger malte, der ungeduldig darauf wartete. Ihr Zimmer im *Barbizon* sah schon aus wie ein Atelier. Wenn sie malte, dann dachte sie auch nicht an Diego oder an Nick und an die Verwicklungen mit den beiden. Wenn sie malte, dann war sie in ihrer eigenen Welt, in die kein Schatten von außen drang. Und wenn ich Nick oder Diego verlieren sollte, dann hätte ich immer noch meine Bilder, dachte sie in einem plötzlichen Moment der Erkenntnis.

Voller Dankbarkeit sah sie auf das Porträt. Es fehlten noch die Firnisschicht und natürlich der Rahmen. Nick war stundenlang und mit unendlicher Geduld mit ihr durch Läden für Talmi und bunten Plunder im Süden von Manhattan gestreift, weil sie unbedingt einen Rahmen aus aufgeklebten weißen Muscheln dafür haben wollte. In Little Italy waren sie fündig geworden. Eine alte Frau fertigte sie dort in Handarbeit, und er gefiel Frida so gut, dass sie ihr mehr Geld gab, als sie verlangte.

»Warum hast du das gemacht?«, fragte Nick, als sie wieder auf der Straße standen.

»Die Frau ist schließlich auch Künstlerin, die von ihrer Arbeit leben muss, genau wie ich«, gab sie zurück.

Sie holte den Rahmen, den sie zwischen ihre *Rebozos* in den Kleiderschrank gelegte hatte, und hielt ihn neben das Bild. Er passte perfekt.

Gleich nach dem Aufstehen am nächsten Tag wanderten ihre Gedanken wieder zu dem Porträt von Dorothy Hale. Ihr Impuls vom Vortag, es zu übermalen, war richtig gewesen. Sie brauchte eine neue Idee. Sie versah die Leinwand mit Grundierung, damit sie wieder jungfräulich war. Und was jetzt? Sie ging zum Fenster und zog die Vorhänge auf. Sie hielt die Luft an. Draußen war es gleißend hell, weil immer noch Schnee lag. Das Licht war magisch und ließ das Weiß der Hochhäuser eindringlich leuchten. Sie musste die Augen gegen das Licht zusammenkneifen, starrte aber nach wie vor auf die Häuserfront gegenüber. Eine Idee, vielleicht die Erinnerung an einen Traum, formte sich in ihrem Kopf, aber sie bekam sie nicht richtig zu fassen. Wenn sie richtig mit einem Sujet beschäftigt war, dann verließ es sie auch nicht, wenn sie schlief. Dann wachte sie morgens auf, und auf einmal war da eine Idee, die auf ihr Bild musste.

Aber heute funktionierte das nicht.

Ich mache erst mal einen kleinen Spaziergang, dachte sie. Nur einmal um den Block, um den Kopf freizubekommen. Und dann versuche ich es weiter, bis nachher Nick kommt. Sie zog sich an und machte sich auf den Weg in Richtung Central Park. Draußen rümpfte sie die Nase. Der Schnee, der gestern noch die Stadt verzaubert hatte, war inzwischen zu großen, schmutzigen Haufen an den Rand der Bürgersteige geschoben worden. Die waren dadurch viel schmaler, und die Passanten mussten sich ihren Weg hindurchbahnen. Sie kam an einem der Kohlelaster vorbei. Die Männer schleppten Säcke auf dem Rücken in ein Haus und hinterließen schwarze Spuren. Frida registrierte das Nebeneinander von weißem Schnee und schmutziger Kohle. An der nächsten Ecke begann der Central Park, und da vorn war das Hampshire House. Wahrscheinlich hatte ihre Inspiration sie hierhergeführt. Sie sah zum sechzehnten Stockwerk hinauf, und ein Kribbeln überkam sie.

Im Schönen liegt auch immer gleich das Hässliche, das Ende, dachte sie. Der Gedanke stand auf einmal da: Wenn es schneite, dann kam am nächsten Tag unweigerlich Schneematsch. Die elegante Fassade des Hochhauses war zur Todesfalle für Dorothy geworden. Frida schluckte, dann ließ sie auch den nächsten Gedanken zu: Sobald eine große Liebe ihren Anfang nahm, nagten an den Rändern bereits Ermüdung, Enttäuschung, Betrug.

Die Klarheit ihrer Gedanken überwältigte sie. Sie blieb abrupt mitten auf dem Bürgersteig stehen, und eine Frau rempelte sie an. Unwillig trat sie einen Schritt zur Seite, immer noch in ihre Erkenntnis versponnen.

Plötzlich wusste sie, dass sie Dorothy in dem Moment zeigen würde, als sie an der Fassade des Hochhauses hinunterstürzte. Kein engelsgleiches Porträt, sondern eine fallende Frau im Augenblick ihres Todes.

Sie eilte zurück ins Hotel, und schon auf dem Weg machte sie sich Gedanken, wie sie das Bild aufteilen würde.

Sie hatte gerade die ersten Umrisse eines Hochhauses auf die Leinwand gebracht, als es klopfte. Sie glaubte, es sei das Zimmermädchen, aber sie wollte sich nicht stören lassen. Sie musste ihre Idee festhalten. Außerdem lagen ohnehin im ganzen Zimmer ihre Malutensilien und aufgeschlagene Bücher verteilt. Im Badezimmer standen Whiskeygläser, in denen sie ihre Pinsel auswusch. Sie wollte nicht, dass jemand hier Ordnung machte und sie nichts mehr wiederfand.

»Jetzt nicht«, rief sie daher unwillig und wandte sich wieder der Leinwand zu. Doch es klopfte noch einmal. Was war denn los?

»*Entre*«, sagte sie auf Spanisch. Dann fiel ihr der Fehler auf, und sie korrigierte sich: »*Come in.*«

Es war Nick.

»Guten Morgen, Nikitito. Ich habe leider gar keine Zeit für dich, ich habe nämlich endlich eine Idee für das andere Bild, das von Dorothy. Aber da drüben steht das Porträt für den Doktor, sieh es dir an. Gefällt es dir?«.«

Sie zeigte auf das Bild mit dem Affen, das sie inzwischen in den Rahmen mit den weißen Muscheln gesetzt hatte.

Er nahm es vorsichtig, um es aus der Nähe zu betrachten, und sie trat hinter ihn. Sie umarmte ihn. »Gefällt es dir?«

»Kannst du für mich auch etwas malen? Mit genau diesem Ausdruck im Gesicht?«

»Das mache ich. Aber zuerst muss dieses Bild fertig werden.«

Sie ging zurück an die Staffelei, und er folgte ihr, um zu sehen, woran sie gerade arbeitete.

Frida erklärte ihm in wenigen Worten ihre Idee.

»Das Hochhaus mit den vielen geraden Linien, die Fenster und Simse bilden, fordert mich heraus. Ich brauche Bücher über die Architektur von Wolkenkratzern. Hast du welche? Sonst musst du für mich in die Public Library gehen.« Sie kicherte in sich hinein. »Breton würde dieses Bild bestimmt nicht gefallen?«, sagte sie. »Viel zu wenig surrealistisch.«

»Eher kubistisch«, sagte Nick.

Frida nickte. »Es ist zu … architektonisch. Ich könnte vor das Haus ein Wolkenmeer setzen, durch das es hindurchschimmert. Oder Schneeflocken, so wie gestern, das war wunderschön, so weich und sanft. Mal sehen …« Sie nahm einen besonders buschigen Pinsel und fing an, in die obere Ecke des Bildes kleine weiße Wolken zu tupfen. Dann betrachtete sie das Ergebnis. »So könnte es gehen«, murmelte sie. »Und hier oben male ich die erste Dorothy hin. Sie wird winzig sein und man muss ganz genau hinsehen, um zu erkennen, dass es eine Frau ist, die dort hinunterfällt.« Sie nahm einen anderen Pinsel, sehr viel feiner als der erste, und platzierte eine schwarze Figur auf der Höhe des obersten Simses.

»Wie geht es weiter«, fragte Nick in ihrem Rücken.

Frida zuckte zusammen. »Ich hatte ganz vergessen, dass du noch da bist.«

Er lachte. »Ich frage mich oft, was du tust, wenn du nicht bei mir bist. Ob du an mich denkst. Aber ich sehe ein, dass du dann ganz in deiner eigenen Welt bist. Fast könnte ich eifersüchtig auf deine Bilder werden.«

Frida sah ihn an, erstaunt und auch ein bisschen ärgerlich, aber Nick wiegelte ab.

»Nein, natürlich bin ich nicht eifersüchtig. Ich liebe es, dir bei der Arbeit zuzusehen. Weißt du, dass du dann mit dir selbst sprichst? Du kommentierst dein eigenes Bild. Also, wie geht es weiter?«

Frida verzog den Mund, während sie nachdachte. »Ich werde sie noch mehrfach malen, sie wird immer größer werden, je näher sie dem Boden kommt. Und am Ende liegt sie auf dem Fußweg, und ihr Blut wird über den Rahmen hinauslaufen.«

Er sah sie erschrocken an, und plötzlich wurde ihr bewusst, wie sehr dieses Bild die Betrachter vor den Kopf stoßen musste. Vielleicht noch mehr als die kleinen Dolchstiche. Was würde Claire dazu sagen? Aber es war nun mal grauenvoll, wenn eine junge, schöne Frau sich auf so schreckliche Weise umbrachte. Langsam legte sie den Pinsel zur Seite. Das Sujet war zu schmerzlich, es setzte ihr zu. In einem flüchtigen Moment wurde sie wieder an ihre eigenen Selbstmordgedanken erinnert und erschrak über die Macht, die ihre Bilder über sie hatten. Aber sie konnte nicht anders malen. Sie war immer ein Teil ihrer Bilder. Und ihre Bilder zeigten immer einen Teil ihres Lebens.

Sie versuchte, es Nick zu erklären.

»Ich kann nur malen, was ich fühle. Die Bilder kommen aus mir, sie wollen heraus, ich kann mich nicht verbiegen. Ich male mit dem Herzen, nicht mit dem Kopf. Das hat Diego mal zu mir gesagt, um den Unterschied zwischen seinen riesigen Wandgemälden, die manchmal über mehrere Stockwerke gehen, und meinen kleinformatigen Werken zu beschreiben.«

Nick schluckte, und ihr fiel auf, dass sie etwas Falsches gesagt hatte. Er mochte es nicht, wenn sie von Diego sprach.

Sie verfolgte den Gedanken dennoch weiter. Wie hätte Diego wohl Dorothy Hale gemalt?

Gar nicht, dachte sie. Für Diego war der Gedanke an Selbstmord komplett absurd. Für sie nicht. Sie selbst dachte viel darüber nach, und wenn es ihr körperlich richtig schlecht ging, bekam die Vorstellung etwas Verlockendes. Sie wusste genau, was Dorothy in dem Augenblick gefühlt hatte, bevor sie sich in ihrem schönsten Kleid immer weiter nach vorn über die Brüstung gelehnt hatte, bis sie den Halt verlor und es kein Zurück mehr gab und sie in die Tiefe stürzte.

Als das Telefon klingelte, schrak sie aus ihren Gedanken auf. Nick ging an den Apparat. Er sprach leise mit jemandem, dann legte er die Hand über die Muschel und drehte sich zu ihr herum.

»Es ist Claire, sie fragt nach, wann das Bild fertig ist.«

»Ich weiß es nicht. Sag ihr, dass ich gut vorankomme. Wenn ich es hier nicht fertigstelle, dann nehme ich es mit.«

Nick gab die Nachricht weiter, dann legte er auf.

»Wohin willst du das Bild mitnehmen? Nach Mexiko oder nach Paris? Wie lange bleibst du eigentlich noch hier?«

Frida sah ihn betroffen an. Er hatte wieder einmal den wunden Punkt getroffen.

»Frida?«

»Ich weiß es nicht«, sagte sie wahrheitsgemäß.

Seine Züge verhärteten sich. »Du wirst dich entscheiden müssen. Und damit meine ich nicht nur, wo du Weihnachten sein wirst.«

Mit einem samtenen Timbre in der Stimme sagte sie: »Ich möchte Weihnachten mit dir feiern.«

Er ignorierte ihren Versuch, ihn zu besänftigen. »Das wird nicht gehen. Meine Familie ist hier, meine Mutter. Es ist Tradition, dass wir zusammen sind.«

»Warum nimmst du mich nicht mit? Ich würde deine Mutter gern kennen lernen.«

Er atmete heftig ein. »Ich würde dich ihr sofort vorstellen. Aber …«

»Aber was?«

»Nicht als meine aktuelle Geliebte.«

Frida zog die Brauen zusammen. »Das bin ich für dich? Eine Geliebte auf Zeit?«

»Heirate mich, Frida.«

»Ich bin schon verheiratet, falls du es vergessen haben solltest.«

»Aber Diego betrügt dich bei jeder Gelegenheit!«

»Ich betrüge ihn doch auch. Diego gehört nur sich selbst, nicht mir und nicht den anderen Frauen. Und du warst doch schließlich auch verheiratet«, rief sie zornig. Warum wollte er das denn nicht verstehen? Warum wollten Männer das nicht verstehen?

Nick stand auf und nahm seinen Mantel ohne ihn anzuziehen.

»Genau das ist der Unterschied zwischen uns beiden«, sagte er, »ich bin geschieden.« Er war schon halb aus der Tür, als er sich noch einmal zu ihr umdrehte. »Weißt du, von uns dreien wart immer nur ihr ein Paar. Was ich bin, weiß ich nicht. Aber meine Rolle gefällt mir nicht.«

Dann fiel die Tür krachend ins Schloss.

Wie konnte er einfach so gehen? Wütend warf Frida ihm einen Pinsel hinterher. Er traf die Tür und hinterließ einen schwarzen Strich auf dem Holz.

Kapitel 18

Frida starrte auf den Fleck an der Tür, der sich nicht abwischen ließ und Zeugnis für ihren bisher schlimmsten Streit war. Immer wieder kam es zu heftigen Auseinandersetzungen mit Nick. Und es ging immer um dieselbe Sache. Frida sollte sich zwischen ihm und Diego entscheiden. Sie stritten bis zur Erschöpfung, dann versöhnten sie sich im Bett. Nick war oft tagelang weg, um Fotos zu machen, wie er sagte, aber Frida war sich nicht sicher, ob das stimmte. Mary hatte ihr nämlich erzählt, dass sie ihn schon zweimal mit einer anderen Frau gesehen hatte, mit der er sehr zärtlich umgegangen war. Frida war viel allein und hatte genügend Zeit, um sich alles Mögliche auszumalen. Sie beschäftigte sich mit ihren Bildern, und meistens gelang es ihr, die Einsamkeit und ihre Grübeleien mit Malen zu überbrücken. Aber heute würde ihr das nicht gelingen, das spürte sie.

Mit wachsender Verzweiflung fragte sie sich, wie sie sich entscheiden sollte. Sie konnte sich doch nicht ernsthaft von Diego trennen, das war unmöglich, es brächte sie um. Aber genau das verlangte Nick von ihr. Er drohte ihr, sie zu verlassen, und wie es aussah, traf er eine andere Frau. Wieso durfte er das und sie nicht? Sie lotete ihre Möglichkeiten wieder und wieder aus, und am Ende überkam sie die Angst, womöglich beide zu verlieren. Diego und Nick. Gedankenverloren starrte sie das Porträt mit dem Affen an, und auf einmal kam ihr der Gedanke, ihre Augenbrauen richtig tiefschwarz zu malen und sie über der Nasenwurzel zusammenwachsen zu lassen. So würden sie aussehen wie die Schwingen eines Vogels, auf denen sie einfach davonfliegen könnte.

»Ich werde immer meine Bilder haben«, sagte sie laut. »Die werden mich niemals enttäuschen.«

Der Gedanke gab ihr etwas von ihrer Stärke und Zuversicht zurück.

Sie nahm den Brief ihrer Schwester wieder in die Hand, der heute Morgen gekommen war. Cristina schrieb, dass es Diegos Augen immer schlechter ging und dass er zunehmend verzweifelte vor Angst, nicht mehr malen zu können. Sie hatte doch die ganze Zeit schon an seiner Stimme gehört, dass irgendetwas los war. Und sie war nicht bei ihm, um ihn zu trösten.

Sie faltete den Brief wieder zusammen, dann faltete sie ihn wieder auseinander.

Sie war heilfroh, als es klopfte und Mary draußen stand.

»Ich weiß nicht, was ich machen soll«, klagte sie gegenüber der Freundin. »In ein paar Tagen ist Weihnachten, an jeder Straßenecke wurden diese verflixten Tannenbäume angeboten. Und ich weiß nicht, wo ich hinsoll. Ich will hier doch nicht allein in meinem Hotelzimmer sitzen. New York fängt an, mir auf die Nerven zu gehen.«

»Du weißt, dass du jederzeit zu mir kommen kannst, ich habe es dir schon ein paarmal gesagt«, gab Mary zurück. »Aber du willst ja nicht. Wenn du so unglücklich bist, warum fährst du denn nicht einfach für ein paar Tage nach Hause?«

Frida sah sie überrascht an. Auf diese Möglichkeit war sie bisher nicht gekommen. Sie hatte überlegt, schon jetzt nach Paris zu fahren, aber ein Anruf hatte ergeben, dass es die nächsten freien Passagen nach Europa erst wieder im neuen Jahr gab. Sie hatte vorsorglich für den 12. Januar gebucht. Doch bis dahin waren es noch über drei Wochen. Warum wollte sie eigentlich so lang allein hier herumsitzen? Das Hotel verschlang viel Geld.

Mary sprach schon weiter. »Frida, du weißt nicht, wie du dich entscheiden sollst, fahr zu Diego, sprich mit ihm, schau, wie es sich anfühlt, wieder bei ihm zu sein und nicht bei Nick. Vielleicht werden die Dinge dann klarer. Ich würde es dir wünschen.«

Frida sah sie zögernd an, und ein Leuchten ging über ihr Gesicht.

»Danke«, sagte sie zu Mary. »Warum bin ich nicht selbst auf den Gedanken gekommen? Weil ich dachte, dass ich mich von Diego emanzipieren will. Ich hatte Angst, ihm gleich wieder zu verfallen, wenn ich ihn wiedersehe …«

»Aber du vermisst ihn doch«, unterbrach Mary sie.

Frida nickte. »Und er braucht mich. Ich bin jetzt fast zwei Monate von ihm getrennt. Noch nicht mal an seinem Geburtstag war ich bei ihm.« Immerhin hatte sie ihm ein Liebesgedicht geschrieben.

Nie im Leben werde ich deine Gegenwart vergessen, du hast mich aufgehoben, als ich zerbrochen war, und du hast mich wieder ganz gemacht. Diego, das ist der Name der Liebe.

Sie nahm sich eine Zigarette und inhalierte tief, dann fuhr sie fort: »Das ist doch Quatsch, dass wir uns nacheinander sehnen, er in Mexiko und ich in New York. Nick ist dauernd unterwegs, und ihr seid auch über Weihnachten weg. Und malen kann ich auch zu Hause.«

»Genau«, pflichtete Mary ihr bei. »Fahr nach Hause und bring die Dinge in Ordnung.«

Sie fuhren beide zusammen, als es wieder an der Tür klopfte. Draußen stand der Portier mit einem Brief.

Frida gab ihm ein Geldstück, dann öffnete sie den Umschlag.

Meine chiquita, ich habe lange nichts von dir gehört, hast du mich vergessen? Mein Geburtstag war traurig ohne dich. Was treibst du in New York? Malst du? Das ist wichtig, du musst an den Erfolg der Ausstellung anknüpfen. Die Leute vergessen schnell. Spuck in deine kleinen Hände, und mach etwas Gutes! Male deine Revolution! Was machst du Weihnachten? Ich liebe dich, Diego Unkenfrosch.

Der Brief war ein Wink des Schicksals. Sie würde nach Hause fahren und Weihnachten mit Diego feiern und herausfinden, ob sich etwas in ihrer Beziehung verändert hatte. Sie fühlte sich stark genug dafür, denn sie hatte lang genug nachgedacht. Es würde nicht wieder so werden, wie es gewesen war. Gleich im neuen Jahr würde sie zurück nach New York kommen und die Sache mit Nick klären.

»Wenn du willst, buche ich gleich einen Flug für dich«, sagte Mary.

»Würdest du das für mich tun? Dann kann ich schon die

Koffer packen.« Sie ging zu Mary hinüber und nahm sie in die Arme. »Danke, dass du mir die Augen geöffnet hast«, sagte sie.

»Wofür sind Freundinnen denn da? Ich gehe ins Reisebüro und rufe dich dann an.«

Als Mary gegangen war, telefonierte Frida mit Nick, um ihm ihren Entschluss mitzuteilen. Er nahm ihre Nachricht auf eine seltsame Art auf, irgendwie erleichtert.

»Ich fliege sowieso heute Abend zu meiner Familie«, sagte er.

Sie schluckte. Heute schon? Das war früher, als er geplant hatte. Auf einmal wusste Frida, dass ihre Entscheidung richtig war. Dass es gut war, sich zu entscheiden.

»Sagst du mir Adieu?«, fragte sie.

»Ich sage dir lieber Auf Wiedersehen. Ich komme heute Abend noch bei dir vorbei.«

Als Lucienne am Nachmittag kam, hatte sie ihre Kleider bereits eingepackt und war dabei, die Malutensilien in Kisten zu verstauen. Sie hatte Julien gebeten, die Sachen abzuholen und mit den Bildern in der Galerie zu lagern.

Frida war fröhlich und aufgekratzt.

»Mary hat einen Platz für mich ergattert, für morgen früh. Viel zu teuer, aber das ist es mir wert. Ich werde Diego überraschen.«

»Sie hat mir erzählt, was du vorhast«, sagte Lucienne und ließ sich vorsichtig in einen Sessel fallen, die Hände vor ihrem Bauch gefaltet, der inzwischen gut sichtbar war. »Hoffentlich lässt du dich nicht wieder einwickeln.«

Frida zuckte mit den Schultern. »Ich bin nicht mehr die kleine, naive Frida. Und niemand außer uns versteht, was uns verbindet. Ich kann einfach nicht ohne Diego sein. Er ist mein Leben, und ich liebe ihn. Und vielleicht hat er ja tatsächlich etwas gelernt, während ich weg war.«

»Und was ist mit Nick? Hast du es ihm schon gesagt?«

Frida senkte den Blick. »Er weiß Bescheid. Er kommt heute Abend noch vorbei.«

Lucienne stöhnte auf. »Wir sind wieder an dem Punkt der Diskussion, an dem wir schon einmal waren. Frida, in deiner Haut möchte ich nicht stecken. Ich glaube nicht, dass du damit durchkommst. Auf einen wirst du verzichten müssen.«

»Aber warum denn? Ich kann auf keinen von beiden verzichten. Ich liebe sie beide.«

Lucienne sah sie mitfühlend an. »Mary hat recht, fahr nach Hause, und feiere Weihnachten mit Diego. Vielleicht findest du dort eine Lösung.

Nick kam wie versprochen am Abend. Frida hatte sich besonders schön gemacht. Sie hatte seidene Bänder in ihr Haar geflochten. Die Lippen hatte sie rot geschminkt und Rouge auf die Wangen getupft. Sie wollte ihn mit ihrer ganzen Schönheit überwältigen. Sie wollte ihm zeigen, dass sie eine Frau und eine Künstlerin war. Als er klopfte, stellte sie sich neben die Staffelei, auf der das angefangene Porträt für ihn stand.

»Komm rein.«

Er schnappte nach Luft, als er sie sah.

Sie lächelte und versuchte dabei, ihren Triumph nicht zu zeigen.

»Wann fährst du?«, fragte sie.

»Gleich. Das Taxi wartet unten.«

Damit hatte sie nicht gerechnet. Sie war davon ausgegangen, dass sie ihn verführen würde.

»Kannst du nicht noch ein bisschen bleiben?«, lockte sie. »Ich habe Champagner und eine Kleinigkeit zu essen für uns kommen lassen.«

Er schüttelte den Kopf.

»Mein Zug geht in einer halben Stunde.« Er küsste sie. »Kommst du wieder?«, fragte er dann.

»Du meinst, wenn du wieder Zeit für mich hast?«

Seine Miene verfinsterte sich. »Ich meine, kommst du wieder, wenn du eine Entscheidung getroffen hast. Diego oder ich.«

Sie zuckte zusammen, aber dann stieg wieder die Wut in ihr hoch. »Weißt du, was du da von mir verlangst?« Ihre Stimme wurde laut. »Warum muss ich mich entscheiden?«

»Weil ich dich ganz will. Ich will nicht nur dein Geliebter sein, der angelaufen kommt, wenn du Zeit für ihn hast. Ich bin nicht dein Hündchen.«

»Mein Hündchen? Habe ich dir je Anlass gegeben, so über mich zu denken? Du bist doch derjenige, der mich ständig allein lässt. Ich liebe dich. Ich will bei dir sein.«

»Dann verlass ihn.« Er dachte nach. »Vielleicht muss Diego nur erfahren, was du hier treibst, dann …«

Seine Drohung versetzte sie in Angst. »Wenn du das tust, rede ich nie wieder ein Wort mit dir.«

Erschöpft von den immer wiederkehrenden Diskussionen, die zu keinem Ergebnis führten, standen sie voreinander.

So sieht er wohl vor einem Fechtkampf aus, dachte Frida. Bereit zum Angriff und zum tödlichen Stoß.

Nick bemerkte ihre Trauer und gab seine kämpferische Haltung auf. Er sah aus, als würde Luft aus seinem Körper weichen. Er legte die Arme um sie und hielt sie einen Moment fest.

»Auf bald«, sagte er dann.

Sie wandte sich ab. Sie ertrug den Anblick nicht, wie er das Zimmer verließ.

Kapitel 19

Coyoacán, kurz vor Weihnachten 1938

Das Taxi hielt vor dem Haus, und Frida stieg aus und rannte los. Sie hatte niemandem gesagt, dass sie kommen werde. Es sollte eine Überraschung sein.

»Hallo, Ihre Sachen?«, rief der Fahrer ihr nach.

Sie drehte sich nicht einmal um, als sie rief: »Stellen Sie einfach alles auf den Bürgersteig.« Sie hatte nur einen Koffer und eine Tasche mit Geschenken mitgebracht. Ihre Gemälde, auch die, an denen sie gerade arbeitete, waren in New York geblieben. Die Jacke hatte sie schon auf dem Flughafen ausgezogen und über den Koffer gelegt, es war viel zu warm dafür.

Sie stieß das Tor auf und verharrte einen Moment atemlos, um den Anblick ihres geliebten Patio in sich aufzunehmen. Endlich sah sie wieder die blühenden Blumen, die in den Trögen und Töpfen wucherten, hörte das Plätschern des kleinen Brunnens, auf dessen Rand mehr Blumentöpfe und die präkolumbianischen Figuren standen, sah den Orangenbaum, der in der Mitte wuchs und Schatten und würzigen Duft spendete. Am liebsten hätte sie jede Pflanze, jede Blume einzeln begrüßt und gestreichelt. Sie schnupperte gierig. In der Luft lagen auch andere Düfte und das Summen der vielen Insekten. Ein Kolibri flog dicht an ihrer Nase vorüber, erschrak und surrte davon.

Frida atmete tief ein und aus. Sie liebte diesen Hof, der alles für sie war: Ort der Kindheit und der Erinnerung an viele Feste mit Freunden, Inspiration und Ruheort. Dieser Garten war für sie der Inbegriff von Mexiko. Um den Hof herum lagen die Zimmer, von fast jedem konnte man direkt auf eine umlaufende Galerie und in den Patio treten. Da vorn war ihr Schlafzimmer mit dem angrenzenden Atelier. Als sie nach dem Unfall aus dem Krankenhaus gekommen war, hatte sie ganze Nachmittage in ihrem Bett dort draußen gelegen und jedes kleinste Detail, jede Blume, jedes Insekt wahrgenommen, die sich hier tummelten. Und dann hatte sie begonnen, all das zu malen, weil sie keine anderen Motive hatte. Aus dieser Zeit stammte ihre tiefe Bindung an diese Umgebung.

Señor Xólotl war der Erste, der ihre Ankunft bemerkt hatte. Er stürzte kläffend auf sie zu und rutschte dabei vor Eifer mit den Pfoten über die Steine. Ihm folgte Fulang-Chang, der vergeblich versuchte, ihn zu überholen. Beide erreichten sie gleichzeitig und sprangen an ihr hoch. Der Affe setzte sich auf ihre Schulter und schmiegte sein kleines Gesicht in ihr Haar, als wäre er ein Baby.

»Nicht die Bänder rausziehen«, schimpfte sie zärtlich und küsste das Tier.

»Was ist denn los mit euch? Was macht ihr denn für einen Lärm? Seid ihr verrückt geworden?«, rief Amala und sah aus dem Küchenfenster. »Frida, du bist zurück«, rief sie dann, »warum hast du nichts gesagt, ich hätte für dich ein Festmahl gekocht.«

Frida winkte ihr zu.

»Kannst du mein Gepäck holen, bevor es jemand klaut? Es steht noch draußen.«

Sie beugte sich zu Señor Xólotl hinunter, um ihn zu begrüßen. »Wo ist denn Diego?«, fragte sie.

»In San Ángel. Soll ich ihn anrufen und Bescheid sagen?«, fragte Amala.

Frida schüttelte den Kopf. Sie wollte den Moment des Alleinseins genießen und ging in ihr Atelier.

Ihr erster Blick ging in Richtung der Puppe. »Hallo, Schwesterchen, na, hast du mich vermisst?«

Die Papierpuppe bewegte sich leicht im Luftzug, der durch die geöffnete Tür hereinwehte.

»Dachte ich's mir doch. Jetzt bin ich ja wieder da. Aber nicht so lang, wie du es gern hättest.«

Dann sah sie sich um. Die weißen Vorhänge vor den großen Fenstern waren zugezogen und gaben dem Atelier eine geheimnisvolle Aura. Jemand hatte ein großes Laken über die Staffelei und den Tisch mit den Pinseln und Farben gelegt, um sie vor Sonne und Staub zu schützen. Frida hob es an, und Staubpartikel wirbelten golden in einem Streifen Licht, der durch einen Spalt in den Vorhängen fiel. Es sah wunderschön aus, als tanzten sie, und Frida musste an den Goldstaub denken, der sich bei dem Unfall über sie gelegt hatte. Sie nahm das Leinentuch zusammen und legte es auf einen Stuhl. Die Pinsel steckten ordentlich in Gläsern, alle Leinwände und kleinen Skizzen waren gestapelt. Obenauf lag eine Studie zu ihren Zehen. Vor zwei Monaten hatte sie hier intensiv an ihrem Wasserbild gearbeitet. Das Bild war so etwas wie eine Initialzündung gewesen. Mit diesem Bild war ihr Entschluss gekommen, sich von nun an ganz der Malerei zu widmen. Sie hatte es seitdem weit gebracht. Sie konnte stolz auf sich sein! Vorsichtig legte sie das

Blatt zurück und drehte sich um. Im Regal standen ihre Bücher und die Ordner mit Zeitungsartikeln, Rechnungen und Briefen. Daneben standen wie im ganzen Haus Figuren und Keramiken. Alles war, wie sie es verlassen hatte. Als hätte sie gestern noch hier an der Staffelei gestanden. Aber inzwischen hatte sich viel in ihrem Leben geändert.

»Ich habe das alles für dich aufgeräumt«, hörte sie Diegos Stimme hinter sich. »Ich wollte, dass alles bereit ist, wenn du wiederkommst.«

Sie rannte los und warf sich in seine Arme. Endlich hatte sie ihn wieder.

»Friducha!«, seufzte er.

Sie hielten sich lang eng umschlungen. Frida meinte, in seinem großen Körper zu verschwinden. Sie schmiegte sich an seine Brust, und er legte den Arm um sie. Jetzt war sie richtig zu Hause angekommen.

»Ich habe dich unendlich vermisst«, sagten sie beide gleichzeitig. Und dann: »Du musst mir alles erzählen.«

Sie lagen aneinandergeschmiegt auf seinem großen Bett und redeten. Frida berichtete, dass sie endlich einen Weg gefunden hatte, das Dorothy-Bild zu malen. Und dabei fiel ihr auf, dass sie von ihrer Arbeit erzählte, nicht von anderen Dingen. Genau wie Diego, der auf einen Regierungsauftrag hoffte. Frida hörte seine Verzweiflung heraus, als er die chronische Entzündung der Bindehaut erwähnte. Es war schon Monate her, dass Fulang-Chang ihn gekratzt hatte, und das Auge hatte sich infiziert. Manchmal sah er alles nur verschwommen. Dadurch verlor er den Überblick über seine riesigen Wandgemälde. Frida ahnte, dass er deshalb viele kleine Bilder malte, Porträts von Bauern und Landschaften. Frida umarmte ihn fest. Sie verstand ihn so gut, denn nicht mehr malen zu können, das wäre das Allerschlimmste, was ihnen passieren könnte.

Gleich am nächsten Morgen führte ihr erster Weg sie auf den Markt von Coyoacán. Diego ging an diesem Tag nicht ins Atelier zum Arbeiten, sondern begleitete sie. Frida beobachtete ihn von der Seite. Er hatte Schwierigkeiten zu sehen. Er kniff die Augen zusammen und manchmal war sein Gang unsicher.

Sie hakte sich bei ihm unter, und Arm in Arm spazierten sie unter den Tamarindenbäumen die Calle Londres entlang. Frida sog die milde, duftgeschwängerte Luft ein.

»Der Schnee in New York war schön anzusehen, aber gegen diese Schönheit kommt er nicht an.«

»Hier bist du eben zu Hause«, sagte er.

»Hier bist du. Du bist mein Zuhause.«

Wie sehr hatten ihr die Buntheit auf den Straßen und die Fülle des Angebots gefehlt. Alle die Früchte, die Soßen, die Gargerichte, die es in New York nicht gab.

Sie gingen von Stand zu Stand und Frida kaufte alles, was ihr ins Auge fiel.

Diego griff in seine Hosentasche, um ein Bündel Geldscheine herauszuziehen. Aber Frida wehrte ab.

»Ich bezahle«, sagte sie. Sie hatte einen Teil der Dollars, die Julien ihr für die verkauften Bilder gegeben hatte, in Pesos getauscht. Sie wedelte mit den Scheinen und gab der Marktfrau ein üppiges Trinkgeld. Was ihr ein enormes Vergnügen bereitete.

»Für wen ist das alles?«, rief Diego irgendwann. »Wer soll das alles essen?«

»Ich habe unsere Freunde für morgen Abend eingeladen. Miguel und Rosa kommen, Lola Alvarez und Concha Michel, sie will für uns singen. Und Leo und Nadeshda.«

»Die Trotzkis? Sie wollen kommen? Wir gehen uns schon seit Längerem aus dem Weg.«

Diego hatte dafür gesorgt, dass der russische Dissident in Mexiko Asyl bekam und ihn sogar in sein Haus eingeladen. Aber seit einiger Zeit gab es politische Meinungsverschiedenheiten zwischen den Männern. Leo beschuldigte Diego, die trotzkistische Ideologie nicht strikt zu befolgen und disziplinlos zu sein. Diego hasste Trotzkis ewige Belehrungen. Er war ein viel zu unabhängiger Geist, um jedes seiner Worte auf die Goldwaage zu legen. Frida war zwar auf Diegos Seite, aber sie hoffte immer noch, dass es nicht zum Bruch kommen würde.

»Ja, und du wirst nett zu ihnen sein und nicht über Politik reden. Wer noch? Alejandro und Carmen, Cristina und Matilda … Alle werden da sein. Und ich werde persönlich für sie kochen, habe ich dir das nicht erzählt?«

»Du scheinst das alles ja sehr vermisst zu haben. Warst du so einsam in New York?«

»Aber nein. Ich habe alle meine Freundinnen wiedergesehen, ich war ständig irgendwo eingeladen, ich habe mit Sammlern gesprochen und Bilder verkauft, ich habe Aufträge angenommen und war in der Zeitung. Deine Frau ist jetzt Frida Kahlo, merk dir das!«

»Der Erfolg steht dir«, sagte er und sah ihr zu, wie sie leichtfüßig zwischen den Marktständen hin und her lief, dort eine

Frucht begutachtete, dann zurücklief zu einem anderen Stand, wo die Mangos besser waren. Sie machte eine kokette Drehung vor ihm und fügte ein paar Tanzschritte an, die sie wieder zu ihm führten.

»Es geht mir gut, Diego«, sagte sie. »So gut wie schon lange nicht mehr.«

Sie eilte zum nächsten Stand, wo es Kräuter und mehrere Dutzend Sorten Chilis zu kaufen gab. In geflochtenen Körben leuchteten sie in Rot und Grün.

»Ich brauche *cilantro*, Koriander, und den schärfsten Chili, den Sie haben«, sagte sie zu der Marktfrau und versenkte ihre Nase in die Kräuterbündel. Sie zeigte auf verschiedene andere Dinge, die die Händlerin ihr einpackte. Sie reichte Diego einen prall gefüllten Korb, während sie schon zum nächsten Stand schielte, wo es frisch geschlachtete Truthähne und fertige Mole gab.

»Ich fülle ihn mit Äpfeln, Pflaumen und Nüssen«, sagte sie zu Diego und zeigte der Marktfrau mit dem Finger, welchen Truthahn sie haben wollte.

Der leckte sich die Lippen. »Nimm zwei«, sagte er.

Am Schluss hievte sie noch einen Kanister Pulque in Diegos Arme.

»Das sind fünf Liter«, rief er aus. »Willst du uns alle betrunken machen?«

»Aber sicher! Ich will mit meinen Freunden meinen Erfolg feiern. Ich bin doch nur ein paar Tage hier.«

Diego schürzte die Lippen. »Du bleibst nicht lange. Und kochen tust du auch nur für die anderen.«

Sie warf ihm einen Seitenblick zu. Bedauerte er, dass sie bald wieder weg war? Aber jetzt wollte sie nicht darüber reden. Sie lachte ihn aus. »Den größten Teil des Essens wirst wahrscheinlich du verschlingen.«

Den Rest des Tages und den ganzen folgenden Tag stand sie mit Amala und einer weiteren Köchin, die sie gleich auf dem Markt engagiert hatte, in der Küche und kochte, buk, füllte die Truthähne, bereitete Tortillas und verschiedene *dulces*, Nachtische, vor, Mandelmakronen und einen Pudding mit Eierlikör. Im Haus fing es an zu duften. Der große Tisch in der Küche war überladen mit Platten und Tellern, auf denen fertige Gerichte, Salsas und Suppen und vorbereitete Zutaten lagen: Mandeln, Zitronen, Chilis, Kräuter, dazwischen aufgeschlagene Kochbücher. Diego kam und fuhr mit seinem Finger in die Zitronencreme, aber Frida schlug ihm auf die Hand.

»Nein. Das ist alles für heute Abend. Hilf mir lieber, den Tisch zu decken.«

Diego folgte ihr ins Esszimmer. Frida reichte ihm ein Ende der riesigen Decke, die von Frauen aus Michoacán kostbar bestickt war, und er fing umständlich an, sie auseinanderzufalten, wobei das eine Ende auf dem Fußboden landete.

»Doch nicht so, Diego, du drehst sie ja auf links.« Frida hob die Arme und breitete das Tuch zwischen ihren Armen aus. Diego versuchte, es ihr gleichzutun, verhedderte sich aber.

»Du bist ein dicker Taugenichts«, schimpfte sie und kam zu ihm hinüber, um ihm die Decke abzunehmen.

Er packte sie und küsste sie, wobei er keine Rücksicht darauf nahm, dass die Tischdecke zwischen ihnen zerknitterte.

»Es ist so schön, wenn du hier bist«, sagte er leise.

»Wirklich?«

Er schob sie von sich. »Wirklich. Was glaubst du denn?« Er

zögerte. »Du hast auf dem Markt eine Andeutung gemacht, dass du bald wieder fährst. Wie lang kannst du bleiben?«

Frida zögerte. »Ich habe für den 12. Januar eine Überfahrt nach Europa gebucht. Aber ich weiß noch nicht, wann ich zurück nach New York fahre.«

»Du weißt es noch nicht?«

»Nein. Ich muss dort noch meine Bilder verpacken und alles organisieren.« Auf einmal lachte sie, sie fühlte sich so stark und frei. »Sei nett zu mir, dann bleibe ich länger bei dir.«

Er wurde ärgerlich. »Jetzt spiel nicht die Kokette. Ist die Überfahrt schon bezahlt? Brauchst du Geld?« War es das, was ihn störte? Dass sie ihre Reisepläne ohne ihn machte und ihn noch nicht mal um Geld bitten musste?

»Nein, ich habe alles bereits bezahlt. Ich habe gut mit meinen Bildern verdient.«

»Sehr schön. Das können wir gut brauchen.«

Sie sah ihn an. »Haben wir finanzielle Schwierigkeiten? Die haben wir doch immer.«

»Diesmal ist es ernst.«

»Müssen wir … können wir etwa die Casa Azul nicht mehr halten?« Die Worte schnürten ihr die Kehle zu, sie wagte sie kaum auszusprechen.

Er strich ihr über das Haar. »So weit lasse ich es nicht kommen. Da fahre ich lieber wieder nach Gringolandia und male dort Hochhäuser an.«

»Ich kann auf alles verzichten, aber nicht auf dieses Haus – und auf dich.«

Einträchtig gelang es ihnen endlich, das riesige Tischtuch richtig herum aufzulegen. Sofort bekam der Raum etwas Festliches. Frida nahm zwei violette Schleifenbänder aus einer Schublade und legte sie quer über die Tischdecke.

»Die sehen zu der roten Stickerei ganz wunderbar aus.« Aber die leise Unruhe verließ sie nicht. So schlimm stand es um ihre Finanzen? Hatte sie womöglich in New York zu viel Geld ausgegeben? Sie sah zu Diego hinüber, aber er wirkte nicht sonderlich beunruhigt.

»Welche Blumen stellst du auf den Tisch?«, fragte er.

»Ich weiß noch nicht. Sie sollen zum Blumenschmuck in meinem Haar passen.«

Er sah auf die Uhr. »Ich muss noch mal hinüber nach San Ángel.«

Das kam überraschend für sie. »Aber du bist doch rechtzeitig zurück?«

»Ich werde doch nicht den Auftritt der Königin von Coyoacán verpassen.«

Kapitel 20

Das Essen stand in bunten Schüsseln, Platten und Schälchen auf dem Tisch, der üppig mit Callablüten und Papiergirlanden geschmückt war. Überall warfen Kerzen ihr schimmerndes Licht, die Blumen dufteten mit dem Essen um die Wette.

Frida warf einen letzten Blick in den Spiegel. Sie hatte sich besonders schön gemacht in ihrer grün-gelben *Huipil*-Bluse, die am Hals und an den Ärmeln mit einem breiten Streifen weißer Spitze besetzt war. Dazu trug sie einen weiten Rock in Nachtblau, unter dem ebenfalls weiße Spitze hervorlugte. Die Callas im Haar passten perfekt dazu. Es fehlte nur noch der Schmuck. Sie entschied sich für lange Ohrringe mit Opalen und die Kette aus den verschieden großen Jadeperlen mit der kleinen Faust aus Jade, die genau in ihrer Drosselgrube lag. Das Wort hatte Nick ihr beigebracht. Es meinte die kleine Vertiefung am Hals zwischen den Schlüsselbeinen. Es war Nicks Lieblingsstelle, und er hatte sie wohl hundertmal dort geküsst. Bei dem Gedanken an seinen Mund, seine Hände auf ihrer Haut wurde ihr warm. Sie hob das Kinn, um die Stelle besser zu sehen und fühlte seine Lippen darauf. Sie sah in den Spiegel. Amerika hat mir gutgetan, dachte sie. Ihre Haut schimmerte rosig, sie fühlte sich lebendig und beweglich.

Sie drehte sich vor dem Spiegel und ließ ihren weiten Rock schwingen. Dann warf sie sich selbst eine Kusshand zu und verließ ihr Schlafzimmer.

Bevor die Gäste kamen, brachte sie ihrem Vater noch schnell etwas von dem Essen. Seit dem Tod ihrer Mutter wohnte er in einem der Zimmer.

Guillermo sah sie lange an, dann sagte er: »Du bist wunderschön, meine Tochter. So hat deine Mutter immer ausgesehen, wenn sie schwanger war.«

Frida zuckte kurz zusammen, dann tat sie die Bemerkung ab. Die Hoffnung auf ein Kind hatte sie längst aufgegeben.

Sie ging in den Patio hinaus. Die Gäste mussten jeden Moment eintreffen.

Als Erste kam ihre Schwester.

»Frida, du siehst aus wie das Leben«, rief Cristina und umarmte Frida. »Wie war New York? Du musst mir alles erzählen, wirklich alles«, sagte sie und zwinkerte ihr zu.

»Erzähle ich dir später«, sagte Frida. »Da kommt Lola.«

»Ich bin nicht allein«, rief Lola ihr zu. »Die anderen sind auch da.«

Kurze Zeit später saßen sie alle um den großen Tisch herum und fingen an zu essen und zu trinken. Frida freute sich daran, dass alle ihre Teller beluden und dass es ihnen schmeckte. Sie war gern Gastgeberin, und sie liebte es, Freunde um ihren Tisch zu versammeln. Sie selbst kam kaum zum Essen, weil alle sie mit Fragen nach New York löcherten. Frida erzählte noch einmal von ihren Erfolgen und verteilte großzügig die Geschenke, die sie mitgebracht hatte. Sie hatte in Chinatown und bei *Bloomingdale's* eingekauft und freute sich an der Begeisterung, mit der alle auspackten. Sie lachten, waren laut, alle riefen durcheinander. Frida machte eine typische Dame der New Yorker Gesellschaft nach, sprach näselnd und verzog angewidert den Mund, und die anderen wieherten vor Lachen.

»Wenn ihr wüsstet, wie langweilig diese steifen Abendveranstaltungen sind. Und wie die mich alle angestarrt haben! Dabei war ich froh, keine von diesen New Yorkern zu sein. Und ich habe mir immer extra eine Zigarette angezündet und ihnen den Rauch ins Gesicht geblasen, damit sie mich schief ansehen.«

»Bravo, Frida«, rief Lola und hielt ihr das Glas hin. »Aber gib es ruhig zu: Es war doch bestimmt auch schön, mal selbst im Mittelpunkt zu stehen und nicht nur ein Anhängsel des großen Diego zu sein.«

Frida stutzte, dann lachte sie lauter als alle anderen. »Worauf du Gift nehmen kannst. Daran könnte ich mich gewöhnen.«

Sie eilte in die Küche, um eine weitere Schüssel süßen Reis mit Mandeln zu holen.

»Wo ist der große Meister eigentlich?«, fragte Lola, die ihr nachgegangen war. »Und wo ist der Tequila? Wir haben keinen mehr.« Sie nahm ein Messer und schnitt Orangen in Scheiben.

Frida seufzte. »Er hat versprochen, rechtzeitig da zu sein.«

»Bestimmt hat er etwas Wichtiges zu tun«, sagte Lola maliziös.

»Ich habe keine Lust mehr, seine ständigen Ausreden hinzunehmen.« Frida war ungehalten. Warum kam er denn nicht? Wollte er ihr den Abend verderben? Auf dem Markt und beim Tischdecken hatten sie sich dieses Fest doch so schön ausgemalt.

Lola merkte, dass ihr das Thema unangenehm war.

»Er wäre nicht der erste Mann, der mit dem Erfolg seiner Frau nicht zurechtkommt.«

Frida wollte aufbegehren, aber dann gestand sie sich ein, dass sie selbst schon diesen Gedanken gehabt hatte.

»Du hast sehr viele deiner Bilder verkauft. Frida, du bist jetzt eine anerkannte Künstlerin. Endlich hast du den Erfolg, den du schon lange verdienst. Das ist deine Chance. Auch wenn sie ihm nicht unbedingt gefällt, weil es deine Aufmerksamkeit von ihm weg lenkt.«

Sie nahm Frida in den Arm und flüsterte:

»Jetzt wäre der Zeitpunkt, sich von ihm freizumachen. Wer abhängig ist, der ist erpressbar.«

Frida sah sie an. »Diego erpresst mich doch nicht! Und abhängig bin ich auch nicht von ihm.«

»Du weißt, was ich meine«, sagte Lola. Bevor sie weiterreden konnte, sah Alejandro zu ihnen herein. »Wo bleibt ihr denn? Concha will singen.«

»Wir kommen gleich.«

»Der Erfolg steht dir gut«, sagte er zu Frida. »Ich glaube, du warst niemals schöner.«

»Alter Schmeichler«, schimpfte Frida. »Du hättest mich damals haben können, ich wäre mit dir nach Europa gegangen, aber dann kam der Unfall, und du bist allein gefahren.« Auch wenn sie ihn jetzt lachend damit aufzog, spürte sie immer noch die Verletzung von damals.

»Du hättest mich ohne Zögern für Diego verlassen, das wissen wir beide«, entgegnete Alejandro.

Sie gesellten sich wieder zu den anderen und hörten der Sängerin zu. *La Paloma Negra* erklang, und Concha legte ihren ganzen Schmelz in den Gesang. Am Ende sangen sie alle.

»Ich will tanzen«, rief Frida, und zog Alejandro von seinem Stuhl hoch.

»Es geht dir gut«, sagte er. »Du kannst tanzen.«

»Ja«, gab sie zurück. Sie ignorierte den vertrauten Schmerz in ihrem Rücken, der plötzlich wieder da war, als sie eine ruckartige Drehung vollführte. Das war es ihr wert. Darum würde sie sich später kümmern.

»Mehr Tequila«, rief sie und hielt ihr leeres Glas in die Höhe. Alejandro füllte es und stieß mit ihr an, so heftig, dass die Flüssigkeit aus den Gläsern spritzte.

Sie lachten und tanzten weiter. Es wurde schon wieder Morgen, als die Gäste gingen. Nur Diego war nicht gekommen. Sie hörte ihn erst auf dem Patio, als sie schon im Bett lag.

Frida platzte beinahe vor Wut und Enttäuschung. Sie wollte ihn zur Rede stellen. Es interessierte sie nicht einmal, nach Spuren einer anderen bei ihm zu suchen.

»Ich dachte, du hättest ein paar Dinge verstanden«, rief sie, »ich lasse nicht mehr so mit mir umspringen.«

Er hielt sie mit einer Handbewegung auf.

»Ich habe heute einen Brief von Nick bekommen«, sagte er und hielt einen geöffneten Umschlag hoch.

Schlagartig war Frida stocknüchtern.

»Ein Brief von Nick?« Sie streckte die Hand danach aus.

»Er hat mir geschrieben.«

»Nur dir und nicht mir?« Was hatte das zu bedeuten? Ihr wurde abwechselnd heiß und kalt. Hatte Nick etwa seine Drohung wahrgemacht und Diego von ihrem Verhältnis erzählt? War Diego deshalb nicht zum Fest gekommen? Für einen Moment blieb es still, und sie fürchtete das Schlimmste. Das würde sie Nick niemals verzeihen! Wie konnte er ihr das antun!

»Er schreibt, wie gut er deine Bilder findet. Und dass die Ausstellung ein Erfolg war. Aber das wusste ich ja bereits.«

Frida stieß einen Schluchzer der Erleichterung aus, und er sah sie verwundert an.

»Du hast mir ja alles erzählt, was in New York passiert ist.«

Wie er das sagte. Als ob er genau wüsste, dass sie ihm nicht alles erzählt hatte. Lag da nicht eine Spur Misstrauen in seinem Blick?

»Er hat übrigens ein Foto von dir beigelegt. Ihr müsst euch ja ziemlich nahe gekommen sein.«

Eine weitere Welle der Furcht durchströmte sie. War es das eine Foto, auf dem jeder sehen konnte, dass sie, das Modell, den Fotografen liebte?

»Zeig mal her«, sagte sie mit zittriger Stimme und streckte die Hand nach dem Foto aus.

Es war ein anderes Bild. Sie atmete erleichtert aus.

»Was ist?«, fragte Diego.

»Ach, ich freu mich einfach. Ist doch ein ganz nettes Foto von mir. Gut getroffen.« Sie legte es mit der Bildseite nach unten auf ihren Nachtschrank. »Hat er denn keine Grüße für mich dazugeschrieben?«

Diego schüttelte den Kopf.

Frida ballte die Fäuste.

»Warum bist du nicht gekommen? Ich habe auf dich gewartet.«

»Ich habe mir dieses Foto angesehen und mir vorgestellt, wie er es gemacht hat, da hatte ich keine Lust mehr.«

Ohne ein weiteres Wort verließ er ihr Zimmer.

Kapitel 21

Als Frida aufstand, war es bereits später Vormittag und Diego war schon wieder weg. Sie war aufgebracht gegen Diego, aber auch gegen Nick. Was sollte das, dass er Diego einfach ihr Foto schickte? Ohne sie zu fragen? Schon wieder diese Besitzansprüche. Ärgerlich räumte sie in ihrem Badezimmer herum, und ihr Blick fiel auf den Gürtel, an dem sie die Binden befestigte, wenn sie ihre Tage hatte. Sie keuchte und hielt sich am Waschbecken fest. Wann hatte sie ihre letzte Menstruation gehabt? War das wirklich noch vor ihrer Abreise nach New York gewesen? Sie rechnete nach. Sie musste zwei Monate überfällig sein. Die Worte ihres Vaters fielen ihr ein. Wie hatte Guillermo gestern zu ihr gesagt? Sie sehe aus wie ihre Mutter, als sie schwanger war. Frida drehte sich mit dem Profil zum Spiegel und betrachtete ihren Bauch.

Wieder keuchte sie. Konnte es sein, dass sie schwanger war? Ihre Wangen fingen an zu brennen, und sie beugte sich über das Waschbecken, um sich kaltes Wasser ins Gesicht zu spritzen. Währenddessen rechnete sie noch einmal nach. Wer könnte der Vater sein? Diego wohl nicht, oder vielleicht doch, denn in der Nacht vor ihrer Abreise, nach dem Abschiedsfest, hatten sie miteinander geschlafen. Und wenn es Nick wäre?

Das würde alles ändern, oder? Würde sie dann mit ihm leben und Diego verlassen? Sie schüttelte heftig den Kopf. Und wie würde Diego reagieren? Er war dagegen, dass sie schwanger wurde, weil das für sie lebensgefährlich war. Der Unfall hatte ihren Unterleib zerstört, bisher hatte sie jedes Kind verloren. Er hatte Angst um sie, aber er respektierte auch ihren leidenschaftlichen Wunsch nach einem Kind.

Eine Welle der Freude stieg in ihr auf. Sie sah ihre leuchtenden Augen im Spiegel, das selige Lächeln. Und wenn sie doch, trotz all der Fehlgeburten, dieses Kind bekommen könnte? Wenn es diesmal gut gehen würde? Sie hatte weniger getrunken und sich mehr ausgeruht, die Behandlung von Dr. Glusker hatte ihr gutgetan und sie gekräftigt. Außerdem machte die Liebe zu Nick sie stark.

Sie rief sich selbst zur Vernunft. Bisher hatte sie ja noch nicht einmal Gewissheit. Morgen würde sie erst einmal zum Arzt gehen. Dann sähe sie weiter. Sie betastete ihre Brüste. Spannten sie? War ihr nicht nach dem Aufstehen übel gewesen? Das konnte aber auch an den vielen Tequilas liegen. Gestern hatte sie es übertrieben. Sie geriet in eine fiebrige Aufregung und konnte an nichts anderes mehr denken.

Um sich zu beruhigen und abzulenken, ging sie in ihr Atelier. Vielleicht würde es ihr gelingen, mit Pinsel und Farbe ihrem Gefühl Ausdruck zu verleihen? Aber schon bald merkte sie, dass sie viel zu unruhig war, um sich auf die Arbeit zu konzentrieren.

Sie wartete auf Diego, und sie verbrachten einen friedlichen Abend im Patio. Er saß auf der Rattanliege, und sie hatte sich wie eine Katze auf seinem Schoß zusammengerollt. Früher hatten sie viele Abende so verbracht. Sie plauderten im Flüsterton vor sich hin, um die Ruhe nicht zu stören. Frida strich sich zwischendurch immer wieder über ihren Bauch und dachte daran, dass sie womöglich ein Kind erwartete.

Es war kurz vor Mitternacht, als Frida ins Bett ging. Diego wollte noch ein paar Briefe schreiben.

In der Nacht wurde sie durch etwas geweckt. Sie wollte sich auf die andere Seite drehen, als sie etwas Klebriges, Warmes zwischen ihren Beinen spürte. Als sie die Decke anhob, vernahm sie den vertrauten Geruch von Blut. Sie fing an zu weinen, und ihr Weinen steigerte sich in wildes Schluchzen.

»Was ist, Frida? Warum weinst du?« Diego stand plötzlich vor ihrem Bett. Er machte Licht und sah das Blut.

Er ließ sich neben sie auf die Bettkante sinken und stützte den Kopf in die Hände. Er verstand sofort, was passiert war.

»Es tut mir so leid, Friducha. Das wusste ich nicht. Warum hast du denn nichts gesagt …«

»Ich wollte erst sicher sein. Morgen wollte ich zu Dr. Guzman. Ich war so glücklich. Ich hatte gehofft, diesmal würde es klappen.«

Er nahm sie in die Arme und wiegte sie.

»Ich rufe ihn an, er soll kommen.«

»Nein. Ich brauche keinen Arzt. Jetzt kann er ohnehin nichts mehr tun. Hilf mir lieber ins Badezimmer.«

Er trug sie hinüber und half ihr, das Blut abzuwaschen. Sie weinte die ganze Zeit still vor sich hin. Dann zog er die verschmutzten Laken ab und bezog das Bett neu. Frida sah ihm dabei zu.

»Das war das letzte Mal«, sagte sie, als sie sich wieder hinlegte.

»Versprich es mir. Ich könnte es nicht ertragen, dich wegen eines Kindes zu verlieren. Ich liebe dich, Frida. Dieses Mal ist alles glimpflich abgegangen, aber ...« Sie dachten beide an Detroit, an die schrecklichen Tage zwischen Leben und Tod, die sie dort verbracht hatte.

»Ich verspreche es«, sagte sie. »Keine Schwangerschaften mehr.«

Sie sah zu ihm auf und legte den Kopf an seine Brust.

»Ich liebe dich auch«, gab sie zurück. Aber etwas war in ihr zerbrochen.

Das Weihnachtsfest feierten sie wieder mit Freunden. Lola hatte eingeladen. Sie sangen die traditionellen Lieder und aßen. Nur Diego war wieder nicht dabei. Frida nahm an, dass er eine neue Geliebte hatte. Sie versuchte, das nicht an sich heranzulassen, und amüsierte sich trotzig bis in den frühen Morgen.

Dann kam der letzte Tag des Jahres. Frida beschäftigte der Gedanke, was das nächste ihr bringen würde. Sie litt immer noch unter der Fehlgeburt, dabei hatte sie geglaubt, endgültig damit abgeschlossen zu haben, aber diese neuerliche Schwangerschaft warf sie zurück. Sie würde niemals Kinder haben, weder von Diego noch von Nick. Ihr Leben als Frau würde immer unvollständig bleiben. Sie ging im Geiste ihre Freundinnen und die Frauen, die sie kannte, durch. Fast alle hatten Kinder. Aber Tina Modotti hatte keine. Und Anita und Lola auch nicht. Sie waren trotzdem glücklich, sie lebten für ihre Arbeit.

Es gab nur einen wichtigen Unterschied: Sie hatten die Kinderlosigkeit gewählt, sie war ihnen nicht aufgezwungen worden.

Frida liebte Kinder. Sie verbrachte viel Zeit mit Isolda und Antonio, den Kindern Cristinas. Und bald würde sie Patin von Luciennes Kind werden. Vielleicht musste das reichen? Vielleicht würden eigene Kinder sie zu sehr vom Malen abhalten. Sie sah doch, wie eingespannt Cristina war. Vielleicht waren ihre Bilder ihre Kinder? Der Gedanke half ihr, Trost zu finden.

Was ihr aber eigentlich zu schaffen machte, war Diegos Verhalten. Er zog sich wie immer nach San Ángel zurück und ließ sie allein. Obwohl er merkte, dass es ihr nicht gut ging.

»Du liebst mich nicht mehr«, warf sie ihm vor, als er abends kam.

Er zuckte zusammen und drehte sich zu ihr um. »Wenn ich dich nicht mehr liebte, wäre ich nicht mehr mit dir zusammen. Begreif das endlich. Ich muss es dir nicht ständig sagen, damit du es mir glaubst.«

Frida zog sich beschämt zurück.

Am Silvesterabend kam er aber nach Coyoacán, sie saßen draußen im Patio, und er fing plötzlich an, Grimassen zu schneiden. Er warf seine dicken Lippen auf und trompetete. Dann stand er auf, legte den gestreckten Arm in die Armbeuge des anderen Arms und tat, als wäre er ein Elefant. Er fing an, schwerfällig um sie herumzutanzen, und wiegte dabei den Kopf hin und her.

»Siehst du meine großen Ohren?«, rief er.

Frida musste lachen. Früher hatte er für sie den Tanzbären gegeben, um sie aufzumuntern. Das hatte er aber schon lange nicht mehr getan. Bis heute.

»Danke, Diego«, sagte sie leise.

Er ließ sich wieder neben sie auf die Hollywoodschaukel fallen, die gefährlich schwankte und quietschte. Frida stand auf und schmiegte sich in seinen Schoß.

Sie schwiegen, atmeten im selben Takt. Frida hörte auf die Geräusche der Nacht, das Knacken und Zirpen der Insekten, das leise Fiepen von Señor Xólotl, der zu ihren Füßen schlief und träumte. Der Mond stieg über der Mauer auf und tauchte den Garten in silbernes Licht. Der Moment war magisch und wunderschön.

Plötzlich machte er sich los. »Ich muss gehen«, sagte er. »Wir sehen uns morgen.«

»Schlaf doch mit mir. Ich bin deine Frau«, schrie sie ihn an.

Er zuckte mit den Schultern. »Ich will nicht, dass du schwanger wirst.«

Sie war sprachlos. Das war es also, was ihn zu anderen Frauen trieb? Dann schüttelte sie den Kopf. Bebend vor Zorn und Demütigung sah sie ihm nach. Sie konnte Diegos Sprunghaftigkeit nicht länger ertragen. Mal war er der fürsorglichste Mann, den sie sich wünschen konnte, aber meistens ging er seiner eigenen Wege. Er war vor ihrer Abreise so gewesen, und er machte genauso weiter. Er hatte sich nicht einen Deut geändert.

Die Erkenntnis traf sie tief. Sie war verletzt und wütend. In ihr war etwas unwiederbringlich kaputtgegangen. Was konnte sie dagegen tun? Sie konnte es entweder akzeptieren oder ihn verlassen. Aber bei dem Gedanken überkam sie namenlose Angst. Sie wollte die Fröhlichkeit und das Glück zurückhaben, die sie vor ein paar Tagen noch verspürt hatte. Plötzlich wusste sie, was sie zu tun hatte.

»Ich fahre noch heute nach New York«, sagte sie am nächsten Morgen, als Diego wiederkam. »Du willst mich hier nicht haben, und dort sind meine angefangenen Bilder. Ich muss malen, um wieder ins Gleichgewicht zu kommen«.

Noch während sie das sagte, schöpfte sie neue Hoffnung. Sie hatte ihr Ziel für einen Moment aus den Augen verloren, aber jetzt war es wieder da. Sie sah zu Diego hinüber. Wie würde er reagieren?

Er zuckte zusammen. Damit hatte er offensichtlich nicht gerechnet. Und ich freue mich, wenn er getroffen ist, dachte sie traurig. So weit ist es zwischen uns gekommen.

»Ich hatte gedacht, du bleibst noch ein paar Tage …«

»Wozu? Du bist ja doch nicht da.«

Er küsste sie auf die Stirn. Dann sagte er: »Ich glaube, das ist eine gute Idee. Du bist dabei, dich als Malerin zu etablieren. Du solltest auf diesem Weg nicht stehen bleiben.«

Er hatte recht. Er sprach nur aus, was sie selbst herausgefunden hatte. Sie war Malerin, nicht die Geliebte oder die Ehefrau von … Sie hatte nur den Fehler begangen, beides haben zu wollen. Und ein kleiner Teil fragte sich immer noch, warum das nicht möglich war.

»Und du?«, fragte sie Diego.

Er nahm ihre Hände in seine. »Ich werde hier sein, wenn du wiederkommst. Ich werde auf dich warten.«

Kapitel 22

New York, Anfang Januar 1939

Frida wollte sich vom Lärm der Flugzeugmotoren in einen Halbschlaf wiegen lassen, aber ihre innere Unruhe hinderte sie daran.

Ihre Entscheidung, früher abzureisen, war richtig gewesen. Die Stunden mit Diego an den Abenden im Patio hatten ihn ihr wieder sehr nahegebracht. Aber dass er nach ihrem wunderbar zärtlichen Silvesterabend noch zu seiner Geliebten gegangen war, hatte sie bis ins Mark verletzt. Wie schaffte er das nur, einen solchen Moment der Nähe einfach wegzuwischen? Dieses Auf und Ab in ihrer Beziehung raubte ihr die letzte Kraft, und sie war froh, dem erst einmal wieder entkommen zu sein. Sie lachte bitter auf. Sie wollte sich doch während dieser Tage mit ihm Klarheit verschaffen. Was das betrifft, bin ich genauso schlau wie vorher, dachte sie. Diego wird sich niemals ändern.

Aber etwas anderes war sicher: Sie war auf dem Weg zu ihren Bildern, die darauf warteten, dass sie sie fertigstellte. Sie rief sich die Arbeiten zu Dorothy Hale und das Selbstporträt mit Fulang-Chang ins Gedächtnis und malte in ihrem Kopf an ihnen weiter. Sie wollte sie unbedingt mit den anderen in Paris zeigen. Besonders das Dorothy-Bild stellte eine neue Richtung in ihrem Schaffen dar, weil in ihm die mexikanischen Farben fehlten. Es ist ein amerikanisches Bild, dachte sie plötzlich. Ohne den Aufenthalt in New York hätte ich es niemals malen können.

Sie lächelte. Wenigstens in meiner Malerei habe ich mich weiterentwickelt, und das ist es schließlich, was ich wollte. Der Gedanke schenkte ihr ungeheure Befriedigung. Nach New York würde sie Paris erobern. Vielleicht würden dort noch andere Bilder aus ihr herauswollen? Das neue Jahr, das erst zwei Tage alt war, würde vieles verändern.

In ihrem Kopf balancierte sie bereits Ideen für weitere Bilder. Sie würde versuchen, Aufträge für Porträts zu bekommen. Da wären die Verkäufe schon mal gesichert. Sie überlegte, ob sie sogar Vorschüsse oder gar Vorauszahlungen verlangen könnte. Diego machte das bei den großen Aufträgen immer so, warum sollte sie es nicht auch können?

Ihre Gedanken wanderten voraus nach New York. Sie würde sich mit Juliens Hilfe um die Verschiffung der Bilder kümmern. Sie würde auch Lucienne und andere Freunde treffen, aber in der Hauptsache würde sie malen …

Und sie würde Nick wiedersehen, und bei dem Gedanken spürte sie tiefes Glück. Sie sah sein Gesicht vor sich. Und daneben tauchte das von Diego auf. Ihr Blusenärmel roch nach ihm. Diego war ihr Geliebter und Freund, der Mann, der ihr den Weg in die Malerei eröffnet hatte, ohne Diego wäre sie nicht dort, wo sie heute war. Seine Hand würde immer ihre halten, sie würde niemals loslassen. Diego ist mein Fels in der Brandung, dachte sie. Aber nur, wenn es wirklich drauf ankam. Das alltägliche Zusammenleben mit ihm war eine Katastrophe, sie bezahlte die innigen Momente mit Demütigungen und Verletzungen.

Nick gab ihr dagegen das Gefühl, begehrt zu werden, Sinnlichkeit und Romantik. Nick bescherte ihr Schmetterlinge im Bauch und brennende Wangen bei der Erinnerung an ihre Liebesnächte. Nick war sehnig, beweglich, sanft, zärtlich, fordernd, überwältigend, raffiniert … Sie hätte noch tausend Ausdrücke für die Art finden können, mit der er Liebe mit ihr machte.

Erst als das Flugzeug aufsetzte, kam sie wieder zu sich. Sie betrat die Gangway, und New York lag ihr zu Füßen. In New York war sie selbstbewusst und fern der Demütigungen durch Diego. In New York war sie Frida Kahlo.

Sie hatte ein kleines Hotel in Greenwich Village gebucht, um kein unnötiges Geld auszugeben. Die Flüge und die Schiffspassage hatten einen Großteil ihrer Einnahmen aufgezehrt.

Einen Liftboy gab es hier nicht, und sie musste ihren Koffer selbst die drei Etagen hinaufschleppen.

Aber es brauchte schon eine große Portion Stolz auf ihre finanzielle Unabhängigkeit, die sie das Zimmer ertragen ließ. Obwohl es heller Tag war, war es hier drin dämmrig, nur ein paar Meter vor ihrem Fenster lag die Brandmauer des Nachbarhauses. Kein Sonnenstrahl drang herein. Es war viel zu dunkel, um zu malen, das sah sie sofort. Und auch viel zu klein. Außer einem Bett gab es nur einen winzigen Tisch mit einem Stuhl davor. Und einen Schrank, dessen Tür lose in den Angeln hing. Sie setzte sich probehalber auf das Bett. Die Matratze war durchgelegen, sie würde unweigerlich Rückenschmerzen bekommen.

Auch egal, dachte sie dann. Ich werde sowieso die meiste Zeit bei Nick sein. Bei dem Gedanken schlich sich ein Lächeln auf ihre Lippen, und sie sprang auf.

Im Flur hing ein Telefon, und sie rief ihn an.

»Nick. Ich bin angekommen. Wann holst du mich ab?«

In seiner Stimme lagen weder Freude noch Leidenschaft, als er sagte: »Ich bin in einer Stunde da. Gib mir die Adresse.«

Frida nannte ihm den Namen des Hotels, dann legte sie auf. Alle Zweifel waren dahin. Gleich würde sie ihn wiedersehen. Sie fing an, in ihrem Koffer zu wühlen. Da waren ja der schwarze Rock mit der goldgelben Borte am Saum und die gelbe Bluse mit dem schwarzen Einsatz. Die Kleidung, in der Nick sie fotografiert hatte, an dem Nachmittag, an dem alles begonnen hatte. Sie stellte sich vor den Spiegel in dem winzigen Badezimmer, in dem es nach Schimmel roch, und richtete ihre Frisur. Sie hatte gerade die letzten Strähnen hochgesteckt, da klopfte er schon.

Frida erschrak, als sie ihn sah. Er war grau im Gesicht und sah aus, als habe er in seinem Anzug geschlafen. Er starrte auf ihre Kleidung. Er hatte den Hinweis verstanden.

Sie umarmten sich, dann schlug er vor, in ein Diner um die Ecke zu gehen. Frida wunderte sich. Wollte er denn nicht mit ihr allein sein?

»Wie war Mexiko? Hast du eine Entscheidung getroffen?«, fragte er, kaum dass sie sich auf den roten Kunstlederbänken gegenübersaßen. »Heraus mit der Sprache. Hast du mit Diego gesprochen, während du in Mexiko warst?«

»Wir haben versucht, uns auszusprechen, aber er war oft nicht da. Wir haben gestritten, und deshalb bin ich ja auch früher zurückgekommen, zu dir.«

»Das meinte ich nicht.«

Schlagartig wurde ihr klar, was er von ihr erwartete.

Er starrte sie an. »Du hast ihm also nicht von uns erzählt?« Er wartete ihre Antwort nicht ab. »Natürlich nicht. Und du wirst es auch nicht tun.«

»Warum fängst du wieder damit an? Warum machst du unser Wiedersehen kaputt? Und was sollte das eigentlich mit dem Foto, das du Diego geschickt hast?«

Er nahm ihre Hände in seine und sah sie an. »Ich kann das nicht mehr, Frida. Ich habe es dir gesagt, und ich habe in den beiden Wochen, als du bei Diego warst, gemerkt, dass ich so nicht weitermachen will. Ich will der Mann sein, mit dem du am Tisch sitzt, ich will einen Alltag mit dir, jeden Tag. Ich halte die Vorstellung nicht aus, dass du bei ihm bist, mit ihm schläfst …«

»Diego ist mein Mann!«

»Eben. Er ist dein Mann. Da liegt das Problem.«

Frida schwieg. Was hätte sie auch sagen sollen? In ihrem Kopf jagten sich die Gedanken. Vor ein paar Tagen noch hatte sie gehofft, von Nick schwanger zu sein. Dieser Traum war geplatzt. Sie war nach Mexiko gefahren, um eine Entscheidung zu treffen. Diego oder Nick? Der eine oder der andere? Aber es war ihr nicht gelungen. Weil nicht sie diese Entscheidung treffen wollte, sondern es nur alle Welt von ihr zu erwarten schien.

»Weißt du was«, presste sie hervor. »Ich will mich nicht entscheiden. Und ich kann es auch nicht. Ich kann nicht auf dich verzichten und auch nicht auf Diego. Hört doch beide auf, mich unter Druck zu setzen. Ich will das nicht mehr, ich habe es so satt!«

Sie stand schwerfällig auf. Sie musste hier weg. Weg von Nick. Weg von seinen Erwartungen. Seinen Forderungen.

Der Kellner brachte die Drinks. Nick schickte ihn mit einer Handbewegung fort.

»Ich werde immer dein Freund sein«, sagte er und stand ebenfalls auf.

»Das ist zu wenig«, sagte sie traurig. Sie musste ihre Beine zwingen, ihr zu gehorchen. Mit den Händen suchte sie Halt an dem Tisch, dann hatte sie so viel Kraft gefunden, dass sie sich zum Gehen wandte.

In einer plötzlichen Bewegung hielt er sie am Arm fest.

»Ich kann dich nicht gehen lassen, Frida. Ich bin verrückt nach dir. Die letzten Tage ohne dich waren die Hölle.«

»Ach, Nikita«, seufzte sie. »Was machen wir denn jetzt?«

»Lass uns zu mir gehen. Für eine letzte Nacht. Ich werde dir zeigen, was du an mir hast, wie das Leben mit mir sein könnte.«

Er zog ein paar Geldscheine aus der Hosentasche und warf sie auf den Tisch.

»Wollen Sie schon gehen?«, fragte der Kellner. »Das ist zu viel.«

Nick achtete nicht auf ihn. Er zog Frida hinter sich her, jede seiner Bewegungen wirkte fiebrig und wild entschlossen.

Sie waren kaum in seiner Wohnung angekommen, als er anfing, sie auszuziehen. Er küsste jeden Teil ihrer Haut, der zum Vorschein kam.

»Lass mich auch«, flüsterte sie und begann, sein Hemd aufzuknöpfen. Dann schmiegte sie ihren nackten Oberkörper an seinen. Die Bewegungen wurden fordernder, sie rieb ihre Brüste an seiner Haut, und als er aufstöhnte, spürte auch sie ihre Lust anschwellen.

Die Nacht war eine der schönsten in ihrem Leben. Noch nie hatte sie sich derart geliebt gefühlt. Sie versuchte, die Narben auf dem Rücken und am Fuß vor ihm zu verbergen, aber er liebkoste und küsste sie. »Sie gehören zu dir, und alles, was zu dir gehört, liebe ich.«

Wie konnte er dann am nächsten Morgen so grausam sein? Als Frida erwachte, war er schon dabei, sich anzuziehen.

»Ich verlasse New York noch heute«, sagte er, während er sein Hemd zuknöpfte, ohne sie dabei anzusehen. »Ich habe ein Shooting in den Hamptons.«

Frida las in seinem Blick, dass das nicht stimmte.

»Ist das dein Ernst?«

»Ich würde schwach werden, wenn ich hierbliebe.«

»Aber warum solltest du denn nicht schwach werden? Was ist schlimm daran? Ich werde doch mit dir schwach«, sagte sie. Sie hob die Bettdecke an und schob ein nacktes Bein nach vorn.

»Lass das, Frida. Ich will nicht schwach sein. Ich will nicht derart von dir abhängig sein. Ich will dich ganz oder gar nicht.« Seine Stimme klang hart, gepresst. »Wenn du willst, kannst du hierbleiben. Solange du willst. Gib den Schlüssel einfach unten beim Portier ab.« Damit nahm er seine Tasche vom Boden auf und ging zur Tür.

Er hatte seine Sachen bereits an Vortag gepackt, stellte sie erschrocken fest Er hatte gewusst, dass er gehen würde. Aber das konnte er doch nicht ernst meinen. Nicht nach dieser Nacht!

»Nick«, rief sie und lief ihm nach. »Bitte bleib bei mir!« Sie hörte selbst, wie hilflos ihre Stimme klang.

Aber die Tür war schon hinter ihm ins Schloss gefallen.

Sie ließ sich aufs Bett fallen und fing an zu weinen. Sie sah sich in seiner Wohnung um, berührte Dinge, die sie an ihn erinnerten. Das Kissen, das sie für ihn bestickt hatte, lag auf seinem Lieblingssessel. Sie lächelte unter Tränen, als sie es sah. Auf einem halbhohen Regal neben seinem Schreibtisch standen die Fotos, die er von ihr gemacht hatte. Er hatte sie so arrangiert, dass er sie direkt ansah, wenn er am Schreibtisch saß.

Überhaupt erinnerte die ganze Wohnung an sie. Nick hatte sich mit Andenken an Frida umgeben. Weil er sie wirklich liebte.

»Aber ich ihn doch auch!«, rief sie und erschrak über die Verzweiflung in ihrer Stimme.

Sie ging zurück ins Schlafzimmer und zog sich langsam an, mechanisch, ohne darauf zu achten, ob der Rock richtig in der Taille saß oder die Bluse Falten warf. Sie nahm ihr Haar mit beiden Händen zusammen und steckte es nachlässig im Nacken fest. Es war niemand mehr da, für den sie sich schön machen wollte.

Und weil sie es nicht ertrug, in seiner Wohnung zu bleiben, wo alles an ihn erinnerte, ging sie zurück in ihr schäbiges Hotelzimmer.

Ich habe ihn verloren, dachte sie bei jedem Schritt. Ich habe ihn für immer verloren.

Kapitel 23

Frida lag auf dem Bett in ihrem Hotelzimmer. Vergeblich versuchte sie, eine bequeme Position auf der durchgelegenen Matratze zu finden. Sie verkroch sich schon seit Tagen hier und wartete nur darauf, dass ihr Schiff endlich abfuhr. Wenn sie doch endlich New York hinter sich lassen könnte! Aber sie musste noch eine endlose Woche warten. Sie hatte gedacht, sie mit Nick zu verbringen, aber seitdem er gegangen war, konnte sie sich zu nichts aufraffen. Die einzigen Menschen, die sie ertragen hätte, waren Mary und Lucienne, aber die waren beide noch in den Ferien. Und so vergeudete sie ihre Tage in diesem schäbigen Hotelzimmer und trauerte um ihre verlorene Liebe. Sie fühlte sich alt und hässlich und versank in Selbstmitleid. Diego will mich nicht, und Nick will mich auch nicht, dachte sie. Ich werde nie wieder einen Mann wie Nick treffen. Ich werde von jetzt an allein bleiben.

Auf dem Flur vor ihrem Zimmer klingelte schon wieder das Telefon. Am Anfang war sie jedes Mal hingerannt, weil sie gehofft hatte, es sei Nick. Aber er rief nicht an, und irgendwann gab sie es auf. Wahrscheinlich war es wieder nur Julien. Und wahrscheinlich hatte er wieder Einladungen für sie, zu irgendwelchen Dinnerpartys und Film- und Theaterpremieren. Die

New Yorker wollten sie sehen und sich mit ihrer Anwesenheit schmücken. Aber Frida lehnte immer wieder von Neuem ab. Seit Nick aus ihrem Leben verschwunden war, hatte sie alle guten Vorsätze vergessen. Sie hatte darüber nachgedacht, bei Nick zu malen, das hätte ihr gutgetan, aber die Vorstellung, allein in seiner Wohnung zu sein und ständig an ihn erinnert zu werden, machte ihr Angst.

Also erfand sie immer neue Ausreden, um einfach liegen bleiben zu können. Sie war nicht in der Stimmung für Ausgelassenheit und Flirts. Im schmuddeligen Drugstore neben ihrem Hotel kaufte sie eine Flasche Schnaps. Sie stand neben ihrem Bett, in Reichweite, wenn die Trauer um Nick sie überkam.

Während es draußen Bindfäden regnete, dachte sie über ihr Leben nach. Es war lausekalt in dem Zimmer. Als sie die Heizung aufdrehte, gab sie nur ein hässliches Gurgeln von sich, obwohl sie wütend dagegentrat. Sie fror den ganzen Tag und wickelte sich in die kratzigen Decken, die sie im Schrank fand. Bilder entstanden in ihrem Kopf. Selbstporträts, in denen ihr die endlose Trauer, die sie gerade empfand, ins Gesicht geschrieben stand, in ihr Korsett gefesselt, die Haut von Dornen aufgerissen. Sie sah sich sogar tot in einem Sarg liegen. Aber sie hatte weder den Platz noch Farben und Pinsel, um ihren Kummer auf die Leinwand zu bannen. Ihr blieb nur, Zeichnungen anzufertigen, um ihre Gedanken festzuhalten und etwas Trost zu finden. Zwischendurch lag sie auf dem Bett und las Liebesgedichte von Rilke und Whitman. Sie versank in Trauer und Antriebslosigkeit.

Sie nahm einen Schluck direkt aus der Flasche und lachte

höhnisch auf, als sie daran dachte, dass alle ihr immer sagten, sie solle sich ausruhen.

»Scheiß auf Ruhe!«, rief sie.

Schon wieder klingelte draußen das Telefon. Frida zog sich die Decke über den Kopf.

Kurz darauf klopfte es, und Mary stand an ihrem Bett.

»Julien hat mich angerufen und gesagt, dass du hier bist. Er macht sich Sorgen. Warum gehst du nicht ans Telefon? Warum hast du nicht Bescheid gesagt, dass du in der Stadt bist? Ich dachte, du bist in Mexiko. Und was ist das für ein Loch hier?«

Frida versuchte sich aufzusetzen, dabei traf ihr Blick den Spiegel. Sie erschrak vor ihrem eigenen Aussehen. Ihr Haar war glanzlos und stand ihr wirr um den Kopf, unter den Augen hatte sie dunkle Ringe. Was war aus der strahlenden Frida geworden, die New York mit ihren Bildern und ihrem Charme erobert hatte? Und was ging Mary das eigentlich an? Es war ihr unangenehm, dass ihre Freundin sie so sah.

»Ist meine Sache«, stieß sie hervor. »Lasst mich doch alle in Ruhe.«

Mary hielt die Flasche gegen das Licht, um zu sehen, wie viel noch drin war. Auf dem Fußboden fand sie noch eine leere Flasche Schnaps.

»Du bist betrunken«, stellte Mary fest und legte Frida die Hand auf die Stirn. »Und du hast offensichtlich Fieber. Ich nehme dich mit zu mir. Hier kannst du nicht bleiben. Keine Widerrede.«

Kurz darauf lag Frida auf dem Sofa in Marys Wohnzimmer. Sie fiel sofort in einen tiefen Schlaf. Als sie erwachte, fühlte sie sich ein wenig besser. Sie sah sich um, und ihr Blick fiel auf ihr Selbstporträt mit Fulang-Chang, das sie Mary geschenkt hatte. Ihre Schönheit und der wissende Blick versetzten ihr einen Stich. Sie ging auf das Bild zu.

»Das ist die Frida, die ich kenne«, hörte sie Mary hinter sich sagen. »Was ist denn nur mit dir passiert?«

Frida spürte Tränen in sich aufsteigen. Mary hatte recht. Wo war denn ihre Stärke geblieben? Wie konnte sie sich so gehen lassen? Sie hatte sich in eine Situation gebracht, die ihr nicht guttat.

Marys Fürsorge trieb ihr die Tränen in die Augen.

»Was ist los?«, fragte Mary zärtlich.

»Das Bild«, flüsterte Frida.

»Julien wollte es mit den anderen nach Paris schicken, aber ich habe ihn gebeten, es mir jetzt schon zu überlassen. Ich wollte es einfach um mich haben. Du hast doch nichts dagegen?«, fragte Mary.

Frida schüttelte langsam den Kopf. »Es tut so gut, es zu sehen. Es macht mich stolz und glücklich, dass du so an ihm hängst. Und es zeigt mir, wie ich eigentlich bin.«

»Deine Bilder sind Trostspender, Frida. Aber ich glaube, jetzt bist du es, die Trost braucht.«

Frida nickte.

»Du nimmst jetzt erst mal ein Bad, und ich gehe in den Drugstore und hole dir Medikamente. Wir kriegen dich schon wieder aufgepäppelt. Und dann erzählst du mir, wie es dich in dieses Hotel verschlagen hat.«

»Mir geht es schon viel besser«, sagte Frida mit einem zaghaften Lächeln.

Die nächsten Tage verbrachte Frida abwechselnd auf dem Sofa unter ihrem Bild und im Bett. Mary fütterte sie mit Suppen und Puddings.

»Soll ich wirklich nach Paris fahren?«, fragte sie, nachdem sie Mary von ihrer verlorenen Liebe zu Nick erzählt hatte. »Soll ich nicht lieber zurück zu Diego gehen?«

Mary sah sie nachdenklich an. »Natürlich fährst du! Du zweifelst nur, weil du noch krank bist. Deine Bilder sind doch schon unterwegs, denk an den Erfolg, den du hier mit Julien hattest. Wiederhole ihn in Paris. Sonst wirst du es irgendwann bereuen.«

Frida nickte. Sie wusste das alles ja selbst.

Selbst Diego riet ihr zu. »Vielleicht ist es die letzte Gelegenheit, bevor in Europa ein Krieg ausbricht. Und wer weiß, ob die Amis sich raushalten werden. Wenn es so weit kommt, wird der Kunstmarkt zusammenbrechen.«

»Aber Breton antwortet nicht auf meine Nachrichten. Ich habe ihm ein Telegramm mit meiner Ankunftszeit geschickt. Die Bilder müssten nächste Woche mit dem Schiff eintreffen. Er muss sie doch in Empfang nehmen.«

»Er wird sich schon kümmern. Ich schreibe ihm auch noch mal.«

»Du weißt, wie unzuverlässig er sein kann. Weißt du noch, im Sommer? Wie oft kam er nicht, wie oft mussten wir stundenlang auf ihn warten, und dann tauchte er irgendwann auf, als sei nichts gewesen.« Ein wilder Schreck durchfuhr sie. Und wenn er sich nicht um ihre Bilder kümmerte? Wenn er sie in irgend einem Hafen verrotten ließ? Und was, wenn es tatsächlich Krieg geben würde, dann wären sie womöglich verloren, und sie würde sie nie wiedersehen. Die Angst schnürte ihr die Kehle zu.

»Noch ein Grund mehr, hinzufahren. Fahr zu deinen Bildern und kümmere dich um sie. Alles andere wird sich in Paris finden.«

»Ich fahre nur, wenn du versprichst, mir ganz oft zu schreiben.«

»Ich verspreche es. Und es sind doch auch nur ein paar Wochen. Im März bist du wieder bei mir.«

Als Lucienne zurück in der Stadt war, kam sie sofort vorbei. Ihr Bauch hatte sich noch weiter gerundet, sie sah glücklich aus. Auch sie riet ihr zu der Reise.

»Frida, du hast schon ganz andere Dinge gemeistert. Gib jetzt nicht auf. Wo willst du denn sonst hin? Zurück zu Diego kannst du immer noch. Dir geht es schon besser, vor allem, weil du wieder isst. Auf dem Schiff kannst du dich endgültig kurieren. Da bleibt dir gar nichts anderes übrig.«

»Vielleicht kann ich auf dem Schiff das Porträt von Dorothy Hale zu Ende bringen.« Während sie das sagte, merkte sie, dass der Gedanke ihr Hoffnung gab. Außerdem waren da die Skizzen aus dem Hotelzimmer.

Mit ihrer Gesundheit kehrten auch ihre Zuversicht und die gute Laune zurück. Sie konnte sogar an Nick denken, ohne vor Schmerz verrückt zu werden. Aus ihrer Verzweiflung war Wehmut geworden. Sie würde ihn immer lieben, und das konnte ihr niemand nehmen. Durch ihn hatte sie eine neue Seite an sich entdeckt, er hatte ihr geholfen, sich von Diegos übermächtigem Einfluss zu befreien, dafür würde sie ihm immer dankbar sein. Und ganz tief in ihrem Herzen hatte sie die Hoffnung, dass er zu ihr zurückkehren würde. Ihm ging es doch wie ihr. Sie mussten sich beide zu dieser Liebe bekennen und etwas anderes dafür aufgeben. Sie gab sich Mühe, nicht ständig an ihn zu denken, aber sie erlaubte sich die Erinnerung an ihn. Die Anwesenheit von Mary und Lucienne half ihr dabei.

Sie fing an, sich auf Paris zu freuen. Immerhin war ich noch nie dort, dachte sie. Ich werde eine ganz neue Stadt entdecken, auf eigene Faust; Erinnerungen schaffen, die nur mir gehören. Frei und unabhängig. Ich brauche niemanden, und schon gar keinen Mann. Nur mich und meine Kunst. Ich werde eine eigene Ausstellung haben. Ich werde Leute treffen und André und Jacqueline wiedersehen. Und ich werde alles tun, um mich und meine Bilder gut zu vertreten.

Nur eines machte ihr Sorgen: Durch das viele Liegen hatten die Schmerzen in der Wirbelsäule wieder zugenommen. Sie biss vor Wut die Zähne zusammen. Warum durfte sie niemals vollständig gesund sein? Sie ertrug viel mehr als andere, aber es schien dennoch nie genug zu sein. Sie merkte, wie etwas in ihr brodelte und sich Bahn brechen wollte. In einem Anfall von rasendem Zorn warf sie das Buch, in dem sie gelesen hatte, an die Wand. Keuchend sah sie sich nach dem nächsten Gegenstand um, den sie zerstören, zerschmettern könnte. Sie hatte nichts in Reichweite und schlug sich selbst mit den Fäusten auf die Oberschenkel. Mary kam in ihr Zimmer gestürzt, und erst als Frida den Schrecken in den Augen der Freundin entdeckte, kam sie zu sich. Solche Wutanfälle hatte sie schon früher gehabt, meistens richteten sie sich gegen Diego, aber dieses Mal war sie völlig außer sich geraten und hatte sich selbst verletzt.

»Frida, was ist denn los? So habe ich dich noch niemals erlebt. Du hast mir Angst gemacht«, sagte Mary, die immer noch erschrocken war. Sie hielt Frida in den Armen, so als wollte sie sie festhalten und sie daran hindern, weiter um sich zu schlagen.

»Es tut mir leid«, flüsterte Frida. »Wahrscheinlich bin ich ein Fall für einen Psychiater.«

Man kriegt doch immer noch eins drauf, und wenn man nur auf einer Bananenschale ausrutscht, schrieb sie kurz darauf an Diego. Sie versuchte, ihren Wutanfall herunterzuspielen, aber sie wusste, dass Mary ihm davon erzählt hatte. Er schien ihre Trauer zu spüren und fand die richtigen Worte, um ihr Mut zu machen.

> *Du bist auf dem Weg zu einem neuen Bild. Das erkenne ich an deinen Fingerübungen. Gib nicht auf, und bleib dran.*

Am Tag vor ihrer Abreise traf ein Brief von Nick ein.

> *Meine Frida, ich wünsche dir eine gute Reise. Schreib mir. Ich freue mich auf ein Wiedersehen.*

Frida starrte auf das Blatt in ihrer Hand. Was erlaubte er sich? Sie hatte insgeheim gehofft, dass er vor ihrer Abreise zurückkommen, dass er sie zum Schiff bringen würde. Aber er hatte sich nicht gemeldet, und sie hatte gerade ihren Frieden damit gemacht. Und jetzt, einen Tag vor ihrer Abreise, wühlte er sie mit diesen paar Zeilen wieder auf? War das billige Rache? Hatte sie sich so in ihm getäuscht? Dann las sie noch einmal den letzten Satz. Er freute sich auf ein Wiedersehen. Wie meinte er das denn? Ein Wiedersehen wann? In ein paar Wochen, in ein paar Monaten? Wenn er das nächste Mal nach Mexiko kam? Bei ihrer Rückkehr aus Paris?

Wütend zerknüllte sie das Papier. Was sollte das? Warum schrieb er ihr das jetzt, wo nichts mehr zu ändern war? Um sie zu verwirren, um sie zum Hierbleiben zu bewegen? Er hatte lange genug Zeit gehabt, sie zu sehen, wenn er das unbedingt gewollt hätte.

»Was schreibt Nick denn?«, fragte Mary, die über alles Bescheid wusste, vorsichtig.

»Dass er mich vielleicht irgendwann mal wiedersehen will. Ich habe jetzt aber Besseres zu tun, als auf ihn zu warten. Ich muss mich um meine Abreise kümmern.«

Am nächsten Morgen begleitete Mary sie zum Schiff.

Frida warf einen letzten Blick in das Wohnzimmer mit dem Bild. Sie hatte hier ein liebevolles Zuhause gefunden, sie hatte sich sogar mit dem Ungetüm von Herd angefreundet, der bei Mary in der Küche stand.

»Ich habe etwas für dich«, sagte sie und schenkte Mary einen Spiegel, der ähnlich wie das Porträt gerahmt war. »Ich dachte, wenn du ihn neben das Bild hängst und hineinsiehst, dann ist es, als würden wir nebeneinanderstehen.«

»Auf diese Weise können wir zusammenbleiben«, sagte Mary.

»Wann immer du eine Freundin brauchst, bin ich für dich da. Ich weiß nicht, wie ich das alles ohne dich durchgestanden hätte«, sagte Frida.

»Du hättest einfach mehr Schnaps gekauft. Mach keine große Sache draus.«

Mary steuerte das Auto ziemlich rasant durch den New Yorker Verkehr und hielt an der Stirnseite einer riesigen Halle am Pier 57. Rechts und links der Halle für die Passagiere lagen zwei Dampfer.

»Die *Paris* ist die linke«, sagte sie.

Frida hob den Blick. »Die ist ja so hoch wie ein Wolkenkratzer«, rief sie. »Meine Güte!«

Sie durchquerten die Halle. Frida zeigte ihre Papiere, und sie gingen weiter bis zur Gangway. Ein wenig skeptisch betrachtete Frida den steilen Aufstieg zum Oberdeck des Schiffs.

Mary nahm sie am Ellenbogen.

»Ich bringe dich rauf«, sagte sie. »Aber vorher machen wir ein Foto. Geh mal ein paar Stufen die Gangway hinauf. Ja, und jetzt dreh dich um und sieh mich an. Eine Frau auf dem Weg zu neuen Eroberungen, genau so will ich dich.« Sie hob die Kamera vor das Gesicht.

Passagiere wollten sich an ihr vorbeidrängeln, aber Mary bat sie, einen Moment zu warten. »Das ist Frida Kahlo, meine Herrschaften«, rief sie.

Das hörten ein paar Journalisten, die immer hier herumlungerten und auf berühmte Passagiere hofften. Sie wurden aufmerksam und richteten ihre Kameras ebenfalls auf Frida.

Sie kennen meinen Namen, dachte Frida stolz und hob das Kinn. Elegant legte sie einen Unterarm auf das Geländer. Dann zupfte sie ihren *Rebozo* zurecht und winkte in die Kameras.

Sie war eine bekannte Malerin auf dem Weg zu einer neuen Eroberung. Alle Zweifel fielen in diesem Moment von ihr ab. Sie würde nach Paris fahren, sie würde wieder schwierige Momente haben, sie würde leiden und Liebeskummer haben.

Aber sie würde sie überwinden, wie sie es jetzt auch geschafft hatte. Sie fühlte es ganz genau und hielt diesen Gedanken ganz fest. Damit sie dieses Gefühl der Stärke jederzeit wieder hervorholen konnte, wenn es nötig sein sollte.

Ab jetzt werde ich mein Ziel nicht mehr aus den Augen verlieren, schwor sie sich.

Kapitel 24

Zehn Tage später stand Frida an der Reling, als die *SS Paris* in Le Havre anlegte. Das Schiff und die Schlepper, die es an die Pier bugsierten, hupten ununterbrochen, die Passagiere an Bord und die Wartenden unten schwenkten Hüte und weiße Taschentücher.

Sie suchte mit den Augen die Menge ab. Aber da war niemand, den sie kannte. Sie hatte André Breton von Bord des Schiffs aus gekabelt und ihm ihre Ankunftszeit mitgeteilt. Das konnte er doch nicht ignorieren. Zunächst war sie noch davon ausgegangen, dass die Ozeandampfer bis nach Paris fuhren. Aber ein Mitreisender hatte ihr mit einem Lachen erklärt, dass das Schiff viel zu groß dafür sei und dass sie an einem Atlantikhafen anlegen würden. Noch einmal sah sie über die Reihen der Menschen dort unten. Aber Breton konnte sie nicht entdecken. Das fing ja gut an. Sollte sie sich etwa allein nach Paris durchschlagen? Kurz dachte sie an das Versprechen, das sie sich bei der Abfahrt gegeben hatte. Sie würde sich von Enttäuschungen und Problemen nicht unterkriegen lassen. Schließlich war sie Frida Kahlo. Da konnte sie ja jetzt gleich damit beginnen.

»Ist es weit nach Paris?«, fragte sie die Frau, die neben ihr stand und jetzt anfing, wild zu winken.

»Da unten steht mein Verlobter, sehen Sie?«, sagte sie aufgeregt, ohne auf Fridas Frage einzugehen. »Der große Mann im hellen Mantel. Jules!« Die Frau winkte immer weiter, bis er sie endlich entdeckte, dann drehte sie sich zu Frida um. »Werden Sie denn nicht abgeholt? Sonst müssen Sie den Zug nehmen.«

Frida schürzte die Lippen. Immerhin schien es einen Zug zu geben. Sie sprach ein paar Brocken Französisch, sie würde es schon nach Paris schaffen. Trotzdem war sie ernüchtert. Sie hatte sich so gefreut, von dem Schiff herunterzukommen. Ihre Kabine war geräumig und gemütlich gewesen, aber ihr hatte nicht der Sinn nach den Bordvergnügungen gestanden. Sie wollte lieber Kräfte für Paris sammeln, außerdem hatte sie immer noch damit zu kämpfen, dass sie ohne Abschied von Nick gefahren war. Während der langen Nächte, die sie allein verbracht hatte, hatte er sich immer wieder in ihre Träume gedrängt. Einmal war sie weinend aufgewacht. Aber dennoch hatte sie gemalt. Das Bildnis von Dorothy Hale nahm langsam Gestalt an. Frida bekam manchmal selbst Angst vor der Stimmung, die es zeigte, deshalb musste sie immer wieder Pausen einlegen. Die Verzweiflung, die Ausweglosigkeit waren unübersehbar. Und den Moment des Fallens hatte sie dargestellt, indem sie Dorothy dreimal zeigte. Einmal nur so groß wie eine Puppe, ganz oben auf dem Hochhaus, dann wurde sie nach unten hin immer größer, bis sie als zerschmetterter Körper auf dem Gehweg landete. Noch niemals hatte jemand so ein Bild gemalt, und sie war sehr stolz darauf, es in Paris zu zeigen. Jetzt lag das Bild sicher verwahrt ganz unten in ihrem Koffer.

Unten wurde jetzt die Gangway ausgefahren, und die ersten Passagiere verließen das Schiff. Frida konnte sehen, wie die junge Frau von ihrem Verlobten in die Arme gerissen und herumgewirbelt wurde, so dass ihre Röcke flogen. Frida beneidete sie. Darum, dass sie abgeholt und dass sie geliebt wurde.

Das Oberdeck hatte sich geleert, sie gehörte zu den letzten Passagieren, die von Bord gingen. Sie ließ sich Zeit, weil sie immer noch hoffte, einen Bekannten dort unten zu sehen. Ihre ersten Schritte an Land waren tastend und stolpernd. Sie musste sich erst wieder an festen Boden unter den Füßen gewöhnen.

Dann stand sie etwas verloren zwischen ihren Koffern am Pier. Ihr Blick fiel auf eine Reihe Cafés und etwas, das aussah wie ein Reisebüro, und sie beschloss, sich dort nach Möglichkeiten zur Weiterreise zu erkundigen. Sie gab einem Gepäckträger ein Zeichen, als ein Auto auf sie zuschoss und abrupt vor ihr bremste. Der Schlag öffnete sich, und eine betörend schöne Frau stieg aus.

»Frida! Da bist du ja!«

»Jacqueline! Bin ich froh, dich zu sehen!«

Sie umarmten sich stürmisch. Sofort war die alte Verbundenheit wieder da. Als sie im vergangenen Sommer mit André in Mexiko gewesen war, hatten sie sich auf Anhieb verstanden, und es hatte sich sogar eine tiefe Freundschaft zwischen ihnen entwickelt. Sie hatten über ihre dominanten Männer die Augenbrauen gerunzelt und sich über Trotzkis Vorhaltungen lustig gemacht. Der Revolutionär mochte es nicht, wenn Frauen sich in die politischen Debatten einmischten oder rauchten.

»Wer ist denn bei dir?« Frida sah zu der anderen Frau hinüber, die den Wagen gefahren hatte, jetzt ausstieg, und sich lässig an die Kühlerhaube lehnte, betont langsam eine Gauloise aus einem Päckchen nahm und sie in eine Zigarettenspitze aus Ebenholz steckte. Dabei ließ sie Frida nicht eine Sekunde aus den Augen.

Frida fielen die schwarzen Spitzenhandschuhe auf, die sie trug. Ob sie auch ein Geschwür an den Händen hatte und es verbergen wollte? Die Frau machte sie neugierig.

»Das ist Dora. Dora Maar. Und sie trägt ihre Handschuhe.« Jacquelines Stimme bekam etwas Verschwörerisches. »Mit solchen hat sie Picasso betört. Sie saß im *Deux Magots*, einem Café am Boulevard Saint-Germain, du wirst es kennenlernen, und als Pablo hereinkam, fing sie an, in rasender Geschwindigkeit mit einem Messer zwischen die Finger ihrer Hand zu stechen. Auch damals hatte sie solche Handschuhe an. Sie waren blutgetränkt, und Pablo verehrt sie immer noch wie eine Reliquie.«

Das war Picassos Frau? Oder zumindest seine Gefährtin? Das klang interessant. Frida ging zu ihr hinüber und streckte ihr die Hand hin. Dora sah sie aus den grünsten Augen an, die Frida je gesehen hatte. Zusammen mit dem schwarzen, üppigen Haar machten sie aus ihr eine rätselhafte, fast ein wenig bedrohliche Erscheinung. Wie eine Sphinx oder eine Nixe, dachte Frida. Beim Anblick der hauchdünn gezupften Augenbrauen, die bis an die Schläfen verlängert waren, kamen ihr ihre eigenen Brauen in den Sinn, die zu einem dicken Balken über der Nase zusammengewachsen waren. Sie mussten ein aufsehenerregendes Trio abgeben, eine Frau schöner als die andere, und zwar auf ganz unterschiedliche Weise.

»Danke, dass du dich auf den Weg gemacht hast, um mich abzuholen. Ich nehme an, Paris ist nicht gerade um die Ecke?«

Dora stieß den Rauch aus und schürzte dabei auf eine höchst

anziehende Art die Lippen. »Ich wollte unbedingt als Erste die berühmte Frida Kahlo kennenlernen, bevor sich die Pariser Meute auf dich stürzt. Komm, lass uns von hier verschwinden.«

Damit warf sie ihre Zigarette weg und stieg wieder in den Wagen.

Jacqueline und Frida verstauten die Koffer, und sie fuhren los.

»Na, dann erzähl mal«, forderte Dora Frida auf. »Wie sind deine Bilder? Ich könnte dich auch nach deinem Leben fragen, aber Jacqueline meinte, wenn man deine Bilder kennt, kennt man auch dein Leben.«

Frida sah Doras Blick im Rückspiegel. Sie selbst saß neben Jacqueline im Fond des Wagens. Die Frage verblüffte sie. So direkt hatte sich noch niemand nach ihrer Kunst erkundigt. Aber es gefiel ihr, dass Dora sie als Erstes nach ihren Bildern fragte. Sie fing an zu erzählen, berichtete auch in allen Einzelheiten von ihrem Dorothy-Bild.

»Ich glaube, dass es vielen Leuten Angst machen wird.«

»Ist doch gut, wenn Kunst unbequem ist. Und so ergeht es uns Frauen nun mal. Es wird Zeit, dass jemand das mal zeigt«, sagte Dora.

Die Stunden bis Paris vergingen wie im Flug.

»Da ist der Eiffelturm!«, rief Frida, als er in der Ferne auftauchte. Sie waren auf einer Anhöhe und konnten Paris unter sich liegen sehen. Aber die Straße führte wieder hinunter, und er verschwand zu Fridas Bedauern hinter Häusern. Ihr Blick verhakte sich in dem silbrigen Licht. Es musste an den Zinkdächern liegen, die sie in einem zarten Glanz erstrahlen ließ, weil die Abendsonne auf sie fiel.

»Und das da rechts ist Sacré-Cœur«, sagte Jacqueline, nachdem sie schon eine ganze Zeit durch die Stadt gefahren waren und Frida sich die Augen ausgeguckt hatte. »Wir sind gleich da.«

Sie kamen auf einen großen Boulevard, und Frida sah eine der Metrostationen in Grün und Blassgelb, die sie schon auf Fotos gesehen hatte. Die geschwungenen Portale sahen aus wie Blüten, wie kleine Fresienköpfe, dachte sie. Sie drehte sich im Fond um, um sie zu bewundern.

Dora raste ungerührt den Boulevard de la Chapelle hinunter, so dass das Bauwerk aus ihrem Blickfeld geriet, aber da vorn leuchtete schon das nächste gelbe M für Metro.

»Wo fahren wir denn eigentlich hin?«, rief Frida.

»Na, du wohnst natürlich bei uns«, sagte Jacqueline. »Es ist gleich da vorn, in der Nähe der Place de Clichy. Der Montmartre wird dir gefallen, viele Künstler haben hier ihre Ateliers. Und das Nachtleben ist nicht zu verachten. Wir werden uns amüsieren.«

Dora bremste scharf, und Frida wurde gegen die Lehne des Vordersitzes geschleudert. Der Schmerz schoss in ihren Rücken. Sie sog scharf die Luft ein, um nicht aufzuschreien. Sie wollte auf keinen Fall die Stimmung verderben. Das Zusammensein mit Dora und Jacqueline war höchst kurzweilig gewesen.

»Dora, kommst du nicht mit rauf?«, fragte Jacqueline, nachdem Dora den Wagen geschickt in eine Parklücke manövriert hatte.

Die schüttelte den Kopf. »Du weißt, dass ich diese Leute hasse.«

Frida sah sie verwundert an.

»Wir sehen uns«, sagte Dora zu ihr, dann stieg sie wieder ein und rauschte davon.

»Was meint sie denn damit, dass sie die Leute hasst?«

»Ach, das ist nur, weil Picasso manchmal dabei ist. Ihre Beziehung zu ihm ist turbulent, weil er noch mit Marie-Thérèse zusammen ist. Wahrscheinlich haben sie gerade wieder Krach. Sie ist manchmal ein bisschen wunderlich. Aber jetzt komm.«

Frida sah dem Wagen nach. Dora schien in einer ähnlich komplizierten Beziehung zu leben wie sie. Picasso war bestimmt kein einfacher Mann. Ein Genie wie Diego, und die waren eben schwierig.

Sie folgte Jacqueline durch ein Tor auf einen Hof, an dessen Ende einige Künstlerateliers lagen, das sah sie an den großen Fenstern. Die Bretons wohnten im zweiten Stock. Während sie hinter Jacqueline die Treppe hinaufstieg, freute sich Frida auf ein gemütliches Essen an einem liebevoll gedeckten Tisch. Zumindest hielt sie das so, wenn sie Gäste erwartete. Diego hatte ihr von der französischen Küche vorgeschwärmt, und sie schnupperte, ob sie schon etwas riechen konnte.

Sie gingen einen langen Flur entlang, dann trat sie in eine kleine Wohnung, die aussah wie ein Museum. Überall standen, lagen und hingen Gemälde, Statuen, Zeichnungen und Kuriositäten darunter die merkwürdigsten Dinge wie abgetrennte Puppenarme und eine Sammlung von Penissen aus unterschiedlichen Materialien. Einige Dinge erkannte sie wieder, so einen großen Judas aus Papier, den hatte sie André beim Abschied geschenkt. An einer Wand hingen die Votivbilder, die er aus mexikanischen Kirchen gestohlen hatte. Diego und sie waren fuchsteufelswild geworden, als sie ihn dabei erwischt hatten, aber er hatte sich nicht davon abbringen lassen.

Frida kam aus dem Staunen nicht wieder heraus. In der Casa Azul gab es auch viele Plastiken und Bilder, aber dort war es viel geräumiger. Hier hatte man kaum noch Platz, um seinen Fuß auf den Boden zu setzen. Sie raffte ihren weiten Rock vorn zusammen, um nichts umzureißen.

Stimmengewirr drang an ihr Ohr. Sie folgte Jacqueline in einen größeren Raum, der wohl als Salon diente. Mehrere Männer saßen hier in einer Wolke von Zigarettenrauch, einige am Tisch, andere auf dem Fußboden.

André blickte auf.

»Da ist ja meine Frida. Darf ich euch Frida Kahlo vorstellen, die Frau des großen Diego Rivera und Vorreiterin des Surrealismus in Mexiko? Ich habe euch von ihr erzählt. Sie wird uns in Paris mexikanische Kunst präsentieren.« Er stand auf und nahm sie in die Arme.

»Komm, setz dich zu uns«, forderte er sie auf. »Das sind meine Freunde Yves Tanguy, Man Ray und Paul Éluard und seine Frau Nusch. Und der Mann mit dem fast weißen Haarkranz und der Hakennase dort drüben ist Max Ernst. Er ist aus Deutschland. Du sprichst doch Deutsch, vielleicht unterhaltet ihr euch? Jetzt macht mal Platz für Frida.«

Frida suchte nach Picasso, aber er war nicht da. Die Luft roch abgestanden. Unwillkürlich sah sie zu den Fenstern hinüber. Hier sollte dringend gelüftet werden. Sie sah sich nach Jacqueline um, die bereits auf einem großen Kissen am Boden Platz genommen hatte.

»Frida, komm, hier ist noch ein Platz. Wir spielen das Wahrheitsspiel«, rief Breton.

Das Spiel bestand darin, dass man Fragen gestellt bekam, auf die man unbedingt wahrheitsgemäß antworten musste. Wenn man die Antwort verweigerte, musste man eine Aufgabe erledigen.

»Wie alt bist du?«, fragte Breton, an Frida gewandt.

Die war völlig perplex. Sie kam über den Atlantik gefahren und musste als Erstes ein Spiel spielen? Außerdem erwischte die Frage sie kalt. Sie war 1907 geboren, gab aber ihr Geburtsjahr mit 1910 an, weil das das Jahr der mexikanischen Revolution war. Weil sie sich schon ihr ganzes Leben lang engagierte, politisch und für die Sache der Frauen. Alle glaubten, sie sei achtundzwanzig, dabei war sie schon einunddreißig. Sie hätte das einfach so zugeben können, aber irgendetwas reizte sie, es nicht zu tun. Sie wollte Bretons lauerndem Blick nicht nachgeben. Sie ahnte, dass er Bescheid wusste.

»André, sie ist doch gerade erst angekommen«, mahnte Jacqueline.

»Wie alt?« Er klang wie ein Inquisitor.

Bastardo, dacht Frida und biss die Zähne zusammen. Sie sagte kein Wort, aber innerlich kochte sie. Was war denn das für ein Empfang?

»Ich finde, sie soll …«, begann Max Ernst, aber André, der hier offensichtlich das Sagen hatte, schnitt ihm das Wort ab.

»Mach Liebe mit dem Sessel dort!«

Ohne mit der Wimper zu zucken, stand Frida auf und fing an, den Sessel zärtlich zu streicheln. Dann setzte sie sich rittlings auf die Lehne und bewegte sich rhythmisch.

»Bravo«, rief Max Ernst und klatschte in die Hände.

Frida verneigte sich, obwohl sie sich gedemütigt fühlte. »Darauf einen Schnaps«, sagte sie.

Sie kippte den Brandy hinunter und hielt ihr Glas gleich wieder hin. Diesen Blödsinn konnte man doch nur mit Alkohol aushalten. Was sollte daran witzig sein? Oder surrealistisch oder intellektuell? Das war einfach nur albern. Kein Wunder, dass Dora nicht mit hochgekommen war.

»Komm«, sagte Jacqueline leise und zog sie mit sich in ein angrenzendes Zimmer.

Es war ein Kinderzimmer, das sah sie an dem kleinen Bett und den Spielsachen, die herumlagen.

»Das ist Aubes Zimmer. Aber wir stellen ein Klappbett rein, es wird schon gehen.«

Sie sollte im Kinderzimmer schlafen, gemeinsam mit Jacquelines Tochter?

Die dreijährige Aube war hübsch, neugierig und zutraulich. Aber die Vorstellung, mit einem Kind das Zimmer zu teilen, behagte Frida nicht. Wo sollte hier noch ein Klappbett hin? Und wo sollte sie überhaupt ihren Überseekoffer hinstellen? Wenn sie daran dachte, dass sie André und Jacqueline ihr Zimmer in San Ángel zur Verfügung gestellt hatte, stieg Unwillen in ihr auf.

Sie verzichtete darauf, ihre Sachen auszupacken, und öffnete den Koffer nur so weit, dass sie an ihr Nachthemd und die nötigsten Dinge gelangen konnte. Dabei streiften ihre Finger das säuberlich verpackte Porträt von Dorothy Hale. Es fehlten nur noch ein paar Einzelheiten und der letzte Schliff. Sie hatte auch bereits eine Idee für einen Rahmen. Das ist es, warum ich hier bin, dachte sie. Von einem zu kleinen Zimmer werde ich mich nicht unterkriegen lassen.

Dann überlief es sie kalt. Wo sollte sie denn hier malen? In dieser Wohnung war jedenfalls kein Platz dafür. Panik kroch durch ihren Körper. Aber sie musste doch malen! Sie war mitten in einem Bild, da konnte sie nicht einfach aufhören. Wie sollte sie ihr inneres Gleichgewicht finden, wenn sie nicht ausreichend Zeit allein mit ihren Bildern verbringen konnte?

Als sie sich auszog, um ins Bett zu gehen, riss Aube die Augen auf und fing an zu weinen.

»Was hast du?«, fragte Frida.

Aube zeigte mit dem Finger auf die wulstige Narbe, die sich quer über ihren unteren Rücken zog. »Was hast du da? Das sieht nicht schön aus.«

Frida fühlte sich plötzlich elend, sie kam sich hässlich und versehrt vor. Rasch zog sie ihr Nachthemd über. Sie hatte Heimweh, sie vermisste plötzlich ihr Haus und Diego. Zusammen hätten sie über die Situation lachen können. Sie legte sich ins Bett und schloss die Augen. In New York war sie auch nicht immer auf Rosen gebettet gewesen. Sie würde das schon schaffen. Für ihre Kunst.

Morgen würde sie ein ernstes Wort mit André reden. Sie brauchte einen Platz zum Malen, alles andere würde sich finden. Sie suchte eine bequeme Position, was schwierig war, weil die Matratze eine tiefe Kuhle hatte. Mit einem Seufzer ergab sie sich.

Kapitel 25

Am nächsten Morgen gab sich André freundlich-zerstreut. Sein wildes Haar stand ihm vom Kopf ab wie eine Mähne. Wahrscheinlich glaubt er, er habe einen Heiligenschein, dachte Frida, die immer noch erbost war.

»Wie hast du geschlafen?«, fragte er und nahm sie in die Arme.

Frida machte gute Miene zum bösen Spiel. Es hatte keinen Sinn, ihm zu sagen, dass sie in dem winzigen Zimmer kein Auge zubekommen hatte. Sie war schließlich für die Ausstellung nach Paris gekommen.

»Wo sind denn meine Bilder?«, fragte sie. »Hängen sie schon? Ich würde gern die Galerie sehen. Kann ich dort vielleicht meine Staffelei aufstellen? Ich habe noch ein sehr wichtiges Bild im Koffer, es hat mir sehr viel Kopfzerbrechen bereitet, und ich will es für die Ausstellung zu Ende malen.«

Andrés Blick verfinsterte sich. »Jetzt trink erst mal einen Kaffee.«

Zu Fridas Entsetzen stellte er eine angeschlagene Tasse ohne Untertasse vor sie hin. Sie konnte die Teeränder sehen. Niemals hätte sie so etwas ihren Gästen zugemutet. Jacqueline schenkte ihr Kaffee ein. Sie nahm einen Schluck, aber er war bitter und abgestanden. Dazu gab es Brot vom Vortag, das hart und ohne Geschmack war.

André hatte sich hinter einer Zeitung verschanzt. Die Nachrichten fand er offensichtlich interessanter, als mit ihr zu sprechen. Aber Frida ließ nicht locker.

»Also, wann kann ich in die Galerie?«, fragte sie und schob die Tasse von sich. »Ich habe bei Julien Levy viel darüber gelernt, wie man die Räume einer Ausstellung gestaltet.«

André klappte die Zeitung zusammen und stand auf. »Ich muss arbeiten«, sagte er und verließ das Zimmer.

»Ich muss auch arbeiten!«, rief sie ihm nach.

Kurz darauf fiel die Wohnungstür laut ins Schloss.

»Was ist denn los?«, fragte sie Jacqueline.

Die räusperte sich verlegen. »Wir haben noch keine passende Galerie gefunden. André musste seine eigene schließen. Aber er hat versprochen, sich zu kümmern.«

»Wie bitte?« Frida war fassungslos. »Ich denke, die Ausstellung wird nächste Woche eröffnet. Und wo sind überhaupt meine Bilder? Hier ist ja wohl kaum Platz dafür.« Sie machte eine Handbewegung. Auch die Küche war bis auf den letzten Zentimeter mit Kunst und Objekten vollgestellt.

Jacqueline hob die Hände, um sie zu besänftigen. »Mach dir keine Sorgen. Sie sind noch im Zolllager. Die Papiere müssen noch ausgefüllt und die Gebühren bezahlt werden. Sie sind leider ziemlich hoch. Und wir sind gerade etwas klamm. Die Mexikoreise war viel teurer, als wir gedacht haben.«

In Mexiko habt ihr doch zum großen Teil auf unsere Kosten gelebt, dachte Frida zornig. Vielleicht hätte dein Mann nicht all diesen Plunder auf den Märkten zusammenkaufen sollen. In ihr ballte sich die Wut zusammen, aber sie sagte nichts, Jacqueline konnte ja nichts dafür. Sie war gegenüber ihrem Mann ziemlich machtlos, das hatte sie bereits in Mexiko festgestellt.

»Wieso liegen die Bilder noch beim Zoll? Wo ist das überhaupt? Sind sie dort gut untergebracht? Und wie lange dürfen sie dort liegen? Was muss man denn tun, um sie auszulösen?« Immer mehr Fragen stiegen in ihr auf. Sie bekam Angst um ihre Werke. »Warum wollte André denn unbedingt, dass ich komme? Hätte ich das gewusst, wäre ich in New York geblieben Warum hat er denn nichts gesagt? Oder wenigstens du?«, rief sie.

Jacqueline senkte den Blick. »Es tut mir leid«, sagte sie. »Hab Vertrauen. Er kümmert sich. Er hat großen Einfluss in Paris. Er ist der Anführer der Surrealisten.«

»Er soll sich seinen Surrealismus an die Wand hängen, aber nicht meine Bilder! Ich nehme das nächste Schiff zurück.«

Sie wollte aufstehen, aber Jacqueline hielt sie zurück.

»Bitte, Frida, um unserer Freundschaft willen, tu das nicht. Es tut mir leid. André hat wirklich guten Willen, aber ich fürchte, er hat sich übernommen.«

Aber Frida war mit den Gedanken schon weiter, plötzlich kam ihr eine Idee. »Wo malst du eigentlich? Ich dachte ja erst, dies sei ein Atelier und wohnen würdet ihr anderswo. Aber ich sehe nirgendwo eine Staffelei. Ich sehe auch weder Pinsel noch Farben.«

Jacqueline presste die Lippen aufeinander, um die Tränen zurückzuhalten. »Wenn du wüsstest, wie glühend ich dich in Mexiko beneidet habe, weil ihr in San Ángel jeder euer eigenes Haus hattet. Du hast dein Atelier nur für dich. Du hast dir in deinen Bildern über die Jahre eine eigene Welt geschaffen. Ich kann hier nicht malen.« Sie zögerte, bevor sie hinzufügte: »Ich mag es nicht, wenn er meine Bilder sieht und sie beurteilt.«

Frida konnte sich vorstellen, dass André kein gutes Wort für die Arbeit seiner Frau fand. In seiner Ehe durfte es bestimmt nur einen Künstler geben. Auch das hatte sie in Mexiko mehrfach von ihm gehört. »Und wo malst du?«, wiederholte sie ihre Frage.

Jacqueline zuckte die Schultern. »André ist nun mal der größere Künstler von uns beiden. Er bringt das Geld rein, auch wenn es oft nicht reicht. Ich bin seine Muse.«

»Pah! Muse! Damit locken sie uns doch nur in die Falle!«, rief Frida dazwischen. »Hast du denn mal versucht, mehr zu arbeiten und deine Bilder zu verkaufen?«

»Wie soll ich das denn machen? Einer muss sich um Aube kümmern. Aber manchmal kann ich bei Dora oder bei jemand anderem für ein paar Stunden unterkommen.«

»Das hört sich an, als wärst du dafür auch noch dankbar.« Frida starrte sie an. Plötzlich sah sie Jacquelines Leben vor sich, wie es wirklich war: Sie hatte kein eigenes Atelier, sie konnte nicht malen, selbst wenn sie es wollte. Dabei hatte sie viel zu sagen, Frida hatte einige ihrer früheren Arbeiten gesehen. Aber Andrés Kunst kam immer an erster Stelle. Und hier in Paris war auch noch ihre Tochter zu versorgen.

»Ein Kind verändert alles, nicht wahr?«, fragte sie. »Ich habe keine, obwohl ich immer davon geträumt habe. Aber ich frage mich, ob ich mit einem Kind dort wäre, wo ich jetzt bin.« Musste sie deshalb ein schlechtes Gewissen haben? Nein, sie hatte einfach bessere Bedingungen gehabt als Jacqueline. »Ich habe ein eigenes Atelier, ich habe keine Kinder, um die ich mich kümmern muss, und Diego unterstützt mich in meiner Kunst.« Ja, so war es, und sie spürte große Dankbarkeit ihm gegenüber. Wenn sie für ihn gekocht hatte, dann, weil sie es wollte, nicht weil er es von ihr verlangte. Er hatte ihr immer Mut gemacht, von Anfang an, als sie ihn gefragt hatte, ob sie eine gute Malerin war, und er hatte sie ermutigt, nach New York und nach Paris zu fahren. Vielleicht hatte er dabei eigennützige Motive, aber die waren nicht wichtig. Wichtig war, dass sie hier war und ihre Bilder zeigte.

»Na ja, so weit, wie es seine eigenen Bedürfnisse nicht beschneidet«, sagte Jacqueline.

»Er hat mir immer das Gefühl gegeben, eine wirklich gute Malerin zu sein«, gab Frida mit einem scharfen Unterton zurück. »Alles andere, was uns verbindet, kann niemand verstehen außer Diego und mir.« Allein an ihn zu denken, stimmte sie milder, und sie fuhr etwas sanfter fort:

»Ich kenne niemanden, der seine Kunst so ernst nimmt wie Diego. Ihr ordnet er alles unter, persönliches Glück, Gesundheit, Anerkennung. Als die Amerikaner wollten, dass er das Porträt von Lenin übermalt, hat er sich geweigert und keine Aufträge mehr bekommen. Ich bewundere, wie er in sich selbst ruht und immer weiß, was richtig ist. Er bleibt sich immer treu, er macht keine Kompromisse. Sein einziges Anliegen ist es, mit seinen Bildern die Welt besser und gerechter zu machen. Dafür arbeitet er doppelt so hart wie jeder andere. Er ist der freundlichste, gutmütigste Mensch, den ich kenne. Er ist ein wahrer Revolutionär und setzt sich für die Schwächsten ein. Darin darf ihn niemand behindern, auch ich nicht. Ich bin seit zehn Jahren

Teil seiner Welt und das ist das größte Glück.« Sie zögerte bevor sie fortfuhr. »Dennoch ist es zwischen Diego und mir nicht mehr so wie noch im Sommer. Inzwischen ist einiges passiert.« Sollte sie von Nick erzählen? Vielleicht später. »Ich kann nicht so sein wie er. Dafür fehlt mir schon allein die körperliche Kraft. Ich habe gelernt, dass ich meinen eigenen Weg gehen muss, auch wenn die Richtung dieselbe ist wie Diegos. Auch dafür ist in Diegos Welt Platz genug.«

Jacqueline hatte aufmerksam zugehört. »Du hast dich seit Mexiko verändert. Du hast auf der Fahrt nicht ein Wort über Diego gesagt. Das ist mir aufgefallen.«

»Wirklich?«, fragte Frida. »Ihr habt aber auch nicht nach ihm gefragt.« Aber insgeheim fragte sie sich, ob ihre Veränderung so weit ging, dass Außenstehende sie wahrnahmen. Oder lag es daran, dass sie immer an Nick denken musste und dass der Gedanke wehtat?

»Ich habe sehr viel nachgedacht und ein paar Entscheidungen getroffen. Die Wochen in New York waren eine bereichernde Erfahrung. Ich habe endlich erkannt, wie wichtig mir meine Malerei ist. Und ich habe mich entschieden, dass sie immer an erster Stelle kommen wird. Weißt du, nur meiner Kunst kann ich wirklich vertrauen, weil sie aus mir kommt.«

Jacqueline sah sie zweifelnd an. »Geht das denn? Das hört sich kompliziert an. Und ich bin mir nicht sicher, ob ich es verstanden habe. Oder ob du dir da etwas schönredest.«

Frida schüttelte den Kopf

»Ich hatte in meinem Leben zwei Unfälle, der erste war mit einem Bus, der zweite war Diego. Beide Unfälle prägen mein Leben bis heute. Ich kann sie nicht ungeschehen machen. Sie sind ein Teil von mir, sie haben mich zu dem gemacht, was ich bin. Niemand kann meine Beziehung zu Diego verstehen, ich verstehe sie ja manchmal selbst nicht. Aber ich habe meinen Platz in ihr gefunden. Seit ich beschlossen habe, mich in erster Linie als Malerin zu verstehen, habe ich Erfolg. Und er kann mich nicht mehr so enttäuschen und verletzen. Die Ausstellung in New York lief bestens. Und ich habe einen Lebensinhalt gefunden, der sich nicht nur um Diego dreht.« Noch etwas hatte sich verändert, und das wurde ihr gerade während des Gesprächs deutlich. »Es erleichtert vieles, wenn man allein leben kann. Ich kann das, das habe ich in New York gelernt. Man ist nicht so abhängig.«

»Du hast keine Kinder«, sagte Jacqueline leise. »Das verändert alles. Du hast es ja eben selbst gesagt.«

Frida schluckte. »Ich hätte für mein Leben gern Kinder gehabt. Ich kann mir dennoch nicht vorstellen, ohne meine Bilder zu leben. Auch wenn ich Kinder bekommen hätte. Aber warum müssen wir uns zwischen Kindern und Kunst entscheiden? Von keinem Mann wird das verlangt! Du musst von André mehr fordern. Ich finde es geradezu langweilig, dass er sich derart wichtig nimmt.«

Jacqueline schwieg einen Moment. »Ich habe das noch niemandem erzählt, aber ich denke schon seit geraumer Zeit darüber nach, André zu verlassen. Er bestimmt über mein Leben, ich habe das Gefühl, neben ihm zu verschwinden. Seine Eitelkeit macht mich rasend.« Sie schnaubte verächtlich. »Weißt du, wie André mich sieht? Als eine Art Hauch, feuergekleidet, alles entfärbend und vereisend, was mich umgibt. Ich wäre aber lieber einfach nur seine Partnerin.«

Frida lachte sich halbtot. »Ein Hauch aus Eis? Was meint er denn damit?«

»Das weiß er wahrscheinlich selber nicht, aber es klingt gut.«

»Mich nennt er ein buntes Band um eine Bombe.« Frida gluckste immer noch.

»Ich rackere mich für ihn und die Surrealisten ab, aber bei der letzten Ausstellung haben sie mich nicht mal erwähnt.«

»Aber dafür hast du Kunst studiert, dafür bewundere ich dich«, sagte Frida.

»Das nützt mir aber nichts. Wenn ich malen will, muss ich ihn verlassen, das wird mir immer klarer. Aber ich weiß nicht, ob ich dieselbe Kraft habe wie du. Du bist eine viel größere Künstlerin. Und ich habe Aube. Ich glaube nicht, dass ich uns beide mit meinen Bildern durchbringen könnte.«

»Vielleicht wirst du eine richtig große Künstlerin, wenn du es endlich darfst. Ich möchte nicht wissen, wie viele Frauen nicht entdeckt werden, weil sie neben Kindern und Ehemann einfach keine Zeit für ihre Werke finden. Und gehen können sie auch nicht, weil sie kein Geld haben. Daran liegt es doch immer: am verdammten Geld«, sagte Frida. »Im Übrigen habe ich Diego nicht verlassen, das würde ich niemals tun. Ich sage ja nur, dass es guttut, die Prioritäten neu zu setzen.« Sie stand auf. »Und jetzt gehe ich los und kaufe uns etwas Richtiges zum Frühstück.«

Frida verließ die Wohnung. Sie brauchte frische Luft.

André ist es doch völlig egal, dass ich die lange Reise womöglich umsonst gemacht habe, dachte sie, während sie die Straße hinaufging. Als sie aus dem Torweg getreten war, hatte sie die roten Flügel einer Mühle gesehen und war in die Richtung gelaufen. Wahrscheinlich hält er mich auch für eine dilettierende Kunstmalerin wie seine Frau und denkt, ich kann froh sein, dass ich in Paris sein darf. Der Gedanke machte sie immer wütender. Wie kann er derart meine Interessen ignorieren! Ob er auch mit einem männlichen Kollegen so umgesprungen wäre? Bestimmt nicht!

Sie kam an einem Marktstand vorüber, an dem Orangen und Äpfel zu kunstvollen Pyramiden gestapelt waren. Staunend blieb sie stehen und sah sich um. Sie war inzwischen an einem Platz angekommen, von dem aus sie auf das Häusermeer hinuntersehen konnte. Mit orangeroten Ziegeln gedeckte, verschachtelte Dächer lagen unter ihr wie Teile eines Puzzles, dazwischen ragten Platanen und Zypressen auf. Es war wunderschön und romantisch. Hier oben sah Paris aus wie ein Dorf im Süden. Frauen eilten mit Einkaufskörben an ihr vorüber und schimpften Kinder aus, die mit Ranzen auf dem Rücken zur Schule trödelten. Jetzt bemerkte sie auch, wie schön das Wetter war. In den Bäumen sangen die ersten Vögel des Jahres. Sie sah wieder auf den Obststand und ließ sich Früchte einpacken. Gleich nebenan war eine Boulangerie, wo sie sich angesichts der vielen Köstlichkeiten und raffinierten Törtchen nicht entscheiden konnte. Schließlich zeigte sie auf die Croissants. »Drei, bitte«, sagte sie.

Die Verkäuferin schlug sie in ein Papier und reichte Frida das Päckchen. Draußen auf der Straße biss sie in das erste Croissant hinein.

»Mmmmh«, machte sie, als sie die Butter schmeckte und die feinen Schichten des Gebäcks auf der Zunge zerplatzen ließ. Die

Bäckereien in Paris waren schon mal nicht schlecht. Sie machte sich auf den Rückweg, wobei sie einfach immer den Berg hinunterging, den sie vorhin hinaufgelaufen war. Schon wieder blieb sie staunend stehen. War das etwa ein Weinberg? Mitten in Paris? Der Rebhang stieg steil an, am oberen Ende stand ein prächtiges Haus, in dessen oberem Stockwerk ein hohes Atelierfenster eingelassen war. Ohne zu wissen, wer dort arbeitete, beneidete Frida den Maler. Oder war es sogar eine Malerin? Was für einen Blick auf die Stadt und das Grün der Weinberge musste man von dort haben. Sie würde Jacqueline fragen, wer dort wohnte. Sie hatte gesagt, dass in diesem Viertel viele Künstler lebten. Dann musste es doch auch eine Galerie geben, die ihre Bilder ausstellen würde!

Ich bin doch erst einen Tag hier, vielleicht renkt sich ja auch alles ein, dachte sie.

Eine Woche wollte sie sich geben, wenn sie dann immer noch nichts erreicht hatte, würde sie nach Hause fahren. Als Allererstes würde sie sich um einen Platz kümmern, an dem sie malen könnte. Dann wäre sie beschäftigt, und vielleicht fand sich sogar ein Auftraggeber, der ihr ein Porträt abkaufte. Ich werde Dora fragen, dachte sie.

Als sie diesen Entschluss gefasst hatte, ging es ihr schon besser.

Am Nachmittag machte sie mit Jacqueline einen Spaziergang.

Untergehakt lief sie neben ihrer Freundin in die entgegengesetzte Richtung als die, die sie heute Morgen eingeschlagen hatte. Stadtabwärts veränderte sich das Straßenbild. Die Häuser wurden höher und stattlicher, die Geschäfte repräsentativer. Dann öffnete sich der Boulevard, und sie standen vor der prächtigen Oper, die Frida fast so groß wie der Nationalpalast in Mexiko vorkam. Gegenüber lag das *Café de la Paix*, von dem Frida schon gehört hatte. Sie setzten sich an einen der winzigen runden Tische auf der Terrasse und bestellten etwas zu essen und Wein. Hier hätte Frida stundenlang sitzen und zusehen können, wie Paris an ihr vorüberflanierte. Sie kommentierten die Garderoben der Frauen und sonnten sich in den Blicken der Männer, die die beiden wunderschönen Frauen, von denen die eine seltsam bunte Gewänder trug, die andere Haare wie ein blonder Engel hatte, bewundernd ansahen. Ein berittener Polizist hielt sein Pferd vor ihnen an und salutierte.

»Kennst du dieses Atelier oberhalb eines Weinbergs? Ich bin heute Morgen zufällig daran vorbeigekommen.«

Jacqueline nickte. »Das war das Atelier von Suzanne Valadon. Sie hätte dir gefallen. Angefangen hat sie als Modell. Renoir und Toulouse-Lautrec haben sie oft gemalt. Sie hatte einen reichen Mann, den sie aber verlassen hat. Seitdem hatte sie immer sehr viel jüngere Geliebte. Sie hat ihr Leben so gelebt, wie sie es wollte. Als sie letztes Jahr gestorben ist, war halb Paris in Trauer.«

»Ich würde zu gern sehen, was für Bilder sie an diesem Ort gemalt hat. Er muss magisch sein.«

»Ich kenne ihren Sohn, Maurice. Vielleicht lässt er uns hinein.«

Irgendwann sah Jacqueline auf die Uhr und winkte dem Kellner. »Wir müssen los, Breton wartet.«

Jacqueline machte sich mit raschen Schritten bergan, aber Frida winkte nach einem Taxi. Ihr Fuß tat weh. Außerdem genoss sie das Gefühl, sich einfach einen Wagen mieten zu können wie ein Mann. Weil sie Geld in der Tasche hatte.

Sie fuhren ins *Café Cyrano*, das auf der anderen Seite des Boulevard de Clichy lag. Daneben sah Frida wieder die roten Flügel der Mühle, die dort stand. Jacqueline hatte ihr gesagt, dass das das *Moulin Rouge* war, ein Kabarett-Theater.

»Da müssen wir auch hin«, sagte sie, als sie Jacqueline ins *Cyrano* folgte.

»Hier ist Andrés Stammcafé. Dort wirst du unsere Freunde kennen lernen«, sagte Jacqueline. »Vielleicht hat einer von ihnen eine Idee für eine Galerie. Aber lass es nicht André hören.«

Kaum hatte Frida das Café betreten, wurde sie von Bretons Freunden und Bewunderern belagert. Jeder wollte mit ihr reden, fragte sie nach ihren Bildern und nach dem Surrealismus. Aber sie hatte Schwierigkeiten, alles zu verstehen, und Französisch zu sprechen fiel ihr noch schwerer. Sie versuchte sich zu erklären, aber Breton schnitt ihr das Wort ab. Sie hörte heraus, dass er sie wieder als surrealistische Malerin hinstellte. Wortreich erklärte er den anderen, was sie in ihren Bildern zu sehen hatten. Sie versuchte, sich in radebrechendem Französisch zu wehren, zu sagen, dass sie sich nicht als Surrealistin sah, aber niemand hörte ihr zu. Plötzlich war es ihr genug. Was bildeten diese Franzosen sich ein, vor ihren Ohren über ihre Bilder zu sprechen, ohne sie selbst zu Wort kommen zu lassen?

»Wäre es nicht schön, wenn deine Freunde meine Bilder sehen könnten? Dann könnten sie sich selbst ein Urteil bilden.«

Sie sah Jacquelines anerkennenden Blick von der anderen Tischseite. André tat, als habe er den Satz nicht gehört.

Frida insistierte nicht. Was hatte sie davon, wenn sie es sich mit ihm und seinen Bewunderern verscherzte? Sie hoffte, dass sich unter seinen Freunden jemand finden würde, der ihr half. Aber unter ihnen war Breton der Chef, gegen ihn unternähmen sie nichts. Sie lehnte sich zurück, hörte den erregten Diskussionen zu und trank ein seltsames Getränk, Bier mit einem Schuss Picon. Es schmeckte sehr gut. Ein Mann, der sie schon den ganzen Abend angestarrt hatte, nutzte die Gelegenheit, als der Platz neben ihr frei wurde. Er setzte sich zu ihr und fragte sie nach tausend Einzelheiten zu ihrer Ausstellung in New York. Endlich mal jemand, der sich für sie interessierte und ihr zuhörte. Sie verstand nicht gleich, warum Breton plötzlich auf zwei, drei Männer zeigte, die aufsprangen und ihm folgten, während die anderen etwas betreten zurückblieben, unter ihnen auch ihr Sitznachbar. Sie konnte ihn gerade noch nach seinem Namen fragen. Er hieß Marcel Duchamp.

Frida folgte der Gruppe um Breton in seine Wohnung, die nur gut hundert Meter von hier entfernt lag. Im Salon wurden die Diskussionen fortgeführt. Alle sprachen gleichzeitig, niemand hörte dem anderen zu. Frida hatte den Eindruck, dass es darum ging, möglichst wortgewandt den anderen in Grund und Boden zu reden. Irgendwie erschien ihr das alles sinnlos. Mehr ein Ritual als der Versuch, die Welt zu verändern. Wäre sie doch einfach mit diesem Duchamp im Café geblieben!

Wieder hob André die Hand, und alle sahen ihn an.

Frida fürchtete schon, dass sie wieder peinliche Fragen beantworten müsste, aber es wurde *Le Cadavre Exquis*, eine vorzügliche Leiche, gespielt. Der Erste malte einen Kopf, dann wurde das Papier umgeknickt und an den Nebenmann weitergereicht, der einen Körper zeichnete, der dritte dann die Beine, der vierte die Schuhe. Sie kannte es bereits von Diego und Lucienne. Als André in Mexiko gewesen war, hatte er so getan, als habe er das Spiel erfunden. Jedes Mal hatte er davon geschwärmt, es sei so surrealistisch, weil die Zeichnungen im besten Fall aus dem Unterbewussten kämen.

Frida mochte *Le Cadavre Exquis*, weil es lustig war. Sie amüsierte sich über die merkwürdigen Wesen, die auf dem Papier entstanden. Diego war manchmal aufgestanden und hatte versucht, einige der komischen Figuren zu parodieren.

Aber bei Breton ging es bierernst zu, das hätte sie sich ja denken können. Verbissen beugte er sich über sein Blatt. Wenn jemand sprach, kassierte er einen vorwurfsvollen Blick.

Um Punkt elf Uhr abends schickte er alle fort.

»Geht das jeden Abend so?«, fragte Frida.

Jacqueline nickte.

Mein Gott, wie furchtbar, dachte sie. Ich bin doch nicht nach Paris gekommen, um meine Tage mit Bretons Spielchen zu vergeuden.

Kapitel 26

Die nächsten Tage verliefen ähnlich wie der erste. Mittagessen um Punkt zwölf, davor und danach musste Ruhe herrschen, damit Breton arbeiten konnte, um sechs ins Café, danach eine kleine Runde in Bretons Wohnzimmer. Nur an einem Abend saßen außerdem noch ein paar trotzkistische Funktionäre mit ernsten Gesichtern um den Tisch. Frida ahnte, worum es ging. Diego hatte öffentlich mit Trotzki gebrochen, und Trotzki hatte Frida einen langen, sehr drängenden Brief geschrieben, in dem er sie bat, in dem Streit mit Diego zu vermitteln. André war selbst Trotzkist und von Diegos Verhalten zutiefst empört. Die Männer bombardierten Frida mit Fragen und Vorwürfen zu Diegos politischem Kurs. Frida wusste nicht, ob sie lachen oder weinen sollte. Sie war doch ein eigenständig denkender Mensch und selbst nie Mitglied der IV. Internationale gewesen. Wieso gingen hier alle davon aus, dass sie auch politisch ein Anhängsel von Diego war? Sie war doch nicht für Diegos Handeln verantwortlich. »Fragt doch Diego, wenn ihr es genau wissen wollt«, rief sie entnervt aus.

Reise Paris großer Fehler. Ausstellung fraglich. Vermisse dich.

Frida reichte dem Beamten den Zettel durch das kleine Fenster und sah zu, wie er das Telegramm an Diego in die Tastatur hämmerte. Nervös trommelte sie mit den Fingern auf dem Schaltertisch herum. Dann, bevor sie es sich anders überlegen konnte, gab sie ein Telegramm mit demselben Wortlaut an Nick in Auftrag.

Sie lief durch den Nieselregen zurück in die Wohnung, und bei jedem Schritt wurde ihr das Herz schwerer. Sie hatte keine Ahnung, ob die Ausstellung stattfinden würde. André entzog sich ihren Fragen und wurde zusehends ungeduldiger, wenn sie ihn darauf ansprach. In der Wohnung fühlte sie sich eingeengt. Das Verhör durch die Trotzkisten am Vorabend war der Gipfel gewesen. Und das Schlimmste war, dass sie nicht malen konnte. Ihre Gedanken wanderten zu dem Porträt von Dorothy Hale, das immer noch in ihrem Koffer lag. Sie fühlte, wie sie die Verbindung zu dem Gemälde verlor, sie musste es endlich wieder vor sich sehen und weiter daran arbeiten.

Als sie durch das Tor ging und zu den Fenstern der Wohnung hinaufsah, seufzte sie tief und verzog das Gesicht. Nein, sie würde nicht dort oben am Tisch sitzen und einen weiteren Tag sinnlos verstreichen lassen. Nicht mal in Ruhe lesen konnte sie dort!

Sie marschierte die Treppen hinauf, aber nur um Jacqueline zu sagen, dass sie in den Louvre wollte. Wenn sie schon selbst nicht malen konnte, dann wollte sie wenigstens andere Maler studieren.

Jacqueline hantierte in der viel zu kleinen Küche, in der sich das schmutzige Geschirr stapelte, und putzte Gemüse. Breton saß am Tisch und las, Aube malte. Fridas erster Reflex war, ihre

Hilfe anzubieten. Aber ein Blick auf André hielt sie davon ab. Sie war lange genug Köchin gewesen. Auf keinen Fall wollte sie, dass Breton sie am Herd sah. Dann würde er sie womöglich noch weniger ernst nehmen.

»Ich gehe in den Louvre«, sagte sie und sah ihre Freundin dabei bedeutungsvoll an.

Jacqueline fing ihren Blick auf, das Gesicht von der Wärme am Herd gerötet, einzelne Haarsträhnen hingen ihr ins Gesicht. Sie sah wunderschön aus, aber auch frustriert.

»Ich komme mit«, sagte sie und nahm ihre Schürze ab.

Frida lächelte.

»Und wer kocht?«, fragte André.

»Vielleicht zur Abwechslung mal du? Aube, du bleibst heute bei Papa.«

Bevor André protestieren konnte, waren sie aus der Tür.

»Bravo«, sagte Frida. Hand in Hand rannten sie die Treppe hinunter wie zwei Kinder, die jemandem einen Streich gespielt hatten.

Stundenlang wanderten sie durch die Säle des Museums und Frida wunderte sich darüber, dass einige Plätze an den Wänden leer waren, man konnte an den helleren Stellen noch die Umrisse der Bilder sehen, die dort gehangen hatten. An anderen Wänden hingen nur leere Rahmen.

»Sie transportieren die wichtigsten Stücke ab«, flüsterte Jacqueline. »Aber ich wusste nicht, dass es so viele sind.«

»Was meinst du damit?«

»Die Museumsleitung bringt die Kunstwerke in Sicherheit, falls es Krieg gibt.«

Sie waren inzwischen bei der Mona Lisa angekommen und standen lang vor dem Bild, jede in ihre Gedanken versunken. Frida fand die Vorstellung niederschmetternd, dass die Nazis sich diese Ikone unter den Nagel reißen würden.

»Lass uns gehen«, sagte sie. Sie spazierten in Richtung Rue de Rivoli. Dort war ein kleiner Platz, auf dem ein vergoldetes Denkmal von Jeanne d'Arc auf einem Pferd stand.

»Sie ist für ihre Überzeugungen gestorben«, sagte Frida und verneigte sich vor der Statue. »Und was ist das?« Sie zeigte auf das prächtige Gebäude nebenan.

»Das *Hotel Régina*. Tausend Zimmer und eine der besten Küchen von Paris. Viel zu teuer«, sagte Jacqueline und folgte Fridas sehnsüchtigem Blick. »Aber ich lade dich ins *Angelina* ein. Das Café ist auch berühmt und gleich da vorn.«

Schon als sie durch die gläserne Tür trat, nahm Frida den Geruch nach Schokolade wahr und fühlte sich an Mexiko erinnert. Ihr lief das Wasser im Mund zusammen. Sie steuerten einen Tisch am Fenster an, von dem aus sie einen Blick auf die vorübereilenden Passanten hatten, und bestellten Kakao und hauchfeine Törtchen. Frida bestand auf einem Cognac dazu.

Wärme durchströmte sie. Sie war froh, diesen Nachmittag mit ihrer Freundin zu erleben. Paris hatte durchaus schöne Momente für sie. Aber sie war jetzt eine knappe Woche hier, und es war immer noch fraglich, ob die Ausstellung stattfinden würde. André stellte sich stur, wenn sie ihn zur Rede stellte. Sie solle sich gedulden. Aber noch einen dieser Abende im Café, wo André Hof hielt, und sie würde explodieren.

Sie nahm einen Schluck der dickflüssigen Schokolade, die in einem silbernen Kännchen serviert wurde.

»Das war nötig«, sagte Jacqueline und leckte sich einen Klecks Sahne von den Lippen, »ich meine nicht nur die Schokolade, sondern dass ich mit dir mitgekommen bin.«

»Warum glauben die Männer eigentlich, sie seien die eigentlichen Künstler? Scheiß drauf!«

Jacqueline griff nach Fridas Hand. »Es tut mir gut, dass du hier bist. Du machst mir Mut. Und du öffnest mir die Augen, was für ein schwieriger Mann André ist. Ich glaube, manchmal hält er sich tatsächlich für so was wie einen Gott.«

»Aber heute steht Gott zur Abwechslung mal in der Küche«, gab Frida trocken zurück.

Sie brachen beide in schallendes Gelächter aus, was ihnen die neugierigen Blicke der anderen Gäste einbrachte.

»Schade, dass Dora nicht bei uns ist. Sie könnte zu dem Thema auch etwas beitragen, glaub mir.«

Als sie zurückkamen, war es bereits später Abend, und André bebte vor Zorn.

»Wie soll ich nach einer Galerie für deine Ausstellung suchen, wenn ich mich um das Kind kümmern muss?«, schimpfte er.

»Und wie soll ich malen? Denkst du auch mal daran?«, schrie Jacqueline.

»Hast du denn wenigstens meine Bilder aus dem Zoll geholt?«, fragte Frida.

»Hast du eine Ahnung, wie viel das kostet? Dafür habe ich kein Geld.«

Jetzt reichte es Frida.

»Ich ziehe aus«, sagte sie. »Und zwar sofort.«

André sah sie abschätzig an. »Wo willst du denn hin?«

Frida sah zu Jacqueline hinüber. »Wie hieß noch dieses Hotel, an dem wir heute vorbeigekommen sind? Das mit der Jeanne d'Arc davor?«

»Du meinst das *Régina?*«

»Genau. Hast du nicht gesagt, die haben tausend Zimmer? Da will ich hin. Ich packe sofort meine Sachen.«

Allein für Bretons dämlichen Gesichtsausdruck lohnte sich die Sache.

»Ich bring dich hin«, sagte Jacqueline mit einem Seitenblick auf ihren Mann.

André sprang wütend auf.

»Dann macht doch, was ihr wollt«, rief er.

Kapitel 27

Gleich als sie hinter Jacqueline, mit Koffern und Staffelei und Malutensilien beladen, die Lobby betrat, wusste Frida, dass ihre Entscheidung vielleicht unvernünftig war, aber sie tat so wahnsinnig gut.

Vor Staunen blieb ihr der Mund offen stehen. Solche prächtigen Blumenbouquets hatte sie noch nie gesehen! Sie waren mannshoch, in einige waren kleine Bäumen gesteckt. Der Hoteldirektor kam hinter der Rezeption hervorgeschossen und wies auf die Staffelei.

»Malen ist hier verboten!«, sagte er. »Wir haben hier sehr exquisite Interieurs.«

Frida staunte schon wieder. Jacqueline stemmte die Ellenbogen in die Hüften und übergoss ihn mit einem wahren Schwall an Schimpfwörtern, sie hörte gar nicht wieder auf. Frida verstand nicht genau, welche Argumente ihre Freundin vorbrachte, aber es war klar, dass Jacqueline im Grunde ihre eigene Kunst verteidigte. Ihre ganze Wut auf André brach sich in ihrer Schimpftirade Bahn. Sie hätte sich mit jedem angelegt, der einer Frau das Malen verbieten wollte. Die übrigen Angestellten und einige Gäste kamen hinzu, um zu sehen, wer hier so einen Lärm veranstaltete. Eine elegante Amerikanerin stellte sich neben Jacqueline und pflichtete ihr bei. Der Direktor musste sich geschlagen geben und bugsierte die Staffelei höchstpersönlich in den Fahrstuhl.

Sie fuhren in den fünften Stock und gingen einen langen, mit dicken Teppichen ausgelegten Flur entlang zu ihrem Zimmer. Der Gang war so breit, hier hätte man sogar mit einem Auto durchfahren können. Die Wände waren bis zur halben Höhe mit lindgrünen Kacheln bedeckt, überall standen gepflegte Möbel und Antiquitäten. Frida pfiff leise durch die Zähne.

Der Raum war atemberaubend groß, voll bequemer Möbel im Belle-Époque-Stil. Mittendrin stand das breiteste Bett, dass sie je gesehen hatte.

»Heute ist es bereits zu dunkel, aber die Aussicht ist fantastisch«, sagte der Page und zog sich zurück.

Frida ließ sich auf das Bett fallen und klopfte auf den Platz neben sich.

Jacqueline schüttelte den Kopf. »Ich muss nach Hause.«

»Das war eine ziemlich gute Vorstellung, die du eben abgegeben hast. Vielen Dank dafür.«

Frida stand auf und umarmte Jacqueline zum Abschied.

Als sie allein war, packte sie ihren Koffer aus, bis sie auf das Bild stieß, das ganz unten lag. Sie nahm es heraus und wickelte es aus. Da war Dorothy Hale. Sie strich über die rechte obere Ecke, in die sie die Wolken gesetzt hatte, und stellte das Bild auf die Leinwand, die sie so ausgerichtet hatte, dass sie das Bild vom Bett aus sehen konnte.

»Bis morgen«, flüsterte sie Dorothy leise zu.

Dann legte sie sich ins Bett und schlief tief und traumlos.

Mit einem zufriedenen Lächeln wischte sie den Pinsel sorgfältig ab und steckte ihn sachte zu den anderen ins Glas. Bloß vorsichtig sein und keine Flecken hinterlassen. Die würden sich auf dem kostbaren Teppich nicht so gut machen. Sie warf einen bedauernden letzten Blick auf das Bild von Dorothy Hale. Als sie heute Morgen aufgestanden war und die Gardinen geöffnet hatte, waren ihr vor Ergriffenheit die Tränen gekommen. Sie hatte die Fenster weit geöffnet und sich hinausgelehnt, weil sie es nicht glauben konnte. Das Licht hier oben war phantastisch zum Malen, klar und silbern, das Licht, das sie bereits auf so vielen Gemälden aus Paris bewundert hatte. Sie sah direkt auf den Louvre und die Tuileriengärten hinaus, die auf der anderen Straßenseite lagen. Sie stellte sich die weltberühmten Gemälde vor, die hinter den Mauern, nur wenige Hundert Meter von ihr entfernt, an den Wänden hingen, und bekam sofort Lust, zu arbeiten. Ein paar Stunden später roch es im Zimmer nach Farbe, und Frida fühlte sich wie zu Hause.

Sie verscheuchte den Gedanken, dass das Zimmer siebzig Francs die Nacht kostete, ein halbes Vermögen. Das Geld war gut angelegt. Hier kam sie endlich zur Ruhe, und die bequemen Möbel waren jeden Centime wert. Sie konnte sich mit ihren Kleidern und Dingen umgeben und hatte Platz. Außerdem gab es im Erdgeschoss eine gute Bar. Sie konnte sogar verschmerzen, dass ihr Zimmer kein Bad hatte. Das Badezimmer, das sie mit ein paar anderen Gästen teilen musste, lag am Ende des Gangs. Die Pariser sollten sich mal eine Scheibe an New Yorker Standards abschneiden!

Frida sah auf die Uhr. Verflixt, sie hatte die Zeit vergessen.

Sie war mit Dora verabredet, und die wartete bestimmt schon auf sie.

Sie warf ihrer neuen Behausung und dem Bild eine Kusshand zu, dann eilte sie den langen Flur entlang zum Fahrstuhl.

Ein letzter Blick in den Spiegel in der Aufzugskabine, und Frida war bereit.

Dora hatte am Telefon berichtet, dass sie Marcel Duchamp, den jungen Mann aus dem *Café Cyrano* fragen wollte, ob er eine Galerie kannte, die Fridas Bilder zeigen wollte. Vielleicht brachte sie gute Neuigkeiten.

Die Kabinentür öffnete sich, und Frida trat aus dem Fahrstuhl. Der Empfangsportier verbeugte sich vor ihr und wies mit der Hand in Richtung der eleganten Bar mit den glänzenden Holzintarsien an Wänden und Decken. Ein Gepäckträger drückte sich in eine Ecke, um sie vorbeizulassen. Frida lächelte in sich hinein. Offensichtlich hatte Jacquelines gestriger Auftritt ihr Respekt verschafft. Ihr war es recht. Je mehr Aufsehen sie in Paris erregte, umso besser war es für ihre Ausstellung. Wenn sie denn stattfinden sollte.

Am Eingang zur Bar stand ein prächtiger Silberkelch mit Blumen. Im Vorbeigehen stibitzte sie eine Orchidee und steckte sie sich mit einem Lächeln ins Haar.

Dora saß in einem der rot bezogenen Sessel. Sie stand auf, um Frida auf beide Wangen zu küssen.

»Das nenne ich mal eine standesgemäße Unterkunft«, sagte sie.

»Es ist nur für ein paar Tage. Ich musste mich erholen und arbeiten.«

Dora verzog den Mund. »Ich kann mir vorstellen, von wem.«

»Ich will nicht darüber reden. Ich will einfach nur in Paris sein und meine Bilder zeigen. Und dann will ich nach Hause.«

»Wieso fährst du nicht einfach?«

»Aber das geht nicht. Ich will bei meinen Bildern sein und sie ausstellen.«

Dora sah sie nachdenklich an. »Wenn du dich entscheiden müsstest zwischen Diego und der Kunst. Was würdest du wählen?«

Was war denn das für eine Frage? Wie sollte sie die beantworten? Ohne ihre Bilder könnte sie nicht leben. In ihren Bildern drückte sie ihren Schmerz aus und überwand ihn. In ihrer Kreativität fand sie tiefe Befriedigung und Glück. Aber könnte sie ohne Diego überhaupt malen? Ohne ihn an ihrer Seite zu wissen? Sie fing plötzlich wild an zu lachen. Sie konnte gar nicht mehr aufhören. »Das ist eine echt surrealistische Frage, findest du nicht?«, brachte sie schließlich heraus. »Wir sollten das mal mit Breton besprechen.«

»Als ob Männer sich solche Fragen stellen würden«, stellte Dora fest.

Frida begann zu ahnen, warum Dora ihr diese etwas merkwürdige Frage ohne jede Einleitung gestellt hatte. Sie war in einer ähnlichen Situation.

»Und wie ist das zwischen dir und Picasso? Wie ist er? Bestimmt auch kein einfacher Mann.«

Jetzt musste Dora lachen. »Genau das wollte er über Diego wissen. Du weißt, dass er deinen Mann kennt?«

Frida nickte. »Aber das ist schon lange her. Diego war in den zwanziger Jahren in der Stadt. Und er hat mir erzählt, dass er Streit mit Picasso hatte.«

»Ich habe Pablo fotografiert, während er an *Guernica* gearbeitet hat. Es ist sein Protest gegen die Verbrechen der Faschisten in Spanien.«

»Die Fotos würde ich gern sehen.«

»Und ich würde gern dich fotografieren. In diesen phantastischen Kleidern.« Sie wies auf den bestickten Mantel aus Guatemala, den Frida anhatte. »Aber vorher müssen wir mit Marcel reden. Er ist ein Juwel, und ich habe ihm von deinen Problemen erzählt. Er will dir helfen.«

»Marcel? Marcel Duchamps? Wirklich? Das wäre wundervoll. Ich habe mich schon einmal mit ihm unterhalten. Ich fand ihn sehr nett. Nicht so ein Selbstdarsteller wie die anderen.« Sie sah sich um, ob sie ihn entdecken konnte. »Kommt er her?«

Dora lachte. »Das hier ist nicht ganz sein Revier. Er zieht die Cafés in Saint-Germain vor. Komm, wir machen uns auf den Weg. Ich rufe uns ein Taxi.«

»Wollen wir nicht ein Stück laufen?«, entgegnete Frida ganz gegen ihre Gewohnheit, aber ihre neue Behausung wirkte sich auch auf ihre Unternehmungslust aus. »Ich bin schon eine Woche in Paris und war noch nicht mal an der Seine. Außerdem scheint die Sonne.«

Sie überquerten die Rue de Rivoli und schlenderten durch den Innenhof des Louvre. Dahinter floss die Seine, und sie standen lang auf dem Pont Royal. Von hier aus hatten sie einen freien Blick auf den Pont Neuf und Notre-Dame. Frida schaute und schaute.

»Eigentlich schade, dass ich keine Landschaften und Stadtansichten male«, sagte sie, von der Schönheit des Anblicks verzaubert.

Langsam gingen sie weiter.

»Das dürfte dich interessieren«, sagte Dora, als sie an einem Geschäft für Farben und Malzubehör am anderen Ufer vorüberkamen. Durch das Fenster konnten sie Farben, Papiere, Pinsel, Kreiden sehen. »Hier kaufen alle. Es ist das am besten sortierte Geschäft in Paris.«

Und wohl auch das schönste, dachte Frida, als sie die Schränke und Regale aus honigfarbenem Holz bewunderte, die sich bis zur Decke streckten. Noch nie hatte sie eine solche Auswahl gesehen. Sie erinnerte sich, in Diegos Atelier Kreiden mit dem Aufdruck *Sennelier* herumliegen gesehen zu haben. Aber sie hatte keine Ahnung gehabt, dass er sie in diesem Geschäft erworben hatte. Sie schickte ihm einen zärtlichen Gedanken und kaufte Papier und weiche Dachshaarpinsel und einen Kasten mit Kreiden. Dann fiel ihr Blick auf einen gläsernen Tamper aus venezianischem Glas, mit dem man Farben zerstoßen konnte. Er lag gut und schwer in der Hand, und Frida fand ihn wunderschön. »Den bringe ich Diego mit«, sagte sie. Sie musste sich zurückhalten, um nicht noch mehr zu kaufen. Der Verkäufer verschnürte alles zu einem Paket, und Frida bat ihn, es ins Hotel *Régina* zu schicken.

Als sie wieder auf die Straße hinaustraten, griff sie sich plötzlich an den Bauch und krümmte sich, um dem stechenden Schmerz zu entgehen.

»Was hast du?«, frage Dora besorgt.

Aber der Anfall war schon wieder vorbei.

»Nichts«, sagte sie und machte eine wegwerfende Handbewegung. »Geht schon wieder.«

Es war nicht mehr weit bis zum Boulevard Saint-Germain.

Hinter ihnen neigte sich die Sonne zum Horizont und beschien die engen Straßen, die von der Seine hinaufführten. Frida betrachtete ihren langen Schatten vor sich und marschierte in kräftigen Schritten, obwohl sie ein flaues Gefühl im Magen verspürte. Sie schob es zur Seite. Der Tag war so schön, Paris leuchtete im Abendlicht, und sie genoss das Zusammensein mit Dora. Außerdem wollte sie unbedingt erfahren, was Marcel Duchamp für sie erreicht hatte.

Sie kamen auf den Boulevard, der in der Abendsonne glänzte. Im *Deux Magots* fanden sie einen Tisch auf der Terrasse und bestellten Wein.

Kurz darauf kam Marcel und zog sich einen weiteren Stuhl an ihren Tisch. Frida konnte den Blick kaum von dem Maler lassen. Er hatte das hagere Gesicht eines Raubvogels und trug einen langen Ledermantel, mit dessen Schößen er an den Stuhllehnen hängen blieb.

»Da können Sie einen noch so ganovenmäßigen Eindruck machen, mich täuschen Sie nicht«, sagte Frida mit einem Lächeln.

Marcel sah sie verständnislos an.

»Ein Blick in Ihre grünen, mitfühlenden Augen zeigt mir, dass Sie ganz anders sind.«

»Chapeau!«, rief er begeistert. »Dann erzählen Sie mal. Sie sind auf der Suche nach einer Galerie?«, fragte er.

Frida berichtete von ihren Schwierigkeiten. Marcel wusste natürlich schon Bescheid, aber er hörte aufmerksam zu und erklärte sich bereit, zunächst ihre Bilder beim Zoll auszulösen.

»Ich kenne da jemanden«, sagte er. »Allerdings werde ich dafür Geld brauchen.«

Frida nickte und zog mehrere Scheine aus ihrer Tasche. »Zweihundert Dollar, mehr habe ich gerade nicht.«

»Das sollte reichen, wahrscheinlich brauche ich gar nicht alles und gebe Ihnen den Rest zurück. Und wenn wir erst mal die Bilder haben, werden wir auch eine Galerie finden. Es sollte doch mit dem Teufel zugehen, wenn wir uns die Gelegenheit entgehen lassen sollten, die berühmteste Künstlerin Mexikos auszustellen.« Er sah die Straße hinunter. »Da kommen Jacqueline und Mary. Kein Wort mehr davon. Jetzt wird gefeiert.«

Für eine Sekunde glaubte Frida, Marcel spreche von Mary Schapiro. Aber diese Mary hieß Reynolds und war Marcels Frau. Die zupackende Freundlichkeit der älteren Amerikanerin mit dem raspelkurzen Haar tat Frida gut und flößte ihr Vertrauen ein. Mary sprach Französisch mit einem amerikanischen Akzent, und wenn Frida der schnellen, mit Witzen und Anspielungen gewürzten Unterhaltung der anderen nicht folgen konnte, dann übersetzte sie. Sie verbrachten einen fröhlichen Abend zu fünft. Frida fühlte sich wohl, Mary Reynolds war ihr gleich sympathisch, Jacqueline und Dora sowieso. Sie lästerten über die anderen Gäste, von denen die anderen die meisten kannten.

»Da kommen Simone de Beauvoir und Sartre«, wisperte Dora. »Noch eine, die sich jeden Tag aufs Neue fragt, warum sie noch mit ihrem Mann zusammen ist.«

»Dora!«, protestierte Mary.

»Du bist natürlich ausgenommen«, sagte Dora ungerührt.

Mary küsste Marcel auf die Wange. »Die Beauvoir und Sartre sind nicht verheiratet. Sie ist ihm ebenbürtig, das kannst du mir glauben. Hast du dich mal mit ihr unterhalten? Ihr Verstand ist messerscharf, und sie ist überaus liebenswürdig.«

»Ach, das geht zusammen?«, stichelte Dora. »Weißt du, dass sie beide Verhältnisse mit ihren Schülerinnen haben?«

Neugierig sah Frida der dunkelhaarigen Frau nach, die die Haare ähnlich wie sie in Zöpfen um den Kopf gewickelt trug, durch ihre altmodische Kleidung aber sehr viel strenger und unnahbarer wirkte. Sie bemerkte sie nicht, weil sie konzentriert und ohne Pause im Gespräch mit Sartre war. Die beiden schienen in einer eigenen Welt zu sein, in der alles andere ausgeblendet war.

»Bringen Sie noch eine Runde«, rief sie dem Kellner zu, der gerade mit einem vollen Tablett an ihrem Tisch vorüberkam.

Frida trank ein oder zwei Gläser zu viel. Deswegen bekam sie nicht gleich mit, warum die anderen plötzlich voller Unruhe auf die Straße schauten. Marcel rannte los und kam mit einer Zeitung zurück an ihren Tisch.

»Barcelona ist an die Faschisten gefallen. Franco prahlt, dass er bald in ganz Spanien siegen wird.«

Frida wurde bleich. Sie und Diego setzten sich schon seit Beginn des Bürgerkriegs in Spanien dafür ein, dass Mexiko Flüchtlinge ins Land ließ. Diego hatte an Präsident Cardenas geschrieben und mit ihm über die Aufnahme von vierzigtausend spanischen Kindern verhandelt. Nach der Niederlage würden noch viel mehr Menschen das Land verlassen. Wo sollten sie alle hin?

In gedrückter Stimmung machten sie sich auf den Heimweg.

In ihrem Hotelzimmer fand Frida das verschnürte Päckchen mit den Malutensilien von *Sennelier* vor und packte es aus. Sie war viel zu müde und zu betrunken, um an ihrem Bild weiterzuarbeiten. Aber das Leben musste doch auch gefeiert werden! »*Viva la vida*!«, sagte sie zu sich selbst.

Sie legte ein Blatt auf die Staffelei, zog den Vorhang zurück und warf eine kleine Kreidezeichnung dessen hin, was sie vor dem Fenster sah: die Dächer des Louvre und die Balkonsimse der Nachbarhäuser, die im Mondlicht glänzten. Ganz rechts ragte der Eiffelturm in den Himmel. In diesem Augenblick ging die Beleuchtung an. Es war ein magischer Moment, der sie mit allen Widrigkeiten versöhnte.

Tief zufrieden, mit einem befreiten Seufzer, legte sie sich ins Bett.

Vielleicht wurde ja doch noch alles gut und ihre Ausstellung würde stattfinden. Diesem Duchamps traute sie zu, dass er das hinbekam. Auf jeden Fall hätte sie bald ihre Bilder wieder. Und sie konnte malen. Der heutige Abend unter Freunden war wundervoll gewesen, genau nach ihrem Geschmack. Und das Bauchgrimmen war auch wieder weg.

Am folgenden Tagen besuchte sie wie verabredet Dora in ihrem Atelier in der Rue d'Astorg hinter der Oper. Dora holte sofort ihren Fotoapparat, um Aufnahmen von Frida zu machen. Frida hatte extra ihr schwarzes Kleid mit den goldgelben Stickereien angezogen und dazu ihren schweren Schmuck angelegt. Langsam ging sie durch den Raum mit den hohen Doppeltüren und dem Parkettboden, der voller Farbkleckse war. Hier wohnte eine Seelenverwandte, das spürte sie. Sie lachte leise auf, als sie faustgroße Steine in Form von Totenköpfen sah, die auf den Fensterbänken standen. Bilder standen auf Staffeleien, Fotos hingen an der Wand. Vor einem Fenster befand sich eine riesige Volière, in der zwei weiße Kakadus leise vor sich hin pfiffen. Sie verharrte lange vor einer Reihe Fotos, die Picassos *Guernica* zeigten.

»Pablo hat das Bild dem spanischen Volk geschenkt. Aber solange Franco dort herrscht, darf es in Spanien nicht gezeigt werden. Jetzt soll es ins MoMA. Und die Eintrittsgelder spendet das Museum an die Flüchtlinge.«

Frida trat dicht an das Foto heran, um Einzelheiten auszumachen. »Ich gehe sofort hin und sehe es mir an, wenn ich wieder in New York bin.«

An einer anderen Wand hing das Foto einer Frauenhand, die aus einer Muschel zu wachsen schien.

»Und was ist das?«, fragte sie und zeigte auf ein Foto, das eine Art Embryo eines seltsamen Tiers in einem großen Reagenzglas zeigte. So etwas hatte sie noch nie gesehen.

»Das ist Père Ubu«, sagte Dora. »Ich habe mich für eine Nacht im Naturkundemuseum einschließen lassen, um ihn zu fotografieren.«

»Ubu! Ubu!«, krächzten die Kakadus.

»Aber was ist das? Ein Gürteltier?«

Dora legte einen Finger über die Lippen. »Geheimnis. Aber die Surrealisten halten es für ein Hauptwerk der Bewegung. Und jetzt komm, stell dich mal da hin. Ich möchte dich ein wenig unnahbar, streng, versuch's mal.«

Frida stellte sich vor eine weiße Wand, hob den Rock ein wenig an und ließ ihn locker fallen und legte die Hände vor dem Bauch übereinander. Sie hatte das schon so oft getan, sie war nicht ganz bei der Sache.

»Wo ist eigentlich Picasso?«

»Der arbeitet um diese Zeit und darf nicht gestört werden.«

Frida nickte. Es war ohnehin viel schöner, unter Frauen zu sein. Sie würde Pablo bestimmt noch treffen, solange sie in der Stadt war. Diego hatte ihr eine winzige Statue von einer gebärenden Frau für ihn mitgegeben.

»Immer geht es nach ihnen, ich meine, nach den großen Meistern, nicht wahr? Weißt du, dass Jacqueline nicht malt, weil sie Angst vor Andrés Kommentaren hat? Sie hat mir sogar ihre Staffelei geliehen, weil sie ohnehin keine Möglichkeit findet, selbst zu arbeiten. Das ist so ungerecht! Ich werde ihr vorschlagen, mein Zimmer im Hotel zu nutzen, wenn ich nicht da bin.«

»Ich weiß«, sagte Dora. »Manchmal sucht sie hier Zuflucht vor ihm. Aber Aube lässt ihr nicht viel Zeit.«

»Breton ist ein Esel!«

»Und wie ist Diego?«

»Diego ist, wie er ist. Ein dicker Engel, der mich auffrisst, wenn ich ihn lasse.«

»Aber du bist nicht wie Jacqueline. Oder?«

»Leicht ist es nicht.« Frida gluckste. »Aber es fängt an, mir Spaß zu machen.«

Sie nahm noch einige andere Positionen ein, während sie Dora über ihre Lieblingsmaler und ihre Vorbilder befragte.

Nach einer Weile begann wieder ein Rumoren in ihrem Bauch, und sie legte sich ungefragt auf einen hohen Diwan, der mit einem roten Kelim und vielen Kissen bedeckt war. Für einen Moment schloss sie die Augen, vielleicht nickte sie auch ein, weil sie sich so wohl fühlte.

»Bleib so, Frida, beweg dich nicht. Das ist viel besser als eben«, flüsterte Dora. »Ich bin gleich fertig.«

Frida öffnete die Augen und sah, dass Dora einen Bleistift in der Hand hatte und sie zeichnete.

»Das ist wirklich schön«, sagte sie, als Dora ihr die Zeichnung zeigte. Sie lag auf dem Rücken, den Arm hinter den Kopf gelegt, die Augen geschlossen, was ihr etwas Verletzliches gab. Am meisten fielen ihre dunklen Augenbrauen und die ins Haar gesteckten Blumen auf.

Frida erhob sich, nahm Dora den Bleistift aus der Hand und wies auf den Diwan. »Jetzt bist du dran.«

Sie schenkten sich gegenseitig die kleinen Zeichnungen. Dann gingen sie in ein Café, wo Jacqueline schon auf sie wartete.

»Wir sind der Musenklub«, sagte Dora über einem Glas Champagner.

Frida war empört. »Ich war lange genug die Muse von Diego. Aber ich will keine Muse mehr sein. Ich bin meine eigene Muse! Und ich male meine eigenen Bilder.«

Kapitel 28

Eine grobe Faust griff nach ihren Eingeweiden, presste sie zusammen und versuchte, sie ihr aus dem Leib zu reißen. Frida krümmte sich, um dem Schmerz auszuweichen, er zog sich für einen Moment zurück, um dann wieder zuzustoßen. Sie stöhnte und schleppte sich mit letzter Kraft in das Bad auf dem Flur. Als sie wieder im Bett lag, nahm sie zwei ihrer stärksten Schmerztabletten, aber die Koliken kamen dennoch die ganze Nacht in Wellen wieder.

Am nächsten Morgen waren die Schmerzen immer noch da, sogar stärker als am Vortag. Sie waren anders als die Schmerzen, die sie kannte, und das machte ihr Angst. Als sie sich zur Rezeption schleppte, um nachzusehen, ob sie Post hatte, wurde ihr allein vom Geruch nach Kaffee übel.

Sie wankte wieder in ihr Zimmer und legte sich aufs Bett. Mit Bedauern sah sie auf die Staffelei. Sie hatte keine Kraft, zu malen. Dann kamen die Krämpfe zurück. Sie schrie auf, und alles wurde schwarz.

Als sie erwachte, sah sie einen weißen Kittel und eine Haube vor sich. Eine Krankenschwester beugte sich über sie.

»*Vous-êtes à l'hôpital américain.*«

Frida sah sie verständnislos an. Dann schlug der Geruch nach

Leid und Putzmitteln über ihr zusammen. Eine neue Welle der Übelkeit stieg in ihr auf, und dazu eine altbekannte Furcht. Ein Impuls wollte, dass sie aufsprang und weglief, aber sie konnte vor Schwäche nicht einmal den Kopf heben. Sie wollte etwas sagen, aber ihre Lippen waren aufgesprungen und verklebt.

»Amerikanisches Krankenhaus?«, versuchte es die Schwester erneut und legte ihr die Hand auf die Stirn.

»Sie haben Fieber, Sie müssen sich ausruhen.«

Wieder wollte Frida etwas sagen, etwas fragen, aber die Gedanken verwirbelten in ihrem Kopf. Amerikanisches Krankenhaus? War sie in Amerika? Wieso sprach die Schwester dann Französisch? Irgendetwas stimmte nicht. Ein vages Gefühl sagte ihr, dass sie nicht mehr in New York war. Plötzlich schlugen die Schmerzen wieder über ihr zusammen, grausame Schmerzen, die ihren Leib zu zerreißen drohten.

Sie registrierte den besorgten Blick der Schwester, die ihr eine Tablette auf die Zunge legte. Frida würgte sie hinunter, dann legte sich die Nacht wieder über sie.

Das Schwesterchen kam zu ihr ans Bett. Es schwebte über ihr und strich mit dem Unterrock über Fridas Gesicht. Es schimpfte mit ihr.

»Was fällt dir ein, hier faul herumzuliegen. Darum bist du so weit gefahren? Du wirst jetzt nicht aufgeben. Steh gefälligst auf und kümmere dich um deine Ausstellung!«

Frida wehrte sich. »Ich will ja, aber ich kann nicht, ich bin zu Tode erschöpft«, aber das Schwesterchen hörte nicht auf, sie zu bedrängen.

»Frida«, mahnte es, und wieder: »Frida, wach auf!«

Als sie unter größten Anstrengungen die Augen öffnete,

stand eine Frau an ihrem Bett. Es war nicht ihr Schwesterchen aus Pappe, aber Frida musste in ihrem verwirrten Kopf suchen, woher sie sie kannte, dann fiel ihr ein, dass es Mary Reynolds war. Mary nahm ihre Hand.

»Meine Güte, Frida, endlich erkennst du mich. Wir haben uns alle solche Sorgen um dich gemacht.« Dann erzählte sie, was passiert war, und dabei kam Fridas Erinnerung zurück.

»Ich war in deinem Hotel. Wir waren verabredet, aber du bist nicht gekommen. Also bin ich in dein Zimmer hinaufgegangen und habe dich halb bewusstlos vor Schmerzen gefunden. Du warst nicht ansprechbar. Daraufhin habe ich einen Krankenwagen gerufen. Und jetzt bist du im Amerikanischen Krankenhaus in Neuilly«, sagte sie zu ihr. »Du hast eine akute Nierenentzündung, Kolibakterien sind vom Darm in deine Nieren gewandert. Aber die Schwester sagt, das Schlimmste hast du überstanden.«

»Krankenhaus«, krächzte Frida. Langsam drangen Marys Worte zu ihr durch. Schon wieder streikte ihr Körper. Schon wieder ein Krankenhaus. Schon wieder war sie ans Bett gefesselt, während das Leben draußen weiterging. Und diesmal waren es nicht ihre alten Verletzungen, sondern eine neue Krankheit. Hörte das denn nie auf? Warum war das Schicksal so grausam zu ihr? Warum hatte Mary sie nicht einfach in Ruhe gelassen? Dann wäre jetzt vielleicht alles vorbei für sie. Der Gedanke ließ sie zusammenzucken. Nein, sie wollte doch nicht sterben, nicht jetzt, wo sie auf dem Weg war, sich als Künstlerin zu behaupten. Jetzt war der denkbar unpassendste Moment dafür. Die Aussicht gab ihr neue Kraft. Sie riss sich zusammen und machte eine erneute Anstrengung.

»Wie lange bin ich schon hier?« Ihre Stimme klang fremd, und es tat ihr im Hals weh, zu sprechen.

»Fünf Tage. Jacqueline und Dora waren auch schon da, aber du hast nur geschlafen. Sie lassen dich grüßen. Marcel auch.«

Frida erschrak. Sie war fünf Tage mehr oder weniger ohne Bewusstsein gewesen? Fünf Tage Krankenhaus. Wie hoch würde diesmal die Arztrechnung sein. Und was war mit ihrem Zimmer im *Régina*? Das müsste sie auch bezahlen. Und sie musste sich doch um die Ausstellung kümmern. Wer wusste denn schon, was André da für einen Unsinn anstellen würde?

Das wuchs ihr alles über den Kopf. Wäre sie doch niemals nach Paris gekommen! Sie begann unruhig den Kopf hin und her zu werfen.

»Mach dir keine Sorgen. Ich habe dich hierhergebracht, also bin ich für dich verantwortlich«, sagte Mary, als hätte sie ihre Bedenken erraten. »Ich habe deine Sachen aus dem Hotel geholt. Sie stehen bei mir. Jacqueline hat Diego telegrafiert und ihm Bescheid gesagt. Er macht sich Sorgen, aber sie hat ihn beruhigen können.«

»Was ist mit meinen Bildern? Wo sind sie?« Frida versuchte sich aufzusetzen, doch Mary drückte sie sanft zurück in die Kissen.

»Auch darum musst du dir keine Sorgen machen. Marcel kümmert sich. Er macht den ganzen Tag nichts anderes.«

Die Krankenschwester erschien. Fridas Blick fiel auf ihren Namen, der auf den Kittel gestickt war: Nadine.

»Oh, die Patientin ist endlich aufgewacht, das ist gut.« Sie beugte sich über Frida, befühlte ihre Stirn und strich ihr ein wenig Creme auf die aufgeplatzten Lippen. »Noch fünf Minuten«, sagte sie dann zu Mary. »Die Patientin braucht Ruhe.«

»Da ist ein Brief aus New York für dich gekommen«, sagte Mary, nachdem die Schwester das Zimmer verlassen hatte. Sie legte ihn Frida auf das Bett und umarmte sie zum Abschied. »Ich komme morgen mit Jacqueline wieder.«

Frida roch ihr Parfüm, das ihr wie eine Verheißung vorkam, auf bessere Tage, auf das Leben. »Bis morgen. Und danke für alles, was du für mich tust.«

»Das tue ich gern, und ich bin nicht allein. Wir alle kümmern uns um dich.« Damit verließ sie das Zimmer.

Frida tastete nach dem Brief. Aus New York? Als sie Nicks Schrift erkannte, setzte ihr Herz für einen Schlag aus. Dann durchströmte sie unendliche Freude. Ungeduldig riss sie den Umschlag auf. Ein Scheck fiel heraus, dann der Brief. Atemlos überflog Frida die Seiten auf der Suche nach dem einen Satz, der sie wieder glücklich machen würde. Hatte Nick ihr vergeben? Liebte er sie immer noch? Noch bevor sie anfing zu lesen, stürzten Tränen aus ihren Augen. Sie las die Zeilen wieder und wieder, weil sie nicht glauben wollte, was dort stand, bis sie die wichtigsten Passagen auswendig konnte und in ihrem Herzen verwahrte.

Als ich dein Telegramm bekam, wollte ich dich nur in die Arme nehmen und deine Tränen mit meinen Küssen trocknen … Warum müssen wir unsere Liebe mit dem Blut unserer Herzen bezahlen? Den Schmerz dieser Trennung, die so göttlich und egoistisch ist, nehme ich gern in Kauf, denn ich bin optimistisch genug, um an unsere Wie-

dervereinigung zu glauben. Für dieses Opfer werden wir mit himmlischen Segnungen entschädigt werden. Unsere Liebe ist das alles wert. … Ich habe gemerkt, wie sehr ich dein schönes Gesicht vermisse, deine Ansichten, wie sehr mir die Nächte mit dir fehlen, deine Brüste, dein Geschlecht, das mir das Paradies zeigte und mich alles vergessen ließ, was außerhalb der Reichweite meiner ausgestreckten Arme lag … Ich werde höllisch viel arbeiten, damit die Tage schneller vergehen, um dich so schnell wie möglich zu mir zurückzubringen. Wenn du dich langweilst und unglücklich fühlst, wenn dir kalt ist, vergiss nicht, dass Nick dich so sehr liebt.

Komm schnell zu mir zurück!

Dein Nick (alles von ihm)

Frida schluchzte so laut auf, dass die Schwester erschrocken in ihr Zimmer gelaufen kam.

»Was ist passiert?«, rief sie aus.

»Ich bin einfach nur glücklich«, sagte Frida und lehnte sich in die Kissen zurück. »Können Sie mir bitte Papier und einen Stift bringen?«

»Na, das muss ja ein toller Brief sein«, sagte Schwester Nadine. »Davon könnten wir hier mehr brauchen. Die sind besser als jede Medizin.«

»Das liegt nur an dem Mann, der den Brief schreibt«, korrigierte Frida mit einem Augenzwinkern.

Sie hatte Nick wieder. Das war alles, was sie wissen wollte. Jetzt würde alles gut werden.

Mein bezaubernder Nick, ich schreibe dir aus dem Krankenhaus, wo ich schon seit ein paar Tagen wegen einer Infektion mit Kolibakterien liege. Ich hatte unsägliche Schmerzen und war nicht ansprechbar. Deshalb antworte ich dir auch erst heute auf deinen lieben Brief. Hätte ich ihn früher erhalten, wäre ich bestimmt nicht so krank geworden. Seit ich ihn bekommen habe, habe ich ihn bestimmt ein Dutzend Mal gelesen, und jedes Mal kommen mir die Tränen vor Liebe und Dankbarkeit. Ich habe gedacht, ich müsste sterben, es wäre mir beinahe egal gewesen, aber seitdem ich deine Liebe wieder habe, will ich leben! Paris ist eine Enttäuschung für mich. Breton hat nur leere Versprechungen gemacht, er hat keine Galerie, er hat noch nicht einmal meine Bilder aus dem Zoll ausgelöst. Wer weiß, wo sie sind?

… Ich habe eine Rückfahrt für den 8. März auf der Isle de France *gebucht. Kannst du mich vom Schiff abholen? Bitte sag Ja, dann werde ich meine Zeit in Paris genießen können. Warum bin ich nicht bei dir in New York geblieben? Ich vermisse dich so sehr.*

Nicks Brief und die Fürsorge ihrer Freundinnen sorgten dafür, dass sie sich rasch kräftiger fühlte. Außerdem durfte sie wieder etwas essen, die Schwester flößte ihr anfangs ein paar Löffel Brühe ein, dann aß sie Kartoffelbrei mit Butter. Jacqueline brachte ihr Croissants und Toast mit Orangenmarmelade mit. Den Großteil des Tages verschlief sie, aber sie wachte jedes Mal glücklich auf, wenn ihre Gedanken zu Nick wanderten. Sein Brief stand auf ihrem Nachttisch, damit sie ihn immer sehen konnte.

Mary kam und brachte gute Nachrichten. Marcel hatte ihre Bilder inzwischen ausgelöst. »Sie sind schon in einer Galerie untergebracht. Es ist alles in Ordnung. Zum Glück sind sie ja nicht besonders groß. »

»In einer Galerie? Ist das wahr?« Eine Welle der Dankbarkeit durchflutete sie. Das würde sie Mary und den anderen niemals vergessen.

Mary lächelte. »Ja, die Galerie Renou & Colle im Faubourg Saint-Honoré, eine gute Adresse. Ich zeige sie dir, sobald du hier raus bist. Die Eröffnung soll am 10. März stattfinden. Bis dahin musst du gesund werden.«

Frida erschrak. »Ich habe schon einen Platz auf einem Schiff für den 8. März reserviert.« Sie hatte Dora bei ihrem letzten Besuch gebeten, das für sie zu erledigen.

»Jetzt, wo alles gut wird, willst du abfahren? Dann wäre die Reise umsonst gewesen. Du musst bleiben. Wenigstens bis zur Eröffnung. Fahr später.«

Mary spürte ihr Zögern. »Frida, es ist, wie ich es sage. Du musst erst mal gesund werden, das ist jetzt das Wichtigste.«

Vor Erleichterung, aber auch aus lauter Frustration kamen Frida die Tränen. Sie weinte, während Mary sie im Arm hielt und ihr den Rücken streichelte.

Sie war kaum gegangen, da fiel Frida wieder in einen tiefen Schlaf.

Am nächsten Morgen war sie so weit wiederhergestellt, dass sie sich daran machen konnte, einige Dinge zu regeln. Als Erstes verschob sie ihre Rückfahrt. Dann würde sie länger auf Nick verzichten müssen, aber Mary hatte recht. Sie war schließlich nach Paris, gekommen, um bei ihrer Ausstellung anwesend zu sein. Was machte es für einen Sinn, zwei Tage vorher abzureisen? Außerdem wollte sie ihre Bilder eigenhändig verpacken und mit aufs Schiff nehmen. Marcel Duchamps vertraute sie zwar inzwischen, aber sie fühlte sich dennoch sicherer, wenn sie selbst ihre Bilder mitnahm. Dann schrieb sie noch einmal an Nick und schickte ihm den Scheck zurück. Weil sie ihn nicht wollte und nicht brauchte. Sie hatte sich geschworen, kein Geld mehr von Diego zu nehmen. Und von Nick wollte sie auch keines. Bei der Gelegenheit schrieb sie ihm auch, dass sie nun doch später nach New York käme. Sie konnte nur hoffen, dass er es verstehen würde.

Mein Kleiner, ich will mich wirklich über nichts beklagen, was mir im Leben widerfährt, solange du mich liebst und ich dich. Vergiss nicht, auf dem kleinen Kissen zu schlafen. Küsse niemanden, geh mit niemandem in unseren Central Park, und höre die Platte von Maxine Sullivan. Ich schicke dir mein ganzes Herz, mein Blut und mein ganzes Selbst. Ich bete dich an. Frida.

Eine Sache blieb noch zu tun. In zwei Tagen sollte sie entlassen werden. Sie musste einen Platz zum Wohnen haben. Ins *Régina* konnte sie nicht zurück. Jetzt, wo auch noch das Krankenhaus bezahlt werden musste, musste sie ihr Geld zusammenhalten. Vielleicht wusste Mary ein günstigeres Hotel für sie.

Aber davon wollte Mary nichts wissen.

»Du ziehst erst mal zu mir. Du bist noch viel zu klapprig, um dich allein in Paris durchzuschlagen«, sagte sie, als sie am Nachmittag mit frischem Obst und ein paar Büchern auf Englisch zu Besuch erschien.

»Wirklich?« Frida konnte sich nichts Schöneres vorstellen, als bei dieser klugen, liebenswerten Frau zu wohnen. »Ich danke dir so sehr. Ich glaube, ich brauche jemanden, der sich um mich kümmert.«

»Und diejenige werde ich sein. Mit Vergnügen. Ich weiß doch, dass die Pariser manchmal merkwürdige Vorstellungen von Gemütlichkeit haben.«

»Ich weiß nicht, was ich ohne dich tun würde. Und ohne Marcel und Jacqueline und die anderen. Kannst du mir einen Spiegel geben? Und leihst du mir deinen Lippenstift?«

Als Frida sich im Spiegel sah, erschrak sie. Ihre Wangen waren eingefallen, sie war blass, das Haar lag wirr um ihren Kopf. Im Nachtschrank fand sie ihre Haarbänder. Sie flocht sich Zöpfe und steckte sie oben am Kopf fest. Jetzt noch ein wenig Farbe auf Lippen und Wangen, und schon war es besser

Draußen vor dem Fenster blitzte ein blauer Himmel, es schien warm zu sein. Paris war auf einmal wunderschön.

Kapitel 29

Sobald Diego erfahren hatte, wie krank Frida gewesen war, hatte er ihr einen wundervollen kleinen Brief voller Anteilnahme und Liebesschwüre ins Krankenhaus geschickt.

Ich habe mir solche Sorgen gemacht, weil ich nichts von dir gehört habe. Iss gut, meine Friducha, damit du zu Kräften kommst. Genieße deine Zeit in Paris. Achte nicht aufs Geld (aber du musst es auch nicht zum Fenster hinauswerfen). Bleib bis zur Ausstellung und sorge dafür, dass deine Bilder ordentlich verschifft werden. Ich kann es kaum erwarten, dass du wieder hier bei mir bist. Spätestens im April, nicht wahr? Du wirst es nicht glauben, aber ich zähle die Tage. Bis dahin werde ich dich vermissen. Schreib mir von der Ausstellung.

Frida schnäuzte sich in ihr Taschentuch, als sie Diegos Worte jetzt wieder las. Warum brauchten die Briefe zwischen Mexiko und Paris auch immer Wochen! Aus lauter Sehnsucht hatte sie ihn gestern von einem Postamt angerufen, aber die Verbindung war so schlecht gewesen, dass sie nur ein Rauschen in der Leitung gehört hatte. Der Beamte hatte trotzdem umgerechnet zwanzig Dollar von ihr haben wollen.

Sie sehnte sich plötzlich mit allen Fasern ihres Körpers danach, sich auf seinem breiten, warmen Schoß zusammenzurollen, während er mit seinen Händen über ihren Rücken strich. In Diegos Armen war sie immer fern der Welt und allen Sorgen enthoben. Sie rechnete nach: Es würde noch mindestens vier Wochen dauern, bis sie wieder in Coyoacán wäre, die Zeit kam ihr endlos vor.

Aber vorher würde sie Nick in New York treffen. Gestern hatte er seinem langen Liebesbrief noch ein Telegramm hinterhergeschickt, das Frida in den Himmel versetzte.

Liebe Frida, unsere Liebe fühlt sich an wie Heiraten, nur mit mehr Spaß und weniger Ärger. Das Einzige, was ich dir nicht geschickt habe, ist mein Herz. Aber das hast du schon.

Frida erschauerte. Das konnte doch nur bedeuten, dass er nicht mehr darauf drang, dass sie Diego verließ. Er fühlte sich bereits mit ihr verheiratet, und genauso fühlte sie ja auch!

Grenzenlose Erleichterung und Glück machten sich in ihr breit. Nick liebte sie, und Diego liebte sie. Und sie liebte beide. In diesem Augenblick kam ihr das nicht merkwürdig vor. Kein Mensch konnte sie annähernd so berühren, ihr so viel Schutz geben wie Diego, dennoch schlug bei dem Gedanken an Nick ihr Herz heftiger. Ich muss eben schneller leben als andere, dachte sie zum wiederholten Mal. Das hatte sie doch auch schon Lucienne zu erklären versucht. Andere Frauen hatten zwei Lieben, zwei Ehen nacheinander. Und ich muss sie nebeneinander haben, denn mir bleibt nicht so viel Zeit wie anderen Frauen. So war das eben. Sie hatte ihren Frieden damit gemacht. Also, was war falsch daran?

Sie setzte sich an den kleinen Sekretär, der in der Fensternische stand, und nahm einen von Marys schönen Briefbögen, die dort für sie bereitlagen, um Diego zu schreiben.

Mein Kleiner, mach dir keine Sorgen, Gesundheit wunderbar, weil ich jetzt bei Mary Reynolds und Marcel Duchamps lebe. Wunderbare Menschen. Adresse 14, rue Hallé. Ausstellung definitiv 10. März. Rückfahrt nach New York 25. Nehme Bilder mit. Beruhige Papa und Cristina. Mary ruft mich zum Frühstück, ich schreibe morgen wieder. Ich liebe dich. Frida

Sie war noch im Nachthemd und barfuß, das Haar hing ihr offen bis auf den Rücken hinunter.

Mit Diegos Brief in der Hand tanzte sie durch das Zimmer und dann in die Küche, wo Mary am Tisch saß.

»Guten Morgen«, rief sie, »Paris ist ja so bezaubernd!« Sie umarmte Mary so fest, dass die Katze, die auf deren Schoß saß, fauchend das Weite suchte.

Seit sie vor zwei Tagen bei Mary in deren kleines Haus in Montparnasse eingezogen war, fühlte Frida sich aufgehoben. Sie war noch schwach, aber in dem gastfreundlichen Haus wurde sie schnell unternehmungslustig. Im Kamin brannte immer ein Feuer, und Mary lud Frida ein, es ihr gleichzutun und sich davor auf das bequeme Sofa zu lümmeln, die Beine untergeschlagen, und Portwein zu trinken.

»Fühl dich wie zu Hause«, hatte sie zu Frida gesagt, als das Auto, mit dem sie sie aus dem Krankenhaus abgeholt hatte, vor dem zweistöckigen Haus hielt. Es stand in einem Halbrund mit ein paar anderen Häusern. Davor lagen hinter geschmiedeten Pforten kleine Vorgärten, in denen es zaghaft zu blühen anfing. Dass es so etwas in Paris überhaupt gab!

Drinnen setzte sich diese idyllische, beinahe ländliche Atmosphäre mit schönen Möbeln und den zutraulichen Katzen fort. Hinter dem Haus lag ein Garten mit einem kleinen Nebengebäude, das von Glyzinien überwuchert war. Überall um sie herum waren die Bücher, die Mary auf wunderbare Weise eingebunden hatte. Sie benutzte dafür Handschuhe, verschiedenfarbige Leder und Prägungen. Frida lachte auf, als sie an einem Buchrücken einen Tassenhenkel entdeckte, mit dem man es aus dem Regal ziehen konnte.

»Das ist wunderschön«, sagte sie und strich über den weichen Ledereinband des Buches.

Am Abend kam Marcel, und sie aßen zusammen.

»Warte noch einen Tag, höchstens zwei, bevor du dir die Galerie ansiehst. Mary begleitet dich bestimmt. Vertrau mir. Die Ausstellung ist noch nicht fertig, und André treibt uns zur Verzweiflung, weil er immer neue Dinge anschleppt. Ich möchte nicht, dass du einen falschen Eindruck bekommst. Deine Bilder sind sicher, das verspreche ich dir.«

»Breton?«, fragte Frida und fing Marcels betretenen Blick auf.

»Er ist der offizielle Organisator der Ausstellung, und sein Name steht auf den Plakaten. Er will weitere mexikanische Bilder zeigen und Fotos von Alvarez Bravo. Und Kunsthandwerk, das er aus Mexiko mitgebracht hat.«

»Aber ich dachte, ich bekomme eine Einzelausstellung?«

Marcel schüttelte bedauernd den Kopf. »Es soll eine Ausstellung über Mexiko werden.«

Frida knurrte: »Ich weiß, was für Kunsthandwerk er meint. Billigen Plunder, den er auf den Märkten gekauft hat, schlechte Amulette und bemalte Masken. Und geklaute Votivbilder aus Kirchen.«

Was fiel Breton ein? Er trieb seine Geringschätzung auf die Spitze. Dafür hatte sie ihre Rückfahrt verschoben? Ihr Wiedersehen mit Nick? Dann dachte sie an Diegos Worte. Er hatte recht, es wäre unklug, vor der Ausstellung zu fahren und nicht zu wissen, was danach mit ihren Bildern passierte. Und inzwischen fühlte sie sich auch so gut, dass sie Lust bekam, ihre Bilder in Paris zu zeigen. Nun war sie schon mal hier, die Reise sollte nicht umsonst gewesen sein. Sie beschloss, ruhig zu bleiben. Marcel konnte ja nichts dafür.

»Hauptsache, meine Bilder werden ausgestellt. Es wird noch ein Bild dazukommen, das mir sehr wichtig ist. Aber es ist noch nicht ganz fertig. Ich darf hier doch malen?«, fragte sie. »Ich kann es kaum erwarten, es zu vollenden.«

»Warum denn nicht? Hier ist genügend Platz. Aber du musst dich auch ausruhen. Und ich will dir Paris zeigen«, sagte Mary, »und dann dachte ich an einen Ausflug nach Chartres. Die Kathedrale musst du gesehen haben.«

»Übermorgen macht Adrienne Monnier eine Ausstellung in ihrer Buchhandlung. Du hast bestimmt schon von *La Maison des Amis du Livre* gehört«, sagte Marcel.

Frida nickte. Der Name der Buchhandlung war sogar bis nach Mexiko gedrungen.

»Wir gehen hin, und du solltest mitkommen. Da wirst du viele Leute treffen und kannst Werbung für deine Ausstellung machen.«

Frida genoss diesen wunderschönen, anregenden Abend, den sie am Esstisch mit Blick in den Garten verbrachten, wo langsam eine samtene Dämmerung einsetzte. Sie hatte das Gefühl zu schweben. Ihr Herz war leicht, alle Sorgen waren von ihr abgefallen. Ich bin ein Glückskind, ausnahmsweise, dachte sie und lächelte Mary und Marcel dankbar zu. Sie wunderte sich nur, als Marcel nach dem Essen in seine eigene Wohnung ging.

»Schläft er denn nicht hier?«

»Das ist das Geheimnis unserer glücklichen Beziehung«, sagte Mary. »Er wohnt ein paar Straßen weiter. Wir sind auch nicht verheiratet.«

»Hm«, meinte Frida, »Diego und ich sind zwar verheiratet, aber er hat auch sein eigenes Haus. Du hast recht, das macht das Leben manchmal unkomplizierter, und man freut sich, wenn man sich sieht.«

Am Freitagnachmittag ging sie mit Mary und Marcel in die Rue de l'Odéon. Dort war die berühmte Buchhandlung von Adrienne Monnier, und heute sollte dort Gisèle Freund, eine Fotografin, die vor den Nationalsozialisten aus Deutschland geflohen war, ihre Fotos von Schriftstellern zeigen, die fast alle bei Adrienne ihre Bücher kauften. Frida hatte noch nie so viele Bücher auf einmal gesehen. Sie stapelten sich in Regalen und auf dem Boden zu schwankenden Säulen bis an die Decke. Wo ein freier Fleck an der Wand war, hingen Fotos von Autoren und Autorinnen. Sie gingen immer tiefer in den schlauchförmigen Raum, und ganz hinten waren Regale und Tische an die Wände geschoben und Stühle aufgestellt. Frida bemerkte André Breton, der in der ersten Reihe saß. Wo denn auch sonst, dachte sie und runzelte die Stirn. Jetzt nickte er in ihre Richtung und wandte sich wieder jemand anderem zu. Frida fand ihn immer unangenehmer. Wie hielt Jacqueline es nur mit diesem eitlen, besserwisserischen Mann aus?

Jacqueline hatte sie entdeckt und winkte sie zu sich. In der Reihe hinter ihr waren noch zwei freie Plätze, und während Frida sich durch die dicht gedrängte Menge schob, sah sie sich um. Simone de Beauvoir war da. Neben ihr saß Sartre. Die beiden steckten schon wieder die Köpfe zusammen und redeten in rasender Geschwindigkeit aufeinander ein, ohne auf die anderen zu achten. Auch Sylvia Beach, die auf der anderen Straßenseite eine englischsprachige Buchhandlung betrieb und die Gefährtin Adriennes war, war dort. Sie erkannte noch einige andere aus der Gruppe um Breton und nickte ihnen zu.

Dann begann die Vorführung. Die Fotos wurden mit einem Diaprojektor an die Wand geworfen. Mary flüsterte ihr zu, wer jeweils gezeigt wurde, aber Frida kannte die meisten ohnehin: Sartre mit einer Pfeife im Mund, Elsa Triolet und ihren Mann Louis Aragon, beide bekennende Kommunisten, der altersweise André Gide. Dann erschien Marcel in einem grünen Hemd. Er hatte die Wange in seine Hand gestützt und sah freundlich in die Kamera. Frida fand ihn sehr gut getroffen. Genau so war er. Nach ihm wirkte Breton streng und unnahbar wie ein Erzengel. Er verzog keine Miene.

»Wetten, dass er mit seinem Porträt nicht zufrieden ist?«, fragte Frida mit einem bösen Grinsen.

Mary verzog das Gesicht. »Es gibt eben niemanden, der es diesem Genie recht machen kann.«

Als das Licht des Projektors erlosch, wurde das Gemurmel lauter.

»Wir sehen aus, als kämen wir aus dem Krieg«, sagte Sartre.

»Ich hätte mich besser rasieren sollen«, murrte jemand.

François Mauriac hielt sich für zu alt für ein Foto. Es gab kaum jemanden, der seine Abbildung mochte.

Gisèle Freund, eine kleine, wendige Frau, ließ die Kritik auf bewundernswerte Weise an sich abprallen. »Schriftsteller wollen immer glamourös wie Filmstars inszeniert werden, und Filmstars wollen immer intelligent und tiefsinnig wie Schriftsteller aussehen. Da kann man nichts machen.«

Frida musste über ihre Bemerkung laut lachen, und Gisèle wurde auf sie aufmerksam. Sie kam zu ihr herüber, und Mary stellte sie vor.

»Ich habe von Ihnen gehört. Ich würde Sie gern fotografieren«, sagte sie. »Wann würde es Ihnen passen?«

»Ich weiß nicht, ich bin nicht mehr lange in Paris.« Dann fragte sie, ob Gisèle Nick Muray kenne.

»Wer kennt ihn nicht?«

»Er hat vor einigen Wochen Fotos von mir gemacht. In ihrer Farbigkeit erinnern sie mich an Ihre Arbeiten.« Für einen Moment gab sie sich ihrer Sehnsucht nach Nick hin.

Gisèle wedelt mit der Hand vor ihrem Gesicht, und sie kam wieder zu sich. »Muray hat Sie fotografiert? Mit dem kann ich nicht mithalten. Noch nicht«, fügte sie mit einem Augenzwinkern hinzu. »Wir verschieben das Ganze, einverstanden?«

Kapitel 30

Am nächsten Morgen ging Frida endlich mit Mary in den Faubourg Saint-Honoré. Sie war nervös. Was erwartete sie dort? Waren die Räumlichkeiten so schön wie die von Juliens Galerie in New York? Hingen ihre Bilder sogar schon? Würde es ihr dort gefallen? Sie nahmen die Metro bis zur Madeleine, weil Frida sich einen kleinen Spaziergang wünschte und die Gegend kennen lernen wollte, in der die Galerie lag. Allerdings war es dann doch weiter, als sie gedacht hatte. Dieser Faubourg schien die längste Straße von Paris zu sein. Sie kamen am Elysée-Palast, dem Sitz des Präsidenten, vorüber, und Frida bestaunte die prächtige Auffahrt.

»Jetzt ist es nicht mehr weit«, beruhigte sie Mary, der Fridas Erschöpfung nicht entgangen war.

Sie kamen an einer Kirche vorüber, überquerten einen Platz mit schönen Bürgerhäusern und standen vor der Galerie Renou & Colle, die den äußersten rechten Teil eines Gebäudes im Haussmann-Stil einnahm. Die Galerie war sehr schmal, neben der Tür gab es nur ein Schaufenster. Frida zögerte, aber Mary gab ihr einen Schubs.

»Ich lass dich allein gehen. Ich warte dort drüben in dem Café auf dich«, sagte Mary.

Frida atmete tief durch, bevor sie das Haus betrat. Sie erwartete nichts Gutes. Das Innere war nur so breit wie die schmale Fassade und bestand aus einem langen Schlauch, der sich tief in das Haus hinein verlängerte und von dem vier kleine Räume abgingen. Je weiter sie hineinging, umso dunkler wurde es.

Pierre Colle kam ihr mit freundlich ausgestreckten Armen entgegen.

»Madame Kahlo, was für eine Ehre, Sie auszustellen«, rief er.

Frida wandte sich ihm zu. Vielleicht irrte sie sich ja, und alles war in Ordnung?

Doch noch während Pierre Colle sie auf die Wange küsste, hörte sie eine andere, wütende Stimme.

»Wer hat denn dieses skandalöse Bild aufgehängt? Ich habe doch gesagt, dass ich es hier nicht haben will. Man sieht ja direkt in die Geschlechtsteile einer Frau. Und dann das ganze Blut. Das muss sofort verschwinden!«

Aus dem hinteren Teil kam ein Mann, und Colle stellte ihn als seinen Kompagnon Maurice Renou vor.

»Ihre Bilder sind anstößig, Madame«, sagte er barsch, ohne sie zu begrüßen. »Ich fürchte, wir werden nur einige, vielleicht zwei oder drei, aufhängen können. Wir dürfen unsere Kundschaft nicht brüskieren.«

Also hatte ihr Gefühl sie doch nicht getrogen. Frida holte tief Luft, um ihrem Unmut Luft zu machen. Am liebsten hätte sie diesen Kerl in Stücke gerissen. In dem Augenblick zupfte ein weiterer Mann, den sie vorher nicht bemerkt hatte und der ein Béret schräg auf dem Kopf trug, sie am Arm.

»Madame Kahlo, vertrauen Sie mir, und lassen Sie mich das

machen«, sagte er leise zu ihr. Er sprach zwar Französisch, aber auf eine Art, dass Frida ihn ohne Mühe verstand.

Aus einem Nebeneingang betrat Breton den Raum. Er schleppte einen großen Karton.

»Hier kommen weitere Stücke, die unbedingt in die Ausstellung gehören. Oh, guten Tag, Frida. Na, was sagst du?«

Er stellte den Karton ab und strahlte sie an, als sei nichts gewesen. Frida sah von einem zum anderen. Waren denn hier alle verrückt geworden? Sie wusste nicht, was sie tun sollte.

Der Mann mit dem Béret zog sie am Ellenbogen von den anderen weg.

»Ich bin Michel Petitjean. Ich sorge dafür, dass hier alles funktioniert. Vertrauen Sie mir. Auch wegen Maurice. Der kriegt sich wieder ein. Haben Sie da ein Bild dabei?«

Er wies auf das in Papier gewickelte Paket, das Frida unter dem Arm hatte.

»Warum wollen Sie es sehen? Bestimmt ist es diesem Idioten auch zu anstößig.«

Er lächelte sie freundlich, aber bestimmt an und streckte die Hand nach dem Bild aus. Sie gab es ihm, und er wickelte das Porträt von Dorothy Hale aus, das sie an den beiden vergangenen Tagen bei Mary fertiggestellt hatte. Zum Schluss hatte sie den Rahmen bemalt. Im oberen Teil gingen die Wolken über die Leinwand hinaus, unten lief Dorothys Blut über den Rahmen.

Der Mann, der sich als Michel Petitjean vorgestellt hatte, nahm es in beide Hände und hielt es auf Armlänge von sich entfernt. Für Minuten sagte er kein Wort, sondern war versunken in das Bild und ließ sich dabei auch nicht durch den

Lärm ablenken, den Breton und Renou auf der anderen Seite machten.

Frida stand neben ihm und sah ihm dabei zu, wie er ihre Arbeit in allen Einzelheiten studierte. Darüber vergaß sie beinahe ihren Ärger.

»Ich …«, sagte sie, doch er brachte sie mit einer Handbewegung zum Schweigen, ohne die Augen von dem Bild zu nehmen. Noch niemals hatte sie jemanden so intensiv eines ihrer Bilder betrachten sehen.

Nach einer gefühlten Ewigkeit ließ er das Bild langsam sinken und stellte es vorsichtig an die Wand, aber er ließ es immer noch nicht aus den Augen.

»Das ist ein wunderbares Bild«, sagte er dann und wandte endlich den Blick zu ihr. »Und Sie sind eine grandiose Malerin. Sind Sie das, die da von dem Haus stürzt?«

Frida schüttelte den Kopf. Sie beschloss Vertrauen zu ihm zu haben. »Sehen Sie die Unterschrift unter dem Bild? Da erkläre ich es. Die Frau ist eine Schauspielerin, die sich vor ein paar Monaten umgebracht hat. Finden Sie das Bild verstörend? So wie Monsieur Renou?«

»Aber nein!«

»Das ist gut. Wissen Sie, in meinen Bildern male ich mein Leben, und wenn jemand sagt, sie seien zu verstörend oder anstößig, um sie zu zeigen, dann bedeutet das, dass ich die Leute verstöre. Ich bin aber nicht verstörend!«

Er schmunzelte, als er sagte: »Nein, Sie sind kein bisschen verstörend. Eher unglaublich anziehend. Dahinten stehen Ihre anderen Bilder. Sie müssen mir alles über sie erzählen.«

»Über mich?«

Er lächelte wieder. »Über die Bilder. Und dann über sich.«

Als Frida sich wenig später zu Mary an den Caféhaustisch setzte, fragte sie nach Michel Petitjean.

»Michel? Ich habe ihn schon ein paarmal getroffen, er bewegt sich in Künstlerkreisen. Ich glaube, er ist Ethnologe und Journalist, er interessiert sich sehr für den Film. Und …«, sie machte eine kurze Pause, »… er ist der Geliebte von Marie-Laure de Noailles, einer steinreichen Mäzenin. Sie wohnt mit ihrem Mann in einem Palais in der Nähe des Triumphbogens.«

»Noch nie hat sich jemand so ausschließlich für meine Bilder interessiert. Sonst wollen immer alle mit mir flirten oder gleich mit mir ins Bett. Aber er will einfach alles über sie wissen. Ich gehe morgen nach dem Mittagessen wieder in die Galerie, um sie ihm zu zeigen.«

»Er sieht gut aus, und er wirkt ein bisschen jungenhaft und schüchtern. Ich mag seine Anzüge«, sagte Mary.

Frida war überrascht. Sie hatte gar nicht auf sein Aussehen geachtet, sie war eher von seiner ruhigen Art und der Stimme angezogen – und besonders von seinem Interesse an ihrer Arbeit.

Kapitel 31

Als sie am nächsten Tag in die Galerie kam, stand Michel vor dem Wasserbild und einem weiteren Gemälde, einem Selbstbildnis. Sie nannte es *Das Herz*. Es zeigte eine mädchenhafte Frida in einem weißen Kleid. In ihrer Brust, anstelle des Herzens, klaffte ein Loch, durchstochen von einer Lanze. Die Ärmel ihrer Jacke waren leer, ihre Arme steckten jeweils in einem Kleid, einem europäischen und einem mexikanischen, die neben ihr auf dem Bügel hingen, wobei sich der mexikanisch gekleidete Arm bei der Frida-Figur unterhakte. Am rechten Fuß trug sie eine Art orthopädischem Schuh. Tränen liefen ihr über das Gesicht.

Michel hatte sie nicht bemerkt, und Frida beobachtete ihn. Mary hatte recht, er hatte etwas Jugendliches an sich, vielleicht lag es daran, dass er nicht besonders groß, aber athletisch war.

Sie musste ihn zweimal ansprechen, bevor er aus seiner Betrachtung erwachte. Als er sie sah, ging ein Strahlen über sein Gesicht, wobei sich Linien zwischen Nase und Mund zeigten. So jung war er doch nicht mehr.

»Frida, da sind Sie ja. Machen wir einen Ausflug. Dann erzählen Sie mir alles.«

Sie nahmen die Metro bis zur Endstation Richtung Saint-

Germain-en-Laye, und dort besorgte er von irgendwoher zwei Fahrräder.

Woher wusste er denn, dass sie für ihr Leben gern Rad fuhr und schon als Kind nichts lieber getan hatte? Mit sechs Jahren hatte sie Kinderlähmung bekommen, und danach war ihr eines Bein kürzer und dünner als das andere. Rad fahren konnte sie schon damals viel besser als laufen. Keines der anderen Kinder war schneller und waghalsiger als sie.

Sie setzten sich auf die Räder und fuhren am Ufer der Seine entlang. Vor ihnen erstreckten sich Wiesen, die zum Fluss hin abfielen, in der Ferne ragten Kirchtürme in den Himmel. Lerchen jubilierten in der Luft. Meistens ging es leicht bergab, und Frida genoss die rasche Fahrt, die Sonne und die Wärme auf ihrem Gesicht.

Plötzlich stoppte sie abrupt.

»Was ist?«, fragte Michel.

»Diese Farben, dieses kaum sichtbare Grün der gerade aufplatzenden Knospen ... Man muss ganz genau hinsehen, um es zu bemerken, es ist nicht viel mehr als ein feiner Schleier. Das gibt es bei uns in Mexiko nicht. Das ... ich muss es mir einprägen, genau diese Farbe muss ich malen.«

»Der Frühling in Paris ist so ungefähr das Schönste, das man sich denken kann«, rief Michel. »Nur hier draußen ist er noch schöner.«

Sie fuhren weiter, und Frida dachte über dieses Grün nach und verglich es mit Pflanzen, die sie aus Mexiko kannte. Grün, das bedeutete Wärme und Helligkeit, und hier stand es für den Beginn von neuem Leben nach einem dunklen Winter. Links von ihnen lag ein Waldstück, Frida spürte auf ihren Wangen und an den Händen, wie die Luft kühler wurde. Gleich darauf wurde sie von Blütenteppichen in Weiß und Lila abgelenkt. Schon wieder etwas, was sie noch nie gesehen hatte. Und jetzt roch es deutlich nach Knoblauch.

»Was ist das?«, rief sie.

»Warten Sie!« Michel sprang vom Rad und rannte in den Wald. Kurz darauf kam er mit ein paar grünen Blättern zurück und hielt sie ihr vor die Nase. »Das ist Bärlauch, ein wilder Knoblauch. Hier!«

Frida nahm ein kleines Blatt in den Mund. Es schmeckte frisch und würzig. »Ich habe Hunger«, rief sie.

»Kein Problem. Es sind nur noch ein paar Kilometer.«

Sie machten Rast in einem Gasthaus am Fluss, vor dem zwei mächtige Rosskastanien die ersten Blüten zeigten. Sie fanden einen sonnenwarmen, geschützten Platz, und Michel bestellte ein Schmorgericht mit Fleisch und einer kräftigen Soße sowie eine Flasche Wein.

»Und jetzt erzählen Sie mir von diesen beiden Bildern«, sagte er.

»Wieso nicht von den anderen?«

»Die kenne ich noch nicht so gut. Die kommen später dran. Also, was hat es mit dem bandagierten Fuß auf dem Herzbild auf sich? Und ist das tatsächlich eine Art Segel, das an dem Schuh befestigt ist? Ich habe es auf dem Wasserbild wiedergefunden, an dem kleinen Segelschiff. Oder irre ich mich?«

Frida strahlte ihn glückselig an. Wie schön, dass er so genau über ihre Bilder Bescheid wusste. »Sie haben recht, es ist ein Segelboot.«

»Das dachte ich mir, dass Sie auch mit Ihrem kranken Fuß

fliegen können. Sie müssten vielleicht nur ein bisschen Speck unter die Flügel bekommen. Greifen Sie zu.«

Während sie den Braten aßen und schweren Rotwein dazu tranken, sprach Frida über ihre Arbeit, aber auch über ihren Unfall und ihr krankes Bein, was ja zusammengehörte. Michel hörte aufmerksam zu, fragte nach, lachte, wunderte sich.

Es war schon Nachmittag, als sie aufbrachen.

»Wir müssen los, wir haben noch einen Weg vor uns«, sagte Michel mit leisem Bedauern.

Der Rückweg führte teilweise bergan, Frida stemmte sich in die Pedale, aber nach ein paar Hundert Metern war sie am Ende ihrer Kraft. Sie fing an zu keuchen. Als Michel das bemerkte, fuhr er dicht neben sie, und sie hängte sich an seinen Arm. Er strampelte wie ein Verrückter, und sie lachte aus vollem Halse.

Erschöpft erreichten sie die Metrostation und fuhren zurück nach Paris.

Mary hatte sie beide zum Abendessen eingeladen.

Zuvor ging Frida kurz in ihr Zimmer, um sich frisch zu machen. Lange betrachtete sie ihr Spiegelbild, ihre Zöpfe hatten sich durch den Fahrtwind gelöst, ihre Wangen waren gerötet, und sie hatte schon wieder Hunger. Was für ein herrlicher Tag war das gewesen! Sie setzte sich vor den Spiegel und kämmte ihr Haar, bis es knisterte. Dabei dachte sie an Michel, der im Zimmer nebenan war.

Er ist ein ganz besonderer Mensch, dachte sie. Und sie fragte sich, wie es wäre, wenn dieser so gewissenhafte, stille Mann sich auch in die Frau Frida Kahlo verlieben würde.

Es war noch eine knappe Woche bis zur Ausstellungseröffnung, sie sollte weitere zwei Wochen dauern. Direkt danach, in drei Wochen, würde sie abreisen. Sie fing an, die Tage zu zählen, die sie noch von Nick trennten. Der Gedanke jagte ihr Schauer über den Rücken. Es war irgendwie paradox: Nick hatte ihr geholfen, sich emotional von Diego unabhängiger zu machen, aber gleichzeitig hatte er zu einem gewissen Grad Diegos Platz eingenommen. Das gefiel ihr nicht, sie wäre am liebsten ganz frei und nur sich selbst verantwortlich. Aber wäre das ein richtiges Leben, ohne das Auf und ab von Liebe und Leidenschaften? Das passte nicht zu ihr, musste sie zugeben. Sie musste einen Mittelweg finden. Später.

Jetzt hatte sie in jedem Fall sehr viel zu tun. Sie verbrachte täglich Zeit mit Michel in der Galerie. In den langen Gesprächen über ihre Bilder fühlte sie sich ernstgenommen, und sie wuchsen ihr noch ein Stück näher ans Herz. Er stellte Fragen, die bisher niemand gestellt hatte, und Frida genoss es sehr, jedes Detail zu erklären. Dabei kamen sie zwangsläufig auf ihr Leben zu sprechen. Michel sah sie dann aufmerksam an, und Frida wurde ganz warm. Er brachte ihre Argumente dann geschickt gegenüber Monsieur Renou vor und überzeugte ihn, dass das Bild keineswegs anstößig sei, sondern unbedingt gezeigt werden müsse. Ohnehin kümmerte er sich aufopferungsvoll um die Ausstellung, Hand in Hand mit Marcel, der zu einem weiteren Fürsprecher wurde. Wenn sie in der Galerie fertig war, ging Frida in eines der berühmten Cafés, ins *Deux Magots*, ins *Café de Flore*, ins *Dôme* oder in die *Coupole*. Sie besuchte auch Kollegen in deren Ateliers am Montparnasse. Marcel nahm sie mit, und Frida sog dankbar die Anregungen auf, die sie dort bekam. Sie traf nicht nur Surrealisten, sondern auch Vertreter anderer Kunstrichtungen, unter ihnen waren Vertriebene aus Hitlerdeutschland, die eine sehr politische, antifaschistische Kunst betrieben, in Romanen oder Bildern.

Warum konnte ihr Glück nie vollkommen sein? Da war die Ausstellung im Werden, sie hatte sich mit Nick versöhnt, und jetzt bereitete ihr der verdammte Rücken mal wieder Probleme. Mary kannte einen Orthopäden, zu dem sie Frida schickte. Dr. Oberthur machte für Frida eine Zeichnung eines Schuhs, der die Verletzungen an ihrem rechten Fuß mit besonderen Einlagen und Auspolsterungen ausgleichen würde.

»Gehen Sie zu Monsieur Darrieux im Faubourg Saint-Martin in der Nähe des Ostbahnhofs. Er ist ein wahrer Künstler auf seinem Gebiet. Er wird Ihnen einen Schuh machen, in dem Sie schmerzfrei laufen können.«

»Sie glauben, das ist möglich? Ich habe seit Jahren Schmerzen. Manchmal bemerke ich sie gar nicht mehr.«

Dr. Oberthur nickte. »Gehen Sie hin und zeigen Sie ihm die Zeichnung.«

Frida hatte keine besonders großen Hoffnungen, aber an diesem Nachmittag machte sie sich doch auf den Weg in den kleinen Laden

»Ich habe hier etwas«, sagte sie zu dem Mann hinter dem Tresen, der eine wulstige Narbe über die ganze Stirn hatte.

Monsieur Darrieux nahm die Zeichnung und sagte: »Dr. Oberthur hat mich bereits informiert. Haben Sie schon einmal solche Schuhe getragen? Der rechte ist anders als der linke. Aber keine Angst, von außen wird man kaum etwas sehen. Das spielt sich alles im Innern des Schuhs ab. Anfangs wird Ihnen das Gehen ungewohnt vorkommen, aber Sie werden sich schnell daran gewöhnen.« Er bat sie, Platz zu nehmen, und untersuchte gründlich ihre Füße. Er fuhr mit der Handfläche über ihre Fußsohlen und machte sich anschließend Notizen.

»Können Sie die Schuhe bunt machen? Etwa in dem Rot des Schals, den ich trage?«

»Warum nicht? Wenn das Ihr Wunsch ist.«

»Das ist es«, sagte sie und lächelte. »Und ich hätte gern goldgelbe Schnürsenkel.«

Drei Tage später konnte sie die neuen Schuhe abholen. Sie probierte sie an und machte ein paar Schritte im Laden.

»Das gibt's ja gar nicht«, rief sie und konnte es nicht glauben. »Mir tut nichts weh! Sehen Sie, ich hinke kaum noch! Monsieur, wie haben Sie das gemacht?«, fragte sie unter Tränen. Dann trat sie auf den Schuster zu und umarmte ihn stürmisch.

Auf der Straße ließ sie ihren Rock schwingen, weil sie wollte, dass alle ihre bunten Schuhe sahen.

Sie ging in Richtung Place de la Bastille und kam dort an einem Zeitungskiosk vorüber. Die Titelseiten der Magazine zeigten lange Kolonnen von Frauen und Kindern, die sich über eine Landstraße schleppten.

»Das sind Spanier, nicht wahr?«, fragte sie den Kioskbesitzer.

»Dreckige Republikaner!«, zischte er.

»Aber es sind Frauen und Kinder!«

Die Freude an ihren neuen Schuhen war ihr mit einem Mal verleidet.

Sobald sie zu Hause angekommen war, wühlte Frida in ihrem Koffer und suchte alles heraus, was sie nicht unbedingt brauchte, um es den Flüchtlingen zu geben. Deren Leid traf sie tief, sie hatte schon in Mexiko mit Diego Geld für sie gesammelt, aber jetzt war alles noch viel schlimmer.

Als Michel vorbeikam, um sie zu einem Ausflug abzuholen, sagte Frida, sie habe keine Zeit.

»Ich muss diese Sachen zum Büro der spanischen Flüchtlingshilfe bringen, das ist wichtiger.«

»Ich war letztes Jahr als Reporter in Barcelona. Ich hatte zwei riesige Koffer voller Lebensmittel dabei, um sie zu verteilen.«

Frida sah ihn voller Bewunderung an. »Wirklich? Das musst du mir erzählen, in allen Einzelheiten.«

Sie fuhren gemeinsam in das Büro der Spanienhilfe, das nahe der Place de Clichy lag, in der Nähe der Rue Fontaine, wo André und Jacqueline wohnten.

Michel kannte die Leute dort, und sie wurden sofort umringt, als Michel sagte, dass sie die Frau Diego Riveras, des berühmtesten Malers Mexikos und Sympathisanten der Spanischen Republik sei. Zum ersten Mal störte Frida das nicht, im Gegenteil, sie war stolz auf Diego.

»Du musst uns von der Solidarität der Mexikaner erzählen«, verlangte einer.

»Aber mein Französisch ist nicht gut genug«, rief sie.

»Ich übersetze«, sagte eine Frau. »Ich bin Remedios Varo, und das ist Benjamin Péret, mein Mann.«

Frida erinnerte sich, die beiden schon mal in einer Runde mit Breton gesehen zu haben. Sie gehörten zum Kreis der Surrealisten.

Die Menschen vor ihr blickten neugierig und erwartungsvoll zu ihr. Wo sollte sie anfangen? Am besten mit der Mexikanischen Revolution unter Präsident Cárdenas. In flammenden Worten und voller Stolz darauf, Mexikanerin zu sein, berichtete sie von der Agrarreform und der Landverteilung an Kleinbauern, von der Verstaatlichung der Erdölindustrie und der Vertreibung ausländischer Investoren.

»Mein Mann, Diego Rivera, unterstützt diese soziale und kulturelle Revolution durch seine Wandgemälde, die den Bauern die Geschichte Mexikos erzählen. Seit Ausbruch des Bürgerkriegs in Spanien setzen wir uns dafür ein, Flüchtlinge aufzunehmen. Bisher sind rund vierzigtausend Kinder aus Spanien nach Mexiko gekommen. Aber ich werde noch heute an Diego schreiben und ihn bitten, sich bei unserem Präsidenten für weitere Visa und Schiffspassagen starkzumachen.«

»Bravo«, riefen die Zuhörer, einige klatschten. *»Vive la révolution!«*

Frida legte ihren *Rebozo* ab, denn ihr war warm geworden. Sie hatte die richtigen Worte gefunden und die Leute mitgerissen. Endlich tat mal jemand etwas. Das hier war etwas anderes, als in den Cafés herumzusitzen und über Politik zu debattieren.

Nach ihr sprach ein Spanienkämpfer, der in dem Flüchtlingslager in Rivesaltes am Mittelmeer gewesen war. Mit vor Wut geballten Fäusten berichtete er, dass Männer von ihren Familien getrennt wurden. »Sie müssen unter freiem Himmel am Strand campieren. Es gibt keine Toiletten und keine ärztliche Versorgung. Wir müssen ihnen helfen.«

Ein Manifest wurde formuliert, und Frida unterschrieb es voller Stolz.

»Der Lastwagen ist da!«, rief jemand, und alle rannten hinaus. Frida folgte ihnen.

Tatsächlich stand auf der Straße ein Lkw, auf dessen Plane sozialistische Parolen auf Französisch und Spanisch gemalt waren. Alle halfen mit, ihn mit Kleidung und Lebensmitteln für die Spanier zu beladen. Frida trug den Karton mit ihren Sachen eigenhändig dorthin.

Als alles verstaut war, fuhr der Wagen unter Bravo-Rufen los, und Frida hob mit den anderen den Arm zum sozialistischen Gruß.

Dann drehte sie sich zu Michel herum. »Jetzt gehe ich mit dir aus.«

Sie sah die Freude in seinem Gesicht aufleuchten und lächelte ihrerseits.

Es war inzwischen Abend geworden, und er winkte ein Taxi heran. Woher wusste er, dass Frida diese nächtlichen Fahrten durch Paris so liebte? Sie ließ sich wieder einmal von der Stadt bezaubern. Sie fuhren den Hügel hinunter in Richtung Seine, an einem Park vorbei, der in tiefer Dunkelheit vor ihnen lag. In Paris wurden die Parks bei Sonnenuntergang geschlossen, was Frida schon ein paarmal bedauert hatte. Sie lehnte sich entspannt zurück und berührte Michel dabei mit der Schulter. Sie sah zu ihm hinüber. Er musste sie die ganze Zeit angesehen haben, denn er wendete verlegen den Blick ab. Frida lächelte. Die Anziehungskraft war gegenseitig. Sie hatte diesen warmherzigen Mann, der so gut zuhören konnte, schon längst in ihr Herz geschlossen. Dass er daneben auch noch bereit war, für seine politischen Überzeugungen einzustehen, machte ihn noch verführerischer.

»Wir sind da.«

Als sie das Schild über dem Eingang las, musste sie lachen. »*Le Bœuf*, das heißt doch Ochse, und *le toit* ist das Dach. Heißt dieser Laden tatsächlich ›Der Ochse auf dem Dach‹?«

»Bravo, dein Französisch wird immer besser«, gab Michel zurück.

Frida dankte ihm für das Kompliment. Sie hatte plötzlich große Lust, sich an Michels Seite zu amüsieren. Er wusste bestimmt, wie man das machte. Sie fühlte sich großartig, weil sie ihre erste politische Rede gehalten hatte. Die neuen Schuhe gaben ihr das Gefühl, auf Wolken zu gehen, und sie waren wohl auch der Grund, warum ihr Rücken kaum noch wehtat. Und schließlich war sie in Paris!

Übermütig küsste sie Michel auf die Wange, als sie das Lokal betraten. Unten ging es laut und derb zu, aber im ersten Stock gab es eine kleine Bar, in der Jazz gespielt wurde. Als sie den kleinen Raum durchschritt, folgten ihr, wie immer, alle Blicke. Sie ließ ihre Röcke schwingen und ihren Schmuck blitzen. Der Kellner kam an ihren Tisch und kniete plötzlich mit einem Bein vor ihr auf dem Parkett.

»Was darf ich Ihnen bringen?«, fragte er.

Frida warf den Kopf zurück und lachte.

»Schnaps«, rief sie. »Viel Schnaps!«

Der Alkohol machte sie noch übermütiger. Dies war ihr Abend. Sie konnte regelrecht zusehen, wie die Männer ihr verfielen. Auch Michel, der kaum noch den Blick von ihr lassen konnte.

»Ich liebe Paris«, sagte sie und prostete ihm über den Rand ihres Glases hinweg zu.

»Du bist unwiderstehlich, wenn du mich so ansiehst«, murmelte er.

»Ich weiß«, sagte sie, und ein Lächeln kräuselte ihre Lippen.

Ein Pianist fing an zu spielen. Sie hörte ihm zu, dann ging sie zu ihm hinüber. Er lud sie ein, sich neben sie auf die Klavierbank zu setzen.

»Wie heißen Sie?«, fragte Frida, als das Stück zu Ende war.

»Garland.«

»Können Sie für mich *Holding Hands at Midnight* spielen, Garland?«

Er legte die Finger auf die Tasten, und die Melodie erklang. Sie sah ihre erste Nacht mit Nick wieder vor sich. Mit geschlossenen Augen gab sie sich der süßen Erinnerung hin. Für einen Moment vergaß sie, wo sie war und dass die Leute sie beobachteten.

Michel kam zu ihr herüber und nahm sie in die Arme.

»Tanz mit mir.«

Während sie mit ihm über das Parkett glitt, erregte etwas Fridas Aufmerksamkeit. Eine Frau betrat den Raum, sie trug ein atemberaubend tief ausgeschnittenes Kleid und zeigte viel von ihrer makellosen schwarzen Haut. Ihr Gesicht war von einem weißen Schleier bedeckt, der zu einem Pillbox-Hut gehörte.

»Josephine«, hörte sie die anderen Gäste begeistert rufen.

»Ist das etwa Josephine Baker«, fragte Frida. Sie bewunderte die amerikanische Tänzerin, die so unabhängig war, ihren nackten Körper zeigte und machte, was sie wollte. In Deutschland ließ man sie nicht mehr auftreten, weil ihre Tänze zu aufreizend waren und weil sie schwarz war.

Josephine Baker ging in einem aufreizend lasziven Gang zum

Klavier und flüsterte Garland etwas ins Ohr, genauso wie Frida es vor einigen Minuten getan hatte. Der Pianist begann eine Melodie zu spielen, Josephine nahm das Mikrofon und fing an zu singen. Frida kannte das Lied nicht, aber der Refrain gefiel ihr, und sie sang ihn mit, so gut sie konnte. *J'ai deux amours, Mon pays et Paris …*

Ich habe auch zwei Lieben, dachte Frida und eine Welle von zärtlichen Gefühlen stieg in ihr auf. Woher nahm Josephine Baker diese Worte, woher wusste sie so genau, was sie bewegte? Frida gab sich ganz dem Gesang hin und fing an, sich leicht zu bewegen.

Auf einmal nickte Josephine ihr zu und streckte die Hand nach ihr aus. Frida musste nicht lange überlegen und stellte sich neben sie.

Wortlos verstanden sie sich und begannen, sich zu umkreisen und sich in den Hüften zu wiegen. Frida hob die Arme und neigte den Kopf wie eine Flamencotänzerin. Sie fragte sich nicht, woher sie den Mut nahm, vielleicht lag es am Schnaps, vielleicht an einem Gefühl der Allmacht, vielleicht lag es aber auch daran, dass sie sich von Josephine verstanden fühlte. Sie bewegte sich einfach im Einklang mit der Sängerin und zu ihrem Lied. Josephine sang das Lied zu Ende, dann beugte sie sich zu Frida hinüber und küsste sie sanft auf den Mund.

Die anderen Gäste standen auf und klatschten. Noch einmal küssten sie sich.

»Warum trägst du diesen Damenbart?«, fragte Josephine sie unvermittelt. »Jede andere Frau würde alles tun, um ihn loszuwerden. Ebenso wie deine Augenbrauen. Versteh mich recht, ich finde beides entzückend.«

Frida lachte. »Ich habe einfach keine Lust, mich zu rasieren. Warum dürfen Frauen keine Haare im Gesicht haben? Das ist ungerecht.« Sie fuhr sich mit der Fingerspitze über den leichten Flaum über der Oberlippe. »Mein Bart zeigt meine männliche Seite. Er steht dafür, dass Frauen mitentscheiden, dass man sie hört. Ich will mich einfach nicht damit abfinden, dass wir Frauen immer nur die Rolle spielen dürfen, die die Männer für uns vorsehen« Sie zögerte, bevor sie sagte: »Du müsstest das wissen, auch, dass Frauen nicht nur Männer lieben müssen.«

Josephine nickte. »Wir sind uns ähnlich. Komm morgen zu meiner Show«, sagte sie dicht an Fridas Ohr. »Danach gehen wir wieder tanzen.« In ihrer Stimme lag etwas, das Fridas Haut kribbeln ließ.

»Ich versuche es«, sagte sie.

»Du taumelst von einem zum anderen!«, sagte Michel, als sie wieder an seinen Tisch kam. »Du bist flatterhaft, das gefällt mir.« In seinen Augen las sie Bewunderung und Begehren, und das wiederum weckte ihre Lust.

Frida hielt kurz inne, die vielen Schnäpse und dieser bezaubernde Abend bewirkten, dass sich ihr der Kopf drehte. Dann hob sie die Augenbrauen. »Eigentlich bin ich eine ernsthafte Person. Ich habe heute meine erste Rede gehalten.«

»Wahrscheinlich kannst du beides gleichzeitig. Das macht dich ja so unwahrscheinlich anziehend.«

Als sie das *Bœuf sur le toit* verließen und auf die Straße traten, ging gerade die Sonne auf.

»Sieh nur, der Himmel über Paris ist durchscheinend wie ein Engelsflügel«, sagte Michel, und Frida wusste nicht, ob sie ihn richtig verstanden hatte. Aber das war auch einerlei, der

Vergleich gefiel ihr. Die Straßen waren noch leer bis auf ein paar Arbeiter, die mit dem Rad auf dem Weg in die Fabriken waren.

Michel winkte wieder ein Taxi herbei. Sie saßen nebeneinander im Fond, und Frida fühlte eine wohlige Müdigkeit.

»Ich will nicht, dass dieser Tag zu Ende geht«, sagte sie. »Komm mit zu mir.«

Kapitel 32

Mit Michel an ihrer Seite war Paris noch schöner. Selten hatte Frida sich so unbeschwert gefühlt. Wenn sie morgens aufwachte, freute sie sich schon darauf, den liebenswerten Mann wiederzusehen. Er kannte Paris wie seine Westentasche und wollte ihr alles zeigen, was er an dieser Stadt liebte. Heute schlug er einen Bummel über den Flohmarkt vor, aber sie lehnte seine Einladung ab.

»Ich muss doch auch noch meine Freundinnen sehen. Und auf den Flohmarkt gehe ich mit Jacqueline, das haben wir uns vorgenommen.«

»Der Jardin des Plantes mit dem Botanischen Museum?«

Frida schüttelte lächelnd den Kopf. »Ist für Dora Maar reserviert. Sie kennt sich dort bestens aus, stell dir vor, sie hat sich mal für eine Nacht dort einschließen lassen, um ihr komisches Tier zu fotografieren.«

»Aber dann iss wenigstens zu Mittag mit mir. Und ich möchte dich Elsa Schiaparelli vorstellen, sie ist eine Freundin. Am Donnerstag um zwei?«, fragte er.

Mit Michel war alles so einfach. Es gab keine Konkurrenz zwischen ihnen, er stellte keine Ansprüche, er akzeptierte, wenn sie keine Zeit für ihn hatte. Dabei war Frida gern mit ihm zusammen, sie unternahmen Ausflüge und verbrachten nach wie vor Zeit in der Galerie, damit Frida die Hängung ihrer Bilder beobachten konnte. Aber manchmal blieben ihnen nur die Nächte, um zusammen zu sein.

Übermorgen sollte die Ausstellung eröffnet werden, und Frida ärgerte sich täglich aufs Neue über Andrés Einfälle. Gestern hatte er Gemälde aus dem 19. Jahrhundert angeschleppt. Wo hatte er diese alten Schinken aufgetrieben? Bloß weil sie von Mexikanern gemalt waren, waren sie doch nicht gleich Kunst! Außerdem mussten sie gerahmt werden, und er hatte doch tatsächlich die Frechheit, sie um Geld dafür zu bitten! Und dann sein Durcheinander an merkwürdigen Objekten, die er in Mexiko zusammengekauft hatte. Einzig die winzigen Votivtafeln mochte sie, aber die hatte er aus Kirchen geklaut. Insgeheim nahm sie sich vor, so viele wie möglich von ihnen nach dem Ende der Ausstellung von der Wand zu nehmen und sie zurück nach Mexiko zu bringen, denn da gehörten sie hin.

An diesem Tag präsentierte Breton ihr eine weitere Idee. Er wollte Fotos Manuel Alvarez Bravos, des Exmanns von Lola, aufhängen.

Frida schüttelte resigniert den Kopf. »Vielleicht entscheidest du dich bald mal, was diese Ausstellung eigentlich sein soll!«, fuhr sie ihn an. Sie hatte nichts gegen Manuel, aber er hätte ja auch Lolas Fotos nehmen können. Er hatte sie in Mexiko gesehen und sie gemocht.

Der Raum in der schmalen Galerie war begrenzt, und jedes Mal, wenn er mit etwas Neuem ankam, musste sie um den Platz für ihre eigenen Bilder bangen. Aber am Ende hatte sie mit Michels Hilfe André und auch Monsieur Renou so weit, dass sie fast alle Bilder aufhängten, die auch in New York zu sehen gewesen waren.

»Hier ist übrigens der Entwurf für den Katalog.« André zeigte ihr den Umschlag.

Frida starrte auf das Titelblatt, dann bekam sie einen Wutanfall.

Mexiko. Ausstellung von André Breton stand dort, und darunter *Präkolumbianische Kunst, Volkskunst, Malerei und Fotos von Manuel Alvarez Bravo.*

Jetzt reichte es ihr wirklich. Was fiel diesem Mann denn noch alles ein, um sie zu verletzen? Ihr fiel ein, was Jacqueline ihr von der Surrealisten-Ausstellung erzählt hatte, bei der er sie auch nicht erwähnt hatte.

»Und wo stehe ich?« Sie stemmte die Hände in die Hüften und starrte ihn wütend an. »Du lässt mich die weite Reise machen, du hast aus der versprochenen Einzelausstellung ein Sammelsurium gemacht, nichts ist organisiert, alles muss ich allein machen, ich gebe mein ganzes Geld für dich aus, und dann vergisst du, mich zu erwähnen?« Sie beugte sich nach vorn und zog die Augenbrauen drohend zusammen. Wenn er jetzt ein falsches Wort sagte, würde sie ihm die Augen auskratzen.

Breton schluckte. Er versuchte, sich herauszureden: »Ein Fehler, die Druckerei, wie konnte das …?«

»Ein Fehler?«, fragte Frida drohend. »Wessen Fehler?«

Michel mischte sich ein. »Wie wäre es, wenn wir Fridas Namen in ihrer Handschrift dazusetzen? Und zwar in Rot, damit es auch unübersehbar ist?«

»Aber …«

»Wenn die Druckerei einen Fehler gemacht hat, dann werden sie ihn wohl oder übel korrigieren müssen, meinst du nicht?«

Frida bewunderte Michel. Sein Vorschlag klang so harmlos und freundlich, dabei ließ er Breton keine Wahl.

André nickte ein wenig gequält.

Frida setzte sich hin und ließ sich einen Stift geben. Schwungvoll schrieb sie ihren Namen mitten auf die Seite, jeder würde ihn als erstes lesen. Sie war immer noch wütend, aber gleichzeitig auch sehr zufrieden mit der Entwicklung. Dann starrte sie auf das Blatt. *Frida Kahlo de Rivera* stand dort. Was war in sie gefahren, warum hatte sie denn Diegos Namen dazugesetzt?

»Eine gute Idee«, hörte sie Michel sagen. »Viele Kunstinteressierte kennen Diego Rivera. Das wird sie anlocken, und dann verfallen sie der hinreißenden Kunst von Frida Kahlo. Werbung ist eben alles!«

Frida starrte Michel an. Wie schaffte er es nur, immer alles ins Positive zu wenden? Er gab ihr das Gefühl, genau das Richtige getan zu haben. Vielleicht hatte er sogar recht? Sie überlegte kurz, etwas fehlte noch, dann setzte sie eine kleine Sonne unter ihren Namen.

»Jetzt ist es gut«, sagte sie.

Dieser Zwischenfall war nicht das erste Mal, dass es Michel gelang, ihre Wut zu zügeln und sie zum Lachen zu bringen. Er tat ihr gut. Noch nie hatte sie einen Mann getroffen, mit dem alles so leicht war. Diego betrog sie, und Nick setzte sie unter Druck. Auf solche Ideen würde Michel niemals kommen. Es war, als flössen alle Schwierigkeiten an ihm vorbei wie an einem Felsen in einem Fluss. Ungerührt ließ er die Widrigkeiten des Lebens an sich vorüberziehen. Er stellte keine Forderungen an Frida. »Du machst mein Leben schön«, hatte sie schon ein paarmal zu ihm gesagt. Außerdem genoss sie seine Zärtlichkeiten. Warum auch nicht? Sie würde bald nach Amerika zurückkehren und ihn wahrscheinlich nie wiedersehen. Dennoch war ihre Beziehung nicht oberflächlich. Sie war perfekt, innig und vertrauensvoll, und vor allem barg sie keinerlei Verpflichtungen.

Am Tag vor der Eröffnung ging sie endlich mit Jacqueline auf den Flohmarkt an der Porte de Clignancourt. Das hatten sie schon die ganze Zeit vorgehabt, und Frida hatte ihre Freundin länger nicht gesehen. Jacqueline musste sie bremsen, weil Frida vor Begeisterung am liebsten alles gekauft hätte. Aber bei zwei Puppen konnte sie nicht Nein sagen. Sie liebte Puppen, und diese beiden würden in der Casa Azul ihren Platz neben dem Schwesterchen aus Pappe finden.

Am Nachmittag war sie bei Elsa Schiaparelli zum Tee eingeladen. Die Modeschöpferin hatte von ihren Kleidern gehört und wollte sie sehen. Frida war neugierig auf die Frau. Modeschöpferinnen fand sie inspirierend, sie konnte viel von ihnen lernen, denn sie waren nicht nur kreativ, sondern mussten auch das Geschäftliche im Blick haben, um nicht unterzugehen. Als sie vor dem prächtigen Haus an der Place Vendôme stand, dem teuersten Platz von ganz Paris, pfiff sie anerkennend durch die Zähne. In den Schaufenstern der Boutique waren atemberaubende Kleider ausgestellt, die eher an Bühnenkostüme erinnerten. Sie stiegen die Treppe in den ersten Stock hinauf, wo die Schiaparelli ihre Räume hatte.

»Ich habe gehört, Sie seien eine auffällige Erscheinung«, sagte Elsa zur Begrüßung und sah Frida von oben bis unten an. »Ich mag Ihre aufrechte Haltung, sehr aristokratisch. Und was sind das für Muster auf Ihrem Rock? Außergewöhnlich.«

»Sie finden meine Kleider außergewöhnlich?«, fragte Frida. »Aber Sie tragen einen Leoparden auf dem Kopf!«

»Das ist ein Gepard«, korrigierte sie Elsa ungerührt und klopfte auf die flache Kappe aus Fell, die Augen und Nase eines Raubtiers hatte. »Ich habe mir gedacht, ich versuche, Ihnen ein wenig die Schau zu stehlen. Aber ich bin mir nicht sicher, ob es mir gelungen ist.« Sie dachte einen Moment nach, bevor sie mit einem Lächeln sagte: »Aber wissen Sie was, ich werde einen zweiten Versuch wagen und zu Ihrer Ausstellung kommen. Und jetzt lassen Sie uns Tee trinken, und Sie erzählen mir, wie Sie es schaffen, mit Fürst Breton auszukommen.«

Egal, wie lang die Nacht gewesen war, jeden Vormittag, spätestens um zehn Uhr, stand Frida an der Staffelei. Sie war fest entschlossen, ihr Versprechen an sich selbst, dass ihre Arbeit das Wichtigste in ihrem Leben sein würde, zu halten. Paris machte es ihr leicht. Sie war umgeben von Freundinnen und Künstlern, sie wohnte in einer familiären Atmosphäre bei Mary, und die Nächte verbrachte sie in den Armen von Michel. Die vielen Anregungen, die die Stadt ihr bot, wollte sie unbedingt festhalten. Diese Stunden mit sich allein vor der Staffelei oder am Zeichentisch schenkten ihr tiefe Zufriedenheit und Ruhe. Sie versuchte, die Grandiosität der Kathedrale von Notre-Dame aufs Papier zu bringen, sie studierte die Form der Stützpfeiler und die Kunstschätze in den Kirchen. Sie ging noch oft in den Louvre, mal allein, mal in Gesellschaft, und besuchte jedes Mal einen anderen Saal. Hier entdeckte sie viele Maler und Gemälde, die sie aus dem intensiven Studium ihrer Kunstbücher oder den Gesprächen mit anderen Malern kannte. Besonders die Niederländer des Goldenen Zeitalters hatten es ihr angetan. Stundenlang konnte sie vor einem Rembrandt stehen und studieren, wie er das Licht auf die Leinwand bannte. Sie diskutierte ihre Meinung zu den Bildern mit Mary, Dora, Jacqueline und anderen. Begierig hörte sie zu, lernte und staunte. Zu Hause wollte sie all diese Anregungen umsetzen, sie konnte es kaum erwarten, es kribbelte sie in den Fingern.

Wenn Mary ihr zwischen der Arbeit und den Unternehmungen des Nachmittags und Abends einen Brief von Diego oder von Nick hinhielt, musste sie sich manchmal erst darauf besinnen, dass sie ein Leben außerhalb von Paris hatte.

Eine kurze Nachricht von Diego beunruhigte sie allerdings mehr, als sie sich eingestehen wollte. *Ich habe über uns nachgedacht. Wir müssen reden, wenn du zurück bist.*

Was zum Teufel meinte er damit? Er hatte über sie nachgedacht? Über ihre Beziehung? Was gab es denn da nachzudenken? Sie atmete scharf ein. Hatte er etwa von Nick erfahren? Oder von Michel? Sie gab sich keine besondere Mühe, ihre Flirts geheim zu halten. Und wenn jemand Diego informiert hatte? Breton? Zuzutrauen wäre es ihm. Womöglich wollte er Diego schaden, seitdem der sich von Trotzki losgesagt hatte? Oder er wollte sich an ihr rächen?

Ach was, dachte sie dann und gewann ihre Unbekümmertheit zurück. Michel wartete auf sie, sie hatte keine Lust, sich mit solchen vagen Möglichkeiten herumzuschlagen.

Auf dem Tisch lag noch der braune Umschlag, in dem Diegos Brief gekommen war. Sie nahm ihn und schrieb ihm ein paar Worte:

Mein liebster Diego, wenn ich zurück bin, dann werden wir für immer zusammen sein, ohne Streitereien und den ganzen Quatsch, wir werden uns einfach lieben.

Sie las die kleine Notiz, dann unterstrich sie das *für immer* mit ihrem Lippenstift und setzte einen Kussmund unten auf die Seite.

So, das musste reichen. Sie hörte Michel schon vor der Tür, und sie hatte große Lust, sich von ihm küssen zu lassen.

Kapitel 33

Paris, Abend des 9. März 1939

Frida hatte sich ans hintere Ende des schmalen Flurs zurückgezogen, an dem rechts und links ihre Bilder hingen. Michel, mit dem sie gekommen war, war von Renou gleich mit Beschlag belegt worden, weil irgendetwas nicht funktionierte, sie hatte nicht genau verstanden, was. Jetzt stand sie hier allein und hing ihren Gedanken nach. Sie erwartete nicht viel von dieser Ausstellung. Wenn überhaupt jemand kommen würde. In den Zeitungen hatte kaum etwas über die Vernissage gestanden. Breton hatte sich nicht richtig gekümmert, und die Pariser hatte im Moment andere Sorgen, als sich Bilder einer unbekannten Mexikanerin anzusehen. Frida seufzte tief. Den Erfolg von New York könnte sie hier bestimmt nicht wiederholen, und sie rechnete nicht damit, dass jemand ein Bild kaufte. Paris hatte sie eher Geld gekostet, aber dennoch hatte der Aufenthalt sie bereichert. Sie hatte Jacqueline wiedergesehen und die Freundschaft zu ihr vertieft. Sie hatte andere Freundinnen gewonnen, und sie hatten sich gegenseitig als Frauen bestärkt. Sie hatte viele berühmte Kollegen wie Picasso, Duchamps, Ernst getroffen und sich mit ihnen über Kunst ausgetauscht. Sie hatte unendlich viele Inspirationen für künftige Bilder gefunden. Und schließlich war da noch

Michel, der ihr gezeigt hatte, dass eine Liebesbeziehung so leicht und unbeschwert, so wundervoll sein konnte. Ihr Herz zog sich zusammen, als sie den Raum nach ihm absuchte und ihn am anderen Ende entdeckte, konzentriert mit einer offensichtlich kaputten Lampe beschäftig. Sie lächelte. Noch nie hatte sie jemanden getroffen, der so im Augenblick lebte. Michel tat immer nur eine Sache zur selben Zeit, und auf genau diese Art liebte er sie. Ohne Ansprüche, ohne den Blick auf die Zukunft. Eine Liebe im Moment. Wenn er sie nicht am ersten Tag zurückgehalten hätte, als sie in die Galerie gekommen war, vielleicht hätte diese Ausstellung nicht stattgefunden. Durch seine ausgleichende, ruhige Art hatte er ihr unendliche Kraft gegeben. Unvorstellbar, dass ich in seiner Nähe einen meiner beängstigenden Wutanfälle bekomme, dachte sie verwundert und dankbar. Michel hob den Kopf und blickte in ihre Richtung. Voller Wärme sah er sie an. Alles in Ordnung, kein Grund zur Sorge, sagte sein Blick, dann beugte er sich wieder über die Lampe. Aber sie wusste, dass er dennoch mit ihr verbunden war. Ihr Blick fiel auf das Wasserbild, das neben ihr hing. Sie sah die Frau, die eine Schnur um den Hals hatte, an der ein Mann zog. Eine solche Fessel verband sie mit Diego. Manchmal drohte sie sie zu erwürgen, und zu anderen Zeiten war sie kurz vor dem Zerreißen. Das Band zu Michel war keine Bedrohung, sondern elastisch und leicht. Michel hatte ihr die Augen geöffnet, hatte ihr geholfen, sich aus dem ewigen Gedankenkarussel ihrer Verstrickung zu Diego und auch zu Nick zu lösen, die Dinge nicht so ernst zu nehmen. Ihrem Gefühl zu folgen … und ihre Gefühle zu akzeptieren, ohne Wenn und Aber. Unabhängig davon, was alle um sie herum dachten. Neben ihm war das Leben so einfach, dachte sie.

Paris und Michel haben mir geholfen, meine Prioritäten neu zu setzen, dachte sie zufrieden. Ich habe festgestellt, dass ich sehr gut allein zurechtkomme und dass ich mir nicht alles von meinem Mann gefallen lassen muss. Dass ich den Mut aufbringe, frei zu sein. Frei, nach meinen eigenen Entscheidungen zu leben. Der Gedanke erleichterte sie sehr, und ein Lächeln erschien auf ihrem Gesicht.

Als sie aufsah, hatten sich die Räume zu ihrer Verwunderung gefüllt. Jetzt nahm sie auch das Stimmengewirr wahr. Die Besucher standen dicht gedrängt vor den Exponaten und kommentierten alles wortreich. Mit den vielen Menschen sahen die Räume anders aus, als sie sie kannte. Gleich vorn hingen die mexikanischen Landschaftsbilder, im zweiten Raum stand Volkskunst, darunter ein riesiger Schädel aus Zucker, auf Schemeln und in Regalen. Dann kamen die Fotos von Manuel in schlichten Rahmen. Und schließlich hingen siebzehn ihrer Bilder an den gegenüberliegenden Wänden des Flurs. Zum Glück waren ihre Bilder klein und wirkten auch aus der Nähe.

Sie hätte gern verstanden, was die Leute sagten, aber sie sprachen viel zu schnell. Sie seufzte resigniert. Vielleicht waren die Besucher nicht wegen ihrer Bilder, sondern wegen der anderen Exponate gekommen. Und wenn schon, dachte sie. Dann haben sie eben keine Ahnung von Kunst. Meine Bilder sind gut! Wieder musste sie an Diego denken. Wenn er hier wäre, würde er ihre Nervosität einfach weglächeln. Wie oft waren sie schon auf so einer Eröffnung gewesen, aber da waren es immer seine Bilder gewesen, und sie war an seiner Seite gewesen und hatte ihn unterstützt. Sie meinte seine Stimme an ihrem Ohr zu hören. »Frida malt mit dem Herzen.« »Ihre Bilder sind reine Poesie auf der Leinwand.«

»Danke, Diegito«, flüsterte sie. Jetzt fühlte sie sich gewappnet. Sie richtete sich auf und hob das Kinn. Sie würde sich mitten in die Menge stellen. Sie war bereit für Fragen von Besuchern und Journalisten. Sie würde es machen wie in New York. Dort hatten die Menschen an ihren Lippen gehangen und ihre Bilder bewundert. Sie wusste, wie es ging. Sie war eine anerkannte Malerin.

Da sah sie am anderen Ende des Flurs Dora Maar, die sich einen Weg zu ihr bahnte.

»Diese Kanaille von Breton«, schimpfte sie, als sie Frida erreichte. »Er hat deine Bilder zwischen mexikanischer Volkskunst und von der Decke baumelnden Skeletten fast zum Verschwinden gebracht. Aber die Leute sind trotzdem ganz verzückt.«

»Stimmt das? Was sagen sie denn? Ich verstehe leider nur Bruchstücke.«

»Frida, sie lieben deine Bilder. Aber was stehst du hier so allein rum?«

»Ich wollte ja gerade …«

»Komm mit.«

Sie zog Frida an der Hand hinter sich her. Die Besucher machten ihnen Platz und fingen an zu raunen, als Frida zwischen ihnen hindurchging. Es wurde still, und sie konnte hören, wie ihre weiten Röcke über den Fußboden schleiften und die kleinen Glöckchen am Saum klingelten. Dora zog sie vor das Bild mit dem durchstoßenen Herzen.

»*Voilà!*«, rief sie.

Frida nahm die Schultern zurück, damit man ihren opulenten Schmuck sah, und legte die Hände ineinander. Dann stand sie mit einem freundlichen, aber auch selbstbewussten Blick vor der Menge.

»Du hättest sie eben sehen müssen, als du zwischen ihnen hindurchgegangen bist. Ein Haufen Seidenraupen beim Anblick einer mit Höchstgeschwindigkeit vorbeirasenden Lokomotive.«

Frida drehte sich um. Vor ihr stand Jacqueline und lächelte sie an. Das war genau, was sie hören wollte! Frida warf den Kopf zurück und platzte mit einem Lachen heraus. Jetzt kam auch Bewegung in die Menge. Alle wollten ihr plötzlich die Hand schütteln und ihr gratulieren und stellten Fragen, die sie nur halb verstand.

»Ich male, wer ich bin«, sagte sie auf Französisch und entzückte damit die Zuhörer. »Ich male mein Leben, auch meine Schmerzen, denn die sind mein Leben.«

Jacqueline stellte ihr die wichtigsten Besucher vor.

»Das ist Joan Miró«, sagte sie. Miró umarmte sie so fest, dass sie ihre Rippen spürte. »*Merci*, Frida, *merci*«, sagte er.

Dann trat Wassily Kandinsky vor und hob sie einfach hoch, während er sie gleichzeitig auf beide Wangen küsste. »Ich bin zutiefst bewegt von Ihren Bildern«, rief er und fügte etwas leiser hinzu: »Sie sollten immer so herumlaufen. Keine dieser Montparnasse-Damen in ihren exzentrischen Kleidern kann es mit Ihnen aufnehmen. Also los, auf in den Kampf.«

Frida wollte es kaum glauben, aber der Abend schien ein Triumph zu werden. André stellte sich auf eine Kiste und hielt eine kurze Rede, in der er ihre Bilder als Kernstücke der Mexiko-Ausstellung würdigte. »Jedes ihrer Werke ist ein Tor zur Unendlichkeit.« Dann folgte ein langer Erguss über den Surrealismus wie erwartet.

Monsieur Renou kam zu ihr und rang sich eine halbherzige Entschuldigung ab.

»Vielleicht habe ich mich in Ihren Bildern getäuscht. Dem Publikum scheinen sie zu gefallen.«

Ein Mann mit dunklem Haar näherte sich ihr. Frida hatte ihn schon bemerkt, denn er trug einen großen Blumenstrauß vor sich her, viel zu groß für die Enge, die hier herrschte.

»Señora Kahlo …«, begann er.

Er sprach Spanisch, womit er Frida sogleich für sich einnahm.

»Mein Name ist Jacques Mornard.«

»Sie sind Spanier? Haben Sie für die Republik gekämpft?«, fragte sie.

»Was glauben Sie denn? Und der Kampf geht weiter.« Er zögerte und sah sich um. Als er sah, dass niemand zuhörte, fuhr er leise fort: »Ich habe gehört, dass der Genosse Trotzki ein Freund von Ihnen ist. Stimmt es, dass er Gast in Ihrem Haus ist? Ich würde ihn gern treffen, ich bin ein großer Bewunderer.«

Fridas anfängliches Interesse schlug in Misstrauen um. Leo Trotzki war wahrscheinlich der am meisten gehasste Mann der Welt und stand auf Stalins Todesliste ganz oben. Als er in der Casa Azul gewohnt hatte, hatten immer mindestens zwei Polizisten vor dem Haus gestanden.

»Sind Sie nicht wegen der Bilder hier?«, fragte sie und sah

auf den Blumenstrauß. Auf einmal kam ihr die verrückte Idee, er könnte darin einen Revolver versteckt haben. Sie sah sich hilfesuchend um.

»Ist nicht alle Kunst auch politisch?«, fragte er zurück, aber er sah sie dabei auf eine merkwürdige Weise an. Dann machte er ihr Komplimente, und Frida merkte, dass er mit ihr zu flirten versuchte, aber irgendwie fühlte sich das aufgesetzt an, nicht ehrlich. Sie war froh, als Dora neben sie trat.

Mornard verabschiedete sich sichtlich enttäuscht.

»Was wollte denn Mercader von dir?«

»Mir hat er gesagt, er heiße Mornard.«

»Nimm dich vor ihm in Acht. Es heißt, er spionierte für den NKWD.«

Frida lief es kalt den Rücken hinunter »Den sowjetischen Geheimdienst? Er wollte, dass ich ihn mit Leo Trotzki bekannt mache.«

»Na, jetzt ist er ja weg. Und da kommt Pablo.«

Ein kleiner Mann in einem gestreiften Pullover, wie ihn die Fischer trugen, eilte ihr entgegen. Die wachen Augen in dem runden Gesicht zogen sie in ihren Bann.

»Frida«, sagte er voller Wärme und zog sie an sich. »Endlich treffe ich Sie. Dora hat mir viel von Ihnen erzählt. Aber sie hat nicht gesagt, *wie* wundervoll Ihre Bilder sind. Lassen Sie mich Ihnen sagen, dass niemand, weder Diego noch ich, in der Lage ist, Gesichter so zu malen, wie Sie es können. Und wenn jemand etwas anderes behauptet, dann hat er nicht einen Schimmer davon, was Kunst bedeutet.«

Frida freute sich aufrichtig über sein Lob. Mehr konnte sie nicht erwarten. Sie plauderten noch ein paar Minuten, und er fragte, wie es Diego gehe, dann machte er sich wieder auf den Weg, aber nicht ohne sich mit ihr zu verabreden.

Irgendwann hörte sie auf, sich die Namen der Gratulanten zu merken. Es waren einfach zu viele.

Aber trotz all des Lobs kaufte an diesem Abend niemand ein Bild. Natürlich war Frida enttäuscht, aber sie hatte es nicht anders erwartet. Die Glückwünsche der berühmten Kollegen reichten ihr vorerst aus. Jetzt kannte man sie in Europa, der Anfang war gemacht. Vielleicht kauften die Leute später, wenn die Kriegsgefahr vorüber war. Und vor allem eines nahm sie mit: Sie hatte diesen Abend, der auch in einer Katastrophe hätte enden können, allein gemeistert. Sie hatte Paris zu einem Erfolg gemacht.

Michel fuhr gleich am nächsten Morgen mit seiner Geliebten ans Mittelmeer, und sie wussten beide nicht, ob sie sich vor Fridas Abreise noch einmal sehen würden. Ihr Abschied war wie ihre Liebe, zärtlich und voller Wehmut, aber keine Katastrophe.

»Ich werde dir jeden Tag ein paar zärtliche Zeilen schreiben«, sagte er.

»Und ich werde dich vermissen. Danke für alles. Vor allem dafür, dass du mir gezeigt hast, wie leicht und dennoch voller Zärtlichkeit eine Liebe sein kann.«

Frida schob ihre Traurigkeit zur Seite. Michel würde immer in ihrem Herzen sein, aber jetzt, da ihr nur noch zwei Wochen blieben, wollte sie Paris mit allen Sinnen genießen. Nie hätte sie gedacht, dass ihr die Stadt so ans Herz wachsen würde, und der Anfang war ja auch alles andere als schön gewesen.

Aber jetzt wollte sie noch so viele Ecken in der Stadt sehen, die sie noch nicht kannte, und vielen anderen einen Abschiedsbesuch abstatten. Paris war ihr inzwischen so vertraut, dass sie sich allein zurechtfand, obwohl sie häufig von ihren Freundinnen begleitet wurde. Dank der neuen Schuhe konnte sie von morgens bis abends auf den Beinen sein. Die Schmerzen in ihrem Rücken nahm sie hin oder versuchte sie zu ignorieren. Sie waren ohnehin ein Teil von ihr. Es war ihr wichtig, noch einmal durch die Passagen zu flanieren. Dort gab es ein Geschäft für Kinderspielzeug, und sie wollte nach Kleidern für die beiden Puppen suchen. Außerdem brauchte sie noch Abschiedsgeschenke für ihre Freundinnen.

Am Abend ging sie aus. Pablo Picasso hatte einen Narren an ihr gefressen, und sie sahen sich häufig in einem der Cafés am Montparnasse. Pablo fragte ihr ein Loch in den Bauch, nach ihrer Kunst, nach ihren Themen, nach dem Hintergrund der Bilder. Frida war geschmeichelt von seinem Interesse. Und sie war Pablo dankbar für seine offenen Fragen. Er war so ganz anders als André Breton, der immer noch versuchte, ihr seinen Surrealismus überzustülpen.

An einem ihrer letzten Tage ging sie auf den Friedhof Père-Lachaise, um die Gräber von Corot und Delacroix, von Géricault und Ingres und all den anderen berühmten Malern zu besuchen, deren Bilder sie im Louvre gesehen hatte. Sie sah sie als Kollegen an, als Lehrer, als Vorgänger. Sie suchte die Verbindung und das Zwiegespräch mit ihnen und wollte ihnen die Ehre erweisen.

Die Wege waren ziemlich steil und uneben. Frida musste über die Wurzeln der alten Bäume und manchmal auch über aufgeworfene Grabplatten steigen, um die richtigen Grabmäler zu finden. Nach zwei Stunden wurden die Schmerzen im Rücken zu stark. Sie setzte sich vorsichtig auf eine Bank, die in der Sonne stand, über sich eine erblühende Kastanie, in der die Vögel wie verrückt sangen. Wie anders hier der Toten gedacht wurde, ein bisschen getragen und melancholisch, nicht lärmend und fröhlich wie in Mexiko. Aber die großen Grabmäler über den Gruften, mit den Verzierungen, den steinernen Figuren und den kolorierten Fotos der Toten hinter Glas gefielen ihr. Ihr kam der Gedanke an ihren eigenen Tod, und sie wunderte sich, weil sie nicht erschrak oder in Angst geriet. Ich werde nicht so alt werden wie viele meiner Kollegen, die hier begraben sind, dachte sie. Aber kommt es nicht darauf an, die Zeit, die mir bleibt, zu genießen und sinnvoll zu leben? Wenn ich noch ein paar richtig gute Bilder male, sagen wir ein Dutzend oder vielleicht zwei, ach was, warum nicht ein halbes Hundert?, dann könnte ich zufrieden mit mir sein.

Sie schloss die Augen und gab sich der Wärme und den Geräuschen um sie herum hin. Sie war ganz versunken in den zauberhaften Moment, in dem alles in der Schwebe schien, alles so, wie es sollte. Erst als die Sonne verschwand und der Friedhofswärter in seine Trillerpfeife blies, um die Schließung anzukündigen, machte sie sich auf den Heimweg.

Danach war sie mit Freunden in *La Coupole* verabredet und aß zum ersten Mal in ihrem Leben Austern. Sie sah, wie die Kellner die dreistöckigen Etageren mit den Meeresfrüchten vorbeitrugen.

»Was ist das? Ich will das essen«, rief sie und bestellte sie. Dann amüsierte sie sich mit kleinen Nadeln, Scheren und einem Nussknacker, um an das Innere der Schnecken, Muscheln und Krabben zu gelangen. Mit Zitrone beträufelt und mit einem Stück Baguette und eiskalter Butter schmeckte es herrlich!

Sie durfte nur nicht an die Ausgaben denken, die sie in Paris hatte. Sie hatte fast das gesamte Geld, das sie in New York verdient hatte, in Paris wieder ausgegeben. Und bisher hatte sie noch kein Bild verkauft.

Ich habe doch gesagt, die Franzosen sitzen auf ihrem Geld. Sie haben Angst vor dem Krieg, und deshalb kaufen sie keine Kunst. Zum Glück habe ich die Ausstellung in London abgesagt, schrieb sie an Nick. Wenn das so weiterging, würde sie Diego doch anpumpen müssen, um ihre Schiffspassage zu bezahlen. Dabei wollte sie ihn doch nie wieder um Geld fragen.

»Paris war ein finanzieller Misserfolg«, klagte sie gegenüber Mary, dann lächelte sie. »Aber alles andere hat sich gelohnt.«

Sie saßen auf Marys bequemem Sofa, die Beine hochgelegt, mit einer Wolldecke über den Knien und vor einem prasselnden Ofen, denn der Abend war überraschend kalt, nachdem es tagsüber so schön frühlingshaft gewesen war. Jacqueline saß ihnen gegenüber auf einem Sessel.

»Eben, Frida. Du hast hier Freunde gefunden. Und Unterstützer.«

»Sogar Bewunderer«, sagte Jacqueline dazwischen.

»Genau. Und auch künstlerisch hast du dich weiterentwickelt. Ich sehe doch deine Zeichnungen und wie viel du arbeitest. Wenn das so weitergeht, musst du einen zweiten Koffer für deine Skizzen kaufen.«

»Die Franzosen sind nun mal verdammte Nationalisten. Sie

interessieren sich nicht für Kunst aus Mexiko. Und für das Werk einer Frau schon mal gar nicht«, sagte Jacqueline und gab sich keine Mühe, ihre Verbitterung zu verbergen. Sie hatte gerade vorher mit Tränen in den Augen von einem hasserfüllten Streit mit André berichtet, der alles tat, um sie zu entmutigen.

Als sie im Bett lag, dachte Frida über das Gespräch nach. Mary hatte nur bestätigt, was sie selbst schon festgestellt hatte. Paris hatte ihr neue Impulse gegeben, vielleicht noch mehr als New York. Paris war eine Investition in ihre Zukunft als Malerin.

Sie war hier ganz allein gewesen, hier hatte es keinen Julien gegeben, der ihre Ausstellung perfekt vorbereitet hatte. Sie hatte Schwierigkeiten gemeistert und sich durchgebissen. Sie hatte dafür gekämpft, malen zu können. Es war anstrengend gewesen, und sie hatte mehr als einmal daran gedacht, die Ausstellung hinzuwerfen und nach Hause zu fahren. Aber sie hatte durchgehalten. Und sie hatte ein Bild fertiggestellt.

Diese Erfahrungen würde ihr niemand nehmen können.

Aber jetzt reichte es mit neuen Erfahrungen. Sie brauchte Ruhe, um all das zu verarbeiten. Sie hatte Ideen für neue Bilder. Und deshalb würde sie auch nach Hause fahren und nicht weiter nach London, wohin sie die Kunstsammlerin und Galeristin Peggy Guggenheim eingeladen hatte, um in ihrer Galerie auszustellen. Anfangs hatte die Vorstellung sie verlockt, aber zwei Ausstellungen innerhalb weniger Monate waren mehr, als sie sich noch vor einem Jahr erträumt hatte.

Außerdem war die Gefahr eines Krieges immer deutlicher. Michel hatte gesagt, dass in Paris jetzt schon Gasmasken verteilt wurden. Und hatten nicht einige ihrer Freunde davon gesprochen, Europa zu verlassen, bevor es zu spät war? Remedios Vario und Benjamin Peret wollten nach Mexiko und baten Frida in einem Brief, sich für sie einzusetzen.

Der Himmel über Europa verdunkelte sich.

Nein, dachte sie, es ist an der Zeit, nach Hause zu fahren.

Kapitel 34

»Hier ist ein Brief für dich. Sieht offiziell aus, der ist vom französischen Erziehungsministerium.«

Mary wedelte mit dem Umschlag vor ihrer Nase, als Frida, angelockt von Kaffeeduft, in die Küche kam.

Frida riss den Umschlag auf, aber sie verstand nur einzelne Worte. *Honneur,* Ehre stand dort, der Name der Galerie Renou & Colle war erwähnt. »Hier steht was von tausend Francs! Was wollen die denn von mir?« Ratlos reichte sie den Brief an Mary weiter.

Die überflog den Brief und schüttelte den Kopf. »Kein Wunder, dass du nur die Hälfte verstehst. Die Franzosen sind aber auch kompliziert und verschwurbelt in ihren Formulierungen. Hier steht, dass die staatlichen Museen die Ehre haben, dir mitzuteilen, dass sie eines deiner Bilder kaufen wollen. Ein Selbstporträt. Du sollst unterschreiben und das Bild schicken, dann bekommst du das Geld.«

»Tausend Francs?« Das war ein Haufen Geld. »Und sie wollen ausgerechnet *The Frame*? Das ist das einzige Selbstporträt, das in der Ausstellung hängt. Ich habe viel, viel schönere gemalt, aber die sind alle in New York geblieben.« Frida dachte darüber nach. Das kleine Bild zählte nicht zu ihren Lieblingsbildern. Sie fand sich selbst gut getroffen, fast fotografisch genau hatte sie sich gemalt, aber der bemalte Glasrahmen war ein wenig zu volkstümlich im Vergleich dazu. Aber vielleicht hatte gerade dieser Kontrast die Kuratoren gereizt. Letztendlich war es auch egal. Langsam drang die Erkenntnis zu ihr durch. »Ich werde im Louvre hängen, das ist … Das muss ich sofort Diego erzählen!«, rief sie und stand auf, um Mary zu umarmen. »Ich werde im Louvre hängen.« Sie ließ Mary wieder los. »Oh, mein Gott, ich kann es kaum fassen. Erst das MoMA und jetzt der Louvre.«

Mary grinste hinterhältig. »Was Breton wohl dazu sagt.«

»Er wird sagen, dass es sein Verdienst ist.«

Viel schneller als erwartet kam die letzte Woche heran. An fast jedem Tag musste Frida von jemandem Abschied nehmen, den sie in den letzten Wochen lieb gewonnen hatte. Dieser Abschied war anders als die anderen. Nach Paris, nach Europa würde sie nicht so schnell wiederkommen. Vielleicht niemals. Europa würde in einem Krieg versinken, das musste jeder sehen, der bei Verstand war. Wie lange würde er dauern? Und wenn er vorüber wäre, hätte Frida dann noch die Kraft für eine so weite Reise? Sie wollte es sich nicht eingestehen, aber Paris hatte an ihren Kräften gezehrt. Sie schlief schlecht, ihr Rücken schmerzte, sie hatte dunkle Ringe unter den Augen.

Aber schonen wollte sie sich nicht. Sie kostete jeden Tag aus. Vorgestern hatte sie vernünftig sein und zu Hause bleiben wollen, aber dann hatte Josephine Baker angerufen und sie zu ihrer Show eingeladen. »Heute musst du kommen!« Frida war die

Nacht über bei ihr geblieben. Josephine war gleich alt, aber es schmerzte Frida, zu sehen, wie lebendig sie war, wie viel Kraft ihr Körper hatte. Aber sie war eben gesund und außerdem durch ihren Beruf als Tänzerin trainiert. Frida versuchte, mit ihr mitzuhalten, aber die langen Nächte mit Tanz und viel Alkohol machten ihr mehr zu schaffen, als sie zugeben wollte.

»Du musst auf dich aufpassen«, sagte Mary besorgt, als sie im Morgengrauen nach Hause kam, taumelnd vor Schwäche.

»Ach was, das mache ich, wenn ich auf dem Schiff bin«, sagte Frida.

Sie fiel angezogen auf ihr Bett und quälte sich wenige Stunden später wieder auf, weil sie nicht von ihrem Vorsatz abweichen wollte, täglich zu arbeiten. Aber dann stand sie vor der Staffelei und konnte kaum die Augen offen halten. Zu anderen Zeiten half ihr dieser Zustand der Halbwachheit auf die Sprünge, weil Denkverbote in ihrem Kopf aufgehoben waren. Aber sie musste einsehen, dass sie es übertrieben hatte. Sie war viel zu müde und verkatert, um auch nur den Pinsel ruhig zu halten.

Spätestens am Nachmittag hatte sie dann die nächste Verabredung, obwohl ihr Körper sich nach Ruhe und Schlaf sehnte. Alle wollten sie treffen. Dann gab Frida die fröhliche, vor Ideen und Bonmots sprühende Frau. Spätestens dann brauchte sie etwas zu trinken. Mary versuchte, sie davon abzuhalten, aber nachdem Frida sie einmal angefahren hatte, dass es ihre Sache sei, schwieg sie. Abends warteten Diners, Klubs, Lokale, mehr Alkohol. Frida wusste, dass das nicht gut gehen konnte, irgendwann würde ihr Körper zurückschlagen, aber sie schob die Einsicht von sich. Ihr blieben doch nur noch ein paar Tage in Paris, und auf dem Schiff hatte sie mehr Zeit als genug, um ihrem Körper Ruhe zu gönnen.

Besonders schwer fiel der Abschied von Dora und Pablo. Dora schenkte ihr bestickte Handschuhe. Frida starrte auf ihre Hände. Die Entzündungen waren abgeklungen, dennoch glaubte sie, dieses Geschenk sei ein Menetekel für das, was kommen würde. Sie probierte sie Dora zuliebe an, sie passten perfekt, aber dennoch zog sie sie in einem unbeobachteten Moment wieder aus.

Pablo überreichte ihr ein paar Ohrringe in Form von Händen aus Schildpatt, die von goldenen Manschetten gefasst waren.

Am Tag vor ihrer Abreise kam Michel überraschend zurück.

»Ich wollte dich nicht gehen lassen, ohne dich noch einmal gesehen zu haben. Außerdem muss doch jemand beim Abhängen der Bilder helfen.«

Frida lehnte sich an ihn. Michel, dachte sie, mein guter Michel.

»Du warst mein verlässlichster Freund in dieser Stadt. Ich möchte mich bei dir bedanken. Und ich will, dass du mich nicht vergisst. Such dir ein Bild aus.«

Michel wählte *Das Herz*. Es war das erste Bild, das er von ihr gesehen hatte.

»Du hast es stundenlang betrachtet, du musst es doch auswendig kennen«, sagte sie.

»Nein, ich kann dieses Bild noch tausendmal ansehen, und es wird mir immer wieder etwas Neues zu sagen haben. Es ist schön, es ist geheimnisvoll, genau wie du.« Er trat auf sie zu und nahm sie in die Arme. »Danke, Frida. Dieses Bild wird mich niemals verlassen und mich immer an dich erinnern. Ich habe auch etwas für dich.« Er überreichte ihr ein Kästchen. »Es gibt einen Handwerker in der Rue Dragon, der Hostienbehälter herstellt. Dieses hier ist für deinen Schmuck gedacht, für deine Ketten aus Jade und für die anderen Sachen.«

Frida nahm ihm die Schatulle aus den Händen und stellte fest, dass sie federleicht war. Innen waren drei Schubladen. Sie waren in ihrer Lieblingsfarbe Magenta ausgeschlagen und in etwas dunklerem Solferino abgesetzt. Sie schnappte nach Luft. Sie hatte selten etwas so Schönes, Zartes und doch Praktisches gesehen. »Die Farben Mexikos«, sagte sie.

»Die Farbe der Kardinäle«, gab er mit einem Lächeln zurück. »Ich dachte mir, wenn es weibliche Kardinäle gäbe, dann wärst du einer.«

»Oh, Michel«, sagte sie, und auf einmal merkte sie, wie ihr etwas in der Kehle steckte, so als hätte sie die ganze Welt hinuntergewürgt. Sie schluckte einige Male schwer, dann hörte sie auf, sich gegen die Tränen zu wehren.

»Aber was ist denn?«, fragte Michel verwirrt. »Habe ich etwas falsch gemacht?«

Sie lächelte unter Tränen. »Du kannst doch gar nichts falsch machen. Aber ich. Ich fühle mich dir so nahe. Ich würde gern mit dir schlafen, ein letztes Mal, aber ich kann nicht. Mein verfluchter Körper, mein Rücken … ich …«

Er legte ihr den Finger auf den Mund. »Schsch … Dann halte ich dich eben die ganze Nacht in meinen Armen.«

Diese Nacht war voller Zärtlichkeit und Hingabe, so wie er es Frida versprochen hatte.

Am nächsten Morgen verabschiedete sich Michel.

»Ich möchte nicht mit den anderen am Bahnhof stehen«, sagte er.

»Ich werde immer voller Liebe an dich denken. Ich weiß nicht, was ich ohne dich in Paris gemacht hätte.«

Er lachte. »Du hättest vielleicht jemand anderen gefunden.«

»Aber niemanden wie dich.«

Am nächsten Tag stand sie in einem Pulk von Menschen auf dem Bahnsteig der Gare Saint-Lazare. Mary und Marcel waren da, Breton und Dora.

Jacqueline würde mit ihr bis Le Havre fahren und sie aufs Schiff bringen.

Der Zug setzte sich in Bewegung, und Frida sah so lang aus dem Fenster und winkte und verteile Kusshände, bis sie die anderen nicht mehr sehen konnte.

Dann ließ sie sich in ihren Sitz fallen.

Sie sah aus dem Fenster, um die letzten Ausblicke auf Paris zu genießen. Dann gab es nichts mehr zu tun. So war es immer mit Abschieden, die einem ans Herz gingen. Erst wusste man nicht, was man sagen sollte, weil alles bereits gesagt war, man stand dumm in der Gegend herum und wusste nicht, wie man die letzten Minuten hinter sich bringen sollte, bis der Zug endlich abfuhr, aber dann fiel einem doch noch so viel ein, und man fühlte sich einfach nur leer.

»Ich hasse es, Lebewohl zu sagen«, sagte sie zu Jacqueline. »Und am meisten wirst du mir fehlen. Bei unserem letzten Abschied in Mexiko konnte ich immerhin hoffen, dich bald wiederzusehen, aber diesmal …«

»Wir werden Krieg haben. Wir können nur hoffen, dass er schnell vorübergeht. Frida?«

»Ja?«

»Ich bewundere dich. Ich meine, dich als Malerin. Aber auch als Frau. Seit du in Paris bist, hast du mir Kraft gegeben. Weil ich sehe, wie du dich verändert hast, wie viel stärker und unabhängiger du geworden bist. Das macht mir Mut, es auch zu versuchen.«

»Ich verstehe nicht, dass du dich so von André behandeln lässt. Wehr dich gegen ihn.«

»Dann muss ich ihn verlassen. Etwas Halbes gibt es nicht. Und wie soll ich Aube ohne André erziehen und versorgen und gleichzeitig malen? Ich würde nichts gewinnen.«

»Doch, deine Würde.«

»Ich werde deine offenen Worte so sehr vermissen, Frida.«

Sie schwiegen für einen langen Moment.

Dann kündigte der Schaffner als nächste Station Le Havre an.

»Ich möchte dir etwas schenken«, sagte Frida. »Ich habe es schon seit Mexiko bei mir. Ich wusste gleich, dass es für dich ist. Ich habe in den letzten Tagen noch daran gearbeitet.«

Sie überreichte Jacqueline den kleinen Rahmen in Form eines Schmetterlings, den Diego ihr vom Markt mitgebracht hatte. Das Gemälde darin war nicht viel größer als ihr Handteller. Es zeigte Frida von der Seite, im Haar trug sie enzianblaue Akanthusblätter, die seitlich im Nacken in einer Art Blütenknoten ausliefen. Um den Hals wand sich ein kunstvolles Gewebe aus Bändern.

»Das soll ausdrücken, wie sehr ich darunter leide, dass wir uns nicht mehr sehen könnten«, erklärte sie Jacqueline mit leiser Stimme.

»Ich werde es nie aus den Augen lassen.«

»Und ich werde immer an dich denken, wenn ich die Puppen ansehe, die wir gemeinsam gekauft haben.«

Der Zug hielt, und Frida ging an Bord und gleich in ihre Kabine. Als sie aus dem Bullauge auf den Quai hinuntersah, entdeckte sie Jacqueline. Sie suchte das Schiff mit den Augen ab und winkte verhalten, obwohl sie nicht wissen konnte, wo Frida war.

Wie sie da im Rund des Fensters stand, erinnerte sie Frida an ihr Porträt in dem kleinen Rahmen, den sie ihr gerade gegeben hatte.

Wir werden uns wiedersehen, bestimmt, dachte sie, und der Gedanke tröstete sie.

Kapitel 35

Auf der SS Normandie, *Ende März 1939*

Der Steward klopfte und brachte ihr das Mittagessen.

Er legte ein weißes Damasttuch auf den Tisch und arrangierte Teller und Besteck. Als er die Wärmehaube abnehmen wollte, hob Frida die Hand.

»Ich esse später«, sagte sie.

»Ist alles in Ordnung?«, fragte der Steward.

»Aber ja. Alles in Ordnung. Vielen Dank.«

Der Mann ging, und Frida ließ sich wieder auf die Chaiselongue fallen. Sie fühlte sich wie ein riesiger Ballon, aus dem man die Luft gelassen hatte Seit sie an Bord des Schiffes war, verschlief sie ihre Tage, und wenn sie wach war, lag sie auf dem Sofa oder in der Badewanne. Sie gab ihrem Körper Ruhe und dachte nach. Manchmal selbst das nicht. Dieses Nichtstun war eine Wohltat, auch wenn sie mit Wehmut an Paris und die zurückgelassenen Freunde dachte. Endlich kam sie zu sich. Niemanden kannte sie hier, niemand wollte etwas von ihr. Es gab nichts zu besichtigen und nichts zu besprechen. Und die Nächte gehörten wieder ganz ihr allein. Die letzten Wochen waren einfach zu viel gewesen, von allem. Zu viele Emotionen, zu viel Ärger, zu viele durchgefeierte Nächte, zu viele intensive Stunden stehend vor der Staffelei. Sie hatte das alles geliebt, aber es hatte ihr die letzten Kräfte geraubt. Hier auf dem Schiff konnte sie loslassen, vor sich hinträumen, stundenlang auf das Meer sehen und dabei neue Energie tanken. In Gedanken wanderte sie noch einmal an ihre Lieblingsplätze in Paris, spürte den dicken Teppich des Hotels *Régina* unter ihren Füßen und Michels Arme um ihren Körper. Wieder und wieder rief sie sich die Gespräche mit Jacqueline, Dora und Mary über ihre Rolle als Frau und Künstlerin ins Gedächtnis, und spürte dabei erneut den Rückhalt, den sie sich gegenseitig gegeben hatten. Nicht zu vergessen ihre Diskussionen mit ihnen, Pablo und Marcel, über Malerei. Dazwischen immer wieder blitzartige Erinnerungsfetzen: der Streit mit Breton am Vortag der Ausstellung, als er ihr vorgeworfen hatte, egoistisch zu sein, weil sie nur ihre eigene Kunst als mexikanisch akzeptieren wollte, ihre Rede im Büro der spanischen Flüchtlingshilfe …

Mit einem Seufzer erhob sie sich und ging zum Tisch, um zu essen. Das Chateaubriand war köstlich, die Soße ein sämiger Traum. Das Essen belebte sie und machte sie unternehmungslustig. Sie beschloss, dass es Zeit für einen kleinen Spaziergang an Deck sei. Frische Luft würde ihr guttun. Sie legte sich ihren *Rebozo* um und verließ die Kabine. Ein Steward öffnete ihr die Tür, und Frida trat hinaus aufs Deck. Es war kalt, und es regnete. Sie trat aus dem Windschatten an die Reling, und sofort riss der Sturm an ihrem Haar und machte das Atmen schwer. Frida lachte. Sie hatte noch nie einen richtigen Sturm auf dem Meer erlebt, und das hier war nach ihrem Geschmack. Sie kämpfte gegen die Böen an, Gischt spritzte hoch, und sie schmeckte Salz auf den Lippen.

Mit kräftigen Schritten umrundete sie einmal das Oberdeck. An einer windgeschützten Stelle blieb sie stehen und sah den jagenden Wolken nach. Sie würden noch vor ihr in New York ankommen. Das finde ich gar nicht schlimm, stellte sie mit leichter Verwunderung fest. Ich freue mich auf ein paar weitere Tage nur für mich. Die feuchte Kälte drang durch ihre Kleidung, und sie eilte zurück in ihre Kabine, schüttelte den regennassen *Rebozo* aus und hängte ihn auf, dann richtete sie ihre Frisur vor dem Spiegel und bemerkte ihre von der Kälte geröteten Wangen.

Von dem Sturm, der draußen tobte, war hier nichts zu spüren, das Schiff lag ruhig auf dem Wasser. Der Passagierdampfer glich einem Grandhotel. Es gab sieben oder acht Passagierdecks, die in drei Klassen aufgeteilt waren. Frida reiste in einer Kabine der Luxusklasse. Zu ihren Füßen lag ein riesiger Teppich aus Seide mit einem Blumenmuster, die Wände waren mit edlem Holz getäfelt, sie verfügte über eine in die Wand eingelassene Frisierkommode, bequeme Sessel und ein eigenes Bad, das allen Komfort bot, vor allem eine große Badewanne.

Sie schenkte sich eine Tasse Tee aus dem Samowar ein und legte die Hände um die Tasse, um sie zu wärmen. Zufrieden nippte sie an dem Getränk, dann ging sie zum Sofa hinüber, nahm sich ein weiteres der mit Goldfäden durchwirkten Gobelinkissen, legte es sich unter den Kopf und schloss für einen Moment die Augen.

Auf einem kleinen Tisch lagen die Notizen und die Briefe aus den letzten Wochen. Erneut blätterte sie sie durch und rief sich all die Begegnungen, die Sehenswürdigkeiten, die Bilder im Louvre ins Gedächtnis. Ein Billet von Elsa Schiaparelli fiel ihr in die Hände. Sie hatte es ein paar Tage nach der Vernissage geschickt.

Ihre Bilder sind mindestens so eindrücklich wie Sie als Person, liebe Frida.

Frida drückte das Blatt mit leisem Stolz an ihre Brust. Inzwischen kannte sie solche gleichgesinnten Frauen in Mexiko, in New York und in Paris. Es tat gut, zu wissen, dass sie ihren Kampf nicht allein führte.

Ich bin unabhängig, ich mache, was ich will, das habe ich mir und der Welt bewiesen. Mit einem warmen Gefühl dachte sie an all die Frauen, die denselben Kampf kämpften und die ihre Freundinnen waren. Frauen wie Lola, Helena Rubinstein oder wie Elsa Schiaparelli oder Josephine Baker.

Oder Mary Reynolds: eine Frau, die es sich erlaubte, unabhängig zu sein. Und genau darin lag das Geheimnis ihres Glücks. Es war bestimmt nicht immer leicht, sich nicht verbiegen zu lassen. »Aber es macht entschieden mehr Spaß, und man stirbt nicht vor Langeweile«, sagte Frida zu sich selbst, dann griff sie nach dem Notizbuch, das Mary ihr zum Abschied geschenkt hatte, und wie jedes Mal freute sie sich an der sanften Glätte des Ziegenleders, in das es gebunden war. Auf dem Einband prangte eine Hibiskusblüte in allen feinen Details, ebenfalls aus Leder, darunter waren ihre Initialen in Gold geprägt. Man konnte das Buch mit einem Lederband umwickeln, um die Seiten zu schützen.

»Für deine Gedanken«, hatte Mary gesagt, als sie es Frida am Morgen ihrer Abreise gegeben hatte. »Sie sind es wert, dass du sie niederschreibst.«

Frida schlug das Buch auf und strich über die Blätter. Sofort bekam sie Lust, die Seiten zu füllen, und die ersten waren bereits beschrieben. Sie nahm den Stift und zeichnete aus dem Gedächtnis die äußeren Stützpfeiler von Notre-Dame. Dann, ohne zu überlegen, setzte sie eine Beinprothese daneben. Sie erschrak, aber dann fasste sie sich wieder.

Als es Zeit zum Abendessen wurde, beschloss sie, zum ersten Mal in den Speisesaal zu gehen. Sie wollte ja auch nicht die gesamte Überfahrt in ihrer Kabine verbringen. Sie kleidete sich mit aller Sorgfalt an und frisierte ihr Haar, dann war der Schmuck an der Reihe. Sie machte sich so zurecht, als ginge sie zur Eröffnung einer ihrer Ausstellungen, und verließ ihre Kabine.

Sie kam an dem Wintergarten vorüber, in dem Palmen und andere exotische Pflanzen wuchsen, und an den verglasten Ruheräumen an Deck, wo Stewards ständig um die Passagiere herumwuselten und sie nach ihren Wünschen fragten. Überall hing Kunst an den Wänden. Der Speisesaal der ersten Klasse wurde durch Säulen aus Milchglas gestützt, die von innen beleuchtet waren und die Illusion von Tageslicht vermittelten. Auf den Tischen lagen gestärkte Leinentücher, gedeckt mit hauchfeinem Porzellan und edlem Kristall.

Eine Musikkapelle spielte. Ein Plakat am Eingang kündigte an, dass zum Dessert eine Sängerin dazukomme und es ein Bühnenprogramm zur Unterhaltung gebe.

Frida ließ sich an ihren Tisch führen, an dem einige Franzosen und ein dickes amerikanisches Ehepaar saßen. Alle stellten sich vor, und auch Frida nannte ihren Namen. Niemand kannte sie, aber das war ihr ganz recht. Sie genoss ein vorzügliches Essen und eine einigermaßen amüsante Plauderei. Als das Unterhaltungsprogramm begann, verabschiedete sie sich. Die Sängerin gefiel ihr nicht, mit Josephine konnte sie nicht mithalten.

Am nächsten Tag wurden die Schmerzen im Rücken stärker, und ihr Fuß machte ihr auch wieder Probleme. Zum Glück hatte sie noch einen Rest von der Salbe, die Dr. Glusker für sie angerührt hatte. Sie verbrachte zwei Stunden in der Badewanne, um ihren Rücken zu entlasten, und cremte ihren Fuß ein. Als sie erfuhr, dass es einen Kinosaal an Bord gab, verbrachte sie dort den Nachmittag. Nur wenige Passagiere außer ihr waren da. Sie lehnte sich tief in dem Sessel zurück, aber ihre Gedanken waren nicht bei dem Film.

Während *Robin Hood* vor ihr über die Leinwand flimmerte, malte sie sich ihre Ankunft in New York aus. Sie hatte Nick ihr Ankunftsdatum und den Namen des Schiffs gekabelt, aber seit seinem letzten Brief hatte sie nichts von ihm gehört. Warum schrieb er nicht? Er würde doch da sein? Nick würde doch unten am Kai stehen, und sie würde sich in seine Arme werfen? Und dann würden sie sofort in seine Wohnung gehen und sich lieben, tagelang, so wie beim letzten Mal? Plötzlich beschlichen sie Zweifel.

Was käme danach? Würde sie nach dem Wiedersehen mit Nick nach Hause fahren, nach Mexiko und zu Diego, und ihn zurücklassen? Langsam schob sich Diegos Gesicht vor das von Nick, dann verschwammen sie zu einem, und sie konnte sie nicht mehr auseinanderhalten. Sie spürte, wie Angst in ihr hochkroch. Wie lang würde sie denn in New York bleiben, bevor sie weiterfuhr zu Diego? Eine Woche? Zwei? Nach welchem der beiden Männer war die Sehnsucht größer? Würde sie in Nicks Armen nur an Diego denken und damit ihr Zusammensein vergiften?

Sie stieß einen Schluchzer der Hilflosigkeit aus, als ihr klar wurde, wie verfahren ihre Situation war. Niemand konnte ihr die Wahl abnehmen, es war allein ihre Verantwortung. Verzweiflung stieg in ihr auf. Aus der Ferne hatte alles so einfach ausgesehen: ein paar Wochen bei Nick und dann die Weiterreise zu Diego. Aber jetzt, da es in wenigen Tagen so weit war, wurde sie unsicher.

Aber es musste einen Weg geben! Und wenn Nick wie bisher ein paar Wochen im Sommer in Mexiko verbrächte? Und sie könnte ihn zwischendurch in New York besuchen. Und den Rest der Zeit würde sie malen. Könnte es so funktionieren?

Der Filmabspann lief, das Licht ging an, und sie sah sich verwundert um, sie hatte nichts von Robin Hoods Abenteuern mitbekommen. Verwirrt ging sie zurück in ihre Kabine und setzte sich an den kleinen Sekretär. Ihr Leben war anders geworden, in ihr altes würde sie nicht zurückkehren, aber wie würde ihr neues aussehen?

Der Zweifel, der sich eben in ihr festgesetzt hatte, quälte sie weiter. Sie zog Nicks kleine Notiz hervor.

… unsere Liebe fühlt sich an wie Heiraten, nur mit mehr Spaß und weniger Ärger …

War der Satz wirklich so gemeint, wie sie hoffte? Oder hatte sie ihn falsch interpretiert, weil sie es so wollte? Und wenn er wieder von ihr verlangte, sich von Diego zu trennen? Wenn er ihr wieder die Pistole auf die Brust setzte? Was war denn mit dieser anderen Frau, mit der Mary Schapiro ihn gesehen hatte? Sie stand auf, um den Brief noch einmal zu lesen, den sie erhalten hatte, als sie im Krankenhaus lag. Damals war sie völlig am Ende gewesen, und sein Brief hatte sie gerettet. Als sie ihn erneut las, kamen ihr prompt wieder die Tränen. Er sprach von Opfern und von Tränen, was meinte er damit? Tränen?

»Was soll das denn alles?«, rief sie aus und machte eine Faust, wobei sie das Blatt zwischen ihren Fingern zerknüllte. Sie wusste gar nichts, sie musste abwarten, bis sie ihn wiedersah.

Ihre Hilflosigkeit machte sie wütend. Sie fing an, in der Kabine auf und ab zu gehen, um klarer denken zu können. Dann blieb sie vor dem Bullauge stehen und sah in den milchig grauen Himmel, in dem keine einzelnen Wolken mehr zu erkennen waren, nur eine bleifarbene, opake Masse. Das brachte sie auf einen Gedanken. Brauchte sie denn diese Eindeutigkeit? Gab es denn tatsächlich immer nur Schwarz und Weiß? In der Kunst jedenfalls nicht. Schwarz und Weiß war in allen Farben enthalten. Vielleicht lag hier die Antwort auf ihre Fragen?

Sie sah wieder auf das zerknüllte Blatt, das sie immer noch in der Hand hielt.

Ich werde Nick mit meinen Mitteln antworten, kam es ihr plötzlich in den Sinn.

Sie sprang auf und suchte die Skizzen für das Selbstporträt, das sie Nick vor ihrer Abreise versprochen hatte. Sie mussten doch irgendwo in der Mappe sein, in der sie all die losen Blätter aufbewahrte, die in New York und Paris entstanden waren. Da waren sie ja! Eines war schon ziemlich fortgeschritten, sie hatte sogar schon angefangen, es zu kolorieren.

Sie stellte das angefangene Blatt auf die Staffelei. Es zeigte ihr Gesicht von vorn, aber sie sah den Betrachter nicht an, der Blick war traurig und ging leicht nach unten. Sie nahm einen Buntstift und malte oben auf ihren Kopf einen der dicken Wollfäden, die sie sich oft ins Haar flocht. Ihre Hand flog wie von selbst über das Papier und zeichnete immer wieder eine liegende Acht, die zusehends dicker wurde. Das Zeichen für Unendlichkeit, dachte sie, als ihr das bewusst wurde, und malte noch einen Strang daneben. Ihr Blick auf dem Bild störte sie, nein, sie würde nicht den Blick abwenden, sondern Nick aus dem Bild direkt in die Augen sehen, kühl und selbstbewusst. Mit ein paar Strichen änderte sie die Blickrichtung. Und jetzt kam das Wichtigste: ein Dornenhalsband, das kleine, blutende Wunden in ihren Hals schnitt und von dem sie völlig unbeeindruckt schien. Ein Dornenhalsband, genau damit würde sie ihre Beziehung zu Nick ausdrücken. Sie nahm einen Kohlestift, um es zu zeichnen.

Auf anderen Porträts mit den Affen war es ein buntes Band, das sie um den Hals gewickelt trug. Für Nick musste es ein Halsband aus Dornen sein. An das Halsband malte sie einen Kolibri, der vom Schnabel mit ausgebreiteten Flügeln herabhing und den Schwung ihrer dunklen Augenbrauen aufnahm. Der Kolibri stand in der mexikanischen Tradition für die Wiederkehr der Liebe. Auf die linke Schulter setzte sie sich Fulang-Chang, der dabei war, das Dornenhalsband aufzuknoten. Auf die andere Schulter kam eine Katze, den Buckel gekrümmt, bereit zum Angriff. Und als Hintergrund riesige tropische Blätter in Gelb und Grün, Gelb für die Angst und Grün für Wärme und Neubeginn. Wobei sie hoffte, dass die Farbe Grün dominieren würde.

Die Ideen kamen so schnell, dass ihre Hände kaum nachkamen, sie skizzierte, radierte aus, skizzierte neu, übermalte, bis sie atemlos einen Schritt zurücktrat. Ja, genau so würde sie sich malen. Als Frida mit Dornenhalsband.

Die Dornen standen für den Druck, den Nick auf sie ausübte, sein Drängen, sie solle Diego verlassen. Der Haarknoten, die Schmetterlinge, die sich in ihrem Haar tummelten, und der Kolibri gaben der Hoffnung auf neue Liebe Ausdruck. Und die Katze war eine Drohung. Wofür? Dass sie ihn für Diego verließe, wenn er von ihr verlangte, sich zu entscheiden?

Das Bild trug viele Botschaften in sich, die zwischen Hoffnung und Niederlage schwankten. Genau wie ich mich fühle, dachte sie. Ob Nick es richtig interpretieren würde? Sie lachte in sich hinein. Natürlich, er war ja nicht dumm, und er kannte sie gut genug. Sie sah noch einmal auf ihren Entwurf. Je länger sie darüber nachdachte, umso mehr Dimensionen bekam er. Das Dornenhalsband meinte nicht nur Nick, es meinte die Kränkungen der Welt, die auf sie niedergingen und deren sie sich erwehren musste. Dieses Bild war offen für alle Deutungen. Es konnte für ein glückliches Ende oder für ein Scheitern stehen. Sie schnappte nach Luft, als ihr noch ein Gedanke kam: Dieses Gemälde stand auch für ihre Beziehung zu Diego. Vielleicht war es sogar ein Bild für das schwierige, ungleiche Verhältnis von Männern und Frauen im Allgemeinen, ja, es war eine Art Gleichnis. Als das würde sie es malen.

Voller Eifer legte sie ein neues Blatt auf die Staffelei und fing an, ihre Skizze zu übertragen, während die Gedanken in ihr tobten.

»Wieso wollen eigentlich alle, dass ich mich für eine Seite entscheide?«, rief sie plötzlich laut aus und erschrak über die Schrillheit ihrer Stimme. »Wieso darf ich nicht schwanken, zögern, mich irren? Ich bin doch keine Maschine, *cojones*!«

Bevor ihre Wut sie übermannte, dachte sie an Michel. Sie sah sein Lächeln vor sich und hatte seine besänftigende Stimme im Ohr. Es funktionierte! Sie atmete wieder ruhiger, und plötzlich sah sie es ganz klar vor sich: Sie war eine Frau mit verschiedenen Interessen und Leidenschaften, die manchmal harmonierten und sich ergänzten, aber auch miteinander rangen. Die auch mal falsch abbog, ihren vorgezeichneten Weg verließ, um ihren Irrtum zu bemerken und kehrtzumachen. Was war daran falsch?

Sie hing an Diego, sie brauchte ihn, sie würde ihn nie verlassen. Sie hatte es ja schon versucht und war zu ihm zurückgekehrt. Vielleicht war es in einer großen, lebenslangen Liebe immer so, dass einer mehr liebte als der andere? War das eine Erkenntnis, die Michel ihr voraushatte? Konnte er deshalb so gelassen sein?

Ja, wahrscheinlich liebte sie Diego mehr als er sie. Vielleicht war das aber kein Grund für Trauer, sondern ein Grund, sich zu freuen. *Ich. Liebe. Diego.*

Sie nahm Marys Notizbuch und schrieb die Worte immer wieder und wieder hinein. *Ich liebe Diego*. Deshalb habe ich in unserer Ehe immer mehr Zugeständnisse gemacht, damit Diego nicht aufhört, mich zu lieben. Mit der Zeit war diese Liebe zerstörerisch geworden und hatte ihren Verstand übernommen. Das hatte sie inzwischen erkannt, und diese Erkenntnis, dieses Wissen erlaubten ihr, ihn dennoch zu lieben, nur auf eine andere Weise.

Ohne ihn wäre ich nicht die, die ich heute bin und die ich sein will, dachte sie. Ich werde ihn immer lieben. Aber niemals mehr so, wie ich ihn vor dieser Reise geliebt habe. Denn das bedeutete, mich selbst weniger zu lieben und eine Seite von mir zu vernachlässigen, die mir wichtiger als alles in meinem Leben ist: meine Kunst. Wichtiger als Diego, wichtiger als Nick, wichtiger als die Liebe.

Wieder schrieb sie: *Ich liebe Diego.* Dann hielt sie kurz inne und setzte ein *Aber wie?* dahinter.

Langsam drehte sie den Stift in den Fingern. Die Zeit ohne Diego hatte sie sehr verändert, hatte eine neue Frida aus ihr gemacht. In den letzten Wochen hatte sie erlebt, dass sie sich selbst genug war. Solange sie ihre Kunst hatte. Solange sie immer wieder neue Erfahrungen sammeln konnte, neue Menschen kennen lernen oder liebgewonnene wiedersehen konnte. Die glücklichsten Momente in ihrem Leben waren immer die gewesen, in denen sie mit einem Bild beschäftigt war, in denen sie kreativ war und sich mit dem Pinsel ausdrückte. In denen sie mit ihren Bildern ihre Welt zeigen konnte. Die Welt einer Frau, die nicht immer einfach und schön war, die Welt einer Frau voller komplexer Gefühle – und Schmerzen.

In dieser Welt würde immer Platz für Diego sein, für Nick, für Männer wie Michel. Aber diese Welt bestand aus so viel mehr, und sie würde nicht untergehen, wenn dieser Platz für eine Zeitlang kleiner werden würde oder sogar leer blieb. Es würde immer noch schmerzen, wie die Dornen des Halsbandes, aber sie war frei, könnte davonfliegen wie der Kolibri oder der Schmetterling auf ihrer Skizze.

Sie atmete heftig, ihr Herz klopfte wild. Sie hatte den Stift schon vor ein paar Minuten sinken lassen. Sie war zu aufgewühlt, um jetzt zu malen. Sie setzte sich auf das Sofa, ließ die Staffelei aber nicht aus den Augen. Was hatte dieses Bild alles in ihr ausgelöst. Und genau dafür malte sie!

Tiefe Zufriedenheit überkam sie. Beinahe hätte sie vor Glück geweint. Sie hatte gerade einen dieser magischen Momente erfahren, in denen ihr Leben in ihre Kunst einfloss und die Kunst ihr Leben erklärte. Sie atmete heftig ein und aus, schloss die Augen und versuchte den Augenblick zu bewahren.

Das Notizbuch rutschte ihr vom Schoß und bei dem Versuch, es vom Boden aufzuheben, machte sie eine falsche Bewegung. Der Schmerz stach in ihren Rücken und holte sie gewaltsam zurück in die Realität.

Mit einem Seufzer der Resignation massierte sie die schmerzende Stelle. Ich muss mich beeilen mit meinem Werk, dachte sie. Jetzt habe ich gerade eine einigermaßen gute Phase, vorausgesetzt ich erhole mich und achte auf mich. Ich werde diese Zeit nutzen und malen, soviel ich kann. Wer weiß, ob ich es in zehn, in fünfzehn Jahren noch kann. Und wer weiß, wie viel Zeit ich bis dahin noch in Krankenhäusern oder ans Bett gefesselt verbringen muss.

Ihr Blick fiel auf das Notizbuch, das immer noch am Boden lag. Es war auf der Seite aufgeschlagen, wo sie die Beinprothese gezeichnet hatte. Frida starrte darauf, und wieder durchzuckte sie Angst. War das eine Vorahnung dessen, was auf sie zukommen könnte? Vorsichtig beugte sie sich hinunter und klappte das Buch zu. Selbstmitleid oder gar Wut würden ihr nicht helfen, im Gegenteil, sie würden sie am Malen hindern. Sie musste ganz nüchtern auf ihre Zukunft mit einem zunehmend zerstörten Körper blicken. Aber solange ich den Pinsel halten kann, werde ich meinen Körper hinter mir lassen und malen, jeden Tag, nahm sie sich vor.

Wie lange wäre ihr Körper noch in der Lage, Liebe zu geben und zu empfinden? Sie liebte die körperliche Liebe, sie brauchte die Momente der Zärtlichkeit, der Hingabe, der Ekstase. Was, wenn ihr Körper ihr das verweigern würde? Erst waren die Kinder aus ihrem Leben verschwunden, und jetzt auch noch das? Diese Aussicht jagte ihr Angstschauer über den Rücken. Dann dachte sie an die Liebkosungen, die sie mit Josephine geteilt hatte, an die letzte Nacht mit Michel, die eine ganz neue Art Zärtlichkeit für sie bereitgehalten hatte. Sie würde auch das überwinden. Wie alles andere, was das Leben ihr angetan hatte. Das Einzige, was sie wirklich wollte, war malen.

Leise flüsterte sie: »Solange ich das habe, ist mein Leben gelungen.« An der Staffelei zu stehen und etwas aus sich heraus zu schaffen, ein Bild malen zu können, das ihr Inneres ausdrückte, das war pures Glück. Genau dieses Glück hatte sie gerade empfunden und empfand es noch. Das war der Weg, den sie endlich, nach vielen Umwegen gefunden hatte. Sie würde ihn nicht mehr verlassen. Und wenn sie nicht vor der Staffelei stehen konnte, weil ihr Körper streikte, dann würde sie im Sitzen malen, zur Not auch im Rollstuhl. Und wenn auch das nicht mehr ging, dann eben verflucht noch mal im Liegen, so wie ganz am Anfang.

Sie schlug das Notizbuch erneut auf und las ihre Notizen aus

Paris. Würden die Erfahrungen, die sie dort und in New York gemacht hatte, ihren Blick auf Mexiko verändern? Oder würde sie dort wieder eine andere sein? Eine andere Frida, verwachsen mit der Kultur und der Geschichte ihres Landes? War sie in New York und in Paris nur eine Besucherin gewesen, die ihre mexikanische Identität im Gepäck gehabt hatte?

Ich bin auf viele Weisen mehrdeutig, dachte sie, ich bin eine Mélange. Eine Mischung aus einer modernen Mexikanerin und einer Indigenen, aber auch aus einer Mexikanerin und einer Europäerin. Ich bin Malerin und Ehefrau. Ich liebe Frauen und Männer. Sie lachte auf. Und ich trage einen Damenbart. Ich irre, und ich habe Zweifel. Aber nichts und niemand wird mich von meinem Weg abbringen. Kein Mann und keine Krankheit. Die Malerei ist mein Leben. Die Malerei bin ich.

Sie spürte, wie der Gedanke sie elektrisierte und Wellen des Glücks durch ihren Körper schickte. Das möchte ich in einem Bild zeigen, meine ganze Uneindeutigkeit, nein, keine Uneindeutigkeit, meine vielen Persönlichkeiten, meine Vielschichtigkeit, die beiden Fridas, die ich in mir vereine.

Ohne auf ihren Rücken zu achten, sprang sie auf und stellte ein neues Blatt über das angefangene Porträt für Nick auf die Staffelei.

Die zwei Fridas, wie könnte sie die malen, wie sahen die aus, wo lagen die Unterschiede zwischen der Malerin und der Geliebten, der modernen Frau und der Frau mit den indigenen Wurzeln, der Kranken und der Gesunden?

Ich werde mich selbst zweimal malen, einmal in mexikanischer Tracht, daneben in einem europäischen Kleid, dachte sie.

Und diese beiden Fridas werden über einen gemeinsamen Blutkreislauf miteinander verbunden sein.

In ihrem Kopf nahm das Thema bereits Gestalt an, schneller, als sie es aufs Papier bringen konnte.

Rasch zeichnete sie zwei Frauenfiguren, zwei Fridas. Aber sie waren viel zu klein, sie brauchte mehr Platz, um alles zu zeigen, was sie zeigen wollte. Dieses Bild würde groß werden, größer als alle vorherigen. Kein Buchformat, sondern Lebensgröße, nein, noch größer als sie selbst sollte das Bild sein, das größte, dass sie je gemalt hatte.

Es würde unübersehbar sein. Die ganze Welt sollte sehen, wer sie war, wie viele sie war.

»Ich bin Frida Kahlo«, sagte sie laut. »Ich bin meine eigene Muse. Ich bin Frida.«

Nachwort

Am 28. September 2022 besuchte ich in Paris die Ausstellung *Frida Kahlo. Au-delà des apparences,* was sich mit *Über die äußere Erscheinung hinaus* übersetzen ließe. Wie bei jeder Frida-Ausstellung standen die Menschen Schlange davor, zum Glück hatte ich von Deutschland aus ein Ticket reserviert. Wo immer etwas von Frida Kahlo zu sehen ist, kommen die Leute in Scharen, sind fasziniert wie eh und je. Auf den Plakaten in Paris war ein Foto von Frida zu sehen, das jetzt auch den Umschlag dieses Buches ziert. Es hat mich während der Arbeit begleitet. Jedes Mal, wenn ich es betrachte, fallen mir die hervorstehenden Rippenbögen unter der Bluse auf. Für mich sind sie ein Zeichen für Fridas Versehrtheit.

Dieses Buch ist ein Roman, der auf der Biografie von Frida Kahlo beruht. Es ist nach *Frida Kahlo und die Farben des Lebens* der zweite Roman, den ich über diese Ausnahmefrau und -künstlerin geschrieben habe. Seit ich Frida Kahlo mit Mitte zwanzig begegnet bin, lässt sie mich nicht mehr los. Wie oft habe ich mich in ihr wiedergefunden, mich an meine eigenen Fragen an das Leben erinnert, während ich ihrem folgte!

Ich bin Frida ist aber keine Fortsetzung des ersten Buches, es zeigt eine andere Seite von Frida Kahlo. Frida ist keine junge Frau mehr, sie trifft Entscheidungen für ihr Leben und legt den Grundstein für die spätere Ikone. Ich wollte wissen, wie sie es geschafft hat, neben dem berühmten Diego Rivera, der ihr Herz bis in den letzten Winkel besetzt hielt, die Kraft zu finden, sich auf die Malerei zu konzentrieren und es darin zur Meisterschaft zu bringen.

Mit Anfang dreißig befindet sich Frida in einem Chaos der Gefühle. Sie will nicht länger Diegos Muse und Köchin sein, sie will selbst malen. Da kommt die Einladung, in New York und Paris auszustellen. Frida schwebt im Himmel, aber sie ist auch voller Zweifel. Ist ihre Kunst es wert, dass sie monatelang von Diego getrennt ist? Wird sie die Erwartungen erfüllen können?

Als sie sich in New York ernsthaft in Nick Muray verliebt, muss Frida erneut Gewissheiten auf den Prüfstand stellen. Nick gibt ihr absolute Liebe, Treue und Zärtlichkeit, eine Beständigkeit, die sie bei Diego vergeblich sucht.

Zwischen diesen Polen: zwischen Kunst und Liebe, zwischen Diego und Nick muss sie sich entscheiden, und das ist die schwerste Entscheidung ihres Lebens, denn alles wird sie nicht haben dürfen.

In dieser Zerreißprobe wird aus Frida die ernsthafte Malerin, für die die Kunst buchstäblich ihr Leben bedeutet. Denn in der Malerei, in ihren Bildern, verarbeitet sie die Verletzungen und die Katastrophen, denen sie ausgesetzt ist. In ihren Selbstbildnissen tritt sie uns als reife, schöne, nachdenkliche, wissende, leidende und triumphierende Frida entgegen.

So, wie wir selbst gern wären.

An einigen Stellen habe ich die Fakten leicht abgeändert.

So war André Breton – man kann es in vielen Beschreibungen nachlesen – sehr von sich eingenommen und hatte den Kreis der Surrealisten fest im Griff. Als Frida nach Paris kam, hatte er ihre Bilder nicht aus dem Zoll abgeholt und hatte auch keine Galerie gefunden. Es ist aber gut möglich, dass ich seine paternalistische Haltung Frida – und auch seiner Frau Jacqueline – gegenüber etwas übertrieben habe.

Die Ausstellung mit Fotos von Gisèle Freund fand am 17. Februar 1939 statt. Zu der Zeit war Frida im Amerikanischen Krankenhaus. Ich fand die Vorstellung aber reizvoll, dass sie bereits dort die Fotografin getroffen hat. Gisèle Freund war 1951 in Mexiko und hat eine ganze Serie Fotos von Frida Kahlo in der Casa Azul aufgenommen.

Gleich nach ihrer Rückkehr aus Paris durchlebte Frida Kahlo eine sehr produktive Phase. Durch die Erfolge in New York und Paris war sie hochmotiviert und von ihrem Können überzeugt. Es entstanden zahlreiche Selbstporträts, oft mit ihren Tieren, den Affen oder Papageien. Bis in die Mitte der 1940er Jahre malte sie dreiundvierzig Bilder (zumindest sind diese Bilder bekannt und dokumentiert), davon zweiundzwanzig Selbstporträts. Insgesamt sind von Frida Kahlo rund einhundertfünfzig Gemälde erhalten. Die Hälfte davon hat sie bis Ende 1938 gemalt, aber einige der wichtigsten entstehen nach ihren Aufenthalten in New York und Paris. So zum Beispiel *Die zwei Fridas, Die gebrochene Säule, Baum der Hoffnung* oder *Selbstbildnis mit abgeschnittenem Haar,* daneben immer wieder Selbstporträts. Ihre Gemälde verlieren ihren naiven

Charakter, sie werden vielschichtiger, beunruhigender, ebenso wie sie selbst.

Ihr Privatleben blieb turbulent und schmerzhaft. Nick Muray heiratete im Sommer 1939, nur wenige Monate nach dem Ende seiner Liebesbeziehung mit Frida. Sie blieben aber lebenslange Freunde, er hat sie immer wieder fotografiert.

Im Dezember 1939 ließ Diego sich von Frida scheiden. Ein Jahr später heirateten sie erneut.

1944 begann Frida Kahlo ein Tagebuch zu führen, das in Zeichnungen, Gedichten und Wortmalereien über ihren Zustand, besonders über ihre Ängste, Auskunft gibt. Frida zeichnet sich selbst ohne Fuß, ohne Bein, zerfallend. Diego taucht immer wieder auf, in zum Teil verstörenden Huldigungen. Die Liebe zu Diego Rivera ist und bleibt ein wesentlicher Teil ihres Lebens.

1945 setzte ein körperlicher und psychischer Verfall ein, sie malte weniger, weil neue Operationen und lange Krankenhausaufenthalte notwendig wurden. 1946 wurden in New York vier ihrer Wirbel versteift, die Genesung war langwierig und schmerzhaft. 1950 wurde ihr ein Teil des rechten Fußes amputiert, sie verbrachte neun Monate im Krankenhaus, weil die Wirbeloperation wiederholt werden musste. Im August 1953 wurde der rechte Unterschenkel amputiert. Die nachlassende Kraft lässt sich an ihren Bildern ablesen. Die Farben werden blasser, der Pinselstrich fahriger. Depressionen und Medikamentenmissbrauch taten ein Übriges.

Am 11. Februar 1954 schrieb sie in ihr Tagebuch:

Man hat mir das Bein vor 6 Monaten amputiert. Man hat mir Jahrhunderte der Folter auferlegt … Immer noch habe ich

Lust, mir das Leben zu nehmen. Diego ist es, der mich davon abhält, weil ich so eitel bin zu glauben, dass ich ihm fehlen könnte. Er hat es mir gesagt, und ich glaube ihm.

In ihren letzten Wochen hatte sie kaum noch Kontakt zu ihren Freunden und der Familie. Diego ertrug es nicht, sie in diesem Zustand zu sehen.

Am 13. Juli 1954 starb Frida Kahlo.

Liste der wichtigsten Bilder, die in New York bzw. Paris ausgestellt wurden

Zur Ausstellung in New York gab es einen Katalog mit einem Vorwort von André Breton. Aufgezählt wurden 25 Werke von Frida Kahlo, es kamen aber wohl weitere hinzu, zum Beispiel die vier Bilder, die Edward G. Robinson gekauft und für die Ausstellung ausgeliehen hatte. In Paris wurden nur 17 Gemälde gezeigt.

Die Angaben beziehen sich auf *Frida Kahlo, Sämtliche Gemälde*, herausgegeben von Luis-Martín Lozano u. a., Köln 2021.

***Bildnis Luther Burbank,* 1931**

Öl auf Hartfaser, 86,5 × 61,7 cm

Frida malte das Porträt des Pflanzenzüchters und Farmers während ihres Aufenthaltes in San Francisco. Der thematische Einfluss Diegos, der zeitgleich an einem Wandbild malte, ist sichtbar.

***Henry Ford Hospital,* 1932**

Öl auf Metallplatte, 30,5 × 38 cm

Das Bild zeigt Frida nackt und blutend nach einer Fehlgeburt im Krankenhaus in Detroit. Um sie herum sind sechs Dinge, darunter ein Embryo, eine Schnecke, gynäkologische Instrumente und Blumen angeordnet, die mit einer Nabelschnur mit ihr verbunden sind.

Geburt, 1932

Öl auf Kupferplatte, 30,5 × 35 cm

Auf einem Bett ist der Unterleib einer Frau im Moment der Geburt zu sehen. Der Oberkörper ist mit einem weißen Tuch verdeckt. Der Kopf des Neugeborenen erscheint zwischen den Schenkeln. Die dichten Augenbrauen lassen darauf schließen, dass es Frida ist.

Vgl. Kapitel 2.

Selbstbildnis (mit Halskette), 1933

Öl auf Metallplatte, 34,5 × 29,5 cm (nur in New York)

Dies ist eines meiner Lieblingsporträts. Frida sieht jugendlich aus, sie trägt ein weißes Kleid, die Haut ist golden, die über der Nase zusammengewachsenen Brauen und die Kette aus antiken Jadeperlen dominieren das Bild. Der Damenbart ist sehr ausgeprägt. Es gibt ein Foto, das sie im *Barbizon Plaza Hotel* in New York zeigt. Sie sitzt in einem Sessel unter dem Bild, die Zigarette lässig in der Hand, und sieht sehr zufrieden aus. Warum das Bild nicht mit nach Paris kam? Vielleicht lag es daran, dass sie es bereits im Sommer 1938 an den Schauspieler Edward G. Robinson verkauft hatte. Eventuell wollte er es nicht als Leihgabe nach Paris schicken.

Vgl. Kapitel 5.

Mein Kleid hängt dort, 1933–1938

Öl und Collage auf Hartfaser, 45,7 × 49,5 cm

Fridas Abrechnung mit dem US-amerikanischen Kapitalismus. Es zeigt einige Wahrzeichen von New York neben einem Klosett, einem brennenden Haus und demonstrierenden Arbeitern. In der

Bildmitte hängt Fridas mexikanisches Kleid. Ihre Kritik ist auch eine Solidaritätserklärung mit Diego, nachdem Rockefeller sein Bild zensieren wollte und es schließlich zerstören ließ.
Vgl. Kapitel 5.

Ein paar kleine Dolchstiche, 1935–1938

Öl auf Metallplatte, 38 × 48,5 cm

Eine Frau liegt blutend auf dem Bett. Über ihr steht ihr Mann, das Messer noch in der Hand. Frida bemalte auch den Rahmen, so als laufe das Blut aus dem Bild heraus. Es gibt ein Foto, in dem ein Messer im Rahmen steckt.
Vgl. Kapitel 2 und 10.

Meine Großeltern, meine Eltern und ich, 1936

Öl und Tempura auf Zinkplatte, 30,7 × 34,5 cm (nur in New York)

Frida als kleine Mädchen im Patio des Blauen Hauses. Über ihr ihre Eltern, ihre Mutter trägt einen Embryo im Leib. Das Mädchen hält rote Schleifen in der Hand, mit denen es an die jeweiligen Großeltern gebunden ist.

Das Bild wurde in New York an den Psychiater Dr. Allan Ross verkauft, der sagte, ihr Bild erkläre Familie viel besser als hundert Bücher.

Bildnis Diego Rivera, 1937

Öl auf Hartfaser, 53 × 39 cm (nur in New York)

Eines der ganz wenigen Bilder, die Diego zeigen. Er wirkt wesentlich jünger, glatter, attraktiver als in Wirklichkeit. Aus diesem Bild spricht Fridas Liebe zu ihm. Es gehört zu den vier Bildern, die

Edward G. Robinson im Sommer 1938 kaufte. Mit dem Erlös bezahlte Frida die Reisen nach New York und Paris.

Fulang-Chang und ich, 1937

Öl auf Hartfaser, 40 × 28 cm (nur in New York)

Ein Selbstporträt mit Affe, auf dem Frida ausnahmsweise ihr Haar offen trägt. Sie schenkte es ihrer Freundin Mary Schapiro. Später schenkte sie ihr einen Spiegel, um ihn neben das Bild zu hängen.

Vgl. Kapitel 10 und 23.

Der kleine Dimas Rosas, gestorben im Alter von drei Jahren, 1937

Öl auf Hartfaser, 48 × 31,5 cm

Es gibt ein Foto, auf dem Frida mit dem kleine Dimas zu sehen ist. Er war Diegos Patensohn. Frida zeigt ihn als kleinen Engel, umgeben von christlichen Symbolen, der auf dem Weg ins Paradies ist. Der Schriftsteller William Somerset Maugham kaufte das Bild in New York. Als er erfuhr, dass Frida ein totes Kind gemalt hatte, gab er das Gemälde zurück.

Meine Amme und ich, 1937

Öl auf Metallplatte, 30,5 × 34,7 cm

Eines von Fridas Lieblingsbildern. Sie malte sich selbst in den Armen einer indigenen, dunkelhäutigen Amme mit nackten Brüsten, aus denen die Milch tropft. Die Amme trägt eine Maske, man sieht ihr Gesicht nicht. Frida wollte mit diesem Bild ihre *mexicanidad* zeigen, ihre mexikanische Identität, die sie auch in ihren Kleidern und dem Schmuck zum Ausdruck bringt.

Vgl. Kapitel 6.

***Ich und meine Puppe*, 1937**

Öl auf Metallplatte, 40 × 31 cm (nur in New York)

Frida sitzt in einer weißen Bluse und einem hellgrünen Rock auf einem einfachen Bett ohne Laken, neben sich eine nackte Puppe. Sie liebte Puppen und kaufte auch in Paris zwei auf dem Flohmarkt.

***Das Herz (Erinnerung)*, 1937**

Öl auf Metallplatte, 40 × 28,3 cm

Wo das Herz ist, klafft ein Loch, durch das eine Lanze sticht. Das riesige Herz liegt zu Fridas Füßen. Die Ärmel ihrer Bluse sind leer, sie stecken in Kleidern, die rechts und links in der Luft hängen. Der verletzte Fuß steckt in einer Art Segelboot. Frida schenkte das Bild Michel Petitjean.

Vgl. Kapitel 34.

***Selbstbildnis, Leo Trotzki gewidmet*, 1937**

Öl auf Hartfaser, 76,2 × 61 cm (nur in New York)

Wir sehen eine betörend unschuldige Frida in einem rosafarbenen Kleid zwischen zwei Vorhängen stehen. André Breton beschrieb sie als »Märchenprinzessin mit magischen Kräften in den Fingerspitzen … in einem Kleid aus vergoldeten Schmetterlingsflügeln«.

***Pitahayas*, 1938**

Öl auf Aluminiumplatte, 25,4 × 35,6 cm

Die leuchtend roten Pitahayas oder Drachenfrüchte sehen beinahe aus, als würden sie leben, in ihrer gefurchten Haut lassen sich Augen ausmachen.

***Tunas (Stillleben mit Kaktusfeigen)*, um 1938**

Öl auf Metallplatte, 19,7 × 24,8 cm

Auf einem Teller mit einem grünen Rand liegen drei Kaktusfeigen in verschiedenen Reifestadien. Ihre Freundin Mary Schapiro kaufte es.

Vgl. Kapitel 10.

***Früchte der Erde*, 1938**

Öl auf Hartfaser, 40,6 × 60 cm

Ein Teller steht auf einem Holztisch. Auf ihm liegen verschiedene Früchte, daneben Maiskolben.

***Xochitl (Blume des Lebens)*, 1938**

Öl auf Metallplatte, 18 × 9,5 cm

In einem opulenten bemalten Spiegelrahmen zeigt Frida eine rote Blüte, die an einen Geschlechtsakt erinnert. In den Blütenkelch in Form einer Vulva dringt ein Penis ein. Xochitl war der Kosename, den Nick Muray ihr gab.

***The Frame (Selbstbildnis)*, um 1938**

Öl auf Aluminiumplatte unter bemaltem Glasrahmen, 28,5 × 20,7 cm

Ich habe mich lange Zeit gefragt, wieso der französische Staat ausgerechnet dieses Bild von Frida angekauft hat. Es scheint unter dem relativ grob bemalten Rahmen fast zu verschwinden. Dann habe ich es im Original im Pariser Centre Pompidou gesehen. Es ist das einzige Gemälde von Frida Kahlo, das in einem europäischen Museum hängt, und wird als eines der Meisterwerke des Centre Pompidou genannt. Als ich lang davorstand, schlug mich die außergewöhnliche Schönheit des kleinen Porträts in ihren Bann. Es ist auf eine Aluminiumplatte gemalt, die in einem Rahmen aus Glas steckt, der von hinten mit Blüten und zwei Papageien bemalt ist. Das Porträt scheint durch die Farbe hindurch und lässt Frida von innen heraus leuchten. Der stolze Blick aus ihren Augen ist magnetisch und hat mich nicht wieder losgelassen. Das Bild hat eine Tiefe, die durch die verschiedenen Schichten Aluminium und Glas entsteht. Auf der Webseite des Museums kann man in das Bild hineinzoomen und einen Eindruck bekommen.

Frida hat den relativ einfachen bemalten Glasrahmen auf einem Markt in Oaxaca gekauft. Ihr winziges Porträt, perfekt ausgeführt und beinahe fotografisch genau, bildet einen wunderschönen Kontrast dazu und zeigte ihre tiefe Verbundenheit mit der mexikanischen Volkskunst.

https://www.centrepompidou.fr/fr/collection/nos-chefs-doeuvre#c19591

Vgl. Kapitel 5 und 34.

Was mir das Wasser gab, 1938/39

Öl auf Leinwand, 69 × 88 cm

Man sieht den unteren Rand einer Badewanne mit Fridas Füßen. Auf dem Wasser sind verschiedene Dinge zu sehen, die mit ihrem Leben zu tun haben. Sie malte es, um André Breton von ihren künstlerischen Fähigkeiten zu überzeugen, was ihr auch gelang. Nick Muray kaufte es. Es gilt als eines von Fridas Hauptwerken.

Vgl. Kapitel 1 ff.

Das Bildnis der Dorothy Hale, 1938/39

Öl auf Hartfaser, 59,7 × 49,5 cm (nur in Paris)

Frida malte den Sturz der Schauspielerin Dorothy Hale aus dem sechzehnten Stock eines Hochhauses im Auftrag von Clare Boothe Luce. Die war so schockiert von der Darstellung, dass sie das Bild anfangs zerstören wollte.

Vgl. Kapitel 9 ff, 17.

Briefe und Notizen sind an Originalzitate angelehnt, die aus folgenden Quellen stammen:

Kapitel 12, Seite 117:

Brief an Georgia O'Keffe, Brief vom 3. 12. 1938 von Diego, in: Herrera, Frida Kahlo, Sämtliche Gemälde, herausgegeben von Luis-Martín Lozano u. a., Köln 2021, S. 356.

Kapitel 18, Seite 183:

Aus einem Gedicht zu Diegos Geburtstag, in: Hayden Herrera, Frida Kahlo, Frankfurt am Main, 1987, S. 207.

Kapitel 18, Seite 184:

Brief vom 3. 12. 1938 von Diego, Herrera, S. 206.

Kapitel 25, Seite 247:

Vgl. Fridas Porträt von Diego, 1949, in: Frida Kahlo, Sämtliche Gemälde, S. 410 ff.

Kapitel 28, Seite 281:

Brief von Nick Muray an Frida Kahlo, 6. Februar 1939 in: La Jornada de Enmedio, Mexiko, 5. April 2019.

Kapitel 28, Seite 283:

Brief an Nick Muray, 16.2.1939, in Frida Kahlo, Jetzt, wo Du mich verlässt, liebe ich Dich mehr denn je. Briefe und andere Schriften, hg. von Raquel Tibol, München, 2004, S.187.

Kapitel 28, Seite 285:

Brief an Nick Muray vom 27.2.1939, in Frida Kahlo, Jetzt, wo du mich verlässt, S.195.

Kapitel 28, Seite 288:

Notiz von Nick Muray an Frida Kahlo, ohne Datum, in: La Jornada de Enmedio, Mexiko, 5.April 2019.

Kapitel 29, Seite 289:

Telegramm an Diego vom 23.2.1939, Frida Kahlo, Au-delà des apparences, Ausstellung im Palais Galliera, Paris, 15.09.2022 bis 05.03.2023

Kapitel 32, Seite 322:

In Frida Kahlo, Sämtliche Gemälde, S.377.

Kapitel 33, Seite 327:

Jacqueline Lamba in einem Brief an Diego Rivera, 30./31. April 1939 in Michel Petitjean, Das Herz – Frida Kahlo, München 2021, S.176.

LESEPROBE

»Die meisterhafte Erzählerin Kristin Hannah erinnert uns daran, wie zerbrechlich das menschliche Herz und unsere Erde sind.«
DELIA OWENS
KRISTIN HANNAH
DIE VIER WINDE
ROMAN
BEST SELLER
atb

KAPITEL 1

*I*n den Jahren der Einsamkeit, die man ihr auferlegt hatte, las Elsa Wolcott Romane, die von Liebe und Abenteuern handelten. Manchmal hielt sie dabei inne und malte sich ein anderes Leben für sich aus. Allein in ihrem Zimmer, umgeben von den Büchern, die zu ihren Freunden geworden waren, wagte sie bisweilen sogar von einer eigenen Liebe, einem eigenen Abenteuer zu träumen, aber oft kam das nicht vor. Immer wieder hieß es in ihrer Familie, die Krankheit, an der sie als Kind gelitten hatte, habe sie anfällig gemacht und erfordere, dass sie ein zurückgezogenes Leben führe. An guten Tagen glaubte sie daran.

An schlechten Tagen, so wie diesem, wusste sie, dass sie in ihrer Familie von jeher als Außenseiterin gegolten hatte. Schon früh hatten sie gespürt, dass es Elsa an etwas mangelte, dass sie nicht zu ihnen passte.

Elsa kannte den Schmerz, der mit dieser fortwährenden Missbilligung einherging, das Gefühl, etwas Namenloses, Unbekanntes zu entbehren. Sie bewältigte das eine wie das andere, indem sie stillhielt, Aufmerksamkeit weder suchte noch verlangte, sondern akzeptierte, dass sie vielleicht geliebt, wohl aber nicht gemocht wurde. Irgendwann war die Kränkung so alltäglich geworden, dass sie ihr kaum noch auffiel. Sie wusste nur, dass sie nichts mit der Krankheit zu tun hatte, die normalerweise als Grund für die Zurückweisung diente.

An diesem Abend war sie allein im Haus und hatte sich im Salon in ihrem Lieblingssessel niedergelassen. Sie schloss das Buch auf ihrem Schoß und dachte über den Inhalt nach. *Zeit der Unschuld*, so lautete der Titel des Romans. Die Geschichte hatte etwas in ihr geweckt, hatte ihr schonungslos vor Augen geführt, wie die Zeit verging.

Am nächsten Tag hatte sie Geburtstag.

Dann wurde sie fünfundzwanzig.

Noch jung, würden die meisten sagen. Ein Alter, in dem Männer selbst gebrannten Gin tranken, rücksichtslos Auto fuhren, Ragtime hörten und mit Frauen tanzten, die Stirnbänder und Fransenkleider trugen.

Doch für Frauen bedeutete das etwas anderes.

Wenn eine Frau zwanzig wurde, ließ sie ihre Hoffnung allmählich fahren. Wurde sie zweiundzwanzig, hätte das Getuschel in der Stadt und der Kirche längst angefangen, und lange, mitleidige Blicke würden ihr zuteil. Mit fünfundzwanzig hätte sich ihr Schicksal entschieden. Sie wäre eine unverheiratete Frau, eine alte Jungfer. Man würde sagen, sie sei »sitzengeblieben«, den Kopf schütteln, bedauernd von dem Zug sprechen, der abgefahren war. Dann und wann würden die Leute nach dem Grund suchen, sich fragen, warum aus einer ganz normalen Frau aus einer guten Familie eine alte Jungfer geworden war. In Elsas Fall jedoch war der Grund hinlänglich bekannt. Die Leute mussten sie für taub halten, so wie sie sich in ihrer Gegenwart darüber unterhielten. *Die Arme. Dünn wie eine Bohnenstange. Nicht annähernd so hübsch wie ihre Schwestern.*

Hübsch sein. Das war das Problem, wie Elsa wusste. Sie war keine attraktive Frau. Sähe ein Fremder sie an einem guten Tag in ihrem schönsten Kleid, würde er sie vielleicht ansehnlich nennen, mehr nicht. Sie war von allem zu viel – zu groß, zu dünn, zu blass, zu unsicher.

Elsa war auf den Hochzeiten ihrer beiden Schwestern gewesen. Keine von ihnen hatte sie gebeten, ihre Brautjungfer zu sein. Elsa hatte es eingesehen. Jemand wie sie, die fast eins achtzig groß war, hätte den jeweiligen Bräutigam überragt und die Hochzeitsfotos ruiniert. Und die Wolcotts legten Wert auf das Bild, das sie nach außen abgaben. Elsas Eltern war es wichtiger als alles andere.

Man musste kein Genie sein, um Elsas weiteren Lebensweg vorherzusehen. Sie würde hierbleiben, im Haus ihrer Eltern in der Rock Road. Maria, die Frau, die ihnen seit ewigen Zeiten den Haushalt führte, würde für sie sorgen. Wenn Maria sich eines Tages zur Ruhe setzte, wäre Elsa da, um sich um ihre Eltern zu kümmern. Wenn ihre Eltern eines Tages tot waren, wäre sie allein.

Und was hätte sie dann vorzuweisen? Welche Spuren hätte sie in der Zeit, die sie auf dieser Erde verbracht hatte, hinterlassen? Wer würde sich an sie erinnern, und aus welchem Grund?

Sie schloss die Augen und gewährte einem lang gehegten Wunschtraum leisen Zutritt zu ihren Gedanken. Stellte sich vor, woanders zu leben. In ihrem eigenen Haus. Sie hörte Kinderlachen. Es waren *ihre* Kinder.

Sie würde leben, statt nur zu existieren. Davon träumte sie. Von einer Welt, in der ihr Leben und ihre Entscheidungen nicht von dem rheumatischen Fieber bestimmt wurden, das sie als Vierzehnjährige gehabt hatte. Ein Leben, in dem sie Stärken an sich entdeckte, die ihr bislang verborgen geblieben waren, in dem sie nicht aufgrund ihres Äußeren beurteilt wurde.

Die Haustür flog auf, ihre Familie polterte ins Haus. Wie immer bildeten sie eine schwatzende, lachende Gruppe, angeführt von ihrem beleibten Vater, das Gesicht vom Alkohol gerötet. Charlotte und Suzanna, Elsas schöne, jüngere Schwestern, flankierten ihn wie Schwanenflügel. Ihnen folgte ihre elegante Mutter, die sich mit ihren gut aussehenden Schwiegersöhnen unterhielt.

Elsas Vater blieb stehen. »Elsa«, sagte er, »warum bist du noch auf?«

»Ich wollte mit dir reden.«

»Um diese Uhrzeit?«, fragte ihre Mutter. »Und wie erhitzt du aussiehst. Hast du Fieber?«

»Ich habe seit Jahren kein Fieber mehr, Mama. Das weißt du doch.« Elsa stand auf, knetete ihre Finger.

Jetzt, dachte sie. Sie musste es schaffen, durfte nicht wieder den Mut verlieren.

»Papa.« Sie sagte es so leise, dass man es nicht hören konnte, dann versuchte sie es erneut, diesmal lauter. »Papa.«

Er sah sie an.

»Morgen werde ich fünfundzwanzig.«

»Das ist uns bekannt«, antwortete ihre Mutter gereizt.

»Natürlich. Ich wollte nur sagen, dass ich eine Entscheidung getroffen habe.«

Es wurde still.

»Ich … in Chicago gibt es ein College, an dem man Literatur studieren kann. Auch Frauen werden angenommen. Ich möchte mich dort einschreiben und –«

»Elsinore«, fiel ihr Vater ein. »Was willst du mit einem Studium? Du warst zu krank, um die Schule zu beenden. Die Idee ist lächerlich.«

Dazustehen und die eigenen Schwächen in so vielen Augen gespiegelt zu sehen, war nicht einfach. *Kämpfe für dich. Sei mutig.*

»Ich bin eine erwachsene Frau. Bei meiner letzten Krankheit war ich vierzehn Jahre alt. Außerdem glaube ich, dass die Diagnose des Arztes … voreilig war. Wie auch immer, jetzt geht es mir gut. Wirklich. Ich könnte Lehrerin werden. Oder Schriftstellerin …«

»Schriftstellerin?«, fragte ihr Vater. »Solltest du etwa ein verstecktes Talent haben, von dem wir alle nichts wissen?«

Elsa spürte, wie sie unter seinem Blick immer kleiner wurde.

»Möglicherweise«, antwortete sie kraftlos.

Ihr Vater wandte sich ihrer Mutter zu. »Bitte gib ihr ein Beruhigungsmittel.«

»Ich bin nicht hysterisch.«

Doch Elsa wusste, dass es vorbei war, dass sie diese Schlacht nicht gewinnen konnte. Sie hatte still und unsichtbar zu sein, mehr nicht. »Mir fehlt nichts.«

Sie steuerte die Treppe nach oben an, und niemand in ihrer Familie schenkte ihr noch Beachtung. Es war, als hätte sie sich in Luft aufgelöst.

Hätte sie doch nie *Zeit der Unschuld* gelesen, dachte Elsa. Was hatte man denn von all der unerfüllten Sehnsucht? Sie würde sich nie verlieben, nie ein eigenes Kind haben.

Auf dem Weg die Treppe hinauf hörte sie Musik aus dem Salon. Jemand ließ auf dem neuen Grammophon eine Schallplatte laufen.

Elsa hielt inne.

Geh wieder hinunter, setz dich zu ihnen.

Sie nahm die letzten Stufen, warf die Tür ihres Zimmers hinter sich ins Schloss und sperrte die Geräusche von unten aus. Sie wäre dort nicht willkommen.

Sie betrachtete sich im Spiegel über dem Waschtisch. Ihr schmales, blasses Gesicht mit dem spitzen Kinn wirkte, als wäre es von lieblosen Händen geformt worden. Ihr langes hellblondes Haar war so dünn, dass es sich stets elektrisch auflud und jegliches Frisieren in Wellen verweigerte. Ihre Mutter hatte ihr verboten, es modisch kurz schneiden zu lassen, und gesagt, kurz sähe es nur noch schlimmer aus. Alles an Elsa wirkte farblos und verwaschen, mit Ausnahme ihrer blauen Augen.

Elsa zündete die Gaslampe auf ihrem Nachttisch an und holte den Roman, der zu ihren größten Schätzen zählte, aus der Nachttischschublade. *Fanny Hill.*

Sie stieg ins Bett und verlor sich in der anrüchigen Geschichte, wobei sie den erschreckenden, sündhaften Drang, sich zu berühren, verspürte. Beinahe hätte sie ihm nachgegeben. Die Worte lösten eine nahezu unerträgliche Qual in ihr aus, ein schmerzhaftes körperliches Sehnen.